Złudzenie

Charlotte
LINK
Złudzenie

Z języka niemieckiego przełożyła
Ewa Spirydowicz

WYDAWNICTWO
SONIA DRAGA

Tytuł oryginału:
DIE TÄUSCHUNG

Copyright © 2002 by Wilhelm Goldmann Verlag, München
Copyright © 2009 by Blanvalet Verlag, München
a division of Verlagsgruppe Random House GmbH, München, Germany
Copyright © 2016 for the Polish edition by Wydawnictwo Sonia Draga
Copyright © 2016 for the Polish translation by Wydawnictwo Sonia Draga

Projekt graficzny okładki: Mariusz Banachowicz

Redakcja: Marzena Kwietniewska-Talarczyk
Korekta: Iwona Wyrwisz, Aneta Iwan, Małgorzata Kryszkowska, Anna Just

ISBN: 978-83-7999-655-1

WYDAWNICTWO SONIA DRAGA Sp. z o.o.
Pl. Grunwaldzki 8-10, 40-127 Katowice
tel. 32 782 64 77, fax 32 253 77 28
e-mail: info@soniadraga.pl
www.soniadraga.pl
www.facebook.com/wydawnictwoSoniaDraga

Skład i łamanie:
Wydawnictwo Sonia Draga

Katowice 2016. Wydanie I

Druk:
OPOLGRAF SA, Opole

Wiadomość z gazety „Berliner Morgenpost"
z 15 września 1999

Makabryczne odkrycie w wynajmowanym mieszkaniu w berlińskiej dzielnicy Zehlendorf

Oczom emerytki, która namówiła gospodarza domu, by używając zapasowego klucza, wpuścił ją do mieszkania wieloletniej przyjaciółki Hilde R., ukazał się makabryczny widok. Sześćdziesięcioczteroletnia samotna kobieta od wielu tygodni nie odzywała się do przyjaciół i znajomych, nie odbierała telefonu. Teraz było wiadomo dlaczego. Uduszono ją sznurem we własnym mieszkaniu. Morderca pociął jej ubranie nożem. Motyw seksualny nie wchodzi w grę; według ustaleń policji z mieszkania nie zniknęło nic cennego, a więc nic nie sugeruje włamania i śledczy zakładają, że starsza pani osobiście wpuściła mordercę do domu.

Według wstępnych oględzin nie jest wykluczone, że zwłoki leżały w mieszkaniu już od końca sierpnia. Na razie policja nie trafiła na ślad mordercy.

CZĘŚĆ I

Prolog

Nie wiedziała, co ją obudziło. Jakiś dźwięk, czy może zły sen? A może nadal nie dawały jej spokoju myśli z poprzedniego wieczoru? Zazwyczaj zabierała z sobą wątpliwości, ból i beznadzieję, gdy szła spać, i czasami budziła się od łez na policzkach. Ale nie tym razem. Miała suche oczy.

Poszła spać koło jedenastej i od razu zasnęła. Zbyt wiele myśli chodziło jej po głowie, była zmęczona, zwłaszcza że powrócił dawny strach przed przyszłością, który jak się okazało, pokonała tylko na krótko. Poczucie osaczenia i zagrożenia ogarniało ją całą. Zazwyczaj domek na wybrzeżu oznaczał wolność; tutaj wszystko wydawało się prostsze. Jeszcze nigdy nie tęskniła, będąc tutaj, za eleganckim, ale ponurym paryskim apartamentem. A teraz po raz pierwszy cieszyła się, że lato dobiega końca.

Był piątek, dwudziesty ósmy września. Następnego dnia razem z Bernadette wróci do domu, do Paryża.

Na myśl o córeczce usiadła gwałtownie. A jeśli Bernadette ją wołała albo głośno mówiła przez sen? Bernadette miewała intensywne sny, budziła się często i wołała matkę. Często zastanawiała się, czy to normalne u czterolatki, czy może to jej wina, za bardzo obciąża córeczkę swoją niekończącą się depresją. Oczywiście z tego powodu dokuczały jej wyrzuty sumienia, ale właściwie nie wiedziała, jak to zmienić. Kończyło się na chwilowych zrywach, gdy własnymi siłami wyciągała się z bagna wiecznych narzekań i zagubienia, ale nigdy nie udało jej się na dłużej trzymać od nich z daleka.

Tylko w zeszłym roku... Zeszłego lata...

Zerknęła na elektryczny budzik stojący przy łóżku. Zielone cyfry świeciły w ciemności. Było kilka minut po północy, więc spała bardzo krótko. Nasłuchiwała czujnie. Nic. Bernadette, jeśli już ją wołała, robiła to bez przerwy. Mimo to postanowiła wstać i zajrzeć do córeczki.

Opuściła nogi na kamienną posadzkę i wstała.

Jak zawsze od śmierci Jacques'a włożyła do spania powyciągane bawełniane majteczki i spraną koszulkę. Dawniej z ochotą wkładała, zwłaszcza w ciepłe prowansalskie noce, głęboko wycięte jedwabne negliże, najchętniej w kolorze kości słoniowej, bo najlepiej podkreślały jej opaleniznę i ciemne włosy. Ale skończyła z tym, gdy Jacques trafił do szpitala i zaczęło się stopniowe umieranie. Uznali go za wyleczonego, wypisali ze szpitala, wrócił do niej, spłodzili Bernadette, a potem przyszedł kolejny nawrót choroby, bardzo szybko, i tym razem już nie wyszedł ze szpitala. Umarł w maju. W czerwcu przyszła na świat Bernadette.

W pokoju było ciepło. Okno było szeroko otwarte, zasłaniały je jedynie drewniane okiennice. Przez szpary w nich widziała jasną czerń rozgwieżdżonej nocy, czuła zapach dekadencji, którym rozpalone lato spowijało okolicę.

Wrzesień był oszałamiająco piękny, a jesień w Prowansji kochała najbardziej. Czasami zastanawiała się, czemu właściwie wraca co roku do Paryża na początku października, choć przecież nic jej tam nie trzyma. Być może potrzebowała gorsetu uporządkowanego planu, żeby nie zatracić się w braku rzeczywistości. Najpóźniej w październiku wszyscy wracali do miasta. Może chciała mieć poczucie przynależności, choć w najczarniejszych godzinach często miała do siebie pretensje o łudzenie się takim sensem życia.

Wyszła na korytarz, ale nie zapaliła światła. Jeśli Bernadette spała, lepiej jej nie budzić. Drzwi do jej pokoju były tylko przymknięte. Nasłuchiwała uważnie. Mała oddychała głęboko i spokojnie.

„Czyli nie ona mnie obudziła" – pomyślała.

Niespokojnie stała na korytarzu. Nie miała pojęcia, co ją zaniepokoiło. Nocami często się budziła, właściwie rzadko zdarzały się takie, które przespała bez przerwy. Zazwyczaj nie wiedziała, co wyrwało ją ze snu. Dlaczego więc dzisiaj jest taka zdenerwowana?

Gdzieś głęboko w niej czaił się strach. Strach, który okrywał ją gęsią skórką i dziwnie wyostrzał zmysły. Jakby wyczuwała niebezpieczeństwo czające się w ciemności. Jak zwierzę wyczuwające obecność drapieżnika, który stanowi zagrożenie.

„Nie histeryzuj" – upomniała się.

Nic nie było słychać.

A jednak wiedziała, że ktoś tu jest, ktoś poza nią i jej dzieckiem, i ten ktoś to jej najgorszy wróg. Przypomniała jej się samotność domu, zdawała sobie sprawę, jak bardzo są tu z córką oddalone od innych; nikt nie usłyszy ich krzyków, gdyby zaczęły krzyczeć, nikt nie zauważy, gdy w tym domu wydarzy się coś dziwnego.

„Niemożliwe, żeby ktoś tu wszedł – tłumaczyła sobie. – Wszystkie drzwi są pozamykane". Przepiłowanie metalowej zasuwy narobiłoby mnóstwo hałasu. Zamki w drzwiach są mocne. Nie sposób ich po cichu otworzyć. Może ktoś jest na zewnątrz.

Przychodził jej do głowy tylko jeden człowiek, którego mogła sobie wyobrazić, jak pod osłoną nocy skrada się wokół domu, i na tę myśl zrobiło jej się niedobrze.

Nie zrobiłby tego. Jest męczący, ale nie szalony.

I w tym momencie dotarło do niej, że to nieprawda, że tak właśnie jest, że on jest szalony. I właśnie to szaleństwo kazało jej się od niego odsunąć. Właśnie to szaleństwo wyzwoliło w niej coraz silniejszą, instynktowną niechęć, której do tej pory sama nie umiała sobie wytłumaczyć. Był przecież taki miły. Taki troskliwy. Nie sposób mu niczego zarzucić. Była idiotką, że go nie chciała.

Słuchała instynktu, gdy go nie chciała.

„Dobra – powtarzała sobie i usiłowała oddychać głęboko, tak jak ją uczył terapeuta w tym strasznym pierwszym okresie po śmierci Jacques'a. – Dobra, może i rzeczywiście to on jest na zewnątrz. Ale i tak nie wejdzie do domu. Mogę spokojnie wracać do łóżka i iść spać. Jeśli rano się okaże, że to naprawdę był on, naślę na niego policję. Załatwię zakaz zbliżania się i wstępu na teren mojej posesji. Wrócę do Paryża. A jeśli zdecyduję się przyjechać tu na Boże Narodzenie, wszystko będzie zupełnie inaczej".

Zdecydowana wróciła do sypialni.

A jednak kiedy znowu leżała w łóżku, zdenerwowanie, które wibrowało w jej ciele, nie ustępowało. Cały czas wszystkie włoski stały dęba. Dygotała, choć w pokoju było co najmniej dwadzieścia stopni. Podciągnęła kołdrę pod szyję i nagłe uderzenie gorąca utrudniało jej oddychanie. Była o krok od ataku paniki, który w jej wypadku zawsze zapowiadały naprzemienne fale gorąca i zimna. Pod koniec życia Jacques'a i zaraz po jego śmierci często doświadczała takich stanów. Teraz po raz pierwszy od dawna stare symptomy dały o sobie znać.

Kontynuowała ćwiczenia oddechowe, które zaczęła na korytarzu, i uspokoiła się tylko pozornie, bo w jej wnętrzu cały czas paliła się czerwona lampka alarmowa, a napięcie nie ustępowało. Ciągle miała wrażenie, że to nie atak paniki, tylko podświadomość, która chce ją przygotować na realne zagrożenie i daje znać, by zachowała czujność. Jednocześnie zdrowy rozsądek odrzucał te myśli. Jacques zawsze powtarzał, że wszelkie przeczucia, wewnętrzne głosy i wizje to stek bzdur.

– Wierzę tylko w to, co widzę – powtarzał. – I akceptuję tylko to, co da się udowodnić naukowo.

„A ja po prostu panikuję" – tłumaczyła sobie.

W tej chwili usłyszała dźwięk i stało się jasne, że niczego sobie nie wmawia. Dobrze znała ten dźwięk – cichy zgrzyt, jaki wydawały przeszklone drzwi, oddzielające w domu część dzienną od sypialnej. Każdego dnia tutaj słyszała go setki razy, gdy sama je odsuwała albo gdy Bernadette biegała po całym domu.

A to oznaczało, że naprawdę ktoś tu jest i wcale nie skrada się wokół domu.

Nie, jest już w środku.

Błyskawicznie wyskoczyła z łóżka.

„Do cholery, Jacques – pomyślała, nie zastanawiając się nad nietypowością tej chwili, bo po raz pierwszy w krytycznym momencie pomyślała o zmarłym mężu i do tego zwróciła się do niego przekleństwem. – Od początku wiedziałam, że ktoś jest w domu; dlaczego nie posłuchałam instynktu?"

Mógłby zaryglować sypialnię od środka i tym samym zapewnić sobie bezpieczeństwo, ale Bernadette spała w sąsiednim pokoju; jak mógłby ratować siebie, zostawiając córeczkę? Westchnęła na myśl, że prymitywny, zwierzęcy instynkt obudził ją i kazał iść do Bernadette; mogła ją wtedy zabrać i przenieść do siebie. Zmarnowała tę okazję. Jeśli on jest już po tej stronie przeszklonych drzwi, dzielą ich tylko kroki. Jak zahipnotyzowana wpatrywała się w drzwi do pokoju. Teraz, gdy wstrzymała oddech, w niczym niezakłóconej ciszy słyszała kroki na korytarzu.

Klamka poruszyła się lekko.

Czuła własny strach. Nie miała pojęcia, że przerażenie ma tak intensywny zapach.

Zrobiło jej się nagle bardzo zimno, miała wrażenie, że w ogóle nie może oddychać.

Kiedy drzwi stanęły otworem i framugę wypełnił wysoki mężczyzna, wiedziała już, że umrze. Wiedziała to z tą samą niezachwianą pewnością, z jaką wcześniej wyczuła, że ktoś jest w domu.

Przez chwilę stali naprzeciwko siebie. Zdziwił się, widząc ją na środku pokoju, a nie śpiącą w łóżku?

Była zgubiona. Rzuciła się do okna. Wbiła palce w zasuwkę przy okiennicach. Pękły jej paznokcie, rozerwała sobie skórę na ręce, niczego nie zauważyła.

Ze strachu zwymiotowała na parapet. Był tuż za nią. Brutalnie złapał ją za włosy. Odciągnął jej głowę do tyłu, tak że musiała spojrzeć mu w oczy. Widziała lodowaty chłód. Miała odsłoniętą szyję. Sznur, którym ją otoczył, boleśnie ranił skórę.

Umierając, modliła się za dziecko.

Sobota, 6 października 2001

1

Tuż przed Notre-Dame de Beauregard zobaczył nagle psa na autostradzie. Małego biało-brązowego psiaka z okrągłym łebkiem i wesoło zwisającymi uszami. Wcześniej go nie widział, nie wiedział, czy już od pewnego czasu biegł skrajem jezdni, zanim wpadł na samobójczy pomysł przedarcia się na drugą stronę.

„O Boże – pomyślał – zaraz będzie po nim".

Samochody mknęły po autostradzie z prędkością stu trzydziestu kilometrów na godzinę. Prawie niemożliwe, żeby psu udało się między nimi przemknąć.

„Nie chcę patrzeć, jak rozjeżdżają go na miazgę" – pomyślał. Ze strachu okrył się gęsią skórką.

Wokoło wszyscy hamowali. Nikt się nie zatrzymał, na to jechali zbyt szybko, ale zwalniali, usiłowali zmienić pas, niektórzy trąbili.

Pies biegł dalej z dumnie uniesionym łbem. To zakrawało na cud, może naprawdę był to cud, że cały i zdrów dotarł do pasa między wstążkami autostrady.

Bogu dzięki. Udało mu się. Przynajmniej do połowy.

Poczuł, że oblał się potem, że koszulka pod wełnianym swetrem przylega mu do ciała. Nagle zrobiło mu się słabo. Zjechał na pobocze, zatrzymał się. Przed nim wznosiło się skalne wzgórze – bardzo dzisiaj ponure, jak zauważył, na którym kościółek Notre-Dame de Beauregard wbijał w niebo wąską, spiczastą wieżyczkę. Dlaczego niebo nie jest dzisiaj niebieskie? Przed chwilą minął zjazd na St. Remy, wkrótce dojedzie do wybrzeża

Morza Śródziemnego. Ponury październikowy dzień mógłby nabrać trochę kolorów.

Przypomniał mu się psiak; wysiadł z samochodu i obejrzał się za siebie. Nigdzie go nie widział, ani na pasie między jezdniami, ani w postaci mokrej plamy na ruchliwej drodze. Czyżby udało mu się pokonać także drugą wstążkę drogi?

„Albo się ma anioła stróża, albo nie – pomyślał. – Jeśli się go ma, wówczas cud to nie cud, tylko logiczne następstwo. Mały psiak prawdopodobnie beztrosko gna w tej chwili przez pola. I zapewne nigdy nie zrozumie, że właściwie powinien już nie żyć".

Obok niego przemykały samochody. Zdawał sobie sprawę, że niebezpiecznie jest tak stać na poboczu. Wrócił do samochodu, zapalił papierosa, wziął komórkę, zamyślił się. Czy już teraz zadzwonić do Laury? Ustalili, że odezwie się z „ich" parkingu, z tego miejsca, z którego widać już Morze Śródziemne.

Zamiast tego wybrał numer matki. Czekał cierpliwie. Chwilę trwało, zanim staruszka odebrała. Zaraz usłyszał jej ochrypły głos:

– Słucham?

– To ja, mamo. Chciałem się tylko przywitać.

– Świetnie. Dawno się do mnie nie odzywałeś. – Pretensje w głosie. – Gdzie jesteś?

– Na stacji benzynowej na południu Francji. – Zaniepokoiłaby się, słysząc, że stoi na poboczu autostrady i robi mu się słabo na wspomnienie psiaka, który na jego oczach cudem uniknął śmierci.

– Laura jest z tobą?

– Nie, jestem sam. Umówiłem się z Christopherem na żagle. Za tydzień wracam do domu.

– Czy o tej porze to nie jest przypadkiem niebezpieczne? No wiesz, żeglowanie.

– Skądże. Pływamy przecież co roku i zawsze wszystko było w porządku. – Mówił to wymuszonym, beztroskim tonem, choć zdawał sobie sprawę, że brzmi bardzo sztucznie. Laura nie dałaby mu spokoju, wypytywałaby bezlitośnie: „Coś się stało? Coś jest nie tak? Masz dziwny głos".

Ale matka nie zauważyłaby nawet, gdyby leżał na łożu śmierci. Nie, w jej stylu są troskliwe pytania, jak właśnie to, czy żeglowanie o tej porze jest bezpieczne. Być może naprawdę się tym martwiła. Ale czasami myślał złośliwie, że zadaje te pytania odruchowo i wcale nie słucha odpowiedzi.

– Dzwoniła Britta – oznajmiła.

Westchnął. Kiedy była żona kontaktowała się z jego matką, nigdy nie zapowiadało to nic dobrego.

– Czego chciała?

– Ponarzekać. Podobno znowu nie przekazałeś jej pieniędzy i biedna nie może związać końca z końcem.

– Niech sama mi to powie. Nie musi zawracać ci głowy.

– Twierdzi, że jej unikasz, kiedy dzwoni do pracy. A do domu... mówiła, że nie ma ochoty rozmawiać z Laurą.

Pożałował, że do niej zadzwonił. Jakimś cudem to się zawsze źle kończyło.

– Muszę już kończyć, mamo – rzucił pospiesznie. – Bateria w komórce mi pada. Całuję cię.

„Dlaczego to powiedziałem? – zastanawiał się. – Co za głupota: całuję cię? Zazwyczaj tak do niej nie mówię".

Z niemałym wysiłkiem udało mu się ponownie włączyć do ruchu. Nie spieszyło mu się, jechał z prędkością stu dwudziestu kilometrów na godzinę. Ciekawe, czy jego matka też zastanawiała się nad tym ostatnim zdaniem, czy jej też wydało się dziwne?

„Nie – zdecydował – na pewno nie". Jego ostatnie słowa wpadły jednym uchem i wypadły drugim, jak wszystko, co dotyczyło innych ludzi, nie jej.

Włączył radio, rozkręcił muzykę na cały regulator. Muzyka go znieczulała, tak jak innych alkohol. Nieważne, czego słuchał, ważne, żeby było głośno.

Koło osiemnastej dotarł na parking, z którego miał zadzwonić do Laury. Ilekroć jechali razem na południe Francji, zatrzymywali się właśnie tutaj, wysiadali z samochodu i napawali się widokiem zatoki Cassis, otoczonej winnicami łagodnie opadającymi ku morzu, zwieńczonej stromymi skałami. Ilekroć jechał sam – na coroczny rejs z Christopherem – właśnie stąd dzwonił do Laury. To jedna z niepisanych umów, których było wiele między nimi. Laura uwielbiała rytuały, lubowała się w powracających momentach. Jemu osobiście specjalnie na nich nie zależało, ale też nie przeszkadzało mu jej zamiłowanie.

Pokonał długi, kręty podjazd na parking. W niczym nie przypominał innych podobnych miejsc postojowych. To właściwie był jeden wielki plac piknikowy – kamienne siedziska, ścieżki wysypane żwirem, cieniste drzewa. I widok zapierający dech w piersiach. Zazwyczaj porażał go błękit nieba i morza, dzisiaj jednak chmury nie będą się odbijały w tafli wody. Niebo, szare i ciężkie, wisiało nisko nad zatoką. Cisza była ciężka, przytłaczająca. W powietrzu unosił się zapach deszczu.

„Ponury dzień" – pomyślał. Zaparkował, zgasił silnik.

Niedaleko inny samotny mężczyzna siedział w białym renault i patrzył przed siebie. Przy sześciokątnym stole rozsiadło się starsze małżeństwo. Postawili przed sobą termos i pili z niego na zmianę. Z minibusu wysypała się duża rodzina, rodzice, chyba dziadkowie i niemożliwa do ustalenia liczba dzieci w różnym wieku. Starsze niosły kartony z pizzą, dorośli taszczyli kosze, z których wystawały butelki soku i wina.

„Co za idylla – pomyślał. – Ciepły październikowy wieczór, a ci urządzają sobie piknik w cudownym miejscu widokowym. Posiedzą tu ze dwie godziny, potem zrobi się za ciemno, za zimno. Wrócą do minivana, pojadą do domu, szczęśliwi i najedzeni udadzą się do łóżek".

On osobiście nigdy właściwie nie chciał mieć dzieci – zarówno syn z pierwszego małżeństwa, jak i dwuletnia córeczka, którą miał z Laurą, pojawili się na świecie przez przypadek

– ale czasami zastanawiał się, jak to jest: być częścią wielkiej rodziny. Nie miał bynajmniej naiwnych złudzeń: to oznacza ciągłe kolejki do łazienki, wieczne poszukiwania różnych drobiazgów, które ktoś sobie pożyczył, nieustający hałas, bałagan, chaos i zamieszanie. Ale być może też ciepło, poczucie przynależności, świadomość siły. I brak miejsca dla samotności i obaw przed bezsensem.

Po raz drugi sięgnął po komórkę. Nie czekał długo – odebrała od razu. Najwyraźniej spodziewała się, że zadzwoni mniej więcej o tej porze, i nie oddalała się od telefonu.

– Halo! – odezwała się radośnie. – Jesteś na Pas d'Ouilliers!

– Tak! – Starał się naśladować jej beztroski ton. – Mam Morze Śródziemne u stóp.

– Lśniące w wieczornym słońcu?

– Niestety nie. Jest pochmurno. Pewnie będzie dzisiaj padać.

– Och... ale może szybko się wypogodzi.

– Oczywiście, tym się akurat nie martwię, choć najlepsza kombinacja dla Christophera i dla mnie to słońce i wiatr.

Była zdecydowanie bardziej wrażliwa niż jego matka. Wyczuwała jego napięcie.

– Co jest? Masz dziwny głos.

– Jestem zmęczony. Dziewięć godzin na autostradzie to nie byle co.

– Koniecznie musisz odpocząć. Jeszcze dzisiaj spotykasz się z Christopherem?

– Nie, chcę się wcześnie położyć.

– Pozdrów nasz domek!

– Oczywiście. Bez ciebie będzie bardzo pusty.

– Będziesz tak zmęczony, że nawet tego nie zauważysz. – Roześmiała się.

Lubił jej śmiech, świeży, szczery, pochodzący z jej wnętrza. Tak samo jak jej smutek, gdy cierpiała. W przypadku Laury nie było mowy o uczuciach na pół gwizdka. Nie znał drugiej osoby równie szczerej jak ona.

– Być może. Pewnie zasnę jak niedźwiedź na zimę. – Spojrzał na szarą wodę. Rozpacz osaczała go ponownie. „Nie mogę tu zostać – pomyślał. – Za dużo wspomnień. Muszę uciec przed wielką rodziną z pizzą, śmiechem, beztroską".

– Wstąpię jeszcze gdzieś na kolację – powiedział.

– Gdzieś? Do Henriego i Nadine?

– Niezły pomysł. Pizza Henri – oto czego mi teraz trzeba.

– Później jeszcze zadzwonisz?

– Z domu – obiecał. – Odezwę się, zanim pójdę spać. W porządku?

– W porządku. Już czekam. – Nawet przez telefon, nawet z odległości tysięcy kilometrów wyczuwał jej uśmiech.

– Kocham cię – powiedziała cicho.

– Ja ciebie też – zapewnił.

Zakończył rozmowę, odłożył komórkę na fotel pasażera. Pizzowa rodzinka hałasowała niemiłosiernie, strzępki rozmów i śmiechów docierały do niego mimo zamkniętych okien. Odpalił silnik i powoli wyjechał z parkingu.

Zmierzch zapadał szybko, ale i tak nie było sensu czekać; dzisiaj nie będzie zachodu słońca nad morzem.

2

Kiedy kwadrans po dwudziestej drugiej Peter nadal nie zadzwonił, po dłuższej chwili wahania Laura wybrała numer jego komórki. Peter źle znosił, kiedy nie przestrzegała ustaleń – a tym razem ustalili, że to on zadzwoni. Denerwowała się jednak, nie pojmowała, co zatrzymało go do tej pory w restauracji. Cztery godziny temu, kiedy rozmawiali po raz ostatni, wydawał się bardzo zmęczony. Ostatnio rzadko go takim słyszała.

Nie odbierał, a po szóstym dzwonku włączyła się poczta głosowa:

– Proszę zostawić wiadomość, oddzwonię, kiedy...

Kusiło ją, żeby coś mu powiedzieć, dać do zrozumienia, że się martwi, że tęskni, że go kocha, ale nie zrobiła tego, żeby nie poczuł się osaczony. Może zasiedział się u Henriego i Nadine, może nie słyszał komórki, nie miał ochoty przerywać rozmowy, a może po prostu zostawił ją w samochodzie.

„Jeśli teraz zadzwonię do pizzerii, Peter poczuje się osaczony – pomyślała. – A jeśli zadzwonię do domu, a on już śpi, mogę go obudzić".

– Czasami powinnaś po prostu zdać się na bieg wydarzeń – powtarzał jej często. – Sprawy rozwiążą się same, tak czy inaczej, a ty nie musisz bez powodu doprowadzać do szału wszystkich wokół.

Mimo to jeszcze dłuższą chwilę stała przy telefonie i zastanawiała się, czy nie zadzwonić do Christophera. Co prawda Peter mówił, że tego wieczoru się do niego nie wybiera, ale mógł przecież zmienić zdanie.

„Mam prawo zadzwonić" – stwierdziła buńczucznie.

Christopher zrozumie jej niepokój, ba, wcale nie uzna, że przesadza. Ale Peter później i tak stwierdzi, że ośmieszyła go w oczach przyjaciela.

– Christopher pewnie uważa mnie teraz za pieska na krótkiej smyczy. Wiesz, Lauro, nigdy nie zrozumiesz istoty prawdziwej męskiej przyjaźni, bo z nią wiąże się odrobina wolności.

– Nie wydaje mi się, żeby Christopher uważał to za problem.

– Nic nie mówi na ten temat, bo nie chce się wtrącać, a poza tym to porządny facet. Ale co sobie myśli, to jego, uwierz mi.

„Tylko że to ty przypisujesz przyjacielowi myśli i odczucia, które tak naprawdę są twoje" – pomyślała.

Poszła na górę, zajrzała do pokoju Sophie. Mała spała, oddychała spokojnie, głęboko.

„Może jednak powinnam była z nim pojechać – rozmyślała Laura. – Spędzić kilka słonecznych październikowych dni w naszym domu, podczas gdy Peter będzie żeglował. Nie byłabym taka samotna".

Tylko że nigdy dotąd nie towarzyszyła mu w jesiennej wyprawie na żagle. Oczywiście przed czterema laty nie mieli jeszcze domku w La Cadiere, wtedy musiałaby się zatrzymać w hotelu, a nie uśmiechała jej się myśl o kilku samotnych dniach w hotelowym pokoju. Kiedyś – pewnie z pięć lat temu – zastanawiała się, czy nie zatrzymać się u Henriego i Nadine, w jednym z tych przytulnych i bardzo niewygodnych pokoi gościnnych na poddaszu, które od czasu do czasu wynajmowali.

– Byłabym w pobliżu, kiedy żeglujesz z Christopherem – tłumaczyła. Kolejny raz wydawało jej się, że nie przeżyje tygodniowego rozstania z Peterem.

Ale Peter był temu przeciwny.

– Moim zdaniem nie wypada akurat ten jeden raz zatrzymywać się u Henriego i Nadine. Zazwyczaj tego nie robimy i mogą sobie pomyśleć, że na co dzień ich pokoje nam nie odpowiadają, ale w ostateczności możemy się u nich zatrzymać.

Odkąd stali się posiadaczami własnego domu, ten problem rozwiązał się samoistnie, ale Peter nie zareagował na jej delikatną aluzję, że mogłaby pojechać z nim, a po raz drugi wolała nie ryzykować. Ten październikowy tydzień to czas dla Christophera. Peterowi najwyraźniej przeszkadzałaby obecność żony i córki, nawet gdyby zostały na brzegu.

Poszła do sypialni, rozebrała się, starannie powiesiła ubranie w szafie, włożyła powyciąganą koszulkę, w której zwykle sypiała. Dostała ją od Petera podczas ich pierwszego wspólnego urlopu na południu Francji. Wtedy była jeszcze wesoła i kolorowa, z czego niewiele zostało po niezliczonych praniach i Laura nie chciała wkładać jej nawet w domu. Ale Peter nie pozwalał jej wyrzucić.

– Chociaż w niej śpij – prosił. – Nie wiem dlaczego, jestem

do niej bardzo przywiązany. Przypomina mi szczególne chwile w naszym życiu.

Byli wtedy świeżo zakochani. Laura miała dwadzieścia siedem lat, Peter – trzydzieści dwa. On był tuż po rozwodzie, ona rozstała się z poprzednim partnerem. Oboje pokonani, nieufni, niechętni angażowaniu się ponownie. Tuż po rozwodzie była żona Petera zabrała ich synka i wyprowadziła się na drugi koniec Niemiec, tym samym kpiąc sobie w żywe oczy z jego prawa do odwiedzin. Załamało go to. Potrzebował więcej czasu niż Laura, zanim odważył się pomyśleć o wspólnej przyszłości.

W starej koszulce poszła do łazienki, umyła zęby, wyszczotkowała włosy. Z lustra patrzyło na nią jej odbicie – była blada, jej usta otaczały zmarszczki oznaczające zmartwienie. Przypomniały jej się zdjęcia, na których jest na ulicach Cannes w tej samej koszulce, osiem lat wcześniej: opalona, roześmiana, z błyszczącymi oczami. Zakochana po uszy, oszołomiona, bezgranicznie szczęśliwa.

– Nadal jestem szczęśliwa – powiedziała do siebie. – Bezgranicznie szczęśliwa. Tylko że jestem też starsza. Trzydzieści pięć lat to nie to samo co dwadzieścia siedem.

Nerwowość, z jaką rozczesywała włosy, uświadomiła jej, jak bardzo jest spięta.

„Mój mąż nie dzwoni zaledwie jeden jedyny raz – tłumaczyła sobie. – Dlaczego nawet taki drobiazg do tego stopnia wyprowadza mnie z równowagi?"

Od przyjaciółek wiedziała, że ich mężowie są pod tym względem o wiele gorsi. Ciągle zapominali zadzwonić – albo o określonej porze, albo w ogóle. Nie dotrzymywali obietnic, ważne terminy wypadały im z głowy. Elisabeth, jej matka, w kółko powtarzała, że w postaci Petera trafił jej się wyjątkowo udany egzemplarz.

– Jest bardzo spolegliwy i cały czas koncentruje się na tobie. Trzymaj go z całej siły, drugiego takiego ze świecą nie znajdziesz.

Wiedziała o tym. I naprawdę nie chciała być małostkowa. Ale właśnie dlatego, że Peter zawsze był taki spolegliwy, nie mogła się uspokoić.

Oczywiście za bardzo się na nim skupiała – Anne, jej przyjaciółka, w kółko jej to powtarzała, ale jednak...

Dzwonek telefonu wyrwał ją z bolesnych rozważań.

– W końcu! – krzyknęła i pobiegła do sypialni. Aparat telefoniczny stał przy łóżku.

– Już myślałam, że zasnąłeś i całkiem o mnie zapomniałeś – powiedziała na przywitanie.

W słuchawce odpowiedziała jej pełna konsternacji cisza.

– Szczerze mówiąc, nie rozumiem, co ma pani na myśli – odezwała się w końcu Britta, była żona Petera.

Laurze zrobiło się głupio.

– Przepraszam bardzo, myślałam, że to Peter.

W głosie Britty jak zawsze czaiła się nutka dezaprobaty.

– Wnioskuję z tego, że nie ma go w domu. Chciałabym z nim porozmawiać.

„W sobotę o wpół do jedenastej wieczorem? – pomyślała gniewnie Laura. – To nie jest normalna pora na rozmowę. Nawet z byłym mężem".

– Peter pojechał do La Cadiere. Wraca w przyszłą sobotę.

Britta westchnęła ciężko.

– Te cholerne jesienne żagle z Christopherem chyba nigdy mu się nie znudzą. Co roku to samo, od jakichś piętnastu lat.

Britta zawsze chętnie podkreślała, że wie wszystko o gustach i zamiłowaniach Petera i że zna go o wiele dłużej niż Laura.

– Bogu dzięki, że to już nie moja sprawa – dodała.

– Czy mam mu przekazać, żeby się z panią skontaktował, kiedy do mnie zadzwoni? – zapytała Laura, puszczając ostatnią uwagę Britty mimo uszu.

– Tak, koniecznie. Wciąż nie przesłał mi alimentów na Olivera, a dziś jest już szósty października.

– Cóż, uważam...

– Oczywiście mam na myśli kwotę za wrzesień. Którą powinnam otrzymać pierwszego września. Nie wydaje mi się, żebym przedwcześnie wszczynała alarm. Oczywiście kwoty październikowej także nie otrzymałam.

– O ile mi wiadomo, Peter przekazuje alimenty jako stałe zlecenie – zauważyła Laura. – Może zaszła pomyłka w banku.

– Stałe zlecenie skończyło się ponad rok temu – oznajmiła Britta. Nie udało jej się ukryć tryumfu w głosie na myśl o tym, że są rzeczy, o których aktualna żona Petera nie ma pojęcia. – Teraz przelewa te pieniądze sam i niestety prawie zawsze z pewnym opóźnieniem. Nie ukrywam, że to denerwujące, że muszę czekać na należne mi pieniądze. A już nie wspomnę, jak to wpływa na Olivera. Wiara, którą nadal mimo wszystko pokłada w ojcu, chwieje się, ilekroć mu tłumaczę, że nie mogę mu czegoś kupić, bo Peter po raz kolejny spóźnia się z alimentami.

Laura musiała ugryźć się w język, żeby nie odpowiedzieć złośliwie. Wiedziała, że Britta, kierowniczka oddziału banku, sama zarabia całkiem nieźle i mało prawdopodobne, żeby musiała odmówić czegoś synowi tylko dlatego, że Peter kilka dni później niż zwykle przekazał alimenty. A jeśli naprawdę to robiła, to tylko po to, żeby nastawić chłopca negatywnie do ojca.

– Porozmawiam z Peterem, gdy tylko zadzwoni – obiecała.

– I poproszę, żeby się z panią skontaktował. Jestem pewna, że to tylko małe nieporozumienie.

– Cóż, może jeszcze dzisiaj zadzwoni – rzuciła szorstko Britta. Pierwsze słowa Laury, gdy podniosła słuchawkę, zdradzały, jak bardzo czeka na jego telefon i jak bardzo się już denerwuje. – W każdym razie tego pani życzę. Jutro rano zastanie mnie w domu. Dobranoc. – Rozłączyła się, zanim Laura zdążyła odpowiedzieć.

– Żmija! – syknęła i odłożyła słuchawkę.

„Peter powinien był mi powiedzieć, że zlikwidował stałe zlecenie – pomyślała. – Nie wyszłabym wtedy na kompletną ignorantkę".

Ale czy właściwie naprawdę wyszła na ignorantkę? I czy likwidacja stałego zlecenia to sprawa na tyle istotna, że powinien był jej o tym powiedzieć? Chyba jest jak zwykle przewrażliwiona i dlatego wydaje jej się, że ją źle potraktowano. Nikomu innemu coś takiego nawet nie przyszłoby do głowy. Każda inna widziałaby to takim, jakie jest naprawdę – opóźnienie w płatności, nic więcej. Była żona ziejąca jadem, bo nie może się pogodzić, że jej eks jest szczęśliwy w nowym związku, podczas gdy ona zapewne do końca życia będzie sama.

„Nie mogę wiecznie czuć się od niej gorsza – stwierdziła Laura. – Jest ode mnie o wiele starsza, sfrustrowana i zapewne bardzo nieszczęśliwa. Jej życie potoczyło się zupełnie inaczej, niż sobie wyobrażała".

Na wszelki wypadek jeszcze raz zajrzała do Sophie, ale wszystko było tak samo jak przedtem: mała spała smacznie, miała rozpalone, rumiane policzki, jak zawsze, gdy zapadała w głęboki sen.

Laura poszła do sypialni. Przelotnie spojrzała na oprawioną fotografię Petera na nocnym stoliku. Stał na pokładzie Vivace, ich wspólnego jachtu. Na oryginalnym zdjęciu był też Christopher, ale obcięła je tak, że teraz został tylko skrawek jego ramienia. Peter miał na sobie niebieską koszulę i biały sweter o grubym splocie, nonszalancko zawiązany na ramionach. Śmiał się. Był opalony, zadowolony, zdrowy. W zgodzie z sobą, autentyczny, wolny. Miał „minę z pokładu Vivace". Zawsze tak wyglądał, gdy wybierał się na żagle. Czasami wydawało się, że staje się innym człowiekiem.

– Deski pokładu pod stopami, wiatr w żaglach i krzyki mew – mawiał. – Nic więcej nie potrzeba mi do szczęścia.

Bolało, ilekroć to mówił, bo nie wymieniał jej. Kiedyś nawet zapytała:

– A ja? Mnie nie potrzebujesz do szczęścia?

Zrobił wielkie oczy.

– To zupełnie inna sprawa. Chyba o tym wiesz.

Położyła się, naciągnęła kołdrę pod szyję. Słyszała deszcz za oknem. W pokoju było zimno; okno było uchylone przez cały dzień, a jeszcze nie uruchomiła ogrzewania. Ale w zimnym pomieszczeniu na pewno zaśnie.

Westchnęła i spojrzała na wyświetlacz budzika przy łóżku. Za dziesięć jedenasta.

Niedziela, 7 października

1

Tej nocy prawie nie zmrużyła oka. Chwilami miała wrażenie, że obserwuje, jak zmieniają się godziny na zegarze i może naprawdę tak było. Szeroko otwartymi oczami wpatrywała się w zegarek. Wpół do pierwszej. Pierwsza. Dziesięć po pierwszej. Dwadzieścia po pierwszej. Wpół do drugiej.

Za kwadrans druga wstała, poszła do kuchni po szklankę wody. Choć dygotała z zimna w cienkiej koszulce, nie chciało jej się szukać szlafroka. Kafelki w kuchni wydawały się lodowato zimne pod nagimi stopami. Piła wodę małymi łyczkami i wpatrywała się w rolety w oknie. Zdawała sobie sprawę, że przesadza. Bo co się właściwie stało? Jej mąż wyjechał i zapomniał zadzwonić do niej przed snem. Odezwie się jutro rano, wyjaśni, że położył się do łóżka, chciał jeszcze chwilę poczytać i niepostrzeżenie zasnął. Był bardzo zmęczony. Przypomniała sobie, kiedy o tym myślała. O tym jego nietypowym zmęczeniu. Wydawał się bardziej wyczerpany niż kiedykolwiek. Nic dziwnego, że w taki dzień senność wzięła górę. Że zapomniał zadzwonić. Że...

Rozsądek, który miał jej pomóc opanować niepokój, rozpływał się bez śladu. Strach, poczucie beznadziejnej samotności wystrzeliły w niej jak płomień. Znała go nie od dziś, to nie było nowe uczucie. Lęk przed samotnością towarzyszył jej przez całe życie i nigdy nie nauczyła się nad nim panować. Zjawiał się nie wiadomo skąd, a Laura nie miała do dyspozycji żadnej broni, by mu się przeciwstawić. Także teraz duma i rozwaga, dzięki którym przez cały wieczór trzymała się w garści, rozpłynęły się bez śladu. Odstawiła szklankę z wodą, pobiegła do saloniku, sięgnęła po słuchawkę, wybrała numer Petera. I znowu trafiła na pocztę głosową. Tym razem zostawiła wiadomość.

– Peter? To ja, Laura. Dochodzi druga w nocy. Martwię się, bo nie zadzwoniłeś. I właściwie dlaczego nie odbierasz? Wiem, że to głupie, ale... – Zdała sobie sprawę, że mówi płaczliwie jak małe dziecko. – Czuję się bardzo samotna. Bez ciebie łóżko jest wielkie i puste. Proszę, odezwij się.

Rozłączyła się. Ulżyło jej, gdy powiedziała to wszystko na głos, a poza tym słyszała jego głos na automatycznej sekretarce i już to stanowiło namiastkę kontaktu, choć tylko jednostronnego.

Choć rzadko pijała alkohol, teraz nalała sobie odrobinę wódki, która czekała na gości na srebrnym barku. Jedyne źródło światła stanowiła lampa w przedpokoju. Jak zawsze, gdy tu wchodziła, zachwycała się urodą tego wnętrza. Salonik udał jej się nadspodziewanie i była z niego bardzo dumna. Właściwie sama urządziła cały dom, wtedy, cztery lata temu, gdy go kupili i zamieszkali na eleganckim przedmieściu Frankfurtu. Peter miał pełne ręce roboty i we wszystkim zdał się na nią.

– Pieniądze nie grają roli – oznajmił i dał jej swoją kartę kredytową. – Kupuj, co ci się tylko spodoba. Masz fantastyczny gust. Na pewno spodoba mi się wszystko, co wymyślisz.

Była szczęśliwa, że ma się czym zająć. Zazwyczaj dni nieco się jej dłużyły; co prawda czasami pomagała sekretarce Petera prowadzić księgowość, ale praca biurowa nie dawała jej satysfakcji ani spełnienia. Była w końcu artystką. Nie lubiła porządkować papierów, opłacać faktur, dodawać długich kolumn liczb. Robiła to, żeby odciążyć Petera, ale cały czas marzyła o tym, żeby...

Nie. Jak zawsze odepchnęła od siebie myśl o tym, czego pragnęła. Nie ma sensu snuć nierealnych marzeń. Jej życie jest cudowne, o wiele lepsze niż życie innych ludzi. Osobiście urządziła ten wspaniały dom, prawie codziennie coś w nim zmieniała, uwielbiała szukać skarbów w małych antykwariatach i galeriach, znajdować perełki, znosić je do domu i wić gniazdko dla siebie i Petera.

„Cudownie – powtarzała sobie. – I tak spokojnie. Nowe zasłony pasują idealnie".

Odebrała je w przeddzień wyjazdu Petera. Znalazła te zasłony we włoskim sklepiku. Były co prawda nieprzyzwoicie drogie, ale uważała, że są warte swojej ceny. Powiesiła je sama z niemałym wysiłkiem i wieczorem czekała, co powie Peter, on jednak w pierwszej chwili w ogóle ich nie zauważył. Kiedy koło ósmej wrócił z pracy, był całkowicie pogrążony w myślach. Coś najwyraźniej nie dawało mu spokoju; Laura założyła wtedy, że to zbliżająca się podróż. Teraz, gdy stała pośrodku saloniku i niechętnie, wbrew sobie, sączyła alkohol, którego nie lubiła, miała przed oczami tamtą scenę: stali tu razem, prawie w tym samym miejscu, tu, gdzie ona teraz.

– Niczego nie zauważyłeś? – zapytała wtedy.

Peter rozejrzał się dokoła. Był zmęczony, wydawał się nieobecny myślami.

– Nie. A co miałem zauważyć?

Była oczywiście zawiedziona, ale tłumaczyła sobie, że Peter myślami jest już na jachcie i że ma prawo cieszyć się na tydzień urlopu.

– Zawsze powtarzaliśmy, że te niebieskie zasłony nie pasują do dywanu – zaczęła, chcąc go naprowadzić na właściwy trop.

W końcu spojrzał na okno.

– Och – powiedział. – Nowe zasłony.

– Podobają ci się?

– Bardzo ładne. Jak stworzone do tego pokoju. – Nie wiadomo dlaczego, zabrzmiało to sztucznie. Jakby tylko udawał, że mu się podobają. Ale może tak jej się tylko zdawało.

– Kupiłam je w tym włoskim sklepie meblowym. Pamiętasz, opowiadałam ci o nim.

– Tak, tak, wiem. Bardzo ładne, naprawdę.

– Rachunek położyłam na biurku – dodała.

– Dobrze. – Roztargniony skinął głową. – Idę się spakować. Wolałbym się dzisiaj wcześniej położyć.

– Możesz przed wyjazdem zrobić przelew? Bo po twoim powrocie może być za późno.

– Oczywiście. Będę pamiętał. – Powoli wyszedł z saloniku.

W tej chwili przypomniał jej się rachunek za zasłony. O dziwo alkohol rozjaśnił jej w głowie. Atak paniki na myśl o samotności poszedł w niepamięć. Znowu myślała logicznie. Co prawda sprawa rachunku nie była zbyt ważna, ale i tak poszła do gabinetu, żeby się przekonać, czy ją załatwił.

Gabinet to był mały pokoik między kuchnią a salonikiem, wychodzący na ogród przeszkloną ścianą. Początkowo miał być w tym miejscu ogród zimowy. Laura wstawiła tu uroczy stary sekretarzyk, który przed laty znalazła na południu Francji, do tego dodała drewnianą biblioteczkę i wygodny fotel. Sama także tu pracowała; tu prowadziła księgowość, a Peter pracował tu wieczorami i w weekendy.

Zapaliła światło i od razu zobaczyła rachunek na biurku. W tym samym miejscu, w którym go położyła. Najwyraźniej Peter nawet na niego nie spojrzał, a co dopiero zapłacił.

„To był nieodpowiedni moment – pomyślała – tuż przed wyjazdem. Miał po prostu inne rzeczy na głowie".

Powoli wracała na górę. Może po alkoholu w końcu zaśnie.

Nie zasnęła. Aż do świtu leżała z otwartymi oczami. O szóstej wstała, upewniła się, że Sophie nadal smacznie śpi, i poszła pobiegać. Cały czas padało. Wiatr wydawał się zimniejszy niż poprzedniego dnia.

2

W tamten niedzielny poranek padało też w Prowansji. Po długim, suchym lecie drugi tydzień października przyniósł zmianę pogody. Przyroda bardzo potrzebowała deszczu.

Nad górami wewnątrz lądu kłębiły się chmury, nadciągały ponurą warstwą. Winnice, pełne kolorowych liści, nie mieniły się w jesiennym słońcu jak zazwyczaj, tylko smętnie kryły za welonem wilgoci. Na drogach i dróżkach gromadziły się kałuże. Wiatr ze wschodu oznaczał, że zła pogoda zagości na dłużej.

Catherine Michaud wstała wcześnie, jak zawsze. Gdyby została w łóżku nieco dłużej, mogłaby zacząć rozmyślać, a to zawsze było niebezpieczne. Koniec końców zaczęłaby płakać albo zatraciłaby się w i tak wiecznie obecnej nienawiści i zgorzknieniu, a potem nie umiałaby sobie w ogóle poradzić z rozbudzonymi emocjami.

Zaparzyła sobie kawy i przechadzała się po mieszkaniu, ogrzewając palce o filiżankę. Z kuchni do saloniku, do sypialni, z powrotem do kuchni. Łazienki unikała. Nienawidziła łazienki w tym mieszkaniu. Przypominała wąski, wysoki wąwóz, do którego jakimś cudem gdzieś z góry wpada odrobina światła. Podłogę pokrywały zimne szare płytki, w które wżarł się brud wielu pokoleń mieszkańców. Nie sposób było go usunąć. Bladożółte kafelki wznoszące się nieco ponad metr nad podłogę były poobijane. Na jednym z nich, tuż przy umywalce, któryś z poprzedników Catherine wyrył gniewne *Fuck you*. Usiłowała zakrywać to ręcznikiem na wieszaku, ale haczyk odpadł po dwóch dniach i ziejąca w ścianie dziura bynajmniej nie poprawiła sytuacji.

Okno znajdowało się tak wysoko, że musiała wchodzić na sedes, żeby je uchylić. Kiedy stało się przed lustrem przy umywalce, światło padało na twarz pod najgorszym możliwym kątem. Człowiek zawsze wyglądał szaro, żałośnie, nieszczęśliwie, o wiele starzej niż w rzeczywistości.

Właśnie przez lustro tego ranka unikała łazienki. Bardziej niż brzydota pomieszczenia przerażał ją tego dnia widok jej twarzy – i nie tylko tego dnia. W ciągu minionych tygodni czuła się trochę lepiej, ale tej nocy obudziło ją palenie na twarzy, wrażenie, że nie tyle jej ciało, co jej skóra płonie od gorączki. Westchnęła cicho, wtulona w poduszkę, zmusiła się, by nie rozrywać palcami policzków, by z rozpaczy nie drzeć skóry paznokciami. Znowu się zaczęło. Dlaczego ciągle, w fazach względnego spokoju, łudzi się, że choroba odeszła na dobre, że weszła w fazę uśpienia, uznała, że dość już ją umęczyła? Bóg – albo ten, kto za tym stał – mógł się przecież w końcu znudzić, uznać, że dość już nabroił, i poszukać nowej ofiary. Ale ta nadzieja za każdym razem okazywała się płonna. W ciągu zaledwie kilku tygodni – najdłuższe przerwy trwały dwa, trzy miesiące – trądzik powracał nocą; zdradliwie oszczędzał plecy, brzuch i nogi, koncentrował się na twarzy i szyi, szalał tam, gdzie za nic nie mogła go ukryć. Wykwitał na kilka dni, a potem znikał, zostawiając po sobie paskudne blizny, ślady, czerwone plamy, niekształtne przebarwienia. Dzisiaj, w wieku trzydziestu dwóch lat, miała twarz ofiary strasznego zamachu. Była trwale oszpecona nawet w okresach bez świeżych wykwitów, ale wtedy, dzięki grubej warstwie pudru i kosmetyków, mogła przynajmniej wyjść z domu. W okresach zaognienia makijaż tylko pogarszał sprawę.

Swędzenie na twarzy i ciasne ściany starego, ponurego mieszkania doprowadziły ją w krótkim czasie do takiego stanu, że uznała, że mimo wszystko lepiej będzie wyjść i zjeść śniadanie w kafejce przy promenadzie w porcie. Jej mieszkanko, położone w jednej z wąskich, ciasnych uliczek starówki La Ciotat, było tak ponure, że czasami nie mogła tu wytrzymać. Latem, kiedy nadciągał upał, chłód i cień niosły przynajmniej ulgę. Zimą i jesienią tylko potęgowały depresję.

Włożyła lekki płaszczyk, owinęła szyję chustką, starając się ukryć przy okazji podbródek i usta. Wyszła na mokrą, źle oświetloną uliczkę. Stojące blisko siebie domki zdawały się ku sobie skłaniać. Mżyło monotonnie. Catherine szła szybkim krokiem z pochyloną głową. Na szczęście o tej porze i w taką pogodę na ulicach prawie nie było przechodniów. Nadchodzący z przeciwka starszy mężczyzna gapił się na nią bezwstydnie. Zorientowała się, że chustka zsunęła jej się z twarzy. Zdawała sobie sprawę, jak bardzo jest ohydna. Właściwie nie miała ludziom za złe, że uciekają wzrokiem.

Odetchnęła, gdy minęła ostatni dom i zobaczyła przed sobą morze. Leniwie uderzało o murowane nabrzeże, szare jak niebo, bez charakterystycznego dla niego blasku. Ogromne żurawie w porcie odcinały się od skalistego wybrzeża; wspomnienia z wojennej przeszłości, wzniesione przez nazistów, tak mocno osadzone, że ich usunięcie kosztowałoby majątek, zostały więc i swoją stalową brzydotą dbały o to, by La Ciotat nigdy nie stała się turystyczną perłą Morza Śródziemnego, i miasteczko na zawsze zostanie robotniczym szarym portem.

„Paskudne miasto – pomyślała Catherine. – Jakby stworzone dla paskudnej kobiety".

Weszła do Bellevue, jedynej knajpki czynnej o tej porze, położonej nieco na ukos od portu. Od lat znała właściciela, mogła więc pokazać mu się nawet z oszpeconą twarzą. Usiadła w kącie i osłoniła sobie twarz szalem.

– Café crème – poprosiła. – I croissant.

Philippe, właściciel, spojrzał na nią ze współczuciem.

Skinęła głową, siląc się na beztroski ton:

– Nic na to nie poradzę. Wszystko ma swój rytm i znowu przyszła na mnie pora.

– Zaraz podam pani pyszną kawę, a potem największego croissanta – zapewnił ochoczo Philippe.

Miał jak najlepsze intencje, ale jego wyraźne współczucie sprawiało jej ból. Zazwyczaj spotykała się z dwiema reakcjami – litością albo obrzydzeniem.

Czasami sama nie wiedziała, co jest gorsze.

Przed Bellevue znajdował się zadaszony taras, w chłodniejsze dni osłaniany także foliową ścianą. Catherine mogła więc obserwować ulicę, na której stopniowo robiło się coraz tłoczniej. Koło knajpki przebiegły dwie kobiety w towarzystwie małego, rozbrykanego pieska. Co jakiś czas przejeżdżał samochód. Biegaczki minęły się z mężczyzną, który zmierzał w kierunku starówki z wielką bagietką pod pachą. Catherine wyobrażała sobie, jak żona i dzieci wypatrują go niecierpliwie. Ciekawe, czy ma dużą rodzinę? A może nie, może czeka na niego tylko kochanka, śliczna młoda kobieta, która jeszcze śpi i której chce zrobić niespodziankę. Kochali się w nocy, ranek był spokojny, właściwie nawet nie zauważyli, że pada. Młoda kobieta ma pewnie lekki rumieniec na policzkach, a on patrzy na nią z podziwem i miłością w oczach.

Nienawidziła takich kobiet.

– Proszę, oto kawa i croissant – oznajmił Philippe.

Kwiecistym gestem postawił jedno i drugie na stołku.

– Dzisiaj pewnie znowu będzie padać – zapowiedział.

Wrzuciła samotną kostkę cukru do samotnej filiżanki. Czuła, że Philippe chce powiedzieć coś jeszcze, i miała nadzieję, że tego nie zrobi, bo to może tylko pogorszyć sytuację.

– Jeśli chodzi o pani twarz... – zaczął speszony, unikając jej wzroku. – Co na to lekarze? Bo przecież pani się leczy, prawda?

Przełknęła złośliwą odpowiedź, która cisnęła jej się na usta. Philippe nie był winny jej nieszczęścia, zresztą wolała się z nim nie kłócić. Gdyby nie mogła przyjść do jego knajpki, zostałoby jej już tylko własne mieszkanie.

– Oczywiście – odparła. – Byłam u wielu lekarzy i chyba nie ma środka, którego nie próbowałam. Ale... – Wzruszyła ramionami. – Nic nie pomaga.

– Niemożliwe! – oburzył się Philippe. – Żeby kobieta musiała w takim stanie... No wie pani, latamy na Księżyc, przeszczepiamy serca, a z czymś takim sobie nie radzą?

– Tak to już jest – odparła. Intrygowało ją, co jego zdaniem powinna teraz powiedzieć. – Pozostaje mi tylko mieć nadzieję, że pewnego dnia znajdzie się lekarz, który zdoła mi pomóc.

– A skąd to się bierze? – Philippe najwyraźniej pokonał barierę; gapił się na nią jawnie i coraz bardziej zagłębiał się w temat. – Jest chyba jakaś teoria?

– Teorii jest wiele, Philippe. Bardzo wiele. – Zobaczyła, jak do kafejki wchodzi kobieta z dwójką dzieci, i liczyła na to, że Philippe zainteresuje się nowymi gośćmi. – Jakoś to będzie – zakończyła pojednawczo i najchętniej rozpłakałaby się na głos. Twarz płonęła jej żywym ogniem.

– Głowa do góry – poradził Philippe i w końcu dał jej spokój. Odetchnęła z ulgą. W tej chwili współczucie wydawało jej się gorsze niż wstręt.

Czuła na sobie wzrok dwójki dzieci. Wyglądały na jakieś osiem, dziewięć lat, dwie ładniutkie dziewczynki o ciemnych lokach i dość ponurych minkach.

– Co się stało tej pani? – zapytała młodsza i złapała matkę za rękę. – Mama, co się tej pani stało w buzię?

Matce najwyraźniej zrobiło się głupio, gdy usłyszała pytanie córki. Syknęła, że ma być cicho.

– Nie gap się tak! Nie wolno. To bardzo biedna pani, nie można się na nią patrzeć!

Catherine czuła, jak policzki płoną jej coraz bardziej. Bała się podnieść głowę znad kawy. Straciła apetyt na croissanta, ale też odechciało jej się płakać. Powróciła nienawiść, która oprócz smutku stanowiła jej częstą towarzyszkę. Nienawiść do wszystkich, którzy są zdrowi i piękni, których ktoś kocha, podziwia, którzy mogą rozkoszować się życiem.

– Dlaczego? – mruknęła pod nosem. – Dlaczego, do cholery?

– Mogę? – zapytał męski głos. Podniosła głowę. Henri. I nawet on, który znał ją dłużej niż ktokolwiek inny, w pierwszej chwili nie zdołał ukryć obrzydzenia na widok jej twarzy.

– Och, Catherine – powiedział tylko bezradnie.

– Siadaj! – Wskazała krzesło naprzeciwko. Nie tyle widziała, co czuła, że matka dwóch wścibskich dziewczynek także zerka ciekawie w ich stronę. Henri to bardzo przystojny mężczyzna. Nie taki, którego można sobie wyobrazić u jej boku. A nie każdy musi wiedzieć, że to jej kuzyn.

– Byłem u ciebie przed chwilą – wyjaśnił. – A skoro nie zastałem cię w domu, pomyślałem, że zajrzę tutaj.

– Cóż, innych możliwości właściwie nie ma. – Podsunęła mu talerzyk z croissantem. – Proszę, jedz, nie jestem głodna.

– Ale powinnaś...

– Nie chcę. Więc albo zjesz, albo go zostawimy.

Rzucił się na ciastko jak człowiek, który od dawna nie miał nic w ustach.

– Co się stało, że już o tej porze jesteś na nogach? – zdziwiła się.

– Pewnie się domyślasz. W nocy nie zmrużyłem oka.

– Henri, ja...

– Nie. – Machnął ręką na znak, żeby nic nie mówiła. – Nie chcę o tym rozmawiać.

– Gdzie Nadine?

– Wczoraj po południu wyszła z domu, ale rano była w łóżku koło mnie. A potem od razu pojechała do matki.

– Czy wy...

Jego blada, umęczona twarz była jak wykuta z kamienia.

– Nie chcę o tym rozmawiać!

– Dobrze, już dobrze. – Wiedziała, że teraz to i tak bez sensu. Prędzej czy później Henri będzie chciał rozmawiać i wtedy sam do niej przyjdzie. – Wyglądasz okropnie – powiedziała cicho.

– Potrzebuję twojej pomocy. Mogłabyś dzisiaj pomóc mi w kuchni? Nadine, jak powiedziałem, pojechała do matki, a przy kiepskiej pogodzie w pizzerii będzie wielki ruch. Sam sobie nie poradzę. Wiem, że zaledwie w piątek mi pomagałaś, ale...

– Nie ma sprawy. Wczoraj wieczorem też mogłabym ci pomóc. Pewnie było ci ciężko, skoro Nadine wyszła. Dlaczego po mnie nie zadzwoniłeś?

– Domyślałem się, że chciałabyś o tym... rozmawiać. A nie miałem na to siły.

– O której mam dzisiaj być?

– Możesz od jedenastej?

Roześmiała się gorzko.

– A zdarzyło się kiedyś, że nie mogłam? Przecież ja tylko czekam, aż będę ci potrzebna.

Westchnął. Na jego twarzy malował się wyraz autentycznej troski.

– Zawiodłem cię, wiem. Okazałem się za słaby. Nie masz pojęcia, jak często pragnę, pragnąłem...

– Czego? Zmienić przeszłość?

– Nie. Będąc sobą, takim, jaki jestem, nie zrobiłbym niczego inaczej. Słabość to część mojego życia, mojego charakteru, mojej osobowości. Nie, pragnę czegoś innego. Chciałbym być innym człowiekiem. Nie Henrim Joly z La Ciotat, tylko... Bo ja wiem, Jeanem Dupont z Paryża!

– Kim jest Jean Dupont z Paryża?

– W tej chwili go wymyśliłem. Jean Dupont jest menedżerem w wielkiej firmie. Jest dumny, nie ma skrupułów, to twardziel, nie tyle lubiany, co budzący respekt, ale każdy chce go mieć po swojej stronie. Zasiada w zarządzie i ogólnie uważa się, że ma spore szanse pewnego dnia zająć fotel przewodniczącego. Co powiesz na Jeana?

Catherine uśmiechnęła się, tym razem miękko, dzięki czemu na jej twarzy malował się wyraz, który sugerował, jak mogłaby wyglądać, gdyby nie choroba i gorycz w jej rysach; mogła być naprawdę ładna. Być może wtedy ludzie zauważyliby jej śliczne oczy.

– Nie lubię Jeana – oznajmiła. – Wręcz przeciwnie, sądzę, że to okropny typ. Być może dlatego, że bardzo przywiązałam się do Henriego i chciałabym, żeby zawsze był taki, jaki jest.

Po chwili na stole zjawiła się kawa Henriego. Jak zawsze pił czarną, bez cukru i mleka. Catherine od lat wiedziała, jaką pija kawę – bardzo mocną i bardzo gorzką. Czasami wyobrażała sobie, jak by to było co rano parzyć mu tę kawę, razem z nim siadać do śniadania, nalewać mu ciemnego płynu do filiżanki. Kroiłaby mu bagietkę, smarowała masłem i miodem. Uwielbiał bagietkę z miodem. O tym także wiedziała.

Podchwycił jej ostatnie zdanie.

– Ten Henri, do którego się tak przywiązałaś... bardzo cię rozczarował.

Natychmiast uciekła od tego tematu, powtarzając niemal dokładnie jego słowa:

– Nie chcę o tym rozmawiać! Proszę!

– Dobrze. – Dopił kawę, odsunął filiżankę, położył drobne na stoliku i wstał. – Do zobaczenia później. Dziękuję, Catherine. – Zanim wyszedł, pogłaskał ją po włosach. Matka dwóch dziewczynek w przeciwnym kącie knajpki odprowadzała go wzrokiem. Jak wszystkie kobiety.

„I pomyśleć – przemknęło Catherine przez głowę – że kiedyś naprawdę się łudziłam, że się ze mną ożeni".

3

Wystarczyło dziesięć minut, by Nadine pożałowała, że przyjechała do matki. Jak zwykle poczuła się nie lepiej, tylko o wiele gorzej, i zastanawiała się, czemu z takim uporem powtarza w kółko ten sam błąd.

Chociaż akurat nic dziwnego, że tego dnia nie myślała logicznie. I dlatego kierowała się impulsem. I tak dobrze, że skończyło się tylko na odwiedzinach w ponurym domu matki.

Ile już razy namawiała ją, żeby wyprowadziła się z małego domku na uboczu w miejscowości Le Beausset. Co ją właściwie trzymało w rozwalającej się ruderze, którą stopniowo pochłaniała bujna roślinność wielkiego ogrodu? Dom stał w płytkim wąwozie, z okien widać było jedynie wysokie, strome skały wzbijające się w niebo. Zasłaniały wszelkie inne widoki. Wąwóz był na dodatek porośnięty gęstą roślinnością i nawet w słoneczne letnie dni panował w nim półmrok. W deszczowy jesienny dzień, jak dzisiaj, stawał się nie do wytrzymania deprymujący.

W kuchni królowało zimno i smród gnijącego jedzenia. Nadine otuliła się szczelniej ciepłą kurtką, a i tak cały czas trzęsła się z zimna. Wiekowe kamienne mury tak skutecznie chroniły wnętrze przed letnim żarem, że w środku zawsze panowały chłód i wilgoć. Jesienią i zimą trzeba było ciągle palić w wielkim kamiennym piecu w kuchni, żeby mieszkańcy w ogóle mogli tu wytrzymać, ale nawet w dzieciństwie Nadine zdarzało się to rzadko. Jej ojciec, wiecznie wplątany w ten czy inny romans, właściwie zawsze przebywał poza domem, a matka tylko płakała i narzekała, i zazwyczaj była zbyt zmęczona, by zawracać sobie głowę takimi drobiazgami jak ogień na kominku. Już jako dwunastolatka Nadine doszła do wniosku, że chce jak najszybciej wyrwać się z domu.

Także dzisiaj rozejrzała się wokół i pomyślała z goryczą: w takich warunkach nie powinno się wychowywać dzieci.

Marie Isnard podeszła do stołu ze świeżo zaparzoną kawą.

– Proszę, córeczko. To ci dobrze zrobi. – Spojrzała z troską na córkę. – Jesteś bardzo blada. Czy ty w ogóle spałaś?

– Nie. Może to kwestia pogody. Zawsze gorzej się czuję, gdy lato ustępuje jesieni. To nie jest mój czas.

– A dzisiaj jest szczególnie paskudnie – zauważyła Marie. Miała na sobie szlafrok, Nadine zastała ją jeszcze w łóżku. – Z Henrim wszystko w porządku?

– Nudny jak zawsze.

– No cóż, po piętnastu latach... żaden związek nie jest ekscytujący.

Marie usiadła koło córki, nalała im obu kawy. Nie umyła się ani nie uczesała i wyglądała nie na pięćdziesięciolatkę, ale na osobę co najmniej dziesięć lat starszą. Miała zapuchnięte oczy, choć Nadine wiedziała, że matka nie tyka alkoholu, a worki pod oczami to nie wynik picia. Marie pewnie znowu przepłakała kilka godzin. Pewnego dnia dosłownie wypłacze sobie oczy.

– Mamo – zaczęła Nadine. – Kiedy ty się w końcu wyprowadzisz z tego domu?

– Przecież już nieraz o tym rozmawiałyśmy. Mieszkam tu od ponad trzydziestu lat. Niby dlaczego miałabym się zmienić?

– Dlatego, że masz dopiero pięćdziesiąt lat, wcale nie jesteś staruszką, która za życia grzebie się w pustelni. Możesz jeszcze osiągnąć coś w życiu.

Marie przeczesała palcami lewej dłoni krótkie, ciemne loki, sterczące jak szczotka do odkurzania.

– Popatrz na mnie! Co niby mogłabym w życiu osiągnąć?

Tak naprawdę była jeszcze ciągle atrakcyjną kobietą; tego wrażenia nie psuł stary szlafrok ani zapuchnięte oczy. Nadine wiedziała, że przed laty matka, córka właściciela winnicy z Cassis, uchodziła za najpiękniejszą dziewczynę w okolicy i jeśli wierzyć fotografiom, nie była to przesadzona opinia. Zmysłowa, pełna radości życia, energiczna, promienna. Nic dziwnego, że równie przystojny i zmysłowy Michel Isnard zakochał się w niej i zrobił jej dziecko, zanim skończyła siedemnaście lat. Pod wpływem nacisków ojca Marie młodzi musieli się pobrać i szukać domu dla siebie i malutkiej Nadine.

Później Nadine nigdy nie mogła wybaczyć ojcu, że akurat wtedy wbił sobie do głowy romantyczne stare siedlisko na odludziu. Marie zawsze opowiadała, że nagle zaczął opowiadać tylko o kawałku ziemi, o kozach, kurach i domu pełnym staroświeckiego czaru...

Tym sposobem wylądowali w ruderze w Le Beausset, a Michel oznajmił, że osobiście zajmie się remontem i wyczaruje dla rodziny przytulny, wspaniały dom. Na deklaracjach się skończyło. Michel nigdy nie przepadał za pracą fizyczną. O wiele więcej uwagi poświęcał małemu antykwariatowi w Tulonie, spędzał tam całe dnie, a później i wieczory. Dopiero po latach Nadine zrozumiała, że wieczorami zajmował się przede wszystkim młodymi turystkami i wraz z nimi włóczył się po barach i dyskotekach. Mniej więcej w tym czasie Marie zaczęła co wieczór szlochać w poduszkę i w pewnym sensie nigdy z tym nie skończyła. Dbała o wielki, nieprzenikniony ogród, o kury i kozy, i o małą dziewczynkę, przez którą, mając niespełna dwadzieścia lat, utkwiła w nieszczęśliwym małżeństwie i zaczęła gorzknieć.

W domu nie miały bieżącej wody ani prądu, miały za to nieszczelne okna. Michel zaczął remont łazienki, ale w pewnym momencie dał sobie spokój. Na ścianach zostało kilka kafelków, gliniana polepa nikła miejscami pod warstwą terakoty. Pewnego dnia – Nadine miała wtedy sześć lat – z wielką dumą przytaszczył do domu wielkie lustro, antyk w bogato rzeźbionych ramach.

– Proszę bardzo. – Wręczył je Marie, która od dwóch nocy nie miała pojęcia, gdzie się podziewał, i miała oczy zapuchnięte od płaczu. – Do twojej łazienki.

Był to pierwszy i ostatni raz, gdy Nadine widziała matkę w ataku szału. Marie przyglądała się mężowi, jakby to, co usłyszała, nie mieściło jej się w głowie, jakby nie pojmowała, że tak bezwzględnie sobie z niej drwi. A potem wzięła ciężkie lustro i z całej siły trzasnęła nim o kamienną posadzkę w kuchni. Szkło i rama rozprysły się na tysiące kawałków.

– Nigdy więcej tego nie rób! – wrzasnęła. Wystąpiły jej żyły na czole, głos łamał się z wściekłości. – Nie waż się jeszcze raz tak mnie obrazić! Zachowaj takie bzdury dla siebie! Nie chcę żadnych prezentów, nic od ciebie nie chcę! Nic! Daruj sobie durne uśmiechy i głupią paplaninę, i to wszystko, co i tak nie ma żadnego znaczenia!

Nadine uciekła do swego pokoju i zakryła sobie uszy. W pewnym momencie, gdy w domu w końcu zapadła cisza, odważyła się ponownie zakraść do kuchni. Marie siedziała przy stole z twarzą w dłoniach i płakała. Wokół poniewierały się odłamki rozbitego lustra. Michela nigdzie nie było widać.

– Mamo – powiedziała miękko – co się dzieje? Dlaczego się nie ucieszyłaś, że papa dał ci prezent?

Marie podniosła głowę. Nadine po raz pierwszy zastanowiło, jak właściwie wygląda matka bez zapłakanych oczu.

– Nie rozumiesz tego – powiedziała. – Jesteś na to jeszcze za mała. Pewnego dnia to zrozumiesz.

I rzeczywiście, w końcu zrozumiała. Zrozumiała, że w życiu jej ojca zawsze były inne kobiety, że był lekkoduchem, że ulegał swoim nastrojom, że robił, co chciał, że żył z dnia na dzień i właściwie nikim się nie przejmował. Ożenił się z najładniejszą dziewczyną od Tulonu do Marsylii, ale zatruła mu życie ciągłym narzekaniem, jęczeniem, wyrzutami.

Kiedy Nadine miała czternaście lat i najbardziej na świecie chciała w końcu wyrwać się z domu, Michel zakochał się we właścicielce butiku z Nicei i z dnia na dzień wprowadził się do niej. Podnajął swój antykwariat i wszystkim, którzy chcieli go słuchać, opowiadał, że poznał kobietę swego życia. Początkowo jeszcze przychodził pod szkołę Nadine, spotykał się z córką, chodził z nią na obiady, na lody i snuł malownicze wizje swego cudownego życia. Ale zdarzało się to coraz rzadziej, aż w końcu przestał przychodzić.

Nadine namawiała wtedy Marie, żeby się z nim rozwiodła i przeprowadziła do przytulnego mieszkanka nad morzem.

– Przecież tutaj jest okropnie! Uschniemy tu na wiór! Nic się tu nie dzieje, a ten dom jest po prostu okropny! Właściwie dlaczego nadal chcesz być żoną faceta, który cię w kółko zdradzał i zawodził?

Ale wieloletnia frustracja i wieczne łzy pozbawiły Marie resztek sił. Nie wykrzesała w sobie dość energii, by przeprowadzić znaczące zmiany w swoim życiu. Pogodziła się z domem, z samotnością, z niedotrzymanymi obietnicami, od których roiło się w jej życiu. Co bynajmniej nie oznaczało, że przestała płakać. Pogodziła się także ze łzami, stanowiły nieodłączną część jej codzienności. Nadine czasami miała wrażenie, że matka płakała tak, jak inni palą, piją czy uciekają w inne nałogi. Kiedy skończyła to, co miała do roboty, albo nawet zrobiła sobie chwilę przerwy, siadała przy kuchennym stole i płakała. Po pewnym czasie wstawała i wracała do pracy.

Nadine skończyła szkołę w wieku osiemnastu lat. Miała tego wszystkiego serdecznie dosyć. Dosyć ponurego, walącego się domu, jednej wielkiej prowizorki. Dość wiecznego braku pieniędzy, który wynikał z faktu, że Marie nie zarabiała i były skazane na nieregularne wpłaty Michela i na datki ojca Marie, o które jednak musiały długo prosić i błagać. Miała dość matczynych łez i ponurej beznadziei każdego kolejnego dnia.

Teraz często myślała, że nie wyszłaby za Henriego, gdyby nie wydawał się jej jedyną możliwością, by wyrwać się z rodzinnego domu.

– Wiesz, dziecko – odezwała się Marie – zawsze mi radzisz, co powinnam zrobić, żebym była szczęśliwsza. Ale prawda jest taka, że ja moje życie mam już za sobą, a twoje ciągle jest przed tobą!

– Mam trzydzieści trzy lata!

– I naprawdę jeszcze wszystko przed sobą. Jeśli okażesz się mądrzejsza ode mnie. Ja, kiedy miałam trzydzieści trzy lata, miałam prawie dorosłą córkę i akurat rozstałam się z mężem, który zdradzał mnie od lat. Ale...

– No właśnie. – Nadine wpadła jej w słowo. – Miałaś prawie dorosłą córkę. Byłaś wolna. Ale nie ruszyłaś się z miejsca.

Marie odstawiła filiżankę, którą właśnie unosiła do ust. Porcelana lekko uderzyła o spodeczek.

– Twój ojciec wyssał ze mnie całą energię, radość życia, pomysłowość – oznajmiła ostro. – Zniszczył mnie. Mając trzydzieści trzy lata, byłam zgorzkniała. Nie było we mnie ani krzty odwagi. Kilka lat później byłam już stara. Ale ty jesteś inna. Jesteś z Henrim szczęśliwa. To wspaniały facet. Od samego początku nosił cię na rękach. Nie widzę powodu, dla którego...

– Tak? Co chciałaś powiedzieć?

– Szczerze mówiąc, wyglądasz okropnie. Widziałam to już podczas twoich poprzednich odwiedzin, czyli prawie osiem tygodni temu. Pogoda była wtedy wspaniała, o nadciągającej jesieni nie było jeszcze mowy. A ty wyglądałaś jak z krzyża zdjęta... Co się dzieje? Masz wokół ust bruzdy, które na twarzach innych kobiet pojawiają się dziesięć lat później.

– Na Boga, mamo! – Nadine poderwała się z miejsca. Ostatnio bardzo schudła i zdawała sobie sprawę, że wydawała się niewiarygodnie wręcz krucha. Miniona noc pozbawiła ją ostatka sił. Była załamana, traciła resztki nadziei. – Mamo, nie naciskaj. Nigdy wcześniej o nic nie pytałaś, skąd teraz taka troska?

– Nie pytałam? Zawsze mnie interesowało, co u ciebie. Zawsze pytałam. Nie możesz mi przecież zarzucić, że...

Nadine poczuła, że nadciąga migrena. Matka nie była ani głupia, ani bezmyślna, ale nigdy nie zrozumie, jak bardzo zawiodła córkę.

– Mamo, niczego ci nie zarzucam, ale twoje pytania ograniczały się do zdawkowego: co słychać, na co równie zdawkowo odpowiadałam: w porządku, albo: może być. Nigdy specjalnie nie drążyłaś.

Marie wydawała się naprawdę zaskoczona.

– Bo wydawałaś się zawsze szczęśliwa!

Nadine uśmiechnęła się gorzko.

– Szczęśliwa! Wiesz, odkąd sięgam pamięcią, najbardziej na świecie chciałam się wyrwać z Le Beausset. Z tej dziury, w której dałaś się zamknąć, a która okazała się też moim więzieniem. I co? Dokąd dotarłam? Do Le Liouquet w La Ciotat! Daleko, co? Do kretyńskiej kuchni z jeszcze głupszym piecem do pizzy. Naprawdę myślisz, że właśnie o tym marzyłam podczas długich lat w tej dziurze?

– Ale Henri... – zaczęła Marie słabnącym głosem.

Nadine z powrotem opadła na krzesło.

– Daj spokój Henriemu – powiedziała. – Na miłość boską, daj spokój Henriemu!

Potem zaś zrobiła to, co zazwyczaj robiła jej matka: ukryła twarz w dłoniach i zaczęła płakać. A Nadine prawie nigdy tego nie robiła.

Tym razem jednak szlochała tak gorzko, jakby ból, który ją zżerał, zmienił ją całą w niewyczerpane morze łez.

4

Kilka minut po siódmej Laura wróciła z biegania, zaparzyła sobie herbatę, poszła z filiżanką do łazienki, wzięła prysznic, umyła i ułożyła włosy, umalowała się starannie i nawet pomalowała paznokcie u nóg. Nie miała pojęcia, czemu w ten niedzielny poranek zadała sobie tyle trudu; zazwyczaj w niedzielę pozwalała sobie na pewną swobodę i czasami do wieczora snuła się po domu w dresie. Tym razem jednak czuła, że to wyjątkowa sytuacja. Było jej dziwnie słabo, cały czas szukała czegoś, czego mogłaby się uchwycić. Chciała wyglądać przyzwoicie, żeby w tym świecie coś jeszcze było w porządku. Jej świat chwiał się w posadach; wczoraj po raz pierwszy poszła spać, nie porozmawiawszy uprzednio z Peterem.

I przez całą noc nie zmrużyła oka.

Wiedziała, że jest uzależniona od pewnych rytuałów, od niego, od tego związku. Jej poczucie własnej wartości rosło albo malało w zależności do tego, jak układało się między nimi. Nie umiała się od tego uwolnić, postawić na inne priorytety, doprowadzić do jakiejś równowagi. Liczył się tylko Peter. Tylko on decydował, czy była w dobrej formie, czy jednak nie.

Umyta, zadbana i dość zadowolona, w każdym razie ze swego wyglądu, usmażyła sobie w kuchni jajka sadzone i zaraz wyrzuciła je do śmieci, bo na samą myśl o jedzeniu zbierało jej się na mdłości. O wpół do dziesiątej Peter nadal nie zadzwonił.

– To nie jest normalne – szepnęła do siebie.

Z pokoju Sophie dobiegały odgłosy. Kiedy weszła, mała stała w łóżeczku i wyciągała do niej rączki. Sophie była wręcz komicznie podobna do ojca. Miała jego szeroko osadzone, szarozielone oczy, prosty nos i szeroki, promienny uśmiech. Po niej nie odziedziczyła nic, stwierdziła Laura.

– Gdybym nie wiedziała na pewno, że jestem jej matką... – żartowała nieraz. Nie miała nic przeciwko temu, że urodziła Peterowi córeczkę sobowtóra, aż do dzisiaj. Poczuła lekkie ukłucie na tę myśl i nie potrafiła go sobie wytłumaczyć.

Sprowadziła małą na dół, nakarmiła ją. Sophie była w świetnym humorze, śmiała się głośno i wyciągała łapki po wszystko, co znajdowało się w jej zasięgu.

Była za pięć dziesiąta, Laura nadal ją karmiła, gdy zadzwonił telefon.

Wstrząsnęła nią nieopisana ulga. Tak bardzo czekała na ten dźwięk, że teraz, gdy się w końcu rozległ, miała łzy w oczach. Z Sophie na ręku podbiegła do aparatu.

– Na Boga, Peter, co się stało? – zapytała.

Po raz drugi w ciągu dwunastu godzin odpowiedziało jej pełne konsternacji milczenie. Na szczęście tym razem to nie była Britta, tylko Anne, przyjaciółka Laury.

– Nie do końca rozumiem, co w tym takiego strasznego, że Peter do tej pory nie zadzwonił – zauważyła Anne rzeczowo, gdy Laura skończyła opowiadać. – Ale skoro tak bardzo to przeżywasz, na twoim miejscu urządziłabym mu piekło na ziemi. Zna cię na tyle, by wiedzieć, jak na to reagujesz, więc nie zawracaj sobie nim głowy. Dzwoń do niego co minutę. W końcu odbierze.

– Już próbowałam. Jedyne, co mi przychodzi do głowy, to że z jakiegoś powodu nie słyszy telefonu. I to mnie martwi.

– Albo słyszy i po prostu nie chce odebrać – stwierdziła Anne i w tej chwili Laura uświadomiła sobie, że od początku brała tę wersję pod uwagę i dlatego tak bardzo się niepokoiła.

– Nie zrobiłby czegoś takiego – zapewniła. – Niby dlaczego miałby tak postąpić?

– Wiesz, że pewnych rzeczy w nim w ogóle nie rozumiem – stwierdziła Anne. Nigdy specjalnie nie ukrywała, że nie przepada za Peterem. – Być może traktuje ten tydzień pod żaglami jako swój czas, w którym jest miejsce tylko dla niego, jego przyjaciela i jachtu. Chce być tylko z nimi, chce się poczuć wolny.

– A ja go obciążam? – dokończyła Laura urażona.

Anne westchnęła.

– Chyba wiesz, co chciałam powiedzieć. Czasami człowiek ma ochotę zrobić coś bez drugiej połówki. Tylko z przyjaciółką czy przyjacielem.

– Ale ja...

– Ty jesteś inna, wiem. – W głosie Anne nie było pretensji, co Laura dostrzegła i doceniła. Dawniej, gdy razem studiowały fotografię, i później, gdy zdobywały pierwsze zlecenia i marzyły, że pewnego dnia będą pracowały razem, zawsze snuły wspólne plany. To jednak zmieniło się całkowicie, gdy w życiu Laury pojawił się Peter. Laura nieraz myślała, że Anne miała pełne prawo zakończyć tę przyjaźń, i była jej wdzięczna za wierność, z którą nadal trwała u jej boku.

– Masz obsesję na punkcie Petera, poza nim nic się nie liczy – ciągnęła przyjaciółka. – Ale nie możesz zakładać, że on odbiera to tak samo. Może myśli zupełnie inaczej i twoja... twoja bluszczowatość czasami go przytłacza.

– Przecież go nie oplatam! Może robić, co tylko zechce. Żyje pracą, a nigdy nie miałam mu tego za złe!

– Za bardzo na niego czekasz. Codziennie wypatrujesz go gorączkowo, kiedy ma wrócić do domu. Za często do niego dzwonisz, kiedy jest w pracy. Najpóźniej we wtorek musisz wiedzieć, jak i gdzie spędzicie nadchodzący weekend. Musi ci poświęcać każdą wolną chwilę. Nie przyszło ci nigdy do głowy, że to go może przytłaczać?

Laura umilkła. Cały czas miała w uszach słowa przyjaciółki. W końcu stwierdziła cicho:

– Czasami dzień tak strasznie mi się dłuży...

– Niepotrzebnie przestałaś pracować – stwierdziła Anne.

– Peter nalegał.

– I tak popełniłaś błąd. Powinnaś była walczyć. Szkoda, że nie zachowałaś sobie czegoś dla siebie, obszaru, który byłby tylko twój, który liczyłby się w twoim życiu oprócz Petera. Uwierz mi, wtedy nie podchodziłabyś tak histerycznie do waszego związku, co z kolei tylko wyszłoby mu na dobre.

– Ale co mam teraz zrobić?

Anne się zawahała, zaraz jednak pojęła, że Laura wcale nie miała na myśli powrotu do zawodu, tylko początek ich rozmowy.

– Nie dawaj mu spokoju. Obiecał, że będzie się odzywał, i nie jest w porządku, że tego nie robi. Dzwoń do niego i do jego przyjaciela. Dzwoń do tych waszych znajomych, do których miał wstąpić na kolację. Otaczaj go ze wszystkich stron. A potem powiedz mu jasno, co sądzisz o takim zachowaniu. Rzuć słuchawką i do końca tygodnia nie odbieraj telefonów. – Anne westchnęła głośno. – Tyle, jeśli chodzi o moje rady. Co do Petera. A jeśli chodzi o ciebie, powiem jedno: wróć wreszcie do pracy. To ostatni moment. Peter będzie narzekał, ale w końcu się z tym pogodzi. Znam facetów; ostatecznie godzą się z nieuniknionym. Moja propozycja jest aktualna. Przyda mi się dobra współpracownica.

– Anne, ja...

– Zawsze nam się dobrze razem pracowało. Przypomnij sobie, co dawniej planowałyśmy. Jeszcze nie jest za późno.

– Później zadzwonię – powiedziała Laura i odłożyła słuchawkę.

5

Christopher Heymann obudził się w tę niedzielę o wpół do jedenastej. Ocknął się z głębokiego jak śpiączka snu. Ból głowy był jak wróg, który od wielu godzin czaił się przy posłaniu. Przy posłaniu? Dopiero po chwili zdał sobie sprawę, że nie śpi we własnym łóżku. Poczuł pod palcami drewno. Zrobiło mu się zimno. Sięgnął po kołdrę, ale jej nie było. Morderczy ból głowy przyćmiewał wszystko, ale stopniowo docierały także inne bodźce i nagle poczuł, że bolą go wszystkie kości w całym ciele.

– Cholera – zaklął pod nosem.

Powoli odzyskiwał ostrość widzenia. Dostrzegł schody prowadzące w górę. Podstawę staroświeckiego stoliczka. Mosiężny stojak na parasole, w którym tkwił jeden niebieski parasol. Polakierowaną na biało poręcz...

Korytarz jego domu. Hol przy drzwiach wejściowych. Leżał na brzuchu przy drzwiach, na podłodze, w jego głowie szalał młot pneumatyczny, czuł kości, których istnienia nie podejrzewał, i wiedział, że lada chwila zacznie wymiotować.

Dzwonił telefon. Przypuszczał, że dzwoni już od jakiegoś czasu i że właśnie to go obudziło. Aparat stał przy kominku w sąsiednim pokoju, ale nie miał pojęcia, jak się tam doczołga. Ból promieniował na całe ciało.

Z wysiłkiem usiłował przypomnieć sobie przebieg poprzedniego wieczoru. Pił na umór. W zapyziałej portowej knajpie w Les Lecques. W której? Intensywne myślenie potęgowało ból głowy. To i ten cholerny telefon. Dzwoniący musi być strasznie uparty.

Stopniowo powracały strzępki obrazów. Port. Knajpa. Morze. Wczoraj wieczorem padało i zrobiło się zimno. Pił whisky. Zawsze pił whisky, ilekroć chciał zapomnieć o bożym świecie. W pewnym momencie ktoś, może właściciel, usiłował go przekonać, żeby już przestał. Jak przez mgłę przypominał sobie, że zareagował agresywnie. I nie przestał. Obstawał przy swoim prawie jako klienta, że tamten musi go obsłużyć. A potem urwał mu się film. Od pewnego momentu wszystko spowijała ciemność. Nie miał pojęcia, co się później działo. Ale skoro leżał na podłodze we własnym przedpokoju, musiał jakoś wrócić do domu. Zrobiło mu się słabo na myśl, że w tym stanie usiadł za kierownicą. Na piechotę przecież nie dotarłby do La Cadiere. Jeśli naprawdę prowadził, to istny cud, że jeszcze żyje.

Telefon, który na chwilę umilkł, znowu dzwonił. Christopher postanowił doczołgać się do ściany i wyrwać z niej kabel – w innym wypadku ten dźwięk doprowadzi go do szaleństwa. Dźwignął się, wsparł na rękach i w tym momencie zrobiło mu się niedobrze. Zwymiotował na podłogę, by po chwili brnąć przez wymiociny w stronę małego, ciemnego pokoiku. Był już niemal przy telefonie, gdy znowu zebrało mu się na mdłości i znowu zwymiotował. Jak przez mgłę przypomniał sobie inną sytuację, gdy było mu tak niedobrze, że rzygał w pokoju. Był wtedy jeszcze malutki, a jego matka właśnie oznajmiła najbliższym, że odchodzi. Na zawsze. Zaczął wtedy krzyczeć i wymiotować, ale ona była niewzruszona. Szybkim krokiem wyszła z domu. Ani razu nie obejrzała się za siebie.

Zmienił zdanie – nie wyrwał kabla ze ściany. Podciągnął się, chwytając się krawędzi stolika, podniósł słuchawkę i powoli osunął się po ścianie z powrotem na podłogę.

– Tak? – rzucił do słuchawki. Nie był pewien, czy zdoła wydobyć z siebie choć słowo, ale ku swemu zdumieniu mówił nieco ochryple, lecz poza tym w miarę normalnie. Gdyby sądzić po jego głosie, miał nie tyle kaca giganta, ile lekkie przeziębienie.

Po latach we Francji zawsze zaskakiwał go niemiecki w słuchawce. Po dłuższej chwili rozpoznał głos. Laura. Żona Petera. I nagle zrozumiał, że wiedział, że zadzwoni, i że wczorajsze pijaństwo miało z tym coś wspólnego.

– Christopher? Tu Laura, Laura Simon. – Przedstawiła się

pełnym nazwiskiem, czego zazwyczaj nie robiła, a co zdradzało jej zdenerwowanie. – Dzięki Bogu, że cię zastałam! Od pół godziny usiłuję się dodzwonić!

– Laura... Co słychać?

– Przeziębiłeś się? – zapytała, zamiast odpowiedzieć. – Masz dziwny głos!

Odchrząknął.

– Trochę. Mamy kiepską pogodę.

– I dlatego jeszcze nie wypłynęliście, tak? Peter mówił, że wyruszacie o świcie.

– Leje jak z cebra.

– Peter jest u ciebie? Od kilku godzin usiłuję się do niego dodzwonić. W domu go nie ma, nie odbiera komórki...

Po torsjach częściowo odzyskał jasność myślenia. Był w stanie nadążać za jej słowami.

„Cholera, cholera, cholera – myślał. – Co jej powiedzieć?"

– Tu go nie ma – odparł ponuro. – Nie mam pojęcia, gdzie może być.

W słuchawce zapadło ciężkie milczenie. Po chwili Laura zapytała ochrypłym głosem, w którym wyczuwał rozpacz trapiącą ją od wielu godzin:

– To niemożliwe. Jak to: nie wiesz, gdzie może być?

– Jest tak, jak mówię. Co mogę ci powiedzieć?

– Ależ Christopher, byliście przecież umówieni! Mieliście się spotkać albo wczoraj wieczorem, albo najpóźniej dzisiaj rano i wypłynąć na morze! Jak możesz tak spokojnie mówić, że nie masz pojęcia, gdzie on jest?

– Nie pojawił się – oznajmił Christopher. – Ani wczoraj, ani dzisiaj rano.

Laura gorączkowo chwytała powietrze. Zaraz zacznie wrzeszczeć, kobiety zawsze wrzeszczą, kiedy są zdenerwowane.

– A ty nic nie robisz? – zapytała z niedowierzaniem. – Twój najlepszy przyjaciel nie stawia się na umówione spotkanie, a ciebie to nic nie obchodzi?

Gdyby wiedziała, jak bardzo boli go głowa! Czemu właściwie odbierał telefon? Cała ta sytuacja przerastała go dramatycznie.

– A co niby mam zrobić? – burknął. – Najwyraźniej Peterowi przeszła ochota na żagle. Zmienił zdanie. I co z tego? Jest wolnym człowiekiem, może robić, co mu się żywnie podoba.

Zdawał sobie sprawę, że Laura uzna, że to przesada.

– Ależ Christopher, przecież pojechał do Francji właśnie po to, żeby z tobą żeglować! Po raz ostatni dzwonił do mnie wczoraj o osiemnastej. Miał wstąpić na kolację do Nadine i Henriego, a potem od razu iść spać. Żeby dzisiaj być w formie. Nawet słowem nie wspomniał, że zmienił zdanie.

– Może musiał się oderwać. Odpocząć. Od wszystkiego. Od ciebie.

– Christopher, mam do ciebie prośbę. Posłuchaj, ja się naprawdę obawiam, że coś mu się stało. Proszę, pojedź do naszego domu, przecież masz klucz. Sprawdź, czy on tam jest. Może źle się poczuł, może nieszczęśliwie upadł... – Już prawie płakała. – Błagam cię, Christopher, pomóż mi. I jemu!

– Nie mogę do was pojechać. Mam we krwi tyle alkoholu, że ktoś inny już dawno padłby trupem. Siedzę i rzygam. Przykro mi, Lauro, nie dam rady. Nie jestem w stanie dojść nawet do własnego łóżka.

Połączenie urwało się gwałtownie. Ze zdumieniem wpatrywał się w aparat. Coś takiego, szara myszka rzuciła słuchawką. I to z taką siłą, że mało jej nie rozwaliła. Zdziwiło go to: czego jak czego, ale takich wybuchów się po niej nie spodziewał. Zazwyczaj za wszelką cenę starała się być dla wszystkich miła i przez wszystkich lubiana.

„Biedaczka – pomyślał – cholerna biedaczka..."

Osunął się na podłogę, aż znowu leżał. Wymiociny na jego ubraniu cuchnęły niemiłosiernie. Ale jeszcze sporo czasu minie, zanim zaryzykuje wyprawę pod prysznic. Przedtem musi się odrobinę zdrzemnąć...

6

W tę niedzielę w Chez Nadine panował wielki ruch. Co prawda o tej porze roku na Lazurowym Wybrzeżu nie było już zbyt wielu turystów, ci jednak, którzy nadal byli, uciekali przed deszczem i wiatrem do kafejek i knajpek i spędzali tam więcej czasu niż zazwyczaj.

Catherine i Henri pracowali sami, bo Nadine oczywiście przepadła jak kamień w wodę, a pomocnica, którą Henri zatrudniał w sezonie, nie pracowała od pierwszego października – zwykle w tym okresie nie była już potrzebna.

Henri oddałby wszystko za dwie dodatkowe ręce do pracy. Wszystkie stoliki były zajęte, ludzie zajadali złość i frustrację związaną z deszczem. Choć nigdy nie powiedział tego na głos, Catherine wiedziała, na czym polegał problem: nie miał nikogo do wydawania posiłków. A ona się do tego nie nadawała.

Ze swoją twarzą nie mogła wydawać gościom jedzenia. Kiedy nadchodził atak choroby, nikt nie przełknąłby dania, które mu poda, i szczerze mówiąc, wcale nie miała tego ludziom za złe. Wyglądała obrzydliwie, a jej choroba mogła się okazać zakaźna. Nie mogła przecież każdemu z osobna tłumaczyć, że to jej osobiste przekleństwo i że inni nie muszą się niczego obawiać.

Tym samym Henri sam musiał się zająć obsługą, tyle że jednocześnie pilnował pieca do pizzy i dań w kuchni. Zazwyczaj zajmował się gotowaniem, a obsługiwanie gości było zadaniem Nadine. Dzisiaj najchętniej rozerwałby się na pół. Catherine pomagała mu, zmywając naczynia, siekając kolejne sterty pomidorów, cebuli i sera na pizzę i zgodnie z poleceniem Henriego co jakiś czas mieszała dania w garnkach na kuchence, pilnując, żeby nic się nie przypaliło. Kiedy Henri wpadł do kuchni tak wyczerpany, że myślała, że jej serce pęknie, powiedziała cicho:

– Henri, bardzo mi przykro, że niewiele mogę ci pomóc. Jestem do niczego. Właściwie robisz wszystko sam i...

Błyskawicznie znalazł się przy niej. Położył jej palec na ustach.

– Cicho! Ani słowa więcej! Dziękuję Bogu, że tu jesteś, bez ciebie nie dałbym sobie rady, sama widzisz...

Z tymi słowami odwrócił się do kuchni, zaklął pod nosem, zdjął garnek z palnika, rzucił się do półki z przyprawami, dosypał czegoś do potrawy, zamieszał. Catherine wiedziała, że jest urodzonym kucharzem i radzi sobie świetnie nawet w bardzo stresujących sytuacjach. Na jego pizzę klienci zjeżdżali z daleka.

Wystarczyło jedno dotknięcie, a ugięły się pod nią kolana. Drżącymi dłońmi siekała cebulę. Cały czas. Nawet teraz, po tylu latach, jego dotyk przenikał ją do głębi. Oczy zaszły jej łzami. Pociągnęła nosem. Henri spojrzał na nią przelotnie.

– Co jest?

– Nic. – Zdusiła łzy. – Cebula.

Wybiegł z kuchni z tacą zastawioną kieliszkami. Dwuskrzydłowe drzwi kołysały się szybko, gdy wyszedł do sali jadalnej. Catherine myślała o tym, jak to nie w porządku ze strony Nadine tak go zostawić na lodzie – i nie był to bynajmniej pierwszy raz.

„Latawica – pomyślała zawzięcie. – Tandetna, marna latawica".

W tej chwili zadzwonił telefon.

Jeden aparat stał w kuchni, drugi w sali jadalnej na barze, ale Catherine założyła, że Henri nie ma czasu odebrać. Zawahała się: niewykluczone, że to Nadine, a wiedziała, że Henri najchętniej ukrywał przed żoną, że kuzynka pomaga mu w kuchni. Nadine wpadała w złość, gdy się o tym dowiadywała; czasami potrafiła się naprawdę wkurzyć.

Telefon nie przestawał dzwonić, więc Catherine zdecydowanym ruchem podniosła słuchawkę. Właściwie dlaczego ma się ciągle ukrywać? W końcu robi to, co tak naprawdę powinna robić Nadine.

Chcąc zawczasu odeprzeć oczekiwany atak, przedstawiła się szorstko:

– Mówi Catherine Michaud. – Dopiero po chwili zdała sobie sprawę, jak dziwnie mogło to zabrzmieć, więc dodała pospiesznie: z restauracji Chez Nadine.

Kamień spadł jej z serca, gdy się okazało, że to nie Nadine, tylko Laura Simon z Niemiec. Miała okropny głos. Chyba coś ją bardzo zdenerwowało.

Po zakończonej rozmowie Catherine usiadła na stołeczku i zapaliła papierosa. Henri nie lubił, kiedy paliła w kuchni, poza tym lekarze radzili trzymać się z daleka od papierosów, bo niewykluczone, że nikotyna miała negatywny wpływ na jej chorobę. Ale czasami potrzebowała chwili odprężenia, a jeśli chodziło o chorobę, i tak nigdy nie będzie lepiej.

Laura Simon. Kilka razy spotkała Laurę i jej męża właśnie w Chez Nadine, kiedy Nadine akurat nie było i mogła ją zastąpić. Poza tym jeszcze kiedyś wpadła na nich na starówce La Ciotat i dała się zaprosić na kawę. Lubiła ich oboje, nie mogła się jednak opanować, by – jak zawsze – nie zazdrościć Laurze, która była w udanym związku, miała ładną buzię i gładką skórę.

Henri wszedł do kuchni, zmarszczył brwi na widok papierosa, ale nic nie powiedział. Catherine wstała, zalała niedopałek bieżącą wodą. Henri otarł pot z czoła.

– Kto dzwonił? Nadine?

„Jak bardzo się boi" – pomyślała Catherine ze współczuciem.

– Laura – powiedziała. – Laura Simon z Niemiec.

Obserwowała go uważnie. Widziała jego ściągniętą twarz i nagle wydał jej się jeszcze bledszy.

– Laura? Czego chciała?

– Szuka męża. Nie może się do niego dodzwonić. Kiedy ostatni raz z nim rozmawiała, wybierał się tutaj na kolację. Wczoraj wieczorem.

– Był tutaj – odparł Henri. Ktoś, kto go znał, wyczułby, że mówi to zbyt obojętnym tonem. – Przekąsił co nieco i ruszył dalej. Dość wcześnie.

– Powinieneś do niej zadzwonić i jej to powiedzieć. Biedaczka umiera ze zmartwienia.

– Niewiele jej to da. – Henri ułożył dwie wielkie pizze na ceramicznych talerzach. – Jezu, ależ ci ludzie dzisiaj żrą! Nie nadążam! Zadzwonię do niej, Catherine, ale później. W tej chwili po prostu nie dam rady.

7

Zanim Laura znalazła klucze do biura, było już późne popołudnie, ale w końcu przestało padać. Szukała mechanicznie, jak robot, który otrzymał polecenie i wykonuje je teraz bezmyślnie. Rozmowa z Christopherem poruszyła ją do głębi. Rozmowa z Catherine z Chez Nadine niczego nie wyjaśniła. Kiedy odłożyła słuchawkę, trzęsły jej się ręce i uginały nogi, aż w końcu usiadła i nakazała sobie surowo wziąć się w końcu w garść.

– Muszę się zastanowić, co dalej – stwierdziła na głos.

Najchętniej od razu wsiadłaby do samochodu i pojechała na południe Francji, ale było za późno, by jeszcze za dnia dotrzeć do La Cadiere. Poza tym uznała, że lepiej nie zabierać Sophie, i musiała najpierw znaleźć kogoś, kto się nią zaopiekuje.

– A więc mogę wyjechać dopiero jutro – powiedziała, znowu głośno, do siebie. – Ale co począć z resztą tego strasznego dnia?

Wiedziała, że musi coś zrobić, coś, co przybliży ją do Petera, cokolwiek, co miało z nim coś wspólnego. Coś, co dawało choćby cień nadziei, że jakoś wyjaśni jego nagłą nieobecność – myślała: „nieobecność", bo zniknięcie brzmiało zbyt groźnie, niosło zbyt wiele niebezpiecznych skojarzeń.

Zaglądała do jego szaf i szuflad w komodzie, ale nie znalazła niczego, co wyglądałoby inaczej niż zwykle. Buszowała w sekretarzyku w gabinecie, ale Peter właściwie z niego nie korzystał, i znalazła tylko drobiazgi przypominające o tym, że dawniej prowadziła księgowość firmy: stare notatki, segregatory, zeszyty. A oprócz tego – zaświadczenia o egzaminach ze studiów fotograficznych. Szybko odłożyła je na dno szuflady.

W pewnym momencie wymyśliła, że pojedzie do biura Petera. Przecież spędzał tam wiele godzin każdego dnia i jeśli może coś znaleźć, to właśnie tam.

Oczywiście wielki pęk kluczy zabrał z sobą, więc gorączkowo szukała zapasowego klucza – i znalazła – w słoiku w kuchennej szafce. Ubrała Sophie, włożyła płaszcz, wzięła torebkę i wyszła z domu.

Ich uliczka na eleganckim przedmieściu Frankfurtu świadczyła o zamożności mieszkańców. Wszystkie domy otaczały parkowe ogrody, choć zza wysokich bram z kutego żelaza niewiele było widać. Na podjazdach parkowały drogie limuzyny. Mieszkali tu przede wszystkim przemysłowcy i finansiści. Anne krzywiła się, ilekroć wpadła do Laury z wizytą.

– Nie miej mi tego za złe – powiedziała na samym początku – ale nie mogłabym tu oddychać. To całe bogactwo wystawiane na pokaz...

– Nikt tu niczego nie wystawia na pokaz – zaprotestowała Laura. – Moim zdaniem to wszystko jest bardzo gustowne.

– Ale tu nie ma życia! Każdy dom jest jak twierdza! Te mury, te bramy, alarmy, kamery... – Anne aż się wzdrygnęła. – To demonstracja ważności! I tutaj naprawdę nic się nie dzieje! Po ulicy nie biegają dzieciaki, samochody przejeżdżają cichutko. Zza bram nie dobiega żaden dźwięk. Nie masz czasem poczucia, że dałaś się żywcem pogrzebać?

– Nie wyobrażam sobie mężczyzny pokroju Petera w slumsach!

Anne przyglądała jej się uważnie.

– A siebie? Naprawdę jesteś tam, gdzie twoje miejsce?

Usiłowała sobie przypomnieć, co na to odpowiedziała. Wydawało jej się, że w tamtej chwili odrobinę skurczyła się w sobie, może nawet nie naprawdę, tylko w wyobraźni. Pytanie Anne poruszyło w niej stronę, o której nawet nie chciała myśleć. Zdawała sobie sprawę, że jej życie przebiega właściwie całkowicie zgodnie z wyobrażeniami Petera, nie jej, ale najczęściej potrafiła sobie wmówić, że to i tak nie ma znaczenia. Bo przecież w sumie mają z Peterem te same marzenia, więc właściwie nie musi zawracać sobie głowy myśleniem. A tak naprawdę to on zaplanował przeprowadzkę do tej dzielnicy, a ona początkowo wcale nie była tym zachwycona. Owszem, spodobał jej się pomysł domu z ogródkiem, ale osobiście wybrałaby tańszą, bardziej ożywioną okolicę. Sophie wtedy jeszcze nie było na świecie. Teraz Peter w kółko powtarzał, jak mądrze wtedy postąpili.

– Wspaniała okolica dla dziecka – mówił. – Świeże powietrze, wielki ogród i prawie puste ulice. Moim zdaniem dokonaliśmy właściwego wyboru.

W centrum miasta w niedzielę niewiele się działo. Mało samochodów, mało przechodniów, bo niebo zapowiadało kolejne deszcze i większość zapewne wolała zostać w domu. Biuro mieściło się na ósmym piętrze wieżowca w ścisłym centrum. Laura wjechała do podziemnego garażu i zaparkowała na miejscu Petera. Sophie odwróciła główkę z dziecięcego fotelika.

– Papa! – zawołała radośnie.

– Nie, kochanie, papy tu nie ma – zaprzeczyła Laura. – Ale idziemy do niego do pracy, bo mamusia musi czegoś poszukać w jego rzeczach.

Wjechały windą na górę. Zazwyczaj wieżowiec tętnił życiem, ale dzisiaj był jak wymarły. Korytarze straszyły ciszą i pustką. Powietrze wypełniał zapach środków czyszczących i nowej wykładziny, którą położono kilka tygodni temu. Zdaniem Laury niczym nie różniła się od poprzedniczki. Jasny, nudny odcień szarości.

Na ósmym piętrze znajdowało się biuro Petera i kancelaria prawnicza. Obie firmy miały jedno wejście od strony windy, dopiero w dalszej części znajdował się korytarz prowadzący do siedziby adwokatów.

Peter zajmował mniejszą powierzchnię, ale też jego firma składała się, oprócz niego, z dwóch pracownic i sekretarki. Agencja PR, mała, ale elegancka, jak zwykł mawiać. Zdaniem Laury – którego jednak nigdy nie wypowiedziała na głos – agencja była, owszem, mała, ale bynajmniej nie elegancka.

Z gabinetu Petera rozciągał się wspaniały widok na Frankfurt, na horyzoncie majaczyły szaroniebieskie góry Taunus, tego dnia skryte za welonem deszczu. Lecz Laura nie przyszła tu podziwiać widoków. Posadziła Sophie na podłodze, wyjęła z torby klocki i zabawki, które z sobą przyniosła, i liczyła, że na jakiś czas będzie miała spokój. A potem usiadła za biurkiem i patrzyła przez dłuższą chwilę na piętrzące się przed nią sterty papierów. Wystawał zza nich jedynie skrawek srebrnej ramki, w którą oprawiono fotografię jej i Sophie. Podarowała ją Peterowi na Boże Narodzenie. Nikły za stertami teczek i zwałami korespondencji. Wystarczyłoby, żeby odrobinę ją przesunął, a mógłby je widzieć. Najwyraźniej jednak na to nie wpadł. Albo nie miał takiej potrzeby.

Po godzinie buszowania po szufladach, wśród stert dokumentów i segregatorów, nadal nie zbliżyła się ani o krok do odpowiedzi na pytanie, gdzie właściwie podział się jej mąż i co mogło się z nim stać. Dowiedziała się natomiast czegoś innego – trafiła na zadziwiająco wiele wezwań do zapłaty, dotyczących całego mnóstwa nieuregulowanych rachunków. Było sporo delikatnych pierwszych upomnień, bardziej naglących drugich upomnień i ostro brzmiących informacji, że kolejnym krokiem będzie wejście na drogę sądową. Peter najwyraźniej zawsze przeciągał sprawę do ostatniej chwili, przy czym najczęściej chodziło o niewielkie sumy, których uregulowanie nie powinno przedstawiać żadnych trudności.

„Odkąd już nie zajmuję się księgowością, najwyraźniej nie udaje mu się nad tym zapanować" – stwierdziła z cieniem satysfakcji.

Peter zawsze kiepsko się orientował w rachunkach, nieważne, czy chodziło o robotników, zamówione skrzynki wina, czy podatki. Albo alimenty na syna. Problemem nie było samo wydanie pieniędzy, tylko konieczność wypełnienia jakiegokolwiek formularza. Przelew bankowy był dla niego koszmarem. Tak długo odsuwał to od siebie, że w końcu naprawdę zapominał, a o całej sprawie przypominały mu dopiero gniewne pisma od wierzycieli.

Laura ułożyła wszystkie wezwania na skraju biurka – ktoś będzie musiał się nimi zająć, zwłaszcza z niektórymi nie będzie można czekać do powrotu Petera. Rozglądała się po gabinecie, jakby liczyła, że na ścianach znajdzie tropy i dowody. I nic. Między oknami wisiał artystyczny kalendarz, poza tym jednak nie dostrzegła niczego, co zdradzałoby zamiary Petera.

W zeszłym roku podarowała mu obraz, pierwszą stronę dużego ogólnokrajowego tygodnika w srebrnych ramkach. Zdjęcia i tekst pochodziły z jego agencji. To był wielki sukces, jeden z większych w minionych latach. Było dla niej oczywiste, że to powiesi. A teraz znalazła obraz w szufladzie biurka, ukryty pod stertą kartek. Dlaczego go ukrył? Zrobiło jej się nagle przykro.

Peter założył firmę mniej więcej sześć lat temu. Pracował wtedy w lokalnej gazecie, ale do tego stopnia pokłócił się z naczelnym, że nie było szans na gałązkę oliwną. Nagle zapragnął się usamodzielnić.

– Chcę wreszcie robić to, czego pragnę i co moim zdaniem jest ważne – oznajmił. – Jestem na tyle dorosły, że już najwyższy czas, żebym był panem samego siebie.

Jego agencja dostarczała materiały do prasy, czasami zlecano im zadania, wiele jednak przygotowywali na własne ryzyko i oferowali potencjalnym nabywcom. Najczęściej współpracował z prasą brukową, pisał profile aktorów i piosenkarzy.

Laura wiedziała, że też mierzył się z większymi ograniczeniami, niż sobie wyobrażał; redaktorzy brukowców drastycznie zmieniali jego teksty.

– Ogłupiają ludzi – powtarzał. – Na Boga, czy ich czytelnicy naprawdę są tak durni, czy tylko ich za takich uważają? „Nie mogło mu być z tym łatwo – myślała teraz. – Właściwie to wszystko nijak się ma do dziennikarstwa, które dawniej chciał uprawiać".

Za oknem znowu zaczęło padać. Ponury, paskudny dzień, który już się nie rozjaśni. Dochodziło wpół do piątej. Ponieważ wszystko wskazywało na to, że jutro rano wyruszy do Prowansji, musiała pomyśleć, kto zaopiekuje się Sophie.

Zbierała właśnie porozrzucane zabawki małej, gdy usłyszała szmer przy drzwiach. Ktoś wsuwał klucz do zamka i go obracał. Przez moment nabrała idiotycznej nadziei, że to Peter, który wrócił, żeby załatwić coś pilnego, ale od razu wiedziała, że to absurd.

Wstała.

– Halo? – zawołała pytająco.

Nieoczekiwanym intruzem okazała się Melanie Deggenbrok, sekretarka Petera. Przerażona, pobladła gwałtownie.

– Jezus Maria! Laura!

– Przepraszam bardzo. – Laura czuła się jak idiotka, stojąc w gabinecie męża z klockami w dłoni, jak włamywaczka. W tej samej chwili rozzłościła się na siebie. Za co właściwie przeprasza? Jest żoną szefa. Ma co najmniej takie samo prawo jak Melanie, żeby tu być.

– Szukałam dokumentów – wyjaśniła, jednocześnie zastanawiając się nerwowo, czy rozsądnie będzie zwierzyć się Melanie. Przyznać, że jej własny mąż zniknął bez śladu – to wstyd, a nie chciała skończyć jako obiekt biurowych żarcików. Z drugiej strony Melanie na co dzień pracowała z Peterem. Być może wiedziała o nim więcej niż jego żona, choć była to przerażająca myśl.

– Mogę pani jakoś pomóc? – zapytała Melanie. – A może znalazła już pani potrzebne dokumenty?

Laura wzruszyła ramionami.

– Właściwie sama nie wiem, czego szukam – przyznała. – Chodzi o informacje... – Szybko powiedziała, co się stało. – Może przesadzam, ale wydaje mi się, że coś jest nie tak. Miałam nadzieję, że może tutaj coś znajdę, ale... – Wzruszyła ramionami. – Niczego nie znalazłam.

Melanie spojrzała na nią dziwnie pustym wzrokiem.

– Pani córeczka bardzo urosła – powiedziała, jakby Sophie wcale jej nie interesowała. Brzmiało to raczej tak, jakby chciała coś powiedzieć, byle nie nawiązywać do tego, co usłyszała od Laury. – Kiedy ją ostatnio widziałam, była jeszcze malutka.

„A więc już tak długo mnie tu nie było" – pomyślała Laura.

– Biedactwo – mruknęła. – Nawet w niedzielę musi pani pracować?

– W taką pogodę to chyba najrozsądniejsze – odparła Melanie.

Laura wiedziała, że niecałe trzy lata temu mąż zostawił ją dla innej kobiety, że Melanie jeszcze się z tego nie otrząsnęła i że była bardzo samotna. Ciekawe, jak wygląda w jej życiu taka deszczowa niedziela?

– No cóż – mruknęła w końcu i wzięła Sophie na ręce. – To my już pójdziemy. – Najwyraźniej Melanie i tak w niczym jej nie pomoże. – Mała musi się położyć. – Nagle coś jej się przypomniało. Skinęła głową w stronę biurka. – Znalazłam całą masę niezapłaconych rachunków. Mogłaby się pani tym zająć? Bo jeśli nie, za kilka dni wkroczy wam tu komornik.

Właściwie sama nie wiedziała, czego się spodziewała. Może żartu ze słabości Petera, obietnicy, że zajmie się tą sprawą.

Tymczasem Melanie nagle spojrzała na nią ostro. Jej oczy pociemniały z gniewu.

– Niby z czego mam to zapłacić? – warknęła. – Może pani mi powie?

Laura milczała. Melanie także. Sophie przestała paplać. Ciszę przerywał jedynie monotonny deszcz za oknem.

– Słucham? – wykrztusiła w końcu ochryple Laura. Jedna jej cząstka zrozumiała doskonale, co Melanie chciała powiedzieć, ale inna za nic nie chciała przyjąć tego do wiadomości.

– Słucham? – powtórzyła.

Twarz Melanie znowu była nieprzenikniona, miała taką minę, jakby najchętniej cofnęła poprzednie słowa, po chwili jednak zrozumiała, że na to już za późno. Zwiesiła ręce i stała pokonana.

– A niech tam – mruknęła. – To i tak już bez znaczenia. Prędzej czy później pani się dowie. Nie przyszłam tu dzisiaj, żeby pracować, tylko żeby zabrać swoje rzeczy. Muszę szukać innej pracy, ale chciałam załatwić to dyskretnie, bo pozostałe pracownice jeszcze o niczym nie wiedzą. Nie chciałam być tą, która im to powie. To sprawa szefa.

– Która im powie? Ale co? – zapytała Laura ochryple.

– Zbankrutowaliśmy – oznajmiła Melanie. Choć mówiła beznamiętnie, jej oczy zdradzały, jak bardzo ją to poruszyło. – Firma jest na dnie. Wezwania do zapłaty, które pani znalazła, to nie dowód roztargnienia, tylko niewydolności finansowej. Od dwóch miesięcy nie dostaję wynagrodzenia i wiem, że pozostałe pracownice w tym miesiącu także nie dostaną pieniędzy. Chciałam zostać u boku Petera, ale... muszę z czegoś żyć. Zalegam z czynszem. Nie mam innego wyjścia.

– Jezus Maria – szepnęła Laura. Postawiła Sophie na ziemi, sama przysiadła na skraju biurka. – Jak bardzo jest źle?

– Gorzej, niż pani sobie wyobraża. Obciążył wszystko. Cały swój majątek. Banki dobijają się do niego od wielu tygodni.

– Cały majątek? Czyli... Dom też?

– Oba domy, także ten we Francji, na żaden z nich nie było go stać. Nie jest w stanie spłacać kredytów, żeby uregulować odsetki, wziął kolejne kredyty... W pani domu nie ma jednej niezadłużonej dachówki. Do tego jeszcze...

Sophie gaworzyła radośnie. Laura kurczowo zacisnęła dłonie na krawędzi biurka.

– Co jeszcze? – wykrztusiła.

– Akcje, na których się przejechał. Nieruchomości na wschodzie, których nikt nie wynajmował, nie chciał od niego kupić, które teraz stoją puste, a nadal ich nie spłacił. Wierzył każdemu kretynowi, który namawiał go na tak zwane pewne inwestycje, uważał się przecież za świetnego biznesmena. Ale... no cóż...

– Zdaje sobie pani sprawę z tego, co pani mówi? – wysapała Laura.

Melanie powoli skinęła głową.

– Bardzo mi przykro. Nie tak powinna była pani się o tym dowiedzieć. A już na pewno nie ode mnie. Tylko ja wiedziałam, to oczywiste, przed sekretarką nie mógł tego ukryć. Musiałam mu przysiąc, że nikomu nie pisnę ani słowa. A już szczególnie pani. W tej chwili złamałam tę obietnicę, ale wydaje mi się, że w zaistniałych okolicznościach to bez znaczenia.

Laura zmarszczyła czoło. Melanie chciała rzucić pracę u Petera i dlatego uważała, że nie obowiązuje jej dane słowo. Ale wyczuła podtekst.

– W zaistniałych okolicznościach?

Melanie przyglądała jej się uważnie.

– A pani myśli, że go jeszcze kiedyś zobaczymy? Ja albo pani? Przecież przed chwilą sama pani powiedziała, że nie może się z nim skontaktować. Rozpłynął się, przepadł jak kamień w wodę. Pewnie już nawet nie ma go w Europie. Nie odezwie się już.

A więc tak to jest, kiedy świat wali się człowiekowi na głowę. Wszystko dzieje się właściwie bezgłośnie, nie ma żadnych grzmotów, a przecież zawsze myślała, że koniec świata musi być głośny. Jak trzęsienie ziemi, podczas którego wszystko z łoskotem wali się w gruzy.

A to było takie ciche trzęsienie. Ziemia zakołysała jej się pod nogami, wszędzie widziała pęknięcia, coraz szersze rysy, przeradzające się w przepastne otchłanie. W milczeniu, bez-dźwięcznie, jakby oglądała w telewizji film katastroficzny. Bez dźwięku, żeby obrazy nie były takie przerażające. Inaczej było-by za głośno. Za głośno, żeby to znieść.

– Może pani jednak usiądzie. – Głos Melanie docierał jak z oddali. – Wygląda pani, jakby miała zaraz zemdleć.

Nawet własny głos słyszała jak przez mgłę.

– Nie zrobiłby tego. Nie zrobiłby tego ani mnie, ani na-szej córeczce. Mamy dwuletnie dziecko! Nawet gdyby zostawił mnie, nie odszedłby od Sophie! Nigdy w życiu!

– Być może nie był taki, jakim go pan widziała – zauważyła Melanie.

I nagle Laura zrozumiała: „Ona się tym napawa! Napawa się tym, że to ona powiedziała mi prawdę. Sfrustrowana stara krowa!".

Dała ujście swemu oburzeniu.

– Nie każdą kobietę czeka taki sam los jak panią, Melanie – wycedziła nienawistnie. – Nie każdy mąż znika bez śladu. Są tacy, którzy tego nie robią. Peter pewnie teraz staje na głowie, żeby wszystko naprawić, a potem wróci. Chciałam panią poin-formować, że nasze małżeństwo zawsze było bardzo udane.

Melanie uśmiechnęła się współczująco.

– I dlatego tak dobrze pani wiedziała o klęskach w jego ży-ciu, prawda? Niewykluczone, że jutro wyrzucą panią z domu. I nie będzie pani miała dokąd pójść. Z małym dzieckiem. Nie wiem, czy można mówić o udanym małżeństwie, gdy facet robi coś takiego.

– Pani mąż...

– Mój mąż mnie zdradził i zostawił. Był dupkiem. Nigdy tego nie ukrywałam.

Laura czuła, jak jej wściekłość zbija się w twardą gulę. Wściekłość, ale nie na pobladłą kobietę przed nią, która przecież niczemu nie była winna. Wściekłość na Petera, który zataił przed nią klęskę ich świata. Który doprowadził do tego, że stoi w deszczowe niedzielne popołudnie w jego gabinecie i dowiaduje się, że już od dawna żyła złudzeniami, że być może już za późno na ratunek. Za późno, by wróciły dobre czasy, by odeszły złe chwile.

Nie zemdleje, choć Melanie pewnie się tego obawiała. Poczuła, jak wraca jej energia.

– Choćbym miała siedzieć tu do rana, przejrzę wszystkie papiery – orzekła. – Muszę wiedzieć wszystko. Muszę wiedzieć, jak jest źle, bo to całe piekło rozpęta się nad moją głową. Pomoże mi pani? Zna pani system katalogowania.

Melanie wahała się przez chwilę, ale zaraz skinęła głową.

– Dobrze. Na mnie przecież nikt nie czeka. Nie ma znaczenia, gdzie i jak spędzam niedziele.

– Dobrze. Dziękuję. Muszę zadzwonić, matka albo przyjaciółka muszą się zająć Sophie. Odwiozę ją i zaraz wrócę. Poczeka pani na mnie?

– Oczywiście. – Melanie usiadła za biurkiem Petera i zaczęła płakać.

– Papa? – zapytała Sophie.

„A to dopiero początek koszmaru" – pomyślała Laura.

8

Nadine i Catherine wpadły na siebie przy tylnych drzwiach do restauracji. Nadine wracała do domu, Catherine zbierała się do wyjścia.

Obie stanęły jak wryte i mierzyły się wzrokiem.

Catherine pracowała od wielu godzin i miała świadomość, że wygląda jeszcze gorzej niż rano, o ile w jej wypadku było to w ogóle możliwe. Kłęby pary przy zmywarce do naczyń sprawiły, że jej włosy kręciły się niesfornie, a pryszczata twarz zaczerwieniła się paskudnie. Na ubraniu widniały plamy potu, pewnie też śmierdziała. „Idealny moment na spotkanie z piękną Nadine" – pomyślała gorzko. Nadine, choć tego dnia wyglądała blado i smutno – najwyraźniej płakała – i tak była niewiarygodnie piękną kobietą.

Ilekroć Catherine widziała żonę Henriego, zadawała sobie pytanie, dlaczego życie jest takie niesprawiedliwe i okrutne. Dlaczego niektórzy dostają wszystko, a inni nic? Dlaczego Bóg, niby taki sprawiedliwy i dobry – za co kazał się wychwalać – nie zadbał, by dary trafiały do wszystkich po równo?

Gdyby mogło się spełnić jej jedno jedyne życzenie, Catherine chciałaby wyglądać wypisz wymaluj jak Nadine. Abstrahując od faktu, że najbardziej na świecie chciałaby być żoną Henriego, ale gdyby wyglądała jak Nadine, zdobyłaby także jego. Jak to możliwe, by natura stworzyła coś tak doskonałego? Wysoka i zarazem bardzo zwinna, o szczupłych nogach, rękach i dłoniach. Oliwkowej skóry nie szpeciły żadne niedoskonałości. Szeroko osadzone, ciemne oczy koloru brązowego aksamitu mieniły się złotymi plamkami. Włosy, tego samego koloru co oczy, opadały na ramiona ciężką, lśniącą falą. Nic dziwnego, że Henri się w niej zakochał, a gdy się zorientował, że sam nie jest jej obojętny, robił co w jego mocy, żeby zdobyć Nadine. Opętała go myśl o małżeństwie z nią.

– Och, Catherine – odezwała się Nadine i tym samym pierwsza przerwała pełne zaskoczenia milczenie, gdy tak stały naprzeciwko siebie. – Pracowałaś dzisiaj?

– Mieliśmy istne piekło – odparła Catherine. – Henri nie radził sobie sam.

– Kiepska pogoda skłania ludzi do wyjścia do knajp – mruknęła Nadine.

„Coś takiego – pomyślała Catherine – też mi rewelacja!"

– No cóż. W każdym razie bardzo miło z twojej strony, że mu pomogłaś – zapewniła Nadine. – Ja niestety znowu musiałam pojechać do matki. Jak wiesz, jest bardzo samotna.

Z nieukrywanym obrzydzeniem patrzyła na twarz Catherine, ale nie skomentowała jej wyglądu.

– Szczęśliwej drogi – powiedziała, choć Catherine była pewna, że wcale jej tego nie życzy. Miała w nosie, w jaki sposób kuzynka Henriego dotrze do domu, a najbardziej ucieszyłaby się, gdyby przepadła na zawsze.

Catherine szła powoli w stronę samochodu, który zaparkowała po przeciwnej stronie od Chez Nadine.

„Ciekawe, jak powita ją Henri, gdy stanie w drzwiach? Ja na jego miejscu dałabym jej w twarz" – rozmyślała.

Za wszystko, co mu zrobiła w minionych latach, za to, jak się do niego odnosi. Ale on nigdy się na to nie zdobędzie. Do jasnej cholery, kiedy zrozumie, że z kobietami można tylko w ten sposób?

Henri stał w kuchni i siekał warzywa na kolację. Miał chwilę przerwy; obiadowa godzina szczytu już minęła, a wieczorni goście jeszcze nie przyszli. W sali jadalnej siedziała tylko jedna para; kłócili się i chyba stracili poczucie czasu, w każdym razie od dwóch godzin tkwili nad jednym kieliszkiem wina i w ogóle nie zwracali uwagi na otoczenie.

Henri wstał.

– Jesteś wreszcie. Dzisiaj było strasznie. Byłaś mi bardzo potrzebna.

– Miałeś przecież Catherine.

– Nie miałem wyjścia, musiałem poprosić ją o pomoc. Sam nie dałbym rady.

Nadine rzuciła kluczyki na stół.

– Akurat ją! Widziałeś, jak dzisiaj wyglądała? Wypłoszy nam gości. A jeśli ktoś pomyśli, że to choroba zakaźna?

– Była tylko w kuchni, nie pozwoliłem jej wydawać posiłków. Ale szkoda, że ty...

Jego delikatne wyrzuty działały Nadine na nerwy.

– Wiesz, tak się składa, że mam też matkę. O którą czasami muszę się zatroszczyć.

– W poniedziałek mamy zamknięte. Mogłabyś wtedy do niej pojechać.

– Co jakiś czas chcę sama podejmować decyzje.

– Tylko że te twoje decyzje oznaczają egoizm i brak zrozumienia.

Sięgnęła po kluczyki.

– Może po prostu od razu wyjdę, skoro mamy się kłócić.

Henri odłożył nóż. Nagle wydawał się bardzo zmęczony.

– Zostań – poprosił. – Dziś wieczorem nie dam sobie rady sam i w kuchni, i na sali.

– Mam dosyć ciągłych wyrzutów.

– Dobrze. – Poddał się, jak zawsze. – Nie będziemy więcej o tym rozmawiać.

– Umyję ręce i pójdę się przebrać.

Już miała wyjść, ale zatrzymał ją jego głos.

– Nadine?

– Tak?

Patrzył na nią. W jego oczach widziała, jak bardzo ją kocha i jak bardzo go zraniła, gdy przestała odwzajemniać jego uczucie.

– Idź – powiedział tylko. – Przepraszam, to nic takiego.

Zadzwonił telefon. Nadine spojrzała na niego, ale przepraszająco uniósł ręce upaprane ziemią i obierkami, więc to ona podniosła słuchawkę. Dzwoniła Laura. Pytała o męża.

Nadine zobaczyła samochód Petera Simona niecałe sto metrów od Chez Nadine, na małym prowizorycznym parkingu koło kiosku. Ściemniało się już, ale przestało padać, chmury nieco ustąpiły, nad morzem i drzewami zawisła czerwona poświata. Od razu rozpoznała samochód i pomyślała: „Jakim cudem nie dostrzegłam go rano?".

Uliczka, przy której znajdowała się restauracja, była jednokierunkowa, wiedziała więc, że gdy rano jechała do matki, musiała tędy przejeżdżać. Z drugiej strony była wtedy bardzo roztrzęsiona i pogrążona w myślach.

Tego wieczoru ruch znowu się nasilił, a jednak i tak wymknęła się na chwilę, żeby się przejść. Henri był w kuchni, niczego nie zauważył.

Nadine nie wiedziała, jak odpowiedzieć na pytania Laury dotyczące obecności Petera, mówiła, że poprzedniego wieczoru nie było jej w pracy, i jak najszybciej przekazała słuchawkę Henriemu. Natychmiast zaczął się tłumaczyć, że nie oddzwonił, ale restauracja pękała w szwach, a Nadine nie było i musiał sobie radzić sam...

Stała za nim wpatrzona w nóż, którym siekał warzywa, i myślała o tym, że budzi w niej obrzydzenie – swoim wiecznym narzekaniem, swoją słabością, swoim użalaniem się nad sobą.

I wtedy po raz pierwszy usłyszała, że Peter tu był. Henri mówił o tym Laurze.

– Przyszedł koło... koło wpół do siódmej. Ruch był jeszcze niewielki. Przywitaliśmy się, ale nie miałem za bardzo czasu, Nadine nie było, a musiałem się przygotować na wieczorny ruch, bo wiedziałem, że kiedy będę musiał jednocześnie gotować i obsługiwać gości... Powiedziałem, że obawiam się, że czeka nas deszczowy tydzień, ale Peter się tym chyba nie przejął. Usiadł przy oknie, zamówił karafkę białego wina i małą pizzę. Jaki? Cóż, wydawał się... trochę zamknięty w sobie, raczej wyciszony. Albo po prostu zmęczony, co bardzo możliwe po takiej długiej podróży. Ale nie bardzo mogłem się nim zająć, bo jak mówiłem, miałem pełne ręce roboty.

Potem Laura chyba znowu o coś zapytała, a Henri zastanawiał się przez chwilę, zanim jej odpowiedział:

– Wydaje mi się, że wyszedł tak jakoś między wpół do ósmej a ósmą, ale nie wiem dokładnie. Właściwie nie rozmawialiśmy, pieniądze zostawił na stoliku. Aha, pamiętam jeszcze, że choć zamówił tylko małą pizzę, zjadł zaledwie niecałą połówkę.

Słuchał przez chwilę, zanim powtórzył zdziwiony:

– Jego samochód? Nie, nie ma go przed restauracją, zobaczyłbym przecież. Nie, nie wydaje mi się, żeby stał dalej, rano jechałem naszą uliczką i na pewno bym go zauważył. Niby dlaczego miałby tu być, tak swoją drogą? Przecież niemożliwe, żeby poszedł na piechotę.

Westchnął.

– Lauro, bardzo mi przykro, w tej chwili nic nie mogę zrobić. Może jutro, jutro mamy zamknięte. Ależ oczywiście, że będę cię informował na bieżąco. Do zobaczenia, Lauro. – Odłożył słuchawkę i odwrócił się do Nadine. – Prosiła, żebyśmy się rozejrzeli, czy jego samochód gdzieś tu nie stoi. Biedaczka trochę przesadza, ale to w sumie nic dziwnego.

– Dlaczego to nic dziwnego?

Przyglądał jej się przez dłuższą chwilę.

– Nieważne – powiedział tylko. – W gruncie rzeczy to nie nasza sprawa.

Nadine przebrała się, umyła ręce i nagle zjawili się pierwsi goście i nie miała już chwili spokoju. W głowie miała mętlik. Chyba jeszcze nigdy tak bardzo nie chciała zostać sama, żeby uporządkować rozszalałe myśli.

A teraz stała przy samochodzie Petera Simona i nie pojmowała, co się właściwie wydarzyło.

Zajrzała do środka. Na tylnym siedzeniu leżały bagaże i kurtka przeciwdeszczowa, na fotelu pasażera – aktówka. Samochód wyglądał tak, jakby kierowca wyskoczył tylko na chwilę i miał zaraz wrócić. Ale gdzie jest?

To podstawowe pytanie, na które cudem odnaleziony samochód nie mógł udzielić odpowiedzi.

Nadine przycupnęła na zwalonym pniu wśród zarośli na brzegu i przez drzewa wpatrywała się w morze. Zdążyło się już bardzo ściemnić.

Czuła tylko bezradność.

Poniedziałek, 8 października

1

Zerknęła w przepaść i zakręciło jej się w głowie, a przecież pewnie jeszcze nie dotarła do najgorszego. Za kwadrans druga w nocy Melanie stwierdziła:

– Już nie mogę, Lauro. Bardzo mi przykro, ale padam z nóg.

Dopiero wtedy zdała sobie sprawę, jak bardzo sama jest zmęczona, a także z tego, że od nie wiadomo kiedy nie miała nic w ustach.

– Najważniejsze chyba wiemy – powiedziała. – Mam mniej więcej pojęcie, jak wygląda sytuacja. Nie należy do mnie nic poza tym, co mam na sobie.

Melanie spojrzała na nią przeciągle.

– Chciałabym pani jakoś pomóc. To okropne i...

– Okropne...? – Laura się roześmiała. – Powiedziałabym raczej, że to katastrofa. Katastrofa takich rozmiarów, że nie pojmuję, jakim cudem do tej pory nie miałam o niczym pojęcia.

– Wszystkie interesy załatwiał tu, w biurze, od którego z kolei trzymał panią z daleka. Ograniczał panią do domu i dziecka, nie pozwalał zajmować się niczym innym. Niby jak miała się pani zorientować, że coś jest nie tak?

– Pozwoliłam mu na to wszystko – zauważyła Laura z goryczą.

Przypomniała jej się pewna rozmowa sprzed ponad dwóch lat. Miała miejsce na początku czerwca, w upalny wieczór, tuż przed narodzinami Sophie. Siedzieli w ogrodzie. Nagle Peter stwierdził:

– Kiedy dziecko przyjdzie na świat, nie musisz już sobie zawracać głowy księgowością firmy. Melanie się tym zajmie. Podniosę jej nieco pensję i wszystko się ułoży.

Zaskoczył ją.

– Ale dlaczego? Przecież prowadzę księgowość w domu, nie zajmuję się tym codziennie. Nawet przy dziecku spokojnie dam sobie z tym radę.

– Moim zdaniem to kiepski pomysł. Powinnaś całkowicie poświęcić się małej. Po co ci dodatkowy stres?

– Nie uważam, żeby...

Nie dał jej dokończyć.

– Nie zapominaj, że ja już mam jedno dziecko. W przeciwieństwie do ciebie wiem zatem, co to oznacza. To nie jest łatwa sprawa. Nieprzespane noce, krzyki, płacze, karmienie... Nie będziesz miała chwili dla siebie, a co dopiero na prowadzenie księgowości.

Poczuła wtedy, że ją od czegoś odcina, od czegoś ważnego, od czegoś, co łączyło ją z życiem. Czuła, jak ogarnia ją dziwny chłód. Zdawał się ją paraliżować.

Nie dawała za wygraną.

– Muszę mieć jakieś zajęcie. Chcę mieć własne pieniądze. Nie pracuję, ale...

Wtedy wyciągał z rękawa ostatni argument; zagrał nim, bo wiedział, że nie będzie miała kontrargumentu.

– Nie mogę sobie pozwolić na błędy w księgowości, a ty będziesz tak zmęczona i wyczerpana, że je popełnisz. Rozumiesz? Nie będziesz mi pomocna, wręcz przeciwnie, możesz narobić mi problemów.

Nie powiedziała nic więcej.

Za to teraz pomyślała: „Sophie zjawiła się jak na zawołanie! Wszystko waliło się w gruzy i nie mógłby tego dłużej przede mną ukrywać. Dziecko było jego zbawieniem. Ale i w innej sytuacji znalazłby sposób, żeby odstawić mnie na boczny tor".

– Wie pani – odezwała się Melanie, która cały czas obserwowała wyraz jej twarzy. – Nie powinna się pani na niego złościć. Nie chciał pani zawieść, chciał panią chronić. Cały czas miał nadzieję, że jakoś to wszystko ogarnie. Nie chciał, żeby miała go pani za nieudacznika. Mężczyźni nie potrafią się pogodzić z porażką.

– Więc wolał zapaść się pod ziemię?

– Mężczyźni to tchórze. – Melanie była bezlitosna.

– W każdym razie mu się udało – stwierdziła Laura. – Udało mu się to wszystko – wskazała stertę papierów na biurku – utrzymać przede mną w tajemnicy przez ponad dwa lata. Na jakim świecie ja żyję?

– Na takim, jaki pani stworzył – odparła Melanie.

– A ja mu na to pozwoliłam. Do tanga trzeba dwojga, Melanie. Jak on mnie postrzegał, skoro uznał, że może mnie tak traktować?

– Nie wiem – szepnęła Melanie niespokojnie.

„Owszem, wie doskonale – stwierdziła Laura. – Ba, pewnie całe biuro o mnie plotkowało. Laleczka, mała naiwniaczka, chodząca naiwność". Wyobrażała sobie doskonale, co o niej mówiono. Wiedziała przecież, co o ich stylu życia sądziła Anne.

Zacisnęła dłoń na kartce papieru. Rachunek znaleziony w jego szufladzie – o dziwo, ten akurat zapłacony. Z hotelu w Perouges, gdziekolwiek to jest. Zwróciła uwagę na datę i choć w tej chwili miała ważniejsze sprawy na głowie, zabrała rachunek, żeby później przejrzeć go dokładniej. Kilku dni między dwudziestym trzecim a dwudziestym siódmym maja tego roku szybko nie zapomni. Z ich powodu pokłóciła się z Peterem. Być może wcześniej dochodziło między nimi do poważniejszych, intensywniejszych awantur, ale jeszcze nigdy nie zareagował takim chłodem, jeszcze nigdy nie oddalił się od niej aż tak bardzo.

W czwartek dwudziestego czwartego maja wypadało Boże Ciało, dzień świąteczny, a to oznaczało długi weekend; wiele osób brało sobie wolne w piątek i tym samym miało cztery dni dodatkowego urlopu.

Peter w poniedziałek oznajmił, że w piątek musi być w Genewie. Chodziło o niemieckiego piosenkarza, na stałe mieszkającego w Szwajcarii. W sierpniu obchodził pięćdziesiąte urodziny i z tego powodu zgodził się na sesję zdjęciową i artykuł. Peter był zachwycony, że to zlecenie przypadło akurat jego agencji.

– To naprawdę tłusty kąsek. Sprzedamy go właściwie wszystkim niemieckim gazetom, a to oznacza mnóstwo pieniędzy. I dlatego nie wyślę żadnej z dziewczyn, tylko pojadę sam i sam wszystko napiszę. Chcę też mieć oko na fotografa. Już sobie to wszystko wyobrażam.

Laura bardzo się cieszyła. Ostatnio Peter rzadko opowiadał o pracy, coraz częściej wydawał się pochmurny i bardzo zamknięty w sobie.

– Pewnie polecisz już w czwartek, żeby w piątek od rana zabrać się do pracy? – domyśliła się.

– Lecę w środę po południu. O siedemnastej. A wracam w niedzielę wieczorem.

– Czemu tak długo?

– W czwartek chcę wybrać miejsca do plenerów. Chodzi mi ɔ oświetlenie, krajobrazy, tło... Sama wiesz. W piątek nie będzie na to czasu. Sobota jest na wszelki wypadek, gdybyśmy nie zdążyli ze wszystkim w piątek, a w niedzielę rano chciałbym, jeśli nie masz nic przeciwko temu, odsapnąć chwilę nad Jeziorem Genewskim.

Uderzyło ją rozdrażnienie w jego głosie. Nie chciała go przecież krytykować.

Nagle wpadła na genialny pomysł.

– Może pojadę z tobą?

– Ktoś musi się zająć Sophie.

– Możemy ją zabrać. Albo moja mama się nią zajmie. To żaden problem.

– Posłuchaj, to nie jest urlop, tylko ciężka praca. Nie będziemy mieć dla siebie czasu.

I wtedy wpadła na kolejny pomysł. Powiedziała to szybko, bez namysłu:

– Możemy przecież pracować razem! Ja mogłabym zrobić te zdjęcia!

– Na miłość boską, Laura! Nie sądzisz chyba, że...

Pomysł podobał jej się coraz bardziej.

– Uczyłam się tego, byłam jedną z lepszych na roku. Mam dobry sprzęt. Mogłabym...

Z radości nie zauważyła, jak bardzo spochmurniał. Dopiero jego ostry głos uświadomił jej, że jest zły.

– Daruj sobie, Lauro! Przykro mi, że mówię ci to tak brutalnie, ale najwyraźniej brak ci samokrytycyzmu. Masz pojęcie, ile czasu upłynęło, odkąd wypadłaś z obiegu? Prawie tyle, ile jesteśmy razem, czyli osiem lat! Zdajesz sobie sprawę, jak bardzo wszystko się zmieniło? Masz pojęcie, jak pracują zawodowcy?

– Cóż, ja...

– I nie zaczynaj teraz o twojej przyjaciółce Anne, dzięki której wiesz, co w trawie piszczy. Nie obchodzi mnie, czy ci się to podoba, czy nie: nikt jej nie zna! Jest miernotą w zawodzie. Za żadne skarby świata nie chciałbym z nią pracować.

To rzeczywiście zabolało. Anne była jej bliższa, niż sądził.

– Nigdy jej nie lubiłeś i dlatego z nią nie pracujesz!

Te słowa naprawdę wyprowadziły go z równowagi.

– Za kogo ty mnie uważasz? Gdybym w doborze współpracowników kierował się sympatią, poszedłbym z torbami. Gdyby Anne była dobra i miała choć mgliste pojęcie o wymogach rynku, zamiast udawać egzaltowaną artystkę, która ma wszystko w nosie, na pewno chciałbym z nią współpracować. Ale teraz? Nigdy w życiu!

Wiedziała, że w jego słowach tkwi ziarno prawdy. Anne była bardzo uparta i czasami trudno się z nią pracowało. Często puszczała mimo uszu wyobrażenia innych, lekceważyła ustalone szczegóły. Nie nadawała się do zleceń, które organizował

Peter. Zresztą nigdy razem nie pracowali. Anne nawet nie zaglądała do czasopism, które korzystały z usług Petera.

– Nie jestem Anne – zauważyła Laura. – Wiesz, że potrafię spełnić oczekiwania klienta.

– To bez sensu, pogódź się z tym. Trzeba sobie zdawać sprawę z własnych ograniczeń. To naprawdę ważne zlecenie. Muszę mieć świetnego fotografa. Czyli nie ciebie.

Jego słowa bardzo zabolały, choć w gruncie rzeczy wiedziała, że miał rację, i to było w tym wszystkim najdziwniejsze. Rzeczywiście za długo była poza branżą. Nie pamiętała podstawowych rzeczy, nie znała rynku. Peter nie mógł ryzykować, że przy tak ważnym zleceniu coś pójdzie nie tak.

Naprawdę bolało – choć to uświadomiła sobie dopiero później – nie to, co powiedział, ale *jak* to zrobił. Owszem, był zły, ale to nie tłumaczyło chłodu, który w nim wyczuwała, pogardy w jego głosie. Nigdy dotąd nie odnosił się do niej z pogardą. Nie wiedziała, czym na nią zasłużyła. Nie przypomniała sobie niczego, co mogłoby ją wywołać. Nagle zjawił się między nimi chłód – jakby płynęła w ciepłym morzu i naraz trafiła na nieprzyjemnie zimny prąd, który zjawiał się znikąd i rozmywał w nicości.

Laura zamknęła się w sobie, urażona i smutna, i nie zapytała, czy nie mogłaby po prostu pojechać z nim, na chwilę uciec od rzeczywistości. Peter także nic nie powiedział.

Wieczór upłynął w ciszy i oddaleniu.

A teraz miała w dłoni rachunek z hotelu w Perouges za dni od dwudziestego trzeciego do dwudziestego siódmego maja. Perouges? Zastanowiła się. Pewnie gdzieś koło Genewy.

Wyczuła fałsz, a ponieważ musiała się chwytać każdego źdźbła, postanowiła dokładniej przyjrzeć się tej sprawie.

2

Christopherowi cały czas dokuczał ból głowy, gdy zaparkował samochód przed Les Lecques i wszedł do knajpy Jacques'a. Zdążył sobie przypomnieć, że właśnie tam spędził wczorajszy wieczór. Jacques, właściciel, lubił go, wiedział, kiedy ma ochotę pogadać, wyczuwał, kiedy woli milczeć, gdy znowu dopadał go ponury nastrój.

Nie padało, ale na niebie wisiały ciężkie chmury, nieruchome, bo zabrakło wiatru.

„Wystarczyłby wiatr z zachodu, a mielibyśmy piękne babie lato" – pomyślał Christopher.

Nie sądził jednak, że się na to zanosi. Dzień do końca będzie szary i ponury.

Przy okrągłym stoliku siedziało kilku starszych mężczyzn. Grali w karty, pili kawę i mimo wczesnej pory nieodłączny pastis. Podnieśli głowy, gdy wchodził, przywitali go mruknięciem i ponownie zajęli się grą.

Christopher usiadł tam gdzie zawsze, przy stoliku przy oknie, z którego rozciągał się widok na port i *ecole de voile*, szkółkę żeglarską w niskim budynku. Właściciel z wąskim wąsikiem i nażelowanymi włosami zaczesanymi do tyłu, uosobienie francuskiego kelnera ze starych filmów, podszedł od razu.

– Bogu dzięki, nic ci nie jest! Oczami wyobraźni widziałem cię w roli mokrej palmy na drzewie albo na dnie morza. W sobotę absolutnie nie powinieneś był siadać za kierownicą!

– Dlaczego mnie nie powstrzymałeś?

Jacques gestykulował nerwowo. Zawsze podkreślał słowa rękami, przez co wydawał się jeszcze bardziej nieuczciwy.

– Żałuj, że sam się nie widziałeś! Wszyscy cię przekonywali! Byłeś naprawdę agresywny, wrzeszczałeś, że to twoja sprawa, czy siadasz za kierownicą, czy nie, czy się rozwalisz, czy nie. Chciałem odebrać ci kluczyki i wtedy mnie uderzyłeś! – Jacques dramatycznie wskazał lewy policzek. – Co jeszcze miałem zrobić? Inni goście też uznali, że jesteśmy bezsilni.

Christopher jak przez mgłę coś sobie przypominał.

– O Boże... – jęknął. – Naprawdę cię uderzyłem? Przepraszam, stary.

– Nie ma sprawy – zapewnił Jacques wielkodusznie. – Staremu przyjacielowi wybacza się nie takie rzeczy.

– To cud, że dotarłem do domu.

– Fakt. Masz dobrego anioła stróża.

– Doprawdy? Nie byłbym tego taki pewien. Wiesz, że nie zależy mi na życiu.

– Każdemu zależy – zapewnił Jacques. – To odruch, tylko nie zawsze ma się tego świadomość. Gdyby ktoś chciał cię zabić, walczyłbyś jak lew.

– Nie. Poprosiłbym, żeby zrobił to szybko i bezboleśnie.

Jacques westchnął cicho. Znał to; Christopher regularnie popadał w ponury nastrój. Wtedy ciągle mówił, że chce umrzeć, że już nie zniesie bezsensu istnienia. Często wychodził, mówiąc na pożegnanie, że z sobą skończy. Nikt nie traktował tego poważnie, ale czasami Jacques myślał, że któregoś dnia zrobi to naprawdę. Właśnie dlatego, że nikt w to nie wierzy. Zrobi to choćby po to, żeby nam wszystkim pokazać.

Jego depresja zaczęła się w pewien wrześniowy ranek przed sześciu laty, gdy w niedzielę wrócił z całodziennej wyprawy na morze i zastał w La Cadiere pusty dom. Na kuchennym stole leżała kartka od żony, z informacją, że razem z dziećmi na zawsze wraca do Niemiec i wnosi pozew o rozwód. Christopher od dawna wiedział, że jest nieszczęśliwa i zła, ale nie sądził, że naprawdę zrobi to, o czym ciągle mówiła.

Rodzina była dla niego najważniejsza, była sensem jego życia, jego ostoją, jego przyszłością.

Runął w przepaść.

Nikt nie czekał na niego z kolacją, gdy wracał do domu, nikt nie ogrzewał mu łóżka. Latem nie mógł już chodzić z dziećmi na plażę, jesienią nie szalał z nimi po promenadzie na deskorolkach. Skończyły się pikniki w górach w wiosenne wieczory, wspólne wypady do McDonalda, wycieczki w głąb lądu, na lawendowe pola, do lesistych dolin. Koniec obfitych śniadań w niedzielne poranki, koniec śmiechów i żartów.

Tylko cisza, pustka i samotność. Samotność, która sprawiała, że śmierć wydawała się kusząca. Przez te wszystkie lata nie uporał się jeszcze z tą stratą.

Jacques szczerze mu współczuł. Uważał go za przyjaciela, w raczej szerokim rozumieniu tego słowa.

– Podam ci kawę – zdecydował. – Dobrze ci zrobi.

– I pastis?

– O nie, żadnego alkoholu – rzucił Jacques ostro. – W sobotę otarłeś się o zatrucie alkoholowe. Powinieneś trochę przystopować.

– Jacques, ja tu jestem klientem. Podaj mi pastis!

Jacques westchnął.

– Na twoją odpowiedzialność. Wątroba stanie ci dęba, ale sam wiesz, co robisz.

Zniknął w kuchni, a Christopher, wpatrzony w ścianę, odgrzebywał w pamięci strzępki sobotnich wydarzeń. Nie udało mu się odtworzyć wszystkiego chronologicznie, a od pewnego momentu wszystko spowijała gęsta, nieprzenikniona mgła.

Jacques wrócił z kawą i alkoholem.

– Co się właściwie działo w sobotę? – zapytał Christopher.

– Kiedy...

– Tak, kiedy zacząłem chlać na umór. Co się działo?

– Nic, jak zwykle byłeś w dołku. Przyszedłeś koło dziesiątej i oznajmiłeś, że życie nie ma sensu.

– A potem?

Jacques wzruszył ramionami.

– A potem zamówiłeś wódkę. I kolejną, i tak dalej. Co jakiś czas whisky dla odmiany. Opowiadałeś o żonie i dzieciach. Właściwie jak co sobotę. Sam wiesz, że weekendy są dla ciebie najgorsze...

– Nie tylko weekendy – mruknął Christopher. – Dobry Boże, nie tylko weekendy. – Obracał machinalnie szklankę, wpatrzony w mleczny płyn. – Życie to jedno wielkie gówno – stwierdził po chwili.

3

– Powinniśmy w końcu porozmawiać – odezwał się cicho Henri. Było kilka minut po ósmej. Rzadko się zdarzało, żeby w wolny dzień wstawał tak wcześnie. Po pracowitych weekendach w poniedziałki lubił porządnie odpocząć. Dzisiaj wstał już o szóstej i poszedł na spacer. Wrócił przed chwilą, ale zamiast rześki i pełen energii, był blady i zmartwiony.

„Podstarzały kuchcik od pizzy" – pomyślała Nadine okrutnie.

Szybko się postarzeje, widziała to już teraz. Może żył zbyt intensywnie, pracował za dużo. Dawniej był pogodnym, beztroskim chłopakiem, kiedy go poznała – zabójczo przystojnym młodym mężczyzną, który świetnie pływał na desce i na nartach wodnych, ostro jeździł samochodem i słynął w miejscowych dyskotekach jako niezmordowany tancerz. Według Nadine idealnie nadawał się do tego, żeby wyzwolić ją z nudnego życia u boku matki.

Oboje młodzi, atrakcyjni, spragnieni życia, szybko stali się parą. Przez pewien czas robili tylko to, co sprawiało im przyjemność: wynajmowali żaglówki i na całe letnie popołudnia znikali w małych zatoczkach wzdłuż wybrzeża. Z przyjaciółmi, równie pięknymi, młodymi i beztroskimi jak oni, urządzali grille na plaży i ogniska w górach. Ścigali się samochodami, wieczorami, trzymając się za ręce, spacerowali promenadą w St. Cyr, zajadali lody, a Henri, który pracował w hotelowej kuchni, marzył o własnej pizzerii. Jego matka była Włoszką, we Włoszech skończył szkołę gastronomiczną i z typową dla siebie pewnością w głosie oznajmiał wszem wobec, że będzie mistrzem pizzy.

– Zobaczysz, goście będą się ustawiać w kolejce, będą się zjeżdżać na moją pizzę ze wszystkich stron. Będziemy się cieszyć świetną opinią, wszyscy będą szczęśliwi, gdy dostaną u nas stolik.

Dla niego było jasne, że zostaną razem, zresztą Nadine i tak nie związałaby się z mężczyzną, który nie chciałby się z nią ożenić. Spodobała jej się wizja jej samej jako właścicielki małej, uroczej knajpki, do której przychodzą ciekawi goście, która cieszy się świetną opinią. Snuli plany, ciesząc się sobą w tamto cudowne, gorące lato, które w jej wspomnieniach zostało najlepszym okresem ich związku.

Pod koniec lata, gdy nadchodziła ciepła, złota jesień, Henri poprosił ją o rękę. Oboje uważali to za formalność, jednak Henri podszedł do sprawy tradycyjnie, z czerwonymi różami i pierścionkiem z małym brylantem. Nadine się zgodziła, a wtedy powiedział nieśmiało:

– Chciałbym, żebyś poznała moją kuzynkę Catherine.

Kilkakrotnie już o niej wspominał, ale Nadine nigdy go nie słuchała. Dobra, Henri miał kuzynkę, która mieszkała na starówce w La Ciotat, którą chyba traktował jak siostrę. I czemu nie?

– Oczywiście, że chętnie ją poznam – odparła. – Zresztą pewnie przyjdzie na nasz ślub?

– Nie sądzę. Musisz wiedzieć, że... Catherine zawsze chciała zostać moją żoną. I tak chyba jest do tej pory.

– Mówiłeś, że to twoja kuzynka?

– To nie takie rzadkie. Wielu kuzynów zawiera związek małżeński. W końcu to dozwolone i zdarza się częściej, niż myślisz.

Od tej chwili czuła niechęć do Catherine. To nie tylko krewna, ale też rywalka.

– A ty odwzajemniałeś jej uczucia? Chciałeś się z nią ożenić?

– Nie pamiętam. Być może w dzieciństwie tak, spędzaliśmy razem dużo czasu. Byliśmy jak rodzeństwo.

– Ale w pewnym momencie przestałeś w niej widzieć potencjalną żonę?

– Oczywiście. – Henri był zdumiony. – I tak nigdy nie traktowałem tego poważnie, a poza tym... zresztą sama zobaczysz. Jest naprawdę kochana, ale... nie, nigdy bym się z nią nie ożenił.

A potem nadszedł ten straszny wieczór w restauracji hotelu Berard w La Cadiere. Restauracji tak drogiej, że Henri jeszcze kilka tygodni później myślał o tym z przerażeniem. Atmosfera i napięcie Henriego sprawiło, że Nadine czuła się jak przed wizytą u przyszłych teściów, a nie na spotkaniu z jakąś tam kuzynką przyszłego męża.

Od pierwszej chwili było dla niej jasne, że jako kobieta Catherine nie stanowi dla niej żadnej konkurencji. Wysoka – metr osiemdziesiąt osiem wzrostu, o szerokich barkach i biodrach, pulchna i niezdarna. Zdaniem Nadine była po prostu brzydka, nie tylko nudna, zaniedbana czy nieładna, ale po prostu brzydka. A przecież akurat tego dnia jej trądzik odpuścił i za pomocą specjalistycznego makijażu w blasku świec udało jej się ukryć najgorsze blizny i przebarwienia. Nadine widziała tylko, że nieszczęsna kuzynka ma złą cerę, ale nie dostrzegła rozmiaru zniszczeń, jakie na jej twarzy poczyniła choroba.

Atmosfera od samego początku była napięta. Catherine stroiła miny jak główna postać greckiej tragedii. Henri paplał bez przerwy, za bardzo się starał i plótł same bzdury. Po raz pierwszy, odkąd byli parą, Nadine dostrzegła między nimi intelektualną przepaść i ta myśl ją przeraziła. Podczas kolejnych dni wmówiła sobie, że paplał bezmyślnie ze zdenerwowania, a nieco później doszła do wniosku, że tamtego wieczoru w restauracji hotelu Berard odniosła słuszne wrażenie: był od niej głupszy. Od samego początku to był słaby punkt ich związku.

Nadine wiedziała, że Catherine nienawidzi jej od pierwszej chwili, i nie widziała powodu, dla którego nie miałaby odwzajemniać tego uczucia. Zazwyczaj współczułaby kobiecie, którą nigdy nie zainteresuje się żaden mężczyzna, ale ponieważ Catherine patrzyła na nią z obrzydzeniem, czuła do niej jedynie wstręt. Czy ta paskuda naprawdę się łudziła, że wyjdzie za Henriego? Biedaczka chyba nie miała za grosz samokrytycyzmu.

Catherine nie zjawiła się na ślubie, więc od strony Henriego nie było nikogo. Jego ojciec nie żył od dawna, a matka, rodowita Włoszka, wróciła do ojczyzny i nie odważyła się na podróż z ojczystego Neapolu na Lazurowe Wybrzeże.

– Poza matką i Catherine naprawdę nie masz nikogo na świecie? – zapytała Nadine później tego wieczoru, po uroczystej kolacji z szampanem, gdy leżeli w mieszkanku Henriego w St. Cyr.

Ziewnął.

– Mam jeszcze starą ciotkę, daleką kuzynkę ojca czy coś takiego. Mieszka w Normandii. Od lat nie miałem z nią kontaktu. Catherine czasami ją odwiedza.

Jednak stara ciotka, o której Henri nic nie wiedział, okazała się ważną osobą w ich życiu. Niecały rok po ich ślubie zmarła i zostawiła niemałą sumkę, którą zgodnie z jej zaleceniem miano rozdzielić równo między jedynych żyjących krewnych, czyli Henriego i Catherine, co było oczywiście bardzo niesprawiedliwe, bo Catherine odwiedzała ją regularnie, a Henri nie pokazał się ani razu. Testament był jednak nie do podważenia i każde dostało swoją część. Catherine rzuciła pracę u notariusza; już od dawna miała dosyć szeptów kolegów, którzy nigdy tak naprawdę jej nie zaakceptowali. Kupiła paskudne małe mieszkanko w La Ciotat, a resztę pieniędzy zainwestowała tak mądrze, że przez kilka lat mogła z nich oszczędnie żyć. Wiedziała też, jak chce zmienić swoje życie.

Bo Henri za swoją część kupił małą, zapyziałą knajpę w Le Liouquet, dzielnicy La Ciotat na uboczu miasteczka. Był to malutki budyneczek, który od morza dzieliła tylko szosa. Na parterze znajdowały się duża, nieustawna kuchnia, spora sala restauracyjna i bar, i mała łazienka. Na piętrze mieściły się trzy ciasne pokoiki i łazienka. Przypominające raczej drabinę schody prowadziły na mansardę, która w lecie spokojnie mogła służyć za zapasowy piec.

Na zewnątrz czekał ogród z pięknym starym gajem oliwnym. Henri nie posiadał się z zachwytu.

– To kopalnia złota – zapewniał Nadine. – Prawdziwa kopalnia złota!

Ona była bardziej sceptyczna.

– A dlaczego jest w takim stanie? Nie sadzę, żeby to była dobra inwestycja.

– Właściciel miał sto lat, od dawna z niczym sobie nie radził. Ale teraz będzie inaczej, zobaczysz!

Pieniędzy wystarczyło na zakup nieruchomości, ale musieli wziąć spory kredyt, żeby doprowadzić budynek do ładu i urządzić kuchnię odpowiadającą wymaganiom Henriego. Przez lata spłacali odsetki.

Knajpka, którą Henri nazwał Chez Nadine, w niczym nie przypominała lokalu, jaki Nadine sobie wyobrażała. Marzyła jej się inna, bardziej elegancka atmosfera. Denerwowało ją, że mieszkają w ciasnych pokoikach nad kuchnią, mając nad głowami koszmarną mansardę, którą czasem wynajmowali turystom. Jednak osobne mieszkanie byłoby zbyt drogie, a wynajmowane pokoje przynosiły dodatkowy dochód. Henri, który oczywiście wiedział, że Nadine nie jest zachwycona, zapewniał ciągle, że ta restauracja to dopiero początek.

– Początki zawsze są skromne, ale kiedyś kupimy luksusowy lokal w St. Tropez, zobaczysz!

Z czasem zrozumiała, że nigdy do tego nie dojdzie. Gości w Chez Nadine nie brakowało, ale dochód wystarczał na w miarę wygodne życie, zakładając, że nie mieli szczególnych wymagań. Nigdy nie udawało im się nic odłożyć. Elegancki lokal w St. Tropez oddalał się coraz bardziej, aż pewnego dnia pojęła, że jeśli chodzi o Henriego, reszta jego życia może upłynąć w Le Liouquet, w kuchni, przy piecu do pizzy. Bo całym sercem kochał Chez Nadine. Lokal był jego światem. Z własnej woli nigdy stąd nie odejdzie.

Catherine także miała tu swoje miejsce. Jak się okazało, ustaliła z Henrim, że będzie mu pomagała w lokalu. Przy zmywaniu, sprzątaniu, w zależności od stanu jej choroby – obsługiwaniu gości. Nadine zaprotestowała.

– Nie chcę jej tu mieć! Nienawidzi mnie jak zarazy! Nie chcę przebywać pod jednym dachem z kimś, kto życzy mi jak najgorzej! Osobą, która pragnie mojego męża!

– Kiedy już jej to obiecałem – zauważył Henri niespokojnie. – Dlatego zrezygnowała z pracy.

– To już nie moja sprawa. Ze mną nikt niczego nie ustalał. Zaraz powiedziałabym otwarcie, że z tego planu nic nie będzie.

– Potrzebujemy kogoś do pomocy.

– Bierz, kogo chcesz, to nie musi być Catherine.

– Przecież jej nie chodzi tylko o pieniądze. Jest bardzo samotna. Nie ma szans na własną rodzinę. Okaż się wielkoduszna i pozwól jej choć trochę uczestniczyć w naszym życiu!

– To ona mnie odepchnęła, nie odwrotnie. Zrozum, Henri, nie chcę jej tu, i już. Uszanuj to.

– Masz od niej o wiele więcej. Mogłabyś chociaż...

– A co ja niby mam? – żachnęła się gorzko Nadine. – Pieprzoną ruderę u nogi. I tyle!

W końcu utarło się, że Henri wzywał Catherine na pomoc, gdy Nadine nie mogła pracować, a na co dzień pomagały dziewczyny z okolicznych wiosek. Oczywiście rzeczywistość odbiegała od dawnych wyobrażeń Catherine. Zgodziła się na to, bo na więcej nie mogła liczyć. Ale jej nienawiść do Nadine rosła z każdym dniem, o czym Nadine doskonale wiedziała. Ignorowała fakt, że znienawidzona kuzynka coraz częściej zaglądała do lokalu, jak również to, że Henri rozmawiał z nią o problemach w lokalu o wiele częściej niż z własną żoną.

„Pewnie już dawno doszedł do wniosku, że rozsądniej byłoby jednak ożenić się z Catherine, nie ze mną – stwierdziła kiedyś. – Oboje poświęcaliby się knajpie, która nazywałaby się Chez Catherine. Catherine zapewne dałaby się za nią żywcem posiekać".

– O czym mamy rozmawiać? – zapytała teraz. Stała w kuchni, nalała sobie herbaty. Otuliła kubek dłońmi, ale nie wiedziała, czy chłód, który odczuwała, to sprawa zimnego rannego powietrza wpadającego przez otwarte drzwi do ogrodu, czy wewnętrznego chłodu z jej duszy.

– Myślałem, że wiesz, o czym chcę rozmawiać – mruknął Henri.

– Nie mam ochoty na rozmowę – odparła i mocniej zacisnęła dłonie na kubku. Porcelana pękłaby na kawałki, ale fajans wytrzymał. – Skoro chcesz rozmawiać, powiedz o czym!

Przyglądał się jej. Wydawała się zmęczona i stara. Może nie stara, miała dopiero trzydzieści sześć lat, ale zużyta. Zmęczona i zużyta. I bardzo krucha.

– Nie – mruknął cicho. – Chciałbym, żebyś ty zaczęła. Ja nie potrafię. To... zbyt bolesne.

Wzruszyła ramionami. Była bardzo spięta, drżała na całym ciele, choć zdawała sobie sprawę, że pozornie wygląda na opanowaną. Na jej twarzy rysował się zawsze nienaturalny spokój, choćby wewnętrznie była głęboko poruszona. W oczach gasło światło, a rysy skuwała maska obojętności. Ta poza wyprowadzała wszystkich z równowagi.

Znał ją od lat, ale nigdy tego nie zrozumiał. Widział tylko jej lodowate spojrzenie i pomyślał: „Pewnego dnia zamarznę u jej boku".

A przecież zamarzł już dawno.

Wiedział to, podobnie jak to, że ona sama nigdy pierwsza nie poruszy tego tematu.

Ani w ten chłodny październikowy poranek, ani innego dnia.

4

O dziesiątej w ten poniedziałkowy ranek Laurę odwiedziła matka. Przywiozła małą Sophie i zapytała, jakie są dalsze plany córki. Laura wczoraj nieoczekiwanie podrzuciła jej wnuczkę i mruknęła coś niejasno o sytuacji podbramkowej, po czym dodała, że być może będzie musiała wkrótce wyjechać na południe Francji; czy matka mogłaby się wtedy zająć Sophie przez jakiś tydzień? Elisabeth Brandt nie miała pojęcia, co się mogło stać, ale za wszelką cenę chciała poznać całą prawdę.

Laura stała ze słuchawką przy uchu, gdy matka weszła do domu. Zadzwoniła właśnie do hotelu w Perouges. Znużona telefonistka obiecała ją przełączyć. Nieco wcześniej znalazła Perouges na mapie – niedaleko Lyonu, zbyt daleko od Genewy, by Peter przez trzy dni dojeżdżał taki kawał do pracy. Nagle zrobiło jej się zimno. Przeczuwała, że gruzy, w jakich legło jej życie, mogą okazać się bardziej przerażające, niż wczoraj sądziła.

– Nie pojmuję, czemu tak nagle musisz jechać do Francji – zaczęła Elisabeth na powitanie. – Mówiłaś, że Peter żegluje z przyjacielem. Po co ty?

– Zaraz, mamo. Mam problem z domem.

Poprosiła, żeby matka z Sophie przeszły do saloniku, sama została w przedpokoju. Elisabeth nie znała francuskiego, nie zrozumie ani słowa z tej rozmowy.

Słyszała, jak Elisabeth gaworzy z wnuczką. Mała śmiała się radośnie; przepadała za babcią.

W słuchawce odezwała się recepcjonistka z hotelu. Laura z trudem przełknęła ślinę; teraz najchętniej zakończyłaby rozmowę, żeby oszczędzić sobie tego, czego zaraz się dowie. Może czasami lepiej nie wiedzieć. Jednak wewnętrzny głos podpowiadał, że nie zdoła długo uciekać od rzeczywistości. Lawina ruszyła już dawno i nic jej nie powstrzyma.

– Dzwonię z biura Petera Simona z Frankfurtu – zaczęła. – Prowadzę księgowość i widzę nierozliczoną transakcję, monsieur Simon zatrzymał się u państwa w maju. Czy może mi pani podać kwotę rachunku?

– Monsieur Simon... Chwileczkę... – Recepcjonistka chyba kartkowała księgę. – W maju? Chwileczkę, tak jest... Madame i monsieur Simon, z Niemiec...

Nagle jej uszy wypełniło dudnienie. Głos kobiety dobiegał z daleka. Podała jakąś sumę, którą Laura z trudem zrozumiała i zaraz zapomniała. Osunęła się na najniższy stopień. Bała się, że lada chwila zacznie szczękać zębami.

– Madame? Jest tam pani? Czy coś jeszcze?

Dotarł do niej głos recepcjonistki. Musiała jakoś zareagować.

– Nie, dziękuję, tylko o to mi chodziło. Do zobaczenia.

Rozłączyła się. Z salonu dobiegał głos Elisabeth.

– I jeszcze jedno! Sophie była wczoraj za lekko ubrana! Mamy październik, tak nie można!

Kolejna osoba, która żądała odpowiedzi.

– Tak, mamo.

Nie wiedziała, jak wstać ze schodów. Bała się, że kiedy spróbuje, nogi odmówią jej posłuszeństwa. Szkoda, że nie poczekała z tą rozmową, póki nie zostanie sama. Teraz nie wiedziała, jak ukryć przerażenie. Pewnie była blada jak ściana.

Madame i monsieur Simon.

Teraz tylko pytanie, kim była kobieta podająca się za jego żonę.

A może to w gruncie rzeczy nieważne?

„Jakiś romansik na boku – myślała. – Tani i głupi. Ma kochankę, którą pieprzy w drogich hotelach i przedstawia jako swoją żonę, bo jest zbyt pruderyjny, żeby wynajmować pokój z kobietą o innym nazwisku".

Nagle zrobiło jej się niedobrze. Upuściła słuchawkę, pobiegła do kuchni i zwymiotowała do zlewu. Błyskawicznie oblała się potem. Torsje szarpały nią tak długo, aż w jej żołądku nie zostało już nic.

Kroki matki były coraz bliżej.

– Co jest? Ciągle rozmawiasz?

Elisabeth stała w progu. Przyglądała się jej.

– Źle się czujesz?

„A jak ci się wydaje?" – pomyślała gniewnie Laura i zaraz spróbowała opanować złość na matkę; Elisabeth nie ponosiła odpowiedzialności za to, że życie jej córki legło w gruzach.

Wyprostowała się, sięgnęła po papierowy ręcznik, wytarła sobie usta. Elisabeth zajrzała do zlewu.

– Nie spłukuj tego wodą, bo zatkasz sobie rury. Siadaj, napij się, a ja się tym zajmę.

Laura zaprotestowała słabo:

– Nie, mamo, nie musisz. Sama to zrobię. Ja...

Elisabeth usadziła ją na krześle przy kuchennym stole.

– Nic nie zrobisz. Dobrze, że się nie widzisz. Wyglądasz, jakbyś miała zaraz zemdleć.

Wyjęła z lodówki wodę, nalała do szklanki, podała Laurze.

– Wypij. Sama wiesz, niech wszystko wyjdzie.

Zajęła się sprzątaniem – papierowym ręcznikiem wybierała wymiociny córki ze zlewu i wynosiła do toalety dla gości. Otworzyła okno, przyniosła odświeżacz powietrza, żeby pozbyć się nieprzyjemnego zapachu. Jak zawsze działała szybko i skutecznie. Jak zawsze Laura czuła się jak dziecko.

– Mamo, Peter ma romans – powiedziała.

Elisabeth znieruchomiała na chwilę, a potem ponownie zabrała się do pracy, odrobinę bardziej zamaszyście.

– Skąd wiesz? – zapytała.

– W maju nocował w hotelu pod Lyonem. W towarzystwie kobiety, którą przedstawiał jako swoją żonę. To chyba oczywiste. – Kiedy o tym mówiła, znowu zbierało jej się na mdłości, ale tym razem była lepiej przygotowana i zapanowała nad odruchem wymiotnym.

„To straszne" – pomyślała.

– A więc to dlatego chcesz nagle jechać do Francji. Nie chodzi o dom – stwierdziła Elisabeth rzeczowo. Ilekroć coś nią wstrząsnęło, stawała się coraz bardziej rzeczowa. – Wiesz, gdzie jest? To znaczy, nie żegluje z przyjacielem?

– Nie żegluje, to wiem na pewno. Nie mam pojęcia, gdzie jest. Nie wiem też, z kim mnie zdradza. Ale po raz ostatni widziano go w St. Cyr.

– Na pewno?

– Rozmawiałam z właścicielem pizzerii. Peter był tam w sobotę wieczorem. A potem wszelki ślad po nim zaginął.

– I myślisz, że jest z... z tą kobietą?

Laura wiedziała, że dla jej matki, która zaciekle szorowała zlew, to wszystko przybierało rozmiary tragedii. Elisabeth nie wyobrażała sobie, by jej córce rozpadło się małżeństwo. Kiedy się otrząśnie, zacznie szukać wyjścia z sytuacji.

– Ma problemy – ciągnęła Laura. – Finansowe. – Problemy to mało powiedziane, ale na razie wolała nie wprowadzać matki w szczegóły. – Pomyślałam, że może... no wiesz, żeby odreagować... zaszył się gdzieś na krótko.

Elisabeth nigdy nie miała skłonności do upiększania rzeczywistości.

– Chcesz powiedzieć, że prawdopodobnie zwinął się za granicę z tą... kobietą, a ciebie i dziecko zostawił na pastwę losu?

Mdłości znowu dały o sobie znać.

– Nie wiem, mamo.

– Jak poważne są te problemy finansowe?

– Tego też nie wiem dokładnie. Wiem o nich dopiero od wczoraj, a od dzisiaj o... romansie. Jeszcze nie wszystko jest jasne.

– Cóż, jeśli chcesz znać moje zdanie... – Elisabeth w końcu przestała się pastwić nad zlewem. – Nie jechałabym teraz do

Francji. Najpierw uporządkuj wszystko tu, na miejscu. Nie wiadomo, jaka jest twoja sytuacja finansowa. Tym się zajmij.

– Co innego jest dla mnie ważniejsze – odparła Laura. – Jeśli jest tak, jak podejrzewam, pieniądze to ostatnie, czym zawracam sobie głowę.

Wstała. Tym razem zdążyła do łazienki. Znowu zwymiotowała. Twarz w lustrze nad umywalką wydawała się obca. Jakby należała do innej kobiety.

5

Monique Lafond od tygodnia dręczyły wyrzuty sumienia i dlatego w ten poniedziałkowy ranek postanowiła nie zwracać uwagi na ćmiący ból głowy, jak również na fakt, że nadal miała podwyższoną temperaturę. Jako osoba obowiązkowa zazwyczaj nie pozwalała, by cokolwiek, także choroba, odciągało ją od wyznaczonych zadań. Ale grypa zaatakowała z nietypową siłą, by szybko przejść w bardzo bolesne zapalenie zatok. Monique nigdy nie chodziła do lekarza – przez trzydzieści siedem lat jej życia nie było dotąd takiej potrzeby – ale tym razem nie miała wyjścia. Przepisał jej lekarstwa i kazał leżeć w łóżku.

I dlatego dwudziestego dziewiątego września nie poszła, zgodnie z umową, do domu madame Raymond, żeby tam posprzątać, tylko wlokła się dopiero teraz, ponad tydzień później. I dlatego miała wyrzuty sumienia.

Choć tak właściwie madame Raymond było to pewnie obojętne. Dwudziestego dziewiątego września wróciła do Paryża i w St. Cyr zjawi się dopiero na Gwiazdkę. Umówiły się, że w dniu jej wyjazdu, ewentualnie dzień później, Monique posprząta cały dom, jesienią zajrzy tam co dwa tygodnie, a przed świętami Bożego Narodzenia przygotuje wszystko na przyjazd madame.

W tamtą ostatnią sobotę września usiłowała się do madame dodzwonić, ale nagrała się tylko na automatyczną sekretarkę. Ochrypłym głosem tłumaczyła, że jest chora i dzisiaj nie przyjdzie, ale kiedy tylko poczuje się lepiej, stawi się do pracy. Madame nie oddzwoniła, co oznaczało, że wyruszyła o świcie. Monique spróbowała jeszcze raz, do Paryża, ale i tu trafiła tylko na automatyczną sekretarkę. Ponieważ madame nie oddzwoniła, uznała, że się ze wszystkim zgadza, choć w głębi ducha wydało jej się to trochę niegrzeczne. Po tylu latach mogłaby jej chociaż życzyć zdrowia.

Dochodziło południe, było za dziesięć dwunasta, gdy wreszcie poczuła, że jest w stanie wyruszyć w drogę. Połknęła trzy aspiryny i ból odrobinę zelżał. Temperatura nie ustępowała, ale nie zwracała na to uwagi.

Letni dom madame Raymond leżał wśród pól rozciągających się między centrum St. Cyr a wzgórzami. Uliczki były tu wąskie i wyboiste. Wśród nich często ciągnęły się niskie murki, pobocza porastały dzikie kwiaty. Między winnicami przycupnęły małe, zapomniane domki i wiejskie gospodarstwa, ocieniane gajami oliwnymi. Latem panował tu ciężki upał, a samochody śmigające krętymi drogami wzniecały tumany kurzu. Dzisiaj jednak, po deszczowej niedzieli, nad łąkami zalegała wilgoć. Niebo zasnuły chmury. Monique spojrzała na słupy dymów z nielicznych kominów. Wschodni wiatr. Nie ma szans na poprawę pogody.

Wyruszyła rowerem, ale szybko doszła do wniosku, że to był błąd. Już po pierwszym kilometrze poczuła się gorzej, a gdy skręciła w polną dróżkę, stanowiącą podjazd do domu madame Raymond, ból głowy powrócił, a i temperatura chyba podskoczyła. Pewnie wieczorem znowu będzie chora i jutro nadal nie pójdzie do pracy. Monique była sekretarką w małej agencji nieruchomości. Sprzątaniem i pilnowaniem domków letniskowych dorabiała sobie do jedynej przyjemności w samotniczym życiu, czyli corocznych dalekich podróży; to droga przyjemność i dlatego harowała nawet w weekendy – albo w takie dni jak dzisiaj, kiedy właściwie powinna leżeć w łóżku. W tym roku była w Kanadzie, na przyszły planowała Nową Zelandię.

Na wyłożonym kocimi łbami podwórzu, ocienionym drzewami oliwnymi, zeskoczyła z roweru. „Miejmy nadzieję, że nikt się nie włamał – pomyślała. – To oznaczałoby mnóstwo kłopotów".

Dom czekał spokojnie pod ołowianym niebem, nic nie wskazywało na to, że stało się coś złego.

Nagle, choć dzień był ciepły, Monique przeszył dreszcz. Uznała, że to efekt gorączki.

Ledwie uchyliła drzwi, uderzył ją zaduch, zapierając dech w piersiach.

„Jezu – pomyślała z obrzydzeniem – tu coś gnije".

Zapewne madame wyszła z założenia, że Monique zajmie się wszystkim, i zostawiła w kuchni niezjedzone zapasy, a babie lato w zeszłym tygodniu załatwiło sprawę. Oczami wyobraźni Monique już widziała zepsute mięso, na którym aż się roi od robaków, i stwierdziła, że czasami nienawidzi tej pracy.

Doszła do wniosku, że madame Raymond chyba nie otrzymała jej wiadomości, i poprawił jej się humor na myśl, że madame jej nie zlekceważyła, tylko najwyraźniej zawiodła komunikacja.

Monique weszła do wąskiego korytarzyka. Smród przybierał na sile, czuła, jak żołądek wędruje jej do gardła. Pewnie nie wyrzuciła śmieci. W życiu nie czuła tak obrzydliwego zapachu. Oblała się zimnym potem i tym razem nie była już taka pewna, czy to efekt grypy, ten zapach miał w sobie coś niepokojącego, było w nim coś, co mroziło do szpiku kości, przyprawiało o dziwny dreszcz. Była przerażona.

„Jestem chora i tyle" – tłumaczyła sobie, ale sama w to do końca nie wierzyła.

W kuchni tykał zegarek i latała mucha, ale nie było śladu po gnijącym mięsie. Na suszarce stały czyste naczynia, kosz na śmieci był starannie zamknięty. W misie na parapecie gniły owoce, ale Monique szybko porzuciła nadzieję, że to stamtąd dobiega dziwnie słodkawy odór. Owoce wydzielały tylko lekki zapach, wyczuwalny dopiero, gdy człowiek pochylił się nad paterą. Smród w ogóle nie docierał z kuchni, tylko z dalszej części domu, w której mieściły się sypialnie.

Żołądek podszedł jej do gardła. Nagle zrozumiała, co się z nią dzieje. Jej ciało reagowało tak samo, jak zwierzęta w drodze do rzeźni.

Czuła śmierć.

Umysł zaprotestował natychmiast. To bzdura. W biały dzień, w uroczym domku letniskowym w Prowansji nie czuje się śmierci – zresztą co to znaczy, czuć śmierć? Na pewno jest jakieś wytłumaczenie koszmarnego smrodu, proste wytłumaczenie i zaraz je pozna. Natychmiast.

Ruszyła korytarzykiem, odsunęła szklane drzwi oddzielające część dzienną od nocnej i weszła do sypialni madame Raymond – która leżała przy oknie w strzępach koszuli nocnej. Na jej szyi zaciskał się sznur, oczy wychodziły z orbit, czarny, sztywny język wystawał z ust. Parapet pokrywały, jak jej się zdawało, wymiociny. Monique z niedowierzaniem wpatrywała się w makabryczny obraz i histerycznie szukała w głowie logicznego wyjaśnienia.

A potem pomyślała nagle: „Bernadette!". Pobiegła do sąsiedniego pokoju, który zajmowała czteroletnia córeczka madame. Mała leżała w swoim łóżeczku. Potraktowano ją tak samo jak matkę, ale chyba spała, kiedy morderca po nią przyszedł. Cała nadzieja w tym, że się nie obudziła, gdy pętla zaciskała się na jej szyjce.

– Muszę się zastanowić, co teraz – powiedziała Monique na głos. Szok nadal stanowił barierę ochronną i tylko dlatego nie zemdlała ani nie wybiegła z krzykiem.

Wyszła z pokoju, na uginających się nogach dotarła do kuchni, opadła na krzesło. Zegarek tykał głośniej niż przedtem, ogłuszał ją, podobnie jak bzyczenie muchy, głośniejsze z każdą chwilą. Monique wbiła wzrok w gnijące owoce, jabłka i banany, już miękkie, widziała lekko brązowe, gnijące... lekko brązowe, gnijące...

Tykanie zegara i bzyczenie muchy zlały się w jeden ogłuszający odgłos. Monique bolały uszy, nie mogła tego znieść, bała się, że zaraz pęknie jej głowa od tego hałasu. Dziwiło ją, że nie pękają od niego szyby w oknach, że ściany się nie chwieją. Że świat się nie wali, choć stało się najgorsze.

Zaczęła wrzeszczeć.

6

Nie zatrzymała się ani razu. Na fotelu pasażera leżała butelka wody mineralnej, z której co jakiś czas upijała łyk, póki nie zużyła ostatniej kropli. O dziwo, nie musiała korzystać z toalety, zjechała dopiero na parking na Pas d'Ouilliers. Wysiadła i wtedy poczuła, że dłużej nie wytrzyma. Schowała się za krzakiem. Czuła, jak bardzo zesztywniała podczas jazdy; poruszała się jak staruszka.

Potem podeszła do jednego ze stołów piknikowych i spojrzała na mieniącą się tysiącem świateł zatokę Cassis.

Dochodziło wpół do jedenastej, była chłodna, pochmurna noc, tu wysoko hulał przenikliwy wiatr. Powinna włożyć kurtkę, ale wysiadła tylko na moment. Stąd Peter dzwonił do niej po raz ostatni. Tutaj ślad się urywał. Stał tutaj, w tym samym miejscu i dwa dni temu – czy naprawdę minęły tylko dwa dni? – patrzył na to samo morze, tę samą zatokę. Jeśli to prawda. Jeśli w ogóle tu był. Odkąd jej świat legł w gruzach, nie wiedziała już, w co wierzyć, ale Henri Joly potwierdził, że Peter był w Chez Nadine, możliwe więc, że naprawdę tu był. Musiał się gdzieś zatrzymać, żeby zadzwonić – nigdy nie rozmawiał podczas jazdy – więc czemu nie tutaj? Trafiłby tu z zamkniętymi oczami. Zawsze się tu zatrzymywali, by po raz pierwszy popatrzeć na morze. Czy odbierał to tak samo jak ona – jak ukochany rytuał, coś, co mieli tylko dla siebie? Po wszystkim, co się wydarzyło, raczej w to wątpiła.

„Gdyby naprawdę mnie kochał – pomyślała, oddychając głęboko powietrzem o wiele delikatniejszym niż w domu – nie byłoby weekendu z inną".

Zwłaszcza że zapewne nie był to jednorazowy wyskok. Pewnie spotykali się w przerwie na lunch, o ile ona mieszkała we Frankfurcie albo często przyjeżdżała. Albo na wyjazdach służbowych. Od kiedy to trwa? Dlaczego niczego nie zauważyła? No ale przecież nie miała też pojęcia o ryzykownych inwestycjach i spekulacjach finansowych.

Przypominała sobie, jak ostatnimi czasy wyglądały kwestie pieniężne; większe rachunki i tak zawsze przekazywała Peterowi do zapłacenia; najwyraźniej rzadko to robił. Na swoje potrzeby miała osobne konto, na które co jakiś czas przelewał nieduże sumy. Od dawna nic nie wpłynęło i zostało jej bardzo niewiele, ale nie przejmowała się tym, bo myślała, że wystarczy słowo, a konto znowu się napełni. Poza tym miała kartę kredytową połączoną z jego kontem, ale od dawna za nic nią nie płaciła. Nie wiedziała, czy jest jeszcze aktywna.

Jak Śpiąca Królewna. Była jak Śpiąca Królewna. Przespała sto lat otoczona różanymi krzewami.

Do tej pory nie płakała, nawet w tej chwili nie czuła łez pod powiekami, co było tym dziwniejsze, że zazwyczaj szlochała z byle powodu. A teraz stała tu, w miejscu, z którym wiązały się najbardziej romantyczne wspomnienia, i nic. W sąsiednim samochodzie całowali się namiętnie dwaj mężczyźni, ale nie zwracała na nich uwagi. Toczyła wewnętrzną rozmowę z człowiekiem, którego jak jej się zdawało, dobrze znała, a który okazał się kimś zupełnie innym.

Tu stałeś. Stąd dzwoniłeś. Twierdziłeś, że jesteś zmęczony. Nic dziwnego, pomyślałam, po tak długiej jeździe. Dzisiaj wiem, że wcale nie wydawałeś mi się zmęczony, i może właśnie to wzbudziło we mnie ten niepokój. Byłeś spięty, zestreso-

wany. Zazwyczaj żagle z Christopherem bardzo cię cieszyły, ale nie wyczuwałam tego w tobie. Byłeś w kiepskiej formie. Miałeś się spotkać z kochanką i zniknąć, zostawić za sobą niespłacone długi i żonę. Stałeś tu i uważałeś się za nieudacznika i drania – i tym właśnie byłeś. I jesteś.

Chciałaby nie tylko pomyśleć, ale i poczuć to wszystko, ale do tego było jeszcze daleko. Jeszcze długo będzie za nim płakać, potem przyjdzie nienawiść i pogarda, aż wreszcie, w końcu, będzie mogła myśleć o nim bez emocji. Ale droga do tej przyszłości wiodła przez piekło.

Pół godziny później uchyliła drzwi ich domku. Stał w dzielnicy Collette, na łagodnym zboczu, na którym tarasowo pięły się winnice. Dzielnica, administracyjnie stanowiąca część La Cadiere, leżała właściwie poza granicami miasteczka; górę, na której mieściło się La Cadiere, było stąd świetnie widać, ale droga zajmowała dobre dwadzieścia minut. Odciętą od świata dzielnicę przecinała jedna wąska szosa. Rozległe działki otaczały wysokie ogrodzenia; większość właścicieli trzymała psy. Co prawda liczba włamań na wybrzeżu zmalała, ale miejscowi nadal bardzo pilnowali swego mienia.

Laura najchętniej pojechałaby od razu do Chez Nadine, bo wiedziała, że Peter tam wstąpił, po drodze przypomniała sobie jednak, że był to dzień wolny dla Henriego i Nadine, a o tej porze nie chciała nachodzić ich prywatnie. Wytrzyma do rana.

Ledwie weszła do domu, poczuła, że nikogo tu nie było, odkąd opuścili go razem z Peterem. Wewnątrz czekały na nią cisza, kurz i spokój. Na wszelki wypadek obeszła wszystkie pomieszczenia, ale to, co widziała, utwierdziło ją w tym przekonaniu. Zero pościeli na łóżku, żadnych wgnieceń na poduszkach, nic. Mało prawdopodobne, żeby ktoś tu nocował. W kuchni nie było brudnych naczyń, nawet kubka po kawie. A w łazience – ani jednego ręcznika, wyjętego z szafki i rzuconego niedbale. Kurz na półkach, krzesłach, regałach. Petera tu nie było.

Dlaczego tu przyjechał? Chodziło o kobietę? Skąd pomysł, że to Francuzka? Może romans rozgrywał się we Frankfurcie, w hotelach na godziny w ich okolicy. O ile oczywiście nie wybierali się na weekend do Perouges. A może Francuzka przyszła jej do głowy właśnie przez Perouges? No tak, ale niewykluczone, że Peter wybrał tę miejscowość, bo był wielkim miłośnikiem Francji („przecież mnie też w kółko tu ciągał" – pomyślała). A może naprawdę zaczęło się od Genewy, ale starczyło mu czasu na romantyczny wypad. Może razem wyruszyli z Frankfurtu.

Ale w takim razie dlaczego teraz Prowansja?

„Może wcale nie chodzi o nią – myślała. – Może to była tylko jednorazowa przygoda. Może ona już się nie liczy. Może przyjechał tu, żeby jeszcze raz zobaczyć kraj, który tak bardzo kochał".

Może – ta myśl dodała jej sił – może wcale nie chciał uciekać. Może chciał tylko zniknąć na krótko. Ona nigdy nie podejrzewała, że zamierza prysnąć za granicę, to były przypuszczenia Melanie, a Laura przejęła je bezkrytycznie. Oczywiście dlatego, że brzmiały logicznie, ale to wcale nie oznacza, że tak jest naprawdę!

„Za bardzo dramatyzuję – stwierdziła i poczuła, jak ta myśl łagodzi jej ból. – Bo prawda jest zapewne taka, że Peter spanikował przez długi". Ukrył się, zakopał w mysiej dziurze, żeby się od wszystkiego oderwać, żeby to przemyśleć. Żeby się zastanowić, jak jej powiedzieć, że są bankrutami. Że muszą wszystko sprzedać. Że muszą zacząć wszystko od nowa.

Nagle nabrała pewności, że on jest w pobliżu. Jasne, że nie przyjechał tutaj, to byłoby do przewidzenia. Pewnie zaszył się w jakimś hotelu albo pensjonacie. Ale i stamtąd będzie musiał kiedyś wyjść. Znała jego trasy, jego ukochane zakątki. Prędzej czy później się spotkają. I wtedy z nim porozmawia.

„Mogłabym wrócić do pracy – pomyślała z niemal radosnym biciem serca. – Jak to było? Każdy kryzys niesie zalążek czegoś dobrego. Po tym wszystkim nie będziemy już tacy sami".

Następnego dnia zacznie go szukać.

Wtorek, 9 października

1

Nadine miała właśnie wyjść z domu, ale głos Henriego zatrzymał ją w pół kroku.

– Dokąd się wybierasz?

Zabrzmiało nie tyle ostro, ile bojaźliwie. Odwróciła się. Przed chwilą słyszała go w łazience, golił się, i była pewna, że nie zorientuje się, że ona wychodzi. A tymczasem stał teraz w wąskim przedpokoju koło kuchni, niedaleko drzwi wejściowych. Miał na twarzy pianę do golenia, a w dłoni pędzel z borsuczego włosia. Był w slipach i koszulce. Ciemne włosy sterczały mu niesfornie po nocy.

„Jaki to piękny mężczyzna – pomyślała i było w tym równie wiele prawdy, jak w tym, co przemknęło jej przez głowę poprzedniego dnia: – Jaki on jest stary! Jaki to piękny, słaby mężczyzna!".

– A co, muszę teraz prosić o pozwolenie, gdy chcę wyjść z domu? – warknęła.

– To kwestia przyzwoitości, poinformować drugą osobę, zanim się wyjdzie – odparł.

– Na spacer. Po prostu na spacer. W porządku?

Mierzył ją wzrokiem od góry do dołu. Domyślała się, że wcale nie uważa jej za piękną. Nie tego ranka. Widziała się w lustrze i wydała się sobie nieatrakcyjna jak nigdy. Nawet kiedy chorowała – a zdarzało się to rzadko, bo była zdrowa i silna – nie wyglądała tak żałośnie.

„Złamana – pomyślała. – Wyglądam jak kobieta złamana".

Włożyła dres, tłuste włosy obojętnie zebrała w kucyk, nie

zawracała sobie głowy tuszem czy szminką, co było do niej w ogóle niepodobne.

„Nadine zawsze się maluje, nawet kiedy zabiera się do szorowania kibla" – żartowali jej przyjaciele. Ta próżność była nieodłączną cechą jej charakteru. W tej chwili to wszystko wydawało jej się niepotrzebne i bezsensowne.

– Oczywiście, że możesz iść na spacer, gdy tylko zechcesz – odparł miękko Henri.

– Dziękuję – warknęła.

– Mogę liczyć na to, że mi pomożesz w porze obiadowej?

– Czemu nie poprosisz najdroższej Catherine?

– Proszę ciebie.

– Wrócę najpóźniej o jedenastej, może być?

– Oczywiście. – Tym razem dodał: – Dziękuję.

Wyszła z domu bez słowa.

2

Catherine krytycznie przyglądała się sobie w lustrze. Po sobotnim ataku trądziku najgorsze już minęło, wrzody bladły. Wyglądała okropnie, ale nie tak strasznie. Jeśli się mocno umaluje, jeśli się postara, może mogłaby...

Ta myśl przywołała nieprzyjemne wspomnienia. Trzy lata wcześniej była w kolejnym psychicznym dole. Czuła, że nie wytrzyma dłużej ciągłej samotności, a tym bardziej perspektywy życia w pojedynkę, i odpowiedziała na ogłoszenie towarzyskie w gazecie. Spodobało jej się: mężczyzna napisał, że sam nie jest zabójczo przystojny i nie szuka piękności, tylko romantycznej kobiety o wielkim sercu. Przeżył już niejedno rozczarowanie i potrafi docenić to, co najważniejsze – uczciwość i wierność.

Catherine wydawało się, że spełnia wszystkie kryteria: nie była, broń Boże, żadną pięknością, za to miała wielkie serce i była – choć mało kto to dostrzegał pod jej zgorzknieniem i żalem – bardzo romantyczna. Jeśli chodzi o wierność i uczciwość, mógł na nie liczyć – zresztą na jakie niby pokusy mogłaby być narażona kobieta taka jak ona?

Napisała do niego do gazety, pod podany numer, ale nie dołączyła fotografii. Tłumaczyła się, że chwilowo nie ma w domu żadnego zdjęcia, a nie chce się odmładzać, wysyłając fotkę sprzed lat. Sprytne posunięcie, jak jej się wydawało, bo dzięki temu sprawiała wrażenie bardzo uczciwej i szczerej.

Dwa wieczory później zadzwonił.

Tego samego dnia trądzik odezwał się znowu, po zadziwiająco długiej – za długiej – fazie spokoju. Pryszcze zaatakowały z nową siłą, pojawiły się nawet na szyi, brzuchu i plecach. Wyglądała koszmarnie.

– Mieszkam w Tulonie – mówił mężczyzna, który przedstawił się jako Stephane Matthieu. – A więc niedaleko pani. Moglibyśmy się spotkać, może jutro wieczorem?

To oczywiście w ogóle nie wchodziło w grę. Musiała grać na zwłokę.

– Niestety, jutro rano wyjeżdżam do starej ciotki, do Normandii – odparła. – Zachorowała, a ja jestem jej jedyną żyjącą krewną.

– Bardzo mi przykro – mruknął Stephane. – Ale bardzo miło z pani strony, że się pani nią opiekuje.

– To zrozumiałe samo przez się – odparła Catherine. Twarz paliła ją żywym ogniem. Myślała tylko o tym, żeby się nie drapać.

– Wspaniała cecha – ciągnął Stephane. – W dzisiejszych czasach większość młodych kobiet myśli tylko o przyjemnościach. Dyskoteki, drogie ciuchy, szybkie samochody... Mężczyzna ma być przystojny i zarabiać dużo pieniędzy. Tylko to je interesuje.

– Wie pan – wyznała Catherine w przypływie odwagi – nie jestem szczególnie ładna. Ale wiem, co się w życiu liczy. Wiem, co ma znaczenie, a co nie.

– Myślę, że czeka nas fascynująca rozmowa – zapewnił Stephane. – Zadzwoni pani po powrocie z Normandii?

Odezwała się po trzech dniach, gdy jej twarz wróciła do normy. Co prawda wolałaby odczekać jeszcze parę dni, ale domyślała się, że napisało do niego wiele kobiet, i obawiała się, że umówi się z inną i tym samym urwie z haczyka.

Już w południe zaczęła się szykować na wieczorne spotkanie. Na szczęście był listopad i zmrok zapadał szybko. Wybrała rybną restaurację w Cassis, w której jak wiedziała, wieczorem całe oświetlenie stanowią świece. W blasku świec wyglądała korzystnie. Nałożyła na twarz grubą warstwę podkładu i pudru. W odpowiednim świetle jej skóra wyglądała przyzwoicie.

Stephane nie był nią zachwycony; zauważyła to od razu. Oczywiście była najzwyczajniej w świecie za gruba, czego nie ukryła nawet lejąca się szata, którą wybrała na ten wieczór. Zaryzykowała i mimo swojego wzrostu włożyła buty na obcasach, bo Stephane podał w ogłoszeniu, że ma metr dziewięćdziesiąt, ale okazało się, że trochę przesadzał: był od niej niższy i sytuacja nie zmieniłaby się, gdyby miała buty na płaskim obcasie. Przyglądał się jej uważnie podczas jedzenia – Catherine dziękowała Bogu za ciemną listopadową mgłę i przyćmione światło – i tylko raz zapytał:

– Jest pani na coś uczulona?

Mało się nie udławiła.

– Nierozsądna – odparła z wymuszoną beztroską. – Nie mogę jeść czekolady z orzechami, ale raz po raz ulegam pokusie – wyjaśniła.

– Pani figurze nie wychodzi to na dobre – zauważył.

Właściwie wcale jej się nie podobał. Emanował niczym nieuzasadnioną arogancją, kręcił nosem na jedzenie i dwukrotnie odesłał wino, zanim je w końcu zaakceptował. Kilkakrotnie dawał jej do zrozumienia, że jego zdaniem jest za gruba (na szczęście można coś z tym zrobić), i sugerował, żeby zrezygnowała z deseru (strasznie tu drogo!). Przy czym sam zapinał pasek pod brzuchem i jak na faceta miał bardzo trzęsące się pośladki. Miał też najwyżej metr osiemdziesiąt wzrostu, a nie, jak twierdził, metr dziewięćdziesiąt (błąd gazety), i niewiarygodnie paskudny krawat.

„Zestarzeć się u jego boku" – pomyślała Catherine i zrobiło jej się zimno, ale potem przypomniała sobie swoje puste, ponure mieszkanie, niekończącą się samotność każdego dnia, i nagle uznała, że Stephane wcale nie jest od tego gorszy, a z czasem może okaże się nawet w porządku.

Przez cały tydzień udawało jej się umawiać z nim tylko wieczorami, żeby w miarę możliwości kryć się w półmroku, ale w weekend, kiedy miał wolne – pracował w banku – wszystko się skończyło. W sobotę wymigała się jeszcze tym, że musi pomóc w Chez Nadine, ale w niedzielę Stephane był nieugięty – przed południem chciał zabrać ją na targ staroci w Tulonie.

– Potem możemy wstąpić gdzieś na obiad – zaproponował. – I razem zastanowimy się nad programem treningowym dla ciebie.

Zaczynała go nienawidzić, a jeszcze bardziej nienawidziła swojego losu, który nie dawał jej wyboru, skazywał na tego mężczyznę, o którego i tak musiała walczyć.

To był słoneczny zimowy poranek, o ostrym, zimnym świetle. Catherine zdawała sobie sprawę, że jej skóra wygląda koszmarnie.

– Na Boga – sapnął, gdy zobaczył ją na progu swego mieszkania. – Tym razem kąpałaś się w tej czekoladzie z orzechami?

A potem przyjrzał jej się uważnie i zmarszczył czoło:

– Masz na twarzy straszne blizny! To chyba nie jest alergia! Moim zdaniem to ostry przypadek trądziku, i to nadal aktywnego! – Te słowa zabrzmiały oskarżycielsko. Catherine zrozumiała jego wyrzuty. Rzeczywiście, zataiła przed nim pewne fakty, jeśli chodzi o jej wygląd, i Stephane miał prawo się zirytować.

– Mówiłam ci przecież, że nie jestem atrakcyjna – odparła cicho. – Ale...

– Nieatrakcyjna? Cóż, na karb tego składałem fakt, że jesteś za gruba, masz tłuste włosy i okropnie się ubierasz...

Każde słowo było jak cios.

– Ale to jest choroba! Jak mogłaś to zataić? Uczulenie! Dobre sobie!

– Posłuchaj... – Catherine była załamana i zarazem gotowa upokorzyć się jeszcze bardziej. – Zadbam o siebie. Schudnę. Zrobię sobie trwałą. I...

– Chodźmy już – przerwał jej zdenerwowany. – Na Boga, przyszło ci w ogóle do głowy, żeby iść z tym do lekarza?

Dreptała za nim, usiłowała mu tłumaczyć, że latami chodziła od lekarza do lekarza, że jej życie ograniczało się do siedzenia w poczekalniach i gabinetach, ale miała wrażenie, że w ogóle jej nie słucha. Szli przez targ staroci, cały czas w ostrym, bezlitosnym słońcu. Stephane właściwie nie zatrzymywał się, żeby cokolwiek obejrzeć. Milczał cały czas i widziała tylko jego wykrzywioną gniewem twarz. W południe wstąpili do małej knajpki niedaleko portu. Cały czas milczał. Catherine grzebała widelcem w talerzu. W pewnym momencie wstała i uciekła do toalety, gdzie przycisnęła rozpaloną twarz do zimnych kafelków i szepnęła cicho:

– Nienawidzę cię, dobry Boże. Nienawidzę cię za twoje okrucieństwo, złośliwość i za to, że tak surowo mnie karzesz za to, że w końcu zdobyłam się na odwagę.

Po dłuższym czasie wróciła do sali jadalnej. Stephane'a nie było. W pierwszej chwili myślała, że też poszedł do łazienki, ale kelnerzy już zbierali ich nakrycia. Jeden z nich wyjaśnił, że jej towarzysz zapłacił i wyszedł.

Myślała, że nigdy więcej go nie zobaczy, i nie miałaby nic przeciwko temu, żeby tak właśnie było. Kiedy tak stała w restauracji, na oczach kelnerów, była upokorzona jak nigdy w życiu. Jedyne, na co liczyła, to że kiedyś uda jej się o nim zapomnieć. Na razie było to oczywiście niemożliwe. Co chwila przypominała sobie tę scenę, co chwila odczuwała tamten wstyd. Coś jednak się zmieniło: z nadzieją na namiastkę normalnego życia umarły w niej resztki delikatności i wyrozumiałości. Od tej chwili przepełniały ją nienawiść i gorycz.

A potem, mniej więcej pół roku temu, zobaczyła go znowu. W St. Cyr, w banku, w którym załatwiała coś dla Henriego. Stephane trafił tam służbowo i nagle zobaczyła go po drugiej stronie szyby.

Był jeszcze grubszy i bardziej zadowolony z siebie niż dawniej. Przeraził się na jej widok, ale zaraz wziął się w garść.

– Catherine! Jak miło cię widzieć! Co u ciebie?

– Dobrze, bardzo dobrze. – Nie oparła się pokusie: – Wyszłam za mąż. Jesteśmy bardzo szczęśliwi.

– Jak to miło! – Sądząc po jego minie, zastanawiał się, kim jest nieszczęśnik, któremu przypadł w udziale taki los. – Wyobraź sobie, że ja też się ożeniłem! Mieszkamy w La Cadiere! Czyli każdy znajduje swoją drugą połówkę, co?

Popytała tu i ówdzie i dowiedziała się, że Stephane nie kłamał. W jego domu rzeczywiście mieszkała madame Matthieu, nudna, bezbarwna kobieta, która jednak, choć szara myszka, wyglądała o wiele lepiej niż Catherine. Znienawidziła ją, nie tak bardzo jak Nadine, lecz intensywność tego uczucia czasami zaskakiwała nawet ją. W końcu Stephane to nie był książę z bajki i właściwie powinna jej współczuć. Tylko że Catherine nienawidziła wszystkich szczęśliwych par, zwłaszcza szczęśliwych kobiet, i wydawało jej się, że wszystkie emanują samozadowoleniem.

Dzisiaj, w ten październikowy ranek, wściekłość, która wzbierała w niej raz po raz, szczególnie przybrała na sile. Przyglądała się swojemu odbiciu, myśląc o Stephanie i madame Matthieu, o Henrim i Nadine.

– Dlaczego Henri ciągle nie ma jej dość? – zastanawiała się na głos. – Co jeszcze musi mu zrobić, żeby w końcu przestał ją kochać?

3

Christopher wędrował plażą St. Cyr. Chłodny, wietrzny dzień. Wiatr zmienił kierunek, wiał z północnego zachodu, morze było wzburzone, na falach tańczyły białe bałwany. Miał na sobie ciepłą kurtkę, ale już jakiś czas temu zdjął buty i skarpetki, zszedł z nadbrzeżnej promenady i wędrował po ciężkim, mokrym piachu przy samej linii wody. Mijał niewiele osób, przede wszystkim emerytów, którzy przyjeżdżali na Lazurowe Wybrzeże po sezonie. Niektórzy mieli piękną opaleniznę, pamiątkę po ostatnich ciepłych wrześniowych dniach. Wielu towarzyszyły psy małe i duże, które radośnie uganiały się po plaży, dzielnie wbiegały do wody i uciekały z głośnym ujadaniem. Dostrzegł rodzinę, która wbrew jesieni rozsiadła się na plaży. Korzystając z osłony przed wiatrem, jaką dawał murek poniżej promenady, rozłożyli koc na piasku i siedzieli na nim. Matka, chyba zmęczona, miała zmarniałe oczy. Oparła się o murek. Dwoje dzieci, w wieku mniej więcej roku i trzech lat, bawiło się u jej stóp samochodzikami. Ojciec pobiegł do wody w towarzystwie dwójki starszych dzieci. Boso, z podkasanymi nogawkami stali w płytkiej wodzie i chyba obserwowali coś, co działo się na mokrym piachu. Ojciec coś tłumaczył...

Christopher zdał sobie sprawę, że stoi i się uśmiecha. Ten widok przywołał ciepłe wspomnienia: On i Carolin z dwójką dzieci, na tej samej plaży. Susanne, dziewczynka ciekawska, żądna wiedzy i przygód do tego stopnia, że czasami odbiegała bardzo daleko, aż Carolin zaczynała się denerwować i ruszała za nią. Tommi, wrażliwy marzyciel, daleko z tyłu; wiecznie trzeba było na niego czekać, bo ciągle odkrywał coś, czego nie dostrzegali inni, albo nagle zatrzymywał się w pół kroku, obserwował chmury na niebie i zapominał o bożym świecie. Uwielbiał obserwować różnice między swoimi dziećmi, uwielbiał wspólne wyprawy na plażę, wspólne posiłki, wieczorne rytuały kąpieli i przytulanki przy kominku w zimowe miesiące.

Wciąż wracał do tego wspomnieniami, kurczowo chwytał się idylli, choć skończyła się już dawno. Tak naprawdę nigdy nie zrozumiał, dlaczego właściwie Carolin oddalała się od niego coraz bardziej. Fakt, nigdy nie chciała wyjeżdżać do Francji. Kiedy po raz pierwszy wymyślił, że mogliby tam mieszkać i pracować, uważała to za piękne marzenie, które nigdy nie stanie się rzeczywistością. Wtedy razem z nim wyobrażała sobie cudowne życie w wiecznym słońcu. Nie dostrzegała, że on traktował to ze śmiertelną powagą. W pewnym momencie doszło do tego, że mógł zaryzykować, żeby swoją firmę, doradztwo finansowe, przenieść do Francji. I nagle marzenie stało się rzeczywistością. A Carolin czuła, że weszła w to zbyt głęboko, by w ostatniej chwili się wycofać.

Bardzo długo tęskniła za domem, Christopher widział to, między innymi za sprawą astronomicznych rachunków za telefon, bo wiecznie wydzwaniała do rodziny i przyjaciół w Niemczech. W pewnym momencie już tylko narzekała, a gdy pokonany jej rozpaczą zaproponował, żeby razem wrócili do Niemiec, okazało się, że miejsce zamieszkania to już od dawna tylko wierzchołek góry lodowej.

– Nie mogę tak dłużej – wyznała podczas jednej z niezliczonych wyczerpujących dyskusji, które zazwyczaj prowadzili szeptem, żeby dzieci się nie zorientowały.

– Ale jak? – zapytał. Odwieczna gra w pytania i odpowiedzi. I jak zawsze nie umiała na nie odpowiedzieć.

– Czuję się... osaczona. Wydaje mi się, że nie mogę oddychać. Dusi mnie twoja wizja życia rodzinnego. Nie ma miejsca, żeby się wycofać. Nie ma miejsca dla nas obojga, bez dzieci, tylko nas!

– Ale przecież byliśmy tego samego zdania. Chcieliśmy tak żyć. Marzyliśmy o tym, żeby robić wszystko razem. Być z sobą, kiedy to tylko możliwe. O tym, żeby...

– Tak, ale mimo tego wszystkiego jesteśmy też ludźmi! Jednostkami!

Jego zdaniem trąciło to typowymi mądrościami z poradników psychologicznych, ale wiedział, że rzadko sięgała po takie lektury. Potem zaczęła wysnuwać kolejne teorie: Tommi czuje się przytłoczony energią ojca i dlatego coraz częściej ucieka w świat fantazji. Susanne natomiast w takim otoczeniu nie może się wyciszyć i dlatego jest hiperaktywna. A ona sama, Carolin, nabawiła się nowych alergii, bo jej ciało woła o pomoc.

Christopher coraz częściej postrzegał siebie jako kozła ofiarnego. Wycofywał się, w weekendy jeździł samotnie w góry, żeglował sam, żeby dać rodzinie chwilę, żeby każde z nich odnalazło siebie.

Za późno. Carolin już się od niego oddaliła psychicznie. Błagał ją, żeby spróbowali jeszcze raz, choćby w Niemczech, gdziekolwiek, gdzie tylko zechce.

– Proszę cię, nie niszcz naszej rodziny! – powtarzał zrozpaczony. – Jeśli nie ze względu na mnie, to pomyśl o dzieciach!

– Właśnie o nich myślę. Dzieci nie powinny dorastać w takiej rodzinie. Christopher, między nami zbyt wiele się popsuło.

– Ale co? – Naprawdę jej nie rozumiał. O co jej chodziło? Jasne, między nimi dochodziło do nieporozumień, ale która para nie ma takich problemów? Fakt, powinien był wcześniej zauważyć, że nie podobało jej się we Francji, powinien był wcześniej wyczuć, że jest nieszczęśliwa. Choć od dawna było jasne, że ich małżeństwo rozpadło się z innych przyczyn, on uparcie czepiał się kwestii miejsca zamieszkania, być może dlatego, że to był problem, który dałoby się rozwiązać. Siebie i swoich zapędów, by całkiem zatracić się w rodzinie, nie chciał zmieniać.

A potem Carolin odeszła, a wraz z nią dzieci i bokserka Bagietka, rozwód był szybki i prosty; nie miał już siły się bronić, zrozumiał też, że to i tak bez sensu.

A teraz przyglądał się rodzinie, która nieco dalej rozgościła się na plaży, i zastanawiał się, czy już widać między nimi zdradzieckie symptomy końca. Bo są pewne oznaki, które znał bardzo dobrze.

Ale ta rodzina wydawała się w porządku. Mężczyzna zawołał kobietę po imieniu. Otworzyła oczy i uśmiechnęła się. Nie sztucznie – ciepło, radośnie. Na brzegu dzieci budowały zamek z piasku ze skomplikowanym systemem fos i kanałów, i chciał jej to pokazać. Pomachała im, znowu zamknęła oczy i oparła się wygodniej o murek.

W porządku. Ten widok sprawił, że zrobiło mu się ciepło na sercu. Nie czuł zazdrości, tylko tęsknotę. Potężną, głęboką tęsknotę, niemal jego rówieśnicę, bo zrodziła się tamtego dnia, gdy odeszła jego matka.

Pospiesznie ruszył dalej.

4

O dziesiątej Laura zatrzymała się przed restauracją Chez Nadine i wysiadła z samochodu. Po raz pierwszy od soboty zdołała w nocy przespać kilka godzin. Choć cały czas miała gonitwę myśli, w pewnym momencie odpłynęła w sen i obudziła się dopiero o ósmej rano.

Ponieważ nie miała w domu nic do jedzenia, pojechała do St. Cyr i wtulona w ciepłą kurtkę, usiadła w ogródku przed Café Paris, zamówiła café crème i bagietkę z marmoladą. Śniadanie w Café Paris to był dawny zwyczaj jej i Petera; często przesiadywali w fotelach wyścielonych miękkimi, wypłowiałymi od słońca zielonymi poduchami i obserwowali psy na rynku, ludzi wchodzących do fryzjera, liście na drzewach. W głębi duszy miała nadzieję, że może go tu zastanie, ale nigdzie go nie było. Zresztą to pewnie byłoby za proste.

Była przekonana, że go znajdzie. Co prawda czeka ich wtedy sporo nieprzyjemnych chwil, ale nie wątpiła, że w końcu wszystko będzie w porządku.

W Chez Nadine było pusto. Usłyszała ruch w kuchni i zawołała głośno:

– Nadine? Henri?

Chwilę później Henri wszedł do sali jadalnej. Przeraziła się na jego widok, tak źle wyglądał. Choć opalony i przystojny jak zawsze, miał cienie pod oczami, poruszał się niespokojnie, nerwowo, na jego twarzy malował się wyraz smutku i rozpaczy. To nie był Henri, wiecznie uśmiechnięty, słoneczny chłopak, którego do tej pory znała. Wydawał się nie mieć cienia nadziei.

– Laura! – wykrzyknął zdumiony. Miał na sobie wielki kolorowy fartuch, jedyny pogodny element, w który odruchowo wytarł ręce umazane pomidorami. – Co ty tu robisz?

Uśmiechnęła się z beztroską, której nie czuła.

– Skoro Peter się do mnie nie odzywa, postanowiłam go odnaleźć. Czy raczej: poszukać. Był u was znowu?

– Nie. W niedzielę znaleźliśmy jego samochód. Stoi jakieś dwieście metrów stąd, przy kiosku.

– Słucham?

– No tak, najwyraźniej stąd nie wyjechał.

– Ale... Jesteśmy przecież kawał drogi od St. Cyr! W życiu nie przyszłoby mu do głowy, żeby stąd iść na piechotę.

Henri wzruszył ramionami.

– W każdym razie jego auto jest tutaj.

– Czyli on też!

Kolejne wzruszenie ramionami.

– Tutaj go nie ma.

– Może w hotelu na rogu?

Na początkowym odcinku uliczki, przy której znajdowała się Chez Nadine, był też hotel, graniczący z dużym parkiem. Ale Henri zaprzeczył ruchem głowy.

– Nie, zamknęli podwoje pierwszego października. Więc nie tam. – Znowu wytarł ręce w fartuch. – Lauro, przepraszam cię, ale muszę wracać do kuchni. Jest już po dziesiątej, a od dwunastej zaczyna się ruch. Mam jeszcze mnóstwo pracy, jestem sam, mam nadzieję, że Nadine naprawdę wróci o jedenastej.

Laura czuła, że niespecjalnie obchodzi go los Petera, i nagle bardzo ją to zdenerwowało. Byli przecież wieloletnimi przyjaciółmi i gośćmi. Henri mógłby bardziej się przejąć i wykazać większe zainteresowanie.

– Pamiętasz może coś jeszcze? – zapytała. – Może coś rzuciło ci się w oczy. Coś nietypowego w jego zachowaniu?

– Właściwie nie. – Henri się zawahał. – Chyba że...

– Tak?

– Miał z sobą aktówkę. Rzuciła mi się w oczy, bo wydało mi się dziwne, że zabrał ją z sobą do restauracji. Z drugiej strony... Może to nic takiego. A może miał tam dokumenty, których nie chciał zostawiać w samochodzie.

– Aktówkę...

– Laura, naprawdę muszę już...

Spojrzała na niego chłodno.

– Zajrzę do samochodu – powiedziała tylko, odwróciła się na pięcie i zostawiła go, we wściekle kolorowym fartuchu, z rozedrganymi, nerwowymi rękami.

Zamknięty samochód wyglądał tak, jakby właściciel miał do niego wrócić lada chwila. Na fotelu pasażera leżał segregator, na podłodze stał czerwony termos, który rano w dniu wyjazdu napełniła herbatą. Na tylnym siedzeniu leżała jego kurtka przeciwdeszczowa, pod nią – sportowe buty. Wyposażenie, czy raczej jego część, na planowany rejs. Na który nie miał zamiaru wyruszyć. Który od początku był tylko częścią skomplikowanego planu.

„Muszę jeszcze raz porozmawiać z Christopherem – pomyślała. – Pewnie się zastanawia, co się stało, że Peter nie zadzwonił, jak co roku, żeby się umówić na jesienny rejs. A może jednak rozmawiali? Może Peter wyjaśnił mu, czemu w tym roku musi zrezygnować z corocznej tradycji?"

W niedzielny poranek Christopher był zbyt skacowany, by cokolwiek pamiętać, by logicznie rozmawiać. Później spróbuje jeszcze raz, może tym razem będzie w lepszej formie. Wiedziała, że zdarzało mu się za dużo pić, odkąd żona od niego odeszła, ale nie był alkoholikiem, po prostu czasami szukał w kieliszku zapomnienia.

Samochód, stojący tu najwyraźniej od soboty wieczorem, działał jej na nerwy. Jeśli Petera nie ma w najbliższej okolicy – a nic nie sugerowało, że jest – musiał mieć środek transportu, żeby stąd zniknąć. Ale niby dlaczego miałby jechać autobusem? Czy tu w ogóle są autobusy? A jeśli tak, kiedy jeżdżą? Dokąd? Skoro ona tego nie wiedziała, Peter tym bardziej; właściwie nigdy nie korzystał z publicznych środków transportu. Taksówka? Ale dlaczego, dlaczego, dlaczego?

Zostawała jeszcze jedna możliwość, ale sama myśl o niej budziła w niej strach. Niewykluczone przecież, że ktoś po niego przyjechał i zabrał go samochodem. A to z kolei mogło oznaczać kobietę – tę, z którą spędził weekend w Perouges i zapewne wiele innych chwil.

A zatem spotkali się w Chez Nadine, potem wsiadł do jej samochodu... Henri i Nadine nie mogli o niczym wiedzieć, dlatego kochanka nie weszła do restauracji...

Nie chciała o tym myśleć, to było zbyt bolesne. Na pewno jest jakieś inne wytłumaczenie.

Najpierw poprosi Henriego, żeby pomógł jej się włamać do samochodu. Musi sprawdzić w bagażniku, czy zabrał walizki. Może wtedy dowie się czegoś więcej.

5

Nadine od dłuższego czasu siedziała w Deux Soeurs, U Dwóch Sióstr, w knajpie prowadzonej, wbrew nazwie, przez trzy siostry, wszystkie z półświatka.

Miały kucharkę, która smażyła fantastyczne naleśniki, ale tego ranka Nadine była w stanie przełknąć tylko kawę. Nic innego nie przeszłoby jej przez gardło.

Kiedy w końcu wstała i zapłaciła za kawę, dochodziło wpół do jedenastej. Przez godzinę siedziała nieruchomo i gapiła się przed siebie. Obiecała Henriemu, że wróci o jedenastej, i właściwie powinna już ruszać w drogę, ale na samą myśl o Chez Nadine poczuła się jeszcze gorzej i pomyślała, że oszaleje, jeśli będzie musiała siekać warzywa na pizzę albo nakrywać stoły w sali jadalnej.

„Nasz mały świat" – powiedział kiedyś Henri o restauracji. W jego głosie brzmiała duma i miłość, ale jej zbierało się na mdłości. Zawsze marzyła o świecie, o wielkim świecie, naprawdę wielkim świecie pełnym fascynujących ludzi, w którym każdy dzień jest inny od poprzedniego. Jeśli Henriemu wystarczy jego mały świat, proszę bardzo, ale ona nie chciała iść tą drogą.

Tylko jak z niej zejść? Nie miała własnych pieniędzy, nie miała żadnego wykształcenia. Mogła liczyć tylko na mężczyzn, a mężczyźni zazwyczaj sprawiali jej zawód.

Szła promenadą, wiatr co chwila rozwiewał jej włosy, zasłaniał twarz. Nerwowo zakładała je za uszy. Przeszukała kieszenie kurtki, ale nie miała gumki ani spinki. Nieważne. Bo wtedy oczy znowu zaszły jej łzami i nagle było dobrze, że włosy zasłaniały jej twarz. Nie miała przy sobie nawet chusteczki, więc głośno pociągała nosem. Najchętniej rozpłakałaby się w głos, jak w niedzielę u matki. Ale to był wyjątek i coś takiego szybko się nie powtórzy. Zazwyczaj nie dawała ujścia rozpaczy. Pozwalała sobie najwyżej na łzy w oczach, przy czym najczęściej były to łzy wściekłości, gniewu. To, co bolało naprawdę, kryło się głęboko w jej wnętrzu, jak ciężka gula, niezniszczalna, nie do usunięcia. Nie ruszała jej, gula dawała jej spokój, tylko tkwiła w niej jak stara ropucha, rosła, aż pewnego dnia wypełni ją całą i wtedy już nic nie zostanie z niej, Nadine.

Wpadła na nadchodzącą z przeciwka kobietę i odruchowo mruknęła:

– Przepraszam.

– Własnej matki nie poznajesz! – Marie z oburzeniem pokręciła głową. – Macham ci i macham, a ty nic! – Przyjrzała się córce. – Przy każdym kolejnym spotkaniu wyglądasz gorzej. Co się z tobą dzieje?

Nadine puściła to pytanie mimo uszu. Zadała inne:

– Co ty tu robisz?

Matka tak rzadko opuszczała swoją pustelnię, że naprawdę musiało się wydarzyć coś niezwykłego, że zdecydowała się zapuścić tak daleko od domu.

Marie zerknęła na torebkę i zdradziła tajemniczym szeptem:

– Mam tam gaz łzawiący. Kupiłam sobie. Żeby się bronić.

– Od kiedy w ogóle zawracasz sobie głowę bezpieczeństwem?

Marie przyglądała się córce uważnie.

– Nie powiesz chyba, że jeszcze o tym nie słyszałaś. Skoro nawet ja, na takim odludziu...

– O czym nie słyszałam, mamo?

– Przy Chemin de la Clare znaleźli ciało kobiety. Zamordowanej. Jej czteroletnia córeczka też nie żyje. Wygląda na to, że morderca zaskoczył je we śnie. Kobieta jeszcze usiłowała dopaść okna, ale on był szybszy. – Marie coraz bardziej zniżała głos. – Udusił ją sznurem. Pociął na niej koszulę nocną na strzępy. Nie wiadomo jeszcze, czy ją zgwałcił.

Nadine poczuła, jak chwilowo jej problemy schodzą na dalszy plan.

– O Jezu! To straszne! Przy Chemin de la Clare, powiadasz?

Choć uliczka leżała już za miastem, administracyjnie należała do St. Cyr. Domy dzieliły spore odległości, były rozsypane wśród pól, do każdego prowadziła długa, wyboista droga. Cudowna okolica, rozległa, jasna dolina, w której Nadine nigdy nie czułaby się odcięta od świata jak u matki, w Le Beausset. A teraz do tego raju zakradło się najgorsze.

– Wiadomo, kto to? – zapytała.

– Nie, nie ma żadnych śladów mordercy. Dzwoniła do mnie sąsiadka ofiary, Isabelle, wiesz, ta, która czasami robi mi zakupy. – Marie zbudowała całą sieć osób, które załatwiały za nią różne sprawy, jeśli akurat nie czuła się na siłach. – Isabelle wiedziała wszystko z pierwszej ręki.

To akurat wcale Nadine nie zdziwiło. Isabelle była plotkarą pierwszej wody. Nie wiadomo jakim sposobem, zawsze wszystko wiedziała pierwsza.

– Z domu podobno nic nie zginęło. W salonie została torebka ofiary, a w niej pieniądze, nie karty kredytowe, ale nikt jej nawet nie otworzył. To samo jeśli chodzi o szafy czy szuflady. Morderca, albo mordercy, wszedł tam tylko po to, żeby je zamordować. – Wzdrygnęła się, słysząc własne słowa. – Tylko po to, żeby je zamordować...

– Kim była ta kobieta? – zainteresowała się Nadine. – Ktoś stąd?

W okolicy powstało wiele domów letniskowych, więc pytanie miało sens.

– Nie, z Paryża. Młoda wdowa z czteroletnią córeczką. Jej mąż umarł na białaczkę, kiedy była w ciąży. – Najwyraźniej Isabelle udało się ustalić wszystko z najdrobniejszymi szczegółami. – Jest... była zamożna. Nie musiała pracować. Nieśmiała, depresyjna kobieta, jak mówi Isabelle. Była taka wycofana, że w Paryżu nikt się nie zorientował, że nie wróciła zgodnie z planem, pod koniec września. Akurat zbierała się do wyjazdu, wyobrażasz sobie? Leżała od dziesięciu dni, martwa w tym pustym domu, i nikt jej nie szukał! – Marie wzdrygnęła się i dodała ponuro: – Cóż, w moim przypadku byłoby pewnie tak samo. Może się okazać, że po mojej śmierci minie mnóstwo czasu, zanim ktoś się zorientuje!

– Ależ mamo! – żachnęła się Nadine targana wyrzutami sumienia, bo Marie miała rację. – Masz przecież mnie!

– Czasami nie odzywasz się do mnie przez dwa tygodnie, a odwiedzasz mnie jeszcze rzadziej. Nie, nie. – Marie uniosła ręce, widząc, że Nadine chce powiedzieć coś w swojej obronie.

– To nie jest wyrzut. Masz własne życie i nie możesz zawracać sobie głowy starą matką.

– Powinnam bardziej się tobą zajmować – stwierdziła Nadine. – Poprawię się.

Ta myśl przywołała kolejną mroczną konstatację. Zajmowanie się Marie oznaczało zostanie tutaj. To samo życie, co do tej pory. Piec do pizzy jako symbol egzystencji. Knajpka z przeciętnymi gośćmi. Henri i jego mały świat.

Znowu poczuła pod powiekami łzy wściekłości. Zacisnęła pięść w kieszeni sportowej bluzy.

Marie tymczasem paplała dalej.

– Znalazła ją kobieta, która u niej sprząta i w zimie ma oko na dom. Monique Lafond. Znasz ją? Mieszka w La Madrague. Sprząta też u Isabelle i dlatego Isabelle wie wszystko. Monique przeżyła szok, biedaczka aż się rozchorowała. Isabelle mówi, że cały czas ma przed oczami te straszne obrazy, a nocami w ogóle nie może spać. Nic dziwnego! To musiał być makabryczny widok!

– I teraz ty też się boisz – stwierdziła Nadine, wracając w rozmowie do tematu gazu łzawiącego. – Ale pomyśl, mamo, może jemu chodziło o tę konkretną kobietę. Skoro niczego nie ukradł, to nie mogło być zwykłe włamanie.

– Policja bada przeszłość ofiary. Oczywiście niewykluczone, że to odtrącony kochanek albo dawny wspólnik jej męża, który chciał się zemścić za doznane krzywdy. Ale możliwe, że zabójca upatruje sobie samotne kobiety i... no wiesz, czerpie satysfakcję z ich śmierci. Przecież zabił też jej malutką córeczkę, a w tym wypadku nie może być mowy o osobistych porachunkach.

– Może na jakiś czas zamieszkasz z nami? – zaproponowała Nadine. Jej zdaniem matce nic nie groziło, ale nie chciała, żeby przez kolejne tygodnie Marie nie mogła spać po nocach.

– Nie, nie – odparła tamta. – Wiesz przecież, że najlepiej śpi mi się we własnym łóżku. Postawię sobie gaz na nocnym stoliku. Zawsze starannie ryglulę drzwi, więc usłyszę, gdy ktoś się będzie do mnie włamywał, i będę mogła się bronić.

Te słowa sprowokowały kolejne pytanie Nadine.

– Właściwie w jaki sposób dostał się do środka? Do tej kobiety, do domu?

– Właśnie to nie daje nam spokoju – wyznała Marie. – Bo widzisz, nie ma śladów włamania. Żadnych wybitych okien, wyważonych drzwi, nic.

– Ale też sama mu nie otworzyła.

– No nie, zaskoczył ją we śnie.

– Pewnie miał klucz, a to oznacza, że się znali – stwierdziła Nadine. Cmoknęła matkę w policzek. – Naprawdę nie sądzę, że jeszcze komuś coś grozi. To była prywatna sprawa ich dwojga.

– Co ty tu właściwie robisz? – Marie gwałtownie zmieniła temat. – Nie pracujesz dzisiaj? – Liczyła w myślach. – Przecież dzisiaj nie jest poniedziałek – zauważyła po chwili.

– Henri poradzi sobie beze mnie. Musiałam pobyć trochę sama.

– Nie zostawiaj go zbyt często, dziecko. To dobry człowiek.

– Zadzwonię jutro, mamo. Trzymaj się! – Poszła dalej, nie czekając na reakcję Marie. Matka zawsze uważała Henriego za wcielenie wszystkich cnót i Nadine nie miała ochoty wysłuchiwać peanów pod jego adresem.

6

Stała na prowizorycznym piaszczystym parkingu przy samochodzie męża. Przed chwilą przeszukała trzy ostatnie torby w bagażniku i stwierdziła, że znikając tam, gdzie zniknął, zostawił za sobą właściwie wszystko, co zabrał z domu. Bieliznę, koszule, skarpety, swetry, szczoteczkę do zębów, tabletki od bólu głowy, piżamę, kurtkę przeciwdeszczową, książki, gazety, zatyczki do uszu i nawet tabletki witaminowe, bez których nie ruszał się z domu, bo wydawało mu się, że cały czas musi się chronić przed czyhającymi z każdej strony wirusami przeziębienia.

Nie było natomiast aktówki, o której wspominał Henri.

Wyruszył praktycznie bez niczego, stwierdziła i nagle zrobiło jej się zimno, choć jeszcze przed chwilą było jej gorąco. Ma z sobą tylko aktówkę, tę słynną aktówkę i telefon. Uparcie wyłączony. Co się z nim stało?

Henri wyważył drzwi od strony kierowcy, żeby mogła od wewnątrz otworzyć bagażnik.

– Na pewno chcesz to zrobić? – dopytywał się niespokojnie, na co odparła ze zniecierpliwieniem:

– A co innego mi zostało, na miłość boską? Mój mąż zniknął bez śladu. Może chociaż w tym cholernym samochodzie trafię na jakiś ślad!

Otworzył samochód z zadziwiającą zręcznością, zaraz jednak się pożegnał, tłumacząc to nawałem pracy, i wrócił do restauracji. Zirytował ją po raz drugi tego ranka. Jej zdaniem był niewrażliwy, a dawniej taki nie był. Miły, pomocny Henri. Teraz miała wrażenie, że mu przeszkadza.

Pod wpływem impulsu sprawdziła kieszenie kurtki leżącej na tylnym siedzeniu, ale znalazła tylko paczkę chusteczek higienicznych. Zajrzała do schowka przy kierownicy i bocznych schowków na drzwiach. Mapy, trasy, zimowa rękawiczka, skrobaczka do szyb, pusty futerał na okulary... w końcu jej uwagę zwróciła koperta. Otwarta, biała, czysta, jakby dopiero niedawno trafiła między stare, zapomniane śmiecie w schowku na drzwiach. Wyjęła z niej dwa bilety lotnicze i patrzyła na nie takim wzrokiem, jakby pierwszy raz w życiu widziała coś takiego.

Bilety na nazwisko Laury i Petera Simonów wystawiono na minioną niedzielę, na lot z Nicei do Buenos Aires. Od pierwszej chwili było dla niej jasne, że nie z nią się wybierał, że tylko posłużył się jej nazwiskiem. Zapewne miała mu towarzyszyć kobieta, z którą był w Perouges. Kobieta, z którą miał romans. Romans, który nigdy się nie skończył.

Nie wiadomo, dlaczego nie wykorzystali biletów. Jednak w tej chwili było jej to obojętne.

Marzła tak bardzo, że drżała na całym ciele. Nie mogła ustać na nogach. Osunęła się na fotel kierowcy i ze zdumieniem wpatrywała się w swoje drżące nogi. Przez przednią szybę patrzyła na wysokie drzewa kołysane wiatrem. Między ich gałęziami dostrzegała morze. Miała w dłoniach ruiny swego małżeństwa. Myślała o tym, jak się zachowywała w ciągu ostatnich dwunastu godzin, widziała się z dystansu; była jak mała dziewczynka, która wierzy w bajki, która uparcie trwa przy niewinnych marzeniach, która do tego stopnia nagina rzeczywistość, aż może w niej żyć, choćby za cenę tego, że koniec końców to już wcale nie jest rzeczywistość. Nadawała się doskonale do tego, żeby ją zdradzić. A jeśli nie zdradzał jej świat zewnętrzny, robiła to sama. Nie dalej jak wczoraj wieczorem niemal sobie wmówiła, że Peter to wcielenie niewinności, bo nie mogła znieść myśli o tym, że ją zawiódł, i rozpaczliwie chwytała się głupich nadziei.

Patrząc na to chłodno – a teraz była w stanie to zrobić – straciła męża. Wydarzyło się to, co zawsze wydawało jej się najgorsze, najbardziej nie do zniesienia. Wybrał inną, chciał z nią polecieć do Argentyny i zapewne tam zacząć nowe życie. Już w hotelu w Perouges przedstawiał ją jako swoją żonę. Ktoś lub coś w ostatniej chwili pokrzyżowało mu plany, choć teraz nie obchodziło jej, kto lub co to było. Nieważne, jak się to wszystko skończy, jedno było pewne: ich małżeństwo to już przeszłość. Nie było dla nich szans.

Po raz pierwszy od tamtej strasznej soboty zaczęła płakać. Pochyliła się nad kierownicą i szlochała głośno, rozpaczliwie, tak jak na to liczyła w ciągu minionych dni, bo miała nadzieję, że wraz ze łzami spłynie z niej napięcie. Wyrzucała z siebie rozpacz nie tylko tych ostatnich strasznych dni, ale też rozpacz sprzed lat, rozpacz, której istnienia nigdy nie przyjmowała do wiadomości, którą zawsze spychała na margines. Ta rozpacz obejmowała wszystko: utratę pracy, utratę niezależności. Poczucie, że w oczach męża nie jest osobą wartościową. Coraz wyraźniejsza pogarda, z jaką się do niej odnosił, a z której istnienia dopiero teraz zaczynała zdawać sobie sprawę. Samotność długich dni, podczas których walczyła z wyrzutami sumienia, bo nie wystarczało jej towarzystwo córeczki, bo się przy niej nudziła, bo miała skłonność do depresji. Opłakiwała małżeństwo, w którym była nieszczęśliwa i za bardzo uzależniona od męża, by to dostrzec choćby jeden jedyny raz. Opłakiwała stracone lata i żal do siebie. Płakała, bo mąż nie tylko zdradził ją fizycznie, ale też pozbawił ją ważnej części życia, której już nigdy nie odzyska. Siedziała i szlochała, bo była taka naiwna. A kiedy w końcu – nie wiedziała, ile czasu minęło, pół godziny czy cała godzina – łzy przestały płynąć, uniosła głowę i miała poczucie, że przeżyła bolesną transformację. Nie poczuła się lepiej, płacz nie przyniósł też spodziewanej ulgi, ale jednak coś się zmieniło, odkąd odważyła się spojrzeć prawdzie w oczy i niczego nie upiększać. Być może utraciła kawałek dzieciństwa. Lepsze to niż nadal marnować życie.

Wysiadła, zatrzasnęła drzwi, zostawiając samochód i bagaże męża własnemu losowi.

7

– Henri? Już jestem! – zawołała Catherine.

Weszła kuchennymi drzwiami. Nie słyszał jej i na dźwięk jej głosu drgnął odruchowo. Na jej widok jak zawsze zrobiło mu się ciepło na sercu, choć zazwyczaj inaczej reagował na kobiety – napięciem, czasami podnieceniem. Widok Catherine przywodził mu na myśl dzieciństwo. Jego ojciec umarł, kiedy był mały, i matka musiała pracować, żeby utrzymać siebie i synka. Czasami wracała bardzo późno i wtedy się bał, nie czegoś konkretnego, tylko samotności, porzucenia. Kiedy w końcu słyszał zgrzyt klucza w zamku, jej ciche kroki, kiedy otaczał go zapach papierosowego dymu i jedzenia z knajpy, w której pracowała, ogarniało go przyjemne ciepło. Nie był już sam. Oto ktoś, kto dawał mu oparcie i poczucie bezpieczeństwa. Na matkę zawsze mógł liczyć. Nigdy nie przestał szukać wsparcia u najbliższych, tylko wtedy czuł się naprawdę dobrze. W szalonych latach, gdy opalony na brąz, z deską surfingową pod pachą, w wianuszku ślicznych dziewcząt brylował na Lazurowym Wybrzeżu i słynął z pościgów samochodowych, nikomu nie przyszłoby do głowy, że tego pragnie; on sam tego nie wiedział. Wtedy tę potrzebę zaspokajała Catherine, brzydka, solidna kuzynka. W miarę upływu czasu coraz bardziej sobie uświadamiał, że w każdej sytuacji stresowej powracało owo poczucie opuszczenia, które pamiętał z dzieciństwa, i że właściwie za każdym razem Catherine umiała go od niego uwolnić.

Także teraz, gdy przed nim stała, w całej swojej brzydocie i tuszy, uświadomił to sobie po raz kolejny. Była jak głaz, sól ziemi, silna, niewzruszona. Byliby wspaniałym zespołem. Ale co innego widzieć w niej kobietę, wyobrazić sobie seks z nią – nie, to niemożliwe. Tę część jego życia nadal, mimo wszystko, wypełniała Nadine. Mimo wszystko.

– Catherine! – Uśmiechnął się i patrzył, jak rozkwita. – Jak dobrze, że przyszłaś! Nie wiem, co bym zrobił, gdyby nie ty! Zawsze ratujesz mnie w opałach!

Mówił lekko, beztrosko, ale oboje wiedzieli, że w jego słowach kryje się gorzka prawda; Catherine naprawdę ratowała go w opałach, bo Nadine korzystała z każdej okazji, żeby zniknąć. Dzisiaj także. Mimo porannej obietnicy, o jedenastej nie wróciła do restauracji, kiedy zaś godzinę później zaczęli napływać goście, a po Nadine nadal nie było śladu, Henri postanowił, jak zdarzało się coraz częściej, zadzwonić do kuzynki. Zjawiła się kwadrans później. Wyglądała lepiej niż w sobotę, stwierdził. Trądzik znowu zelżał. Co prawda nadal była brzydka jak noc, ale teraz przynajmniej człowiek nie myślał na jej widok o zarazie. Mógł ją nawet wysłać na salę. Zresztą i tak nie miał innego wyjścia, bo sam miał pełne ręce roboty w kuchni.

„Jest ciężko – pomyślał ponuro. – Życie jest ciężkie, a ja nie umiem sobie poradzić z problemami".

– Wiesz – zaczęła Catherine – że zawsze, kiedy mnie potrzebujesz, możesz na mnie liczyć. – Nie powiedziała nic więcej, choć dalsze słowa zawisły między nimi niewypowiedziane: „Mimo że i tak nic z tego nie będę miała. Nic, czego pragnę".

– No więc – odparł, nie wiadomo dlaczego nagle speszony – pewnie widziałaś, że dzisiaj znowu mamy pełne obłożenie. Musimy brać się do roboty.

Spojrzała na niego i w tej chwili wydawało się, że przekroczyła granicę, która dzieliła ich do tej pory i którą dotąd szanowała. Niemal widział w jej oczach decyzję, żeby zlekceważyć milczącą umowę nierozmawiania o Nadine i ograniczania się do neutralnych tematów. Catherine do tej pory tylko raz złamała tę zasadę, ale chodziło wtedy o informację, której we własnym mniemaniu nie mogła zachować dla siebie i przekazała mu ją z niewzruszoną twarzą, głosem pozbawionym emocji. Teraz jednak obrała inną strategię.

– Jak długo jeszcze zamierzasz to znosić? – zapytała ochryple. Jej trupia bladość i gorączkowy błysk w oczach zdradzały, jak niewiele brakuje, by straciła panowanie nad sobą.

– Jak długo chcesz tu jeszcze sterczeć i czekać, aż ta szmata, z którą...

– Catherine! Nie!

– Jesteś bardzo przystojnym mężczyzną! Facetem, który z pasją wykonuje swój zawód. Który naprawdę chce dzielić życie z żoną. Mogłeś mieć każdą, więc dlaczego wystawiasz się na pośmiewisko przez tę...

– Catherine, dość tego!

Cofnęła się o krok. Jej brzydka twarz wykrzywiła się groteskowo. Dosłownie wypluwała kolejne słowa.

– To dziwka, i dobrze o tym wiesz! Pieprzyła się już pewnie z połową facetów na Lazurowym Wybrzeżu, zanim cię usidliła tylko dlatego, że wydawałeś jej się odpowiedni, żeby zrealizować jej wielkie plany. Najgorsze, że wcale z tym nie skończyła. Nadal wskakuje do łóżka każdemu, kto się napatoczy i...

– Zamknij się – powiedział. Miał nadzieję, że kuzynka zdaje sobie sprawę, że w tej chwili z najwyższym trudem udaje mu się nad sobą zapanować. Nie mógł wytrzymać, że kala imię Nadine, nie mógł patrzeć, jak jej wąskie usta, których nigdy nie całował mężczyzna, wykrzywione zazdrością i nienawiścią przypisują rywalce wszystko to, co dla niej było nieosiągalne. – Zamknij się, do cholery!

Nie mogła. Tłumiona od lat nienawiść wylała się niepowstrzymaną falą właśnie dlatego, że od tak dawna w niej wzbierała. Nadine zniszczyła jej życie, a teraz niszczyła też życie Henriego.

– Henri, z takimi kobietami nie bierze się ślubu, popełniłeś wielki błąd. To kobieta na jedną noc, a i wtedy ryzykujesz, że złapiesz jakieś paskudztwo. Rozkłada nogi przed każdym włóczęgą i...

Urwała gwałtownie, wpatrzona w niego przerażonym wzrokiem. Uderzył ją w twarz z taką siłą, że drobniejsza kobieta zachwiałaby się na nogach. Policzek niósł się echem po kuchni, zlewał ze wspomnieniem jej słów, z cichym szmerem rozmów i szczękaniem sztućców w sali jadalnej.

– O Boże – powiedziała w końcu wstrząśnięta, gwałtownie wracając do rzeczywistości, w której jak wiedziała, nie mogła sobie pozwolić na takie wybuchy. – Przepraszam.

Henri czuł, że też powinien ją przeprosić, ale to słowo nie przeszło mu przez gardło; za bardzo był poruszony jej słowami.

– Nigdy więcej tego nie rób – powiedział. – Nigdy więcej nie wypowiadaj się w mojej obecności w ten sposób o Nadine. To moja żona. To, co jest między nami, to moja sprawa. Ty nie masz z tym nic wspólnego.

Pokornie skinęła głową. Na jej lewym policzku wykwitła czerwona plama; mimo grubej warstwy makijażu widać było odcisk jego dłoni.

– Jesteś w stanie pracować? – zapytał, wiedząc, że każda

inna zostawiłaby go teraz samego, żeby zobaczył, jak sobie z tym poradzi, wiedząc też, że Catherine zostałaby nawet, gdyby ją skopał. Nie miała wyboru, a samotność bolała o wiele bardziej niż policzek.

– Od czego mam zacząć? – zapytała.

8

– Oczywiście nic nam teraz nie przyjdzie z tego, że cię ostrzegałam przed tym typem – stwierdziła Anne. – Ale pamiętasz może, że wielokrotnie mówiłam, że wydajesz się bardzo nieszczęśliwa. To nie było tylko wrażenie. Ty naprawdę nie byłaś szczęśliwa z Peterem i kiedyś się ucieszysz, że teraz inna musi się z nim użerać.

Laura od przedpołudnia usiłowała się do niej dodzwonić, ale nie mogła jej złapać ani pod numerem domowym, ani komórkowym. Dopiero teraz, późnym popołudniem, Anne oddzwoniła i przeprosiła – pracowała i nie chciała się rozpraszać.

Nie rozmawiały od niedzielnego ranka – od przedwczoraj, uświadomiła sobie Laura, choć wydawało się, że od tego czasu minęły całe lata świetlne. Anne ze zdziwieniem przyjęła wiadomość, że przyjaciółka odzywa się z południa Francji.

– Pojechałaś za nim! Jezu, Laura, czy ty naprawdę nie wytrzymasz nawet dnia bez niego?

– Poczekaj, aż ci wszystko opowiem! – I Laura łamiącym się głosem zaczęła od początku, od rozmowy z sekretarką Petera: o odkryciu tragicznej sytuacji finansowej, o jego zdradzie, swojej podróży do Prowansji, o samochodzie, w którym nadal były jego bagaże. A na koniec – o bilecie do Buenos Aires, wystawionym na jej nazwisko, choć prawdopodobnie miała na niego polecieć jego kochanka.

Anne słuchała zafascynowana i tylko co jakiś czas mamrotała z niedowierzaniem: „to niemożliwe!". W końcu stwierdziła:

– Jak na dwa dni przeżyłaś bardzo dużo. Biedactwo. Gdyby nie to, że akurat wyjątkowo trafiły mi się lukratywne zlecenia, natychmiast przyjechałabym do ciebie, żeby ci towarzyszyć.

– Dzięki, ale jutro i tak chcę wracać – odpowiedziała Laura. Siedziała na balkonie ich domku, wpatrzona w morze widoczne za doliną. Otuliła się ciepłym swetrem. Wiatr ucichł, dzień był cichy i spokojny. Była to ciężka, niepokojąca cisza, odzwierciedlała jej wrażenie, że to wszystko jest nierzeczywiste, ogłuszające.

– Muszę się zająć mnóstwem problemów w domu – dodała. – Wierzyciele odbiorą mi dom, a...

– To są wierzyciele Petera – podkreśliła Anne. – Niby dlaczego miałabyś wypić piwo, którego on nawarzył?

– Bo przepadł jak kamień w wodę. Chętnie pociągnęłabym go do odpowiedzialności, ale nie widzę takiej możliwości.

– Hm. – Anne się zamyśliła. – Jego samochód stoi przed knajpą, z bagażem i biletami. Dziwne to, nie wydaje ci się?

– Cóż, moim zdaniem...

– A więc nie poleciał do Buenos Aires. Ani on, ani ta baba, z którą cię zdradzał. Czyli nadal jest tam, na południu Francji.

– Może w ostatniej chwili zmienili rezerwację i polecieli gdzie indziej.

– Nie sądzę. Takie sprawy załatwia się wcześniej, takich decyzji nie podejmuje się z dnia na dzień. Poza tym zostaje jeszcze sprawa porzuconego bagażu. Samochód, walizki, bilety... Nie, na pewno coś pokrzyżowało mu plany.

Laurę nagle dopadło zmęczenie.

– Anne, to wszystko jest mi obojętne. Moje małżeństwo i tak legło w gruzach. Co mnie obchodzi, co się z nim stało?

– A jeśli nie żyje? – wypaliła Anne.

Gdzieś w oddali krzyknął ptak. Laura czuła zapach jesiennego ogniska.

– Co takiego? – sapnęła.

– Przecież wyszedł z... z Chez Nadine. Szedł do samochodu. Ale samochód dalej stoi na parkingu, a w nim wszystko, co

Peter zabrał z sobą. Czyli bardzo możliwe, że nigdy do niego nie dotarł. A więc na krótkim odcinku... ile to właściwie metrów? No wiesz, między restauracją a parkingiem?

– Nie wiem... – Laura się zamyśliła. Z trudem skupiła się na pytaniu Anne. Cały czas miała w uszach jej słowa: *A jeśli nie żyje?* – Jakieś dwieście metrów. Może trochę więcej.

– Bliżej lokalu nie da się zaparkować?

– Chez Nadine nie ma własnego parkingu. Większość gości zostawia samochód po drugiej stronie, przy ogrodzeniu hotelu, a kiedy tam już nie ma miejsca, trzeba szukać dalej, i najbliższy jest właśnie ten parking przy kiosku.

– Skoro zostawił samochód tak daleko, w sobotni wieczór w Chez Nadine musiało być pełno – zauważyła Anne.

– To możliwe. Tak, na pewno. Ale nie rozumiem...

– Moim zdaniem coś się stało na tym odcinku, na tych dwustu metrach między restauracją a parkingiem. Coś, co nie pozwoliło mu zrealizować swoich planów. Może ktoś coś widział. Tam, gdzie jest dużo ludzi, znajdą się też świadkowie.

– Zakładałam, że... że zabrała go stamtąd kochanka i...

– Gdyby tak było, zabraliby bilety. Bagaże. Przecież to wszystko nie trzyma się kupy.

– Myślisz...

– Myślę, że coś mu się stało. A jeśli tak, musisz się jak najszybciej dowiedzieć co.

– Dlaczego? – zapytała. Miała wrażenie, że Anne denerwuje jej tępota. Jej mózg pracował gorzej niż zwykle. Prawdopodobnie była w większym szoku, niż w tej chwili zdawała sobie z tego sprawę.

– Zostawił cię w kupie gówna – odparła Anne. – Będziesz potrzebowała pieniędzy, a Peter ma prawdopodobnie ubezpieczenie na życie. Jeśli coś mu się stało, powinnaś się o tym dowiedzieć, w innym przypadku nie dostaniesz pieniędzy. Pomyśl o przyszłości twojej i twojej córki. *Znajdź go i jeśli to możliwe, znajdź jego ciało!*

Środa, 10 października

1

Od samego ranka kłócili się niemiłosiernie.

Carla nie pamiętała już, od czego się zaczęło. Może od kiepskiej pogody. Obudziła się w za miękkim, wyleżanym hotelowym łóżku i słyszała za zamkniętym oknem monotonne bębnienie deszczu. Pamiętała je z niedzieli – zapowiadało fatalny dzień. W półmroku spojrzała na Rudiego, który chrapał koło niej. Wymyślił sobie podróż poślubną do Prowansji, choć Carla wolałaby *all inclusive* w Tunezji. Uległa mu, bo obstawanie przy swoim groziło kłótnią, a jej zdaniem to zła wróżba zaczynać małżeństwo od awantury.

Przy śniadaniu zapewniał, że pogoda się poprawi, słyszał to w radiu, ale ponieważ jego francuski był, jak przekonała się Carla, co najmniej kiepski, nie mogła polegać na jego tłumaczeniach. Niewykluczone więc, że w prognozie mówili coś zupełnie innego.

– Moim zdaniem teraz już zawsze będzie zimno i mokro – stwierdziła ponuro, na co Rudi się wkurzył i orzekł, że ma dosyć jej wiecznego narzekania.

– Cóż, nie ja chciałam tu przyjechać – mruknęła, a potem zadała pytanie, którym co rano przy śniadaniu wprawiała Rudiego w zakłopotanie: – Jakie mamy plany na dziś?

– Moglibyśmy pojechać w góry – zaproponował.

Carla zerknęła w deszczową szarość i odparła, że to równie kuszące jak operacja wyrostka i że właściwie wolałaby spędzić cały dzień w łóżku, gdyby łóżko nie było takie stare i niewygodne, że każda spędzona w nim godzina przyprawia ją o bóle krzyża.

Rudi miał tego dosyć. Warknął, że może robić, co chce, ale on jedzie w góry, a jeśli się z nim nie wybiera, to trudno. Oczywiście w końcu pojechała z nim, ale prawie się do siebie nie odzywali. Każde uparcie gapiło się przed siebie.

Wjeżdżali w górę route des Cretes, stromą, krętą drogą wijącą się skrajem urwiska nad samym morzem, wysoko w góry. Im wyżej, tym bardziej skalisty krajobraz ich otaczał, tym mniej widzieli roślinności, aż zostały tylko nieliczne iglaste krzewy, pnące się po kamienistym podłożu. Po szosie sunęły języki mgły.

Carla się wzdrygnęła.

– Tu, wysoko, nie sposób uwierzyć, że jesteśmy nad Morzem Śródziemnym – stwierdziła. – Jak tu okropnie.

– Znowu zaczynasz? Mówiłem przecież, że nie musisz ze mną jechać, ale nie, uparłaś się i...

– Przepraszam bardzo, chyba wolno mi się jeszcze odzywać? A może do końca tego wspaniałego urlopu mam trzymać buzię na kłódkę?

Rudi tego nie skomentował, koncentrował się na okolicy. Nagle skręcił na rozległy piaszczysty parking. Wyłączył silnik.

– To chyba tutaj – mruknął pod nosem i wysiadł.

Carla odczekała chwilę, ale ponieważ Rudi nie zrobił najmniejszego gestu, żeby zabrać ją z sobą, sama wysiadła i poszła za nim. Choć była na granicy łez, nie chciała dać mu tej satysfakcji, że doprowadził ją do płaczu.

„Dupek" – pomyślała.

Skały opadały stromo ku morzu. Po prawej stronie leżało Cassis i winnice, opadające tarasowo ku wodzie. W oddali widziała dwie wyspy, strzegące zatoki niedaleko Marsylii. Morze, do niedawna całkiem szare, tu, z góry, mieniło się turkusowo, jakby ten kolor przebijał gdzieś z głębi, choć w rzeczywistości chodziło pewnie o załamanie światła. Carla podeszła na skraj urwiska i wzdrygnęła się, patrząc w dół.

– Bardzo... Bardzo tu wysoko – wyszeptała przejęta.

– Dwieście pięćdziesiąt, trzysta metrów – uściślił Rudi.
– Skok stąd to pewna śmierć. Gdzieś tutaj jest takie miejsce, z którego skaczą zakochani, gdy wydaje im się, że są w sytuacji bez wyjścia. Niektórzy przed śmiercią zapisują swoje nazwiska na głazach.

Carla znowu zadrżała – od zimnego wiatru wiejącego tu na górze, ale też na myśl o przepaści i rozpaczy tak głębokiej, że zmusza do skoku w nicość.

Coś przyszło jej do głowy. Już kiedy wypowiadała te słowa, wiedziała, że to błąd pytać o to tu i teraz, że kłótnia, która przycichła, zaraz wybuchnie z nową siłą.

– Wyobraź sobie, że nasza miłość jest beznadziejna. Skoczyłbyś ze mną?

Było to czysto teoretyczne pytanie; jego odpowiedź miała tylko umocnić rozejm. Gdyby przyciągnął ją do siebie i wyznał, że bez niej nie potrafiłby żyć, mogliby uratować przynajmniej drugą część fatalnego dnia.

Ale Rudi popatrzył na nią chłodno i odparł:
– Niby dlaczego miałbym to robić? Na świecie jest wiele kobiet. Z większością z nich pewnie łatwiej znalazłbym nić porozumienia.

I tym samym spowodował eskalację konfliktu.

Carla przebiegła przez ulicę, biegła w głąb lądu. Między iglastymi krzewami wiły się piaszczyste ścieżki, prowadziły w górę i w dół. Padało, ale nie czuła chłodnego wiatru, bo zdążyła się rozgrzać. Uciekała od zimnych, jasnych oczu Rudiego, od tego, jak ją potraktował, od świadomości, że wychodząc za niego, popełniła błąd.

W pierwszej chwili liczyła na to, że za nią pobiegnie. Popatrzyła na niego z przerażeniem, a potem puściła się biegiem. Wołał za nią:
– Oszalałaś? Co jest? Wracaj!

Ale nie ruszył za nią i przez moment zastanawiała się, czy

poczeka na parkingu, czy odjedzie. Jak ona w takim wypadku wróci do hotelu? Czy jego to w ogóle obchodzi? Po chwili dopadła ją kolka, rozbolały płuca, wiedziała, że przy jej słabej kondycji nie mogła odbiec daleko. Biegła labiryntem krętych ścieżek i dróżek, nie zwracając uwagi na kierunek, i kiedy teraz rozejrzała się wokół, stwierdziła, że nie ma pojęcia, gdzie jest. Szosy już dawno nie było widać za pagórkami. Otaczała ją mgła. Szła przed siebie, nie wiedząc, dokąd zmierza. Czuła, że zaraz się rozpłacze. Rudi, pieprzony dupek. Matka nie lubiła go od pierwszej chwili.

Rudi siedział w samochodzie, palił papierosa i myślał, że kobiety naprawdę są nie do wytrzymania. A już Carla to najgłupsza krowa, jaką w życiu poznał. Całymi dniami wierciła mu dziurę w brzuchu z powodu pogody, na którą przecież nie miał wpływu, narzekała, jęczała, a potem, na urwisku zakochanych, zadała mu tak durne pytanie, że mógł na nie odpowiedzieć tylko złośliwie i ironicznie. Nie znosił tych teoretycznych pytań, za pomocą których kobiety wiecznie coś sprawdzały. Czy się je kocha, wielbi, czci i co tam jeszcze. Carla była w tej dziedzinie mistrzynią. Musiała się wiecznie upewniać, że gra główną rolę w jego myślach. Jezu, jak bardzo go to męczyło! Zazwyczaj mówił to, co chciała usłyszeć, w końcu nie trzeba być geniuszem, żeby się tego domyślić, a dzięki temu miał przynajmniej spokój. Ale dzisiaj nie przeszło mu to przez gardło, dzisiaj za bardzo działała mu na nerwy. Dzisiaj chciał jej sprawić przykrość, w końcu on też musi czasami odreagować. A jej oczywiście oczy zaszły łzami i odbiegła, zapewne oczekując, że ruszy za nią. I tu się zawiodła. Przez chwilę zastanawiał się całkiem poważnie, czy nie jechać do hotelu, żeby wracała na piechotę, ale to by oznaczało, że wędrowałaby do wieczora albo, co gorsza, wpadłaby na pomysł, żeby łapać okazję, a wiadomo, że to się może różnie skończyć. Cholera, ożenił się z nią i jest teraz za nią odpowiedzialny.

Opuścił szybę w oknie i wyrzucił niedopałek. Z ponurą miną wpatrywał się w morze. Chyba się nie zgubiła? Nie, chyba nawet ona nie jest taka głupia. Nie wraca przez ten jej cholerny upór. Cały czas padało, więc pewnie przemokła już do suchej nitki.

„Durna suka" – pomyślał i po raz kolejny zaczął się zastanawiać, dlaczego w ogóle dał się namówić na to małżeństwo.

I wtedy zobaczył ją w bocznym lusterku.

Przebiegła przez ulicę, wpadła na parking. Wyglądała jakoś dziwnie. Włosy oblepiały jej czaszkę, ale to przez deszcz. Krzywiła się, ale może to z wysiłku, ostatecznie przebiegła spory kawał, a była całkiem bez formy. „Dobrze jej tak – pomyślał mściwie. – Myślała, że za nią pobiegnę, a teraz musi sama wracać z podkulonym ogonem. Ciekawe, jak się z tego wykręci".

Opadł na oparcie, ale cały czas zerkał w lusterko. Potknęła się, chyba z trudem trzymała się na nogach. Jezu, nie miał pojęcia, że jest aż taka słaba! Człapała do samochodu, jakby miała zaraz zemdleć. Była na tyle blisko, że widział jej twarz. Nie mylił się, jej rysy wykrzywiał grymas, ale nie było to zmęczenie, jak początkowo sądził, tylko panika i przerażenie.

„Wygląda jak ktoś, kto zajrzał śmierci w oczy" – pomyślał i choć jeszcze przed chwilą wcale nie chciał wychodzić jej na spotkanie, wysiadł z samochodu i podbiegł do niej.

Dosłownie osunęła się w jego ramiona. Bełkotała coś, ale w pierwszej chwili nie rozumiał ani słowa. Potrząsnął nią lekko.

– Uspokój się! Co się stało? Posłuchaj, już wszystko dobrze!

W końcu wykrztusiła w miarę zrozumiałe słowa.

– Mężczyzna... – wychrypiała i nagle przeszył go dreszcz strachu: we mgle trafiła na gwałciciela, który...

– Nie żyje! Rudi, on... leży tam, między pagórkami. Jest cały... zakrwawiony... Ktoś go chyba zadźgał!

2

Była ociężała i zmęczona. Miała wrażenie, że postępuje wbrew sobie. Posłuchała rady Anne, bo logiczna cząstka jej rozumu tłumaczyła, że przyjaciółka ma rację, ale Laura czuła jedynie obojętność. Była tak zmęczona, że marzyła tylko o jednym – o świętym spokoju. Chciała położyć się, spać, o niczym nie myśleć.

Padało od samego rana. Usiłowała się dodzwonić do Christophera, ale nie było go w domu, chciała więc spróbować jeszcze raz, po południu. Koło wpół do dwunastej pojechała do Chez Nadine, gdzie na razie nie było ani jednego gościa. Nadine stała za barem i sączyła herbatę. Miała na sobie domowy strój i zero makijażu. Laurze się wydawało, że od lata, kiedy widziała ją po raz ostatni, postarzała się o wiele lat. Zgorzknienie i frustracja naznaczyły jej twarz głębokimi bruzdami. Po raz pierwszy Laura widziała, jak bardzo tamta nienawidzi swojego życia.

Bardzo długo nie wiedziała, że Nadine jest nieszczęśliwa. Właściwie wydawało jej się, że Nadine i Henri to idealna para, która w małej knajpce znalazła wspólny sens życia. Pamiętała, że po raz pierwszy zobaczyła prawdę dwa lata temu. Sophie była malutka, gdy we trójkę wybrali się do Prowansji, a Laura zdała sobie sprawę, że teraz nie wiadomo jak długo nie będzie mogła się zająć żadną pracą, bo Peter, który już wcześniej odebrał jej prowadzenie księgowości, cały czas wysuwał argument dziecka i nie ukrywał, że jego zdaniem byłaby złą matką, gdyby nie poświęcała małej całej swojej energii i czasu. Rozmawiała kiedyś o tym z Nadine i rzuciła:

– Ty to masz dobrze. Masz pracę, która cię satysfakcjonuje. Pomagasz mężowi, łączy was wspólna pasja i...

Nadine wpadła jej w słowo ze złością, której Laura nigdy u niej nie słyszała:

– Pasja? Satysfakcja? Boże drogi, jak możesz być taka ślepa? Naprawdę myślisz, że o takim życiu marzyłam? O długich godzinach w pieprzonej knajpie, dzień za dniem? O obsługiwaniu durnych turystów? O facecie, dla którego najważniejszym pytaniem jest rozważanie, czy na pizzę lepiej pasuje mozzarella, czy inny cholerny ser? Naprawdę sądzisz, że o takim życiu marzyłam?

Laura nie pamiętała, co na to odpowiedziała. Pewnie była zbyt zaskoczona, by wykrztusić coś sensownego.

Tego popołudnia tamta scena znowu stanęła jej przed oczami.

„Jaka ona jest nieszczęśliwa” – pomyślała.

Zjadła pizzę, za którą Henri, także blady i nieszczęśliwy, nie chciał pieniędzy, i którą w związku z tym musiała przełknąć do ostatniego kęsa, choć już po drugim kawałku straciła apetyt. Rano się ważyła – schudła już ponad dwa kilo. W domu, nudząc się z Sophie, trochę przytyła. „Przynajmniej w całym tym zamieszaniu wrócę do dawnej wagi” – pomyślała.

Przyznała się Henriemu i Nadine, że martwi się w związku z samochodem, który Peter porzucił wraz z całą zawartością. Nie wspomniała natomiast o biletach lotniczych, bankructwie oraz istnieniu kochanki.

– Może coś mu się stało – zakończyła. – Przyjaciółka podsunęła mi pomysł, żeby popytać sobotnich gości, może ktoś coś widział.

– Mnie nie było – zastrzegła Nadine.

– Jak zwykle – rzucił Henri.

– Przecież już ci mówiłam – zaczęła Nadine. Laura przerażona, że zaraz dojdzie do awantury, wtrąciła się szybko.

– Ale ty byłeś, Henri. Znałeś kogoś z sobotnich gości? No wiesz, z imienia i nazwiska. Może nawet masz czyjś numer telefonu? Albo adres?

– O Boże – sapnął. – Obawiam się, że nie. Wiesz, że najczęściej przychodzą tu turyści. Nawet jeśli wracają kolejny raz, nie wiemy, skąd są ani jak się nazywają.

– Ale przecież nie byłeś sam. Kto ci pomagał?

– Nikt. Byłem sam, naprawdę.

– Och – wtrąciła się Nadine. – A gdzie się podziała kochana Catherine?

Puścił jej pytanie mimo uszu.

– Pomyślę, czy nie znałem kogoś z gości – obiecał.

Laura czuła jednak, że nie zaangażuje się w poszukiwania. Chyba nikt nie wierzył, że Peterowi naprawdę mogło się coś stać. Pewnie zakładali, że szaleje gdzieś z kochanką, a żona niepotrzebnie histeryzuje.

„Nie macie pojęcia" – pomyślała znużona.

Wyszła z Chez Nadine po tym, jak kolejny raz poprosiła Henriego, żeby do niej zadzwonił, gdyby coś mu się przypomniało. Odjeżdżając, znów mijała samochód Petera. Od razu poczuła się gorzej, zmęczenie przybrało na sile. Tęskniła też za dzieckiem.

„Powinnam wrócić do domu i zostawić to wszystko własnemu losowi" – pomyślała.

Właściwie powinna od razu pojechać do domu i położyć się spać, ale nagle doszła do wniosku, że nie chce być sama. Pojechała do St. Cyr, do portu Les Lecques, i weszła do kafejki. Deszcz ustawał, niebo chyba się przejaśniało. W słońcu wszystko jest łatwiejsze, była o tym głęboko przekonana.

Zamówiła kawę i wódkę, wypiła jedno i drugie małymi łykami i zafascynowana obserwowała, jak chmury szybko suną po niebie. Wiatr przybierał na sile. Deszcz ciągle padał, ale nad jej głową zawisło czyste niebo i nagle wyszło słońce, w pełnej krasie, jakby zbyt długo musiało się ukrywać. Rozlało się nad morzem, plażą, promenadą, domami, koszami na śmieci, krzewami i jesiennymi kwiatami, mieniło się w ostatnich kroplach deszczu.

„Jak pięknie" – pomyślała Laura, zdziwiona czarem, jaki niosła ta chwila, i tym, jak bardzo ją przeżywała.

– Mogę się dosiąść? – zapytał ktoś.

Christopher. Uśmiechał się do niej.

Do końca życia miała nie zapomnieć rozmowy, którą odbyli wtedy w małej kafejce. A dokładnie mówiąc, niektóre fragmenty wryły się w jej pamięć, podczas gdy inne znikły w półmroku i nigdy nie zdołała ich szczegółowo odtworzyć.

Po początkowych uprzejmościach i pytaniach: co tu właściwie robisz, i: próbowałam się do ciebie dodzwonić, Christopher stwierdził:

– Byłaś myślami zupełnie gdzie indziej. W bajkowym świecie. Obserwuję cię od pięciu minut, ale bałem się do ciebie odezwać.

Na co Laura:

– Bo nagle to wszystko było jak bajka. Słońce i blask, wszędzie, z każdej strony...

Potem znowu rozmawiali o nic nieznaczących drobiazgach, aż nagle zwierzyła mu się z tego, co czuła; nie wiedziała dlaczego, bo zazwyczaj tylko z Anne rozmawiała o najważniejszych dla siebie sprawach.

– Poczułam coś, coś na chwilę zagłuszyło wszystko inne – powiedziała. – Szczęście, lekkość. Zapomniałam już, jak to jest, aż nagle przypomniało mi się dzieciństwo i młodość, czas beztroski i niezachwianej wiary w zwycięstwo, czas przed... – Urwała nagle, zagryzła usta, ale Christopher oczywiście wiedział, co chciała powiedzieć.

– Czas przed Peterem – dokończył. Nie zaprotestowała.

Później zagadnęła go o planowany rejs.

– Naprawdę cię nie dziwiło, że Peter się nie zjawił?

– Nie byliśmy umówieni.

– Nie byliście... Ale w niedzielę mówiłeś, że...

– W niedzielę mnie zaskoczyłaś. Nie wiedziałem, jak zareagować.

– Nie zdziwiło cię, że nie chciał się z tobą umówić na żagle? Po tylu latach, gdy ten jesienny rejs był częścią waszego życia?

– Nie.

– Jak to?

– Bo wiedziałem.

Szum w uszach. Pulsowanie w gardle. O dziwo ani przez chwilę się nie zastanawiała, co miał na myśli.

– Od kiedy?

– Od kiedy wiedziałem? Od trzech lat. Powiedział mi trzy lata temu.

– Chodziło mi o to, od kiedy to... to trwa? Wiesz?

– Od czterech lat.

Szum przybierał na sile. Bardzo nieprzyjemny. Kiedyś, gdy zachorowała na grypę, też to słyszała. Miała wtedy wrażenie, że oddala się od wszystkiego, co rzeczywiste i namacalne. Wtedy miała wysoką gorączkę.

– Kto to jest?

– Nadine Joly – odparł, a Laura poczuła, jak świat wali jej się na głowę.

3

Nadine Joly zawsze uważała, że w życiu każdego człowieka zdarza się wielka miłość, że każdy ma swoją drugą połówkę, bratnią duszę, drugą część siebie. Pytanie tylko, czy się tę wielką miłość spotka, czy w danej chwili ma się dość rozumu, by dostrzec, że to właśnie ta osoba.

Ona od pierwszej chwili wiedziała, że Peter Simon to mężczyzna jej życia. Sześć lat wcześniej miała dwadzieścia siedem lat i już czuła, że się dusi w ślepym zaułku. To był gorący lipcowy dzień, południe. Wszedł do ogródka przy Chez Nadine, a ona stała pod drzewem i odpoczywała. Ich spojrzenia się spotkały; później wyznali sobie, że to się zaczęło już wtedy. Wszystko, co wydarzyło się później, zaczęło się w tamtej chwili. Prawie dwa lata oporu właściwie nie miały sensu, ale w końcu dali się ponieść uczuciom, czy raczej, z czego oboje zdawali sobie sprawę, pożądaniu. Dwa lata, podczas których się opierali i tylko w marzeniach przeżywali to, co później stało się rzeczywistością.

Kiedyś opowiedział jej, jak ją postrzegał tamtego pierwszego dnia:

– Stałaś oparta o drzewo i wyglądałaś jak część południowego krajobrazu, słońca, gajów oliwnych, pól lawendy i morza. Mocno opalona, a jednak pod opalenizną wyczuwałem coś jasnego, bladego, i dlatego wydawałaś mi się taka zmysłowa. Byłaś zmęczona. Miałaś na sobie niebieską sukienkę na ramiączkach, do kostek, włosy upięłaś w kok. Dopiero później zobaczyłem, że sięgają ci prawie do pasa. Poniżej biustu miałaś plamy na sukience. To był bardzo gorący dzień.

Ona widziała mężczyznę o intrygujących szarozielonych oczach i siwych pasmach w ciemnych włosach; wydał jej się starszy, niż był w rzeczywistości, zdziwiła się później, gdy się okazało, że tamtego dnia kończył trzydzieści cztery lata. Od razu wiedziała, że to mężczyzna, na którego czekała; i nie chodziło tu o jego wygląd, bo wcale nie był zabójczo przystojny, tylko o więź, która od razu ich połączyła. Wyprostowała się i spojrzała na niego szczerze, bez kokieterii, bo wiedziała, że on czuje to samo i że przed sobą nie muszą niczego udawać; poza tym czekała na niego tak długo, że nie chciała marnować czasu na dziecinne zabawy i uniki. Właściwie nie potrzebowali nawet słów.

A potem dostrzegła młodą kobietę o gładko zaczesanych ciemnych włosach, zadziwiająco pięknych topazowych oczach, i zrozumiała, że jednak nie będzie tak łatwo.

Przychodzili niemal codziennie, przez całe lato, w południe, a później także wieczorami. Nadine wiedziała, że to wszystko jego sprawka. W tym czasie była spięta, rozgorączkowana, wiedziała, że nadciąga decydująca chwila, która być może okaże się silniejsza niż ona. Nigdy nie obsługiwała stolika Simonów, zostawiała to Henriemu albo jednej z zatrudnianych dziewcząt. Henri zapytał kiedyś, czemu do nich nie podchodzi.

– Są przecież bardzo mili. I bardzo nam wierni!

– Po prostu za nimi nie przepadam – odparła i dodała: – Zwłaszcza za nią. Udaje słodką idiotkę, ale wydaje mi się, że ma ostre pazurki.

Aż pewnego dnia Laura Simon odezwała się do niej i Nadine wiedziała, że ta kobieta nie ma pazurów, że jest miła i dobra. Gdyby nie te fantastyczne oczy, mogłaby się wydawać mdła i nudna.

– Szukamy z mężem domu w tej okolicy. Letniskowego. Może mogliby nam państwo pomóc?

To pytanie skierowała także do Henriego, który z zadziwiającym entuzjazmem zaangażował się w poszukiwania. Szczerze polubił Simonów, jak się przekonała Nadine. Zależało mu na tej przyjaźni. Laura była swobodna i pogodna. Peter reagował jak Nadine, jednak nie przestał przychodzić do restauracji. Nie chciał z nią rozmawiać, ale musiał ją codziennie widzieć. Dręczyli się do szaleństwa, a Henri i Laura niczego nie widzieli.

Minęły prawie dwa lata, zanim znaleźli domek marzeń; właściwie znalazł go Henri. Wtedy tama pękła. Zostali przyjaciółmi. Laura zaprosiła ich na parapetówkę, Henri – na swoje urodziny w sierpniu, i nagle odwiedzali się wzajemnie, ale żadne z nich nie widziało, że ani Nadine, ani Peter nigdy nie przejawiali inicjatywy. Choć jednocześnie nie zrobili niczego, by tych spotkań, tak strasznych, tak upragnionych, unikać.

– Mili ci Simonowie, co? – zapytał Henri któregoś dnia. Nadine musiała się odwrócić, bo obawiała się, że wyczyta wszystko z jej twarzy.

Peter i Laura przyjeżdżali regularnie, na Boże Narodzenie, Wielkanoc i letni urlop. Peter wracał jeszcze w październiku, na żagle, ale wtedy cały czas był na morzu z przyjacielem i w ogóle nie wstępował do Chez Nadine. Podczas jego nieobecności Nadine się uspokajała. Nie widziała go codziennie i starała się o nim zapomnieć, jak najmniej o nim myśleć. Jednocześnie jednak nabrzmiewała w niej tępa rozpacz, bo przecież cały czas czekała na mężczyznę, który wyrwie ją z Chez Nadine i życia u boku Henriego, ale tak bardzo tęskniła za Peterem, że nie zwracała uwagi na innych. A Peter nigdy z nią nie odejdzie. Czasami czuła się jak zwierzę w pułapce, które kręci się w kółko i wie, że nigdy nie wyrwie się z niewoli.

Dwa lata po pierwszym spotkaniu i mniej więcej pięć miesięcy po kupnie domu zadzwoniła Laura. Był koniec września. Oznajmiła, że Peter wybiera się na żagle ze swoim przyjacielem Christopherem, przyjadą do St. Cyr, ale nie wypłyną od razu, jak zazwyczaj, tylko najpierw spędzi dwie noce w domu, żeby się wszystkim zająć. Kobieta, która zazwyczaj miała oko na ich posiadłość, akurat się rozchorowała, więc czy Nadine mogłaby wyjątkowo ją zastąpić? Przewietrzyć dom, zetrzeć kurze, kupić kawę i mleko?

Nadine się zgodziła. Zrobiła, o co ją poproszono. Cały czas narastał w niej niepokój.

Po raz pierwszy przyjeżdżał bez niej.

Wróciła do Chez Nadine, ale cały czas miała przy sobie klucz. Nie wytrzymała wieczorem. Był pierwszy października, ściemniało się wcześnie, ale w ciągu dnia było ciepło i wieczór przesycał zapach jesiennych kwiatów. Dygotała na całym ciele, ale w końcu wymknęła się chyłkiem – to miał być jeden z tych dni, gdy Henri rozpaczliwie dzwonił po Catherine. Pojechała do dzielnicy Collette, zaparkowała na granicy posiadłości, weszła do domu. Zapaliła tylko lampkę w saloniku, usiadła na kanapie przy kominku i czekała. Nie szykowała się, nie malowała, nie myła włosów, miała na sobie stare dżinsy i bluzę Henriego. Ze zdenerwowania wypaliła paczkę papierosów. O jedenastej usłyszała warkot silnika. Była ciekawa, czy dostrzegł jej samochód, czy spodziewał się, że tu będzie. Ani drgnęła. Drzwi wejściowe się otworzyły, w holu rozbrzmiały jego kroki. Wszedł do pokoju, gdzie czekała w bladym blasku lampy. Później jej powiedział, że choć nie widział jej samochodu, nie wiadomo dlaczego wydało mu się naturalne, że zobaczył ją na kanapie w swoim domu.

– O Boże, Nadine – powiedział tylko z tak głębokim westchnieniem, że wiedziała, że wyrywa się z głębi jego rozpaczy, że od tej chwili już nie zapanują nad sytuacją.

Wstała. Peter odstawił torbę podróżną. Zbliżali się do siebie powoli, ale wszelkie opory znikły bez śladu, ledwie zetknęły się opuszki ich palców. W marzeniach kochali się tysiące razy i to, co się teraz działo, wydawało się dobrze znane. Stał nieruchomo, pozwalał, żeby go rozbierała, zsuwała koszulę z ramion, spodnie z nóg. Nie spieszyła się, ruszała się zwinnie, w skupieniu. Kiedy przed nim uklękła, westchnął cicho i wiedziała, że robiła coś, o czym od dawna marzył.

Po wszystkim podniósł ją, chciał objąć, chciał zacząć ją rozbierać, ale wymknęła mu się i przecząco pokręciła głową.

– Nie. Nie tak. Nie możesz mieć mnie tak, przypadkiem, tylko dlatego, że tu jestem, że nadarzyła się okazja. – Wzięła kluczyki ze stołu, odwróciła się do drzwi. – Chcę, żebyś do mnie przyszedł. Żebyś mnie wybrał.

4

Siedzieli w małej knajpce w La Cadiere, przy stoliku okrytym obrusem w biało-czerwoną kratkę. Laura odesłała nietknięte jedzenie, za to piła czwartą kawę i czuła, jak coraz szybciej bije jej serce. Wiedziała, że przez całą noc nie zmruży oka, choć i bez kawy byłoby tak samo.

Nadine.

Romans Petera miał imię i twarz. Imię, które znała, i twarz, którą tyle razy widziała. To już nie była anonimowa kochanka, o której mogła myśleć, co tylko chciała, i którą od początku wyobrażała sobie zgodnie ze stereotypem: śliczniutka, głupiutka i bardzo młoda, pewnie ledwie po dwudziestce.

A tymczasem chodziło o kobietę, która kiedyś może rzeczywiście była piękna, ale nieszczęśliwy związek i lata frustracji naznaczyły jej twarz głębokimi bruzdami i zgasiły blask w oczach. Nadine nie była ani głupiutka, ani młodziutka. Była zaledwie o dwa lata młodsza od Laury, czyli właściwie nie było między nimi żadnej różnicy wieku.

– Co on w niej widział? Co go w niej pociągało? Cztery lata, Christopher! Cztery lata to coś więcej niż krótki namiętny romans. Cztery lata to poważny związek. A teraz jeszcze chciał z nią wyjechać do Buenos.

Zaskoczyła go.

– Chciał wyjechać?

Opowiedziała o biletach. O bankructwie. Jak się okazało, Christopher wiedział co nieco o problemach finansowych, ale nie miał pojęcia o rozmiarach katastrofy. Peter nie wspomniał mu też o planowanym wyjeździe do Argentyny.

– Sądziłem, że... że chce spędzić ten tydzień z nią – powiedział i nerwowo, gniewnie przeczesał włosy palcami. – Cholerny świat! Pewnie okropnie się czujesz, słuchając tego wszystkiego!

Kolejne pytanie z trudem przechodziło jej przez gardło, ale musiała je zadać.

– W zeszłym roku i dwa lata temu... kiedy wybierał się z tobą na żagle... Kryłeś go? W tym czasie spotykał się z... – Jej imię nie przechodziło jej przez gardło. – Z nią?

Christopher wyglądał jak mały chłopiec przyłapany na gorącym uczynku.

– W zeszłym roku i dwa lata temu... tak. Uwierz mi, bardzo mi się to nie podobało. Nie chciałem tego robić, ale odwoływał się do naszej przyjaźni, wypominał wszystko, co dla mnie zrobił... Wszystko jedno, postąpiłem niewłaściwie i już wtedy zdawałem sobie z tego sprawę. W zeszłym roku nie chciałem. Tłumaczyłem mu, że stawia mnie w sytuacji, do której nie dorosłem, bez wyjścia. On chyba też to widział. Spędził ze mną dwa i pół dnia na jachcie, a potem... Cóż, gdybyś wtedy zadzwoniła, powiedziałbym ci, że go ze mną nie ma. Peter o tym wiedział, powiedziałem mu jasno, że nie będę za niego kłamał. On zaryzykował, a ty nie zadzwoniłaś.

– Wiedziałam, że nie znosi, kiedy to robię, gdy jesteście

na morzu. Ale sam z siebie dzwonił co wieczór, zapewniał, że wszystko jest w porządku i...

Zakryła usta dłonią. Zbierało jej się na mdłości. Dzwonił i opowiadał, że jest z Christopherem w porcie, że zaraz pójdą na wino, że mieli piękną pogodę... a w rzeczywistości był z nią, kochał się z nią przed chwilą i planował zaraz powtórkę, ale w chwili przerwy musiał szybko zadzwonić do żony, żeby spała spokojnie i żeby broń Boże nie przyszło jej do głowy do kogoś zadzwonić.

– Przepraszam! – Zerwała się z krzesła i pobiegła do łazienki. Zwymiotowała kawą i pizzą z obiadu. Dysząc ciężko, wypłukała usta. Patrzyła na swoje ostre, pożółkłe odbicie w lustrze.

„Już po raz drugi rzygasz z powodu Nadine Joly" – pomyślała.

Christopher czekał z troską w oczach.

– Już w porządku? – zapytał i przytrzymał jej krzesło.

Skinęła głową.

– Tak. Chyba przesadziłam z kawą.

– Musiałaś wiele znieść, dzisiaj i ostatnio. Nic dziwnego, że twój żołądek się buntuje.

Usiadła. Drżącymi dłońmi objęła filiżankę.

– Może powinnaś jednak coś zjeść? – zaproponował. – Głód tylko potęguje zdenerwowanie.

Przecząco pokręciła głową. Na samą myśl o jedzeniu jej żołądek niebezpiecznie wędrował w górę.

– Czy on... – zaczęła z wysiłkiem. – To znaczy, czy Peter... czy Peter mówił ci, dlaczego to zrobił? Tłumaczył, co sprawiło, że wybrał ją, a nie mnie?

Christopher skrzywił się ze smutkiem.

– Przecież to i tak bez znaczenia. Czemu się tym zadręczasz?

– Chcę wiedzieć. – Spojrzała na niego badawczo. – Rozmawiał z tobą na ten temat. Jesteś jego najlepszym przyjacielem. Ufał ci.

– Lauro...

– Muszę to wiedzieć. Proszę.

Po Christopherze widać było, że nieswojo się czuje w tej sytuacji. Szukał odpowiednich słów. Nie wiadomo skąd wiedział, że Laura nie zadowoli się byle czym, nie da się spławić, że wyczuje, czy mówi prawdę, czy nie. Mógł jedynie starać się zadać jej jak najmniej bólu.

– Chyba od samego początku łączył ich silny pociąg seksualny. Peter po raz kolejny udowodnił sam sobie, jaki z niego ogier w łóżku, a Nadine uciekała przed latami frustracji; między nią a mężem nie układało się już od dawna. Ich związek ograniczał się właściwie do łóżka.

Laura pobladła. Delikatnie dotknął jej dłoni na blacie stołu.

– Chcę przez to powiedzieć, że nie łączyło ich nic głębszego. Moim zdaniem jemu zależało przede wszystkim na tym, żeby utwierdzić się w przekonaniu o swojej atrakcyjności. To wszystko nie miało żadnego związku z tobą. Niektórzy faceci tak przechodzą kryzys wieku średniego. Najwyraźniej Peter do nich należał. Interesowało go tylko utwierdzenie się we własnej atrakcyjności, a to mogła mu dać tylko inna kobieta.

– A ona?

Christopher się zamyślił.

– Moim zdaniem liczyła na coś więcej. Peter mówił, że była bardzo nieszczęśliwa w małżeństwie. To zresztą było coraz większym problemem w ich związku. Nadine nalegała, żeby się zdecydował.

Laura z trudem przełknęła ślinę.

– Innymi słowy, żeby rozstał się ze mną i związał z nią?

– Chyba to się jej marzyło. Ale Peter nie był przekonany. Dochodziło do awantur. I tak widywali się rzadko, a jeśli do tego jeszcze doszły kłótnie, ten związek nie był już tak kuszący.

– A mimo to chciał z nią wyjechać.

– To mnie zaskoczyło. Szczerze mówiąc, w ogóle tego nie rozumiem – przyznał. – Podczas jednej z naszych ostatnich rozmów powiedział, że zaczyna mieć tego dość. Wydawało mi się, że szukał sposobu, jak zakończyć ten romans, i kamień spadł mi z serca.

Laura wzruszyła ramionami. Była zmęczona. Znowu zbierało jej się na mdłości.

– No i sprawa pieniędzy – mruknęła, ale ta myśl nie poprawiła jej humoru. – Musiał zniknąć ze względu na długi, a pewnie wolał zaczynać wszystko od nowa z kimś, kogo zna. Jego bankructwo miało być jej szczęściem.

– Mój Boże – mruknął Christopher. – Nic z tego nie rozumiem. Jestem doradcą finansowym! Współpracuję z wielkimi firmami, a mój najlepszy przyjaciel nie pyta mnie o radę, tylko pakuje się w podejrzane inwestycje. Mogłem mu przecież pomóc!

– Tacy są mężczyźni – szepnęła Laura. – Nawet wobec najlepszych przyjaciół, a może właśnie wobec najlepszych przyjaciół odgrywają twardziela, który sam rozwiązuje swoje problemy. Albo w ogóle ich nie ma. – Wstała. – Zapytam w hotelu Berard, czy mają dla mnie pokój. Wolałabym dzisiaj nie nocować w... naszym domu.

Christopher skinął na kelnera.

– Poczekaj, zapłacę i pójdę z tobą.

Czwartek, 11 października

1

Długo po północy nadal nie spała, w hotelu Berard nie mogła zasnąć, zupełnie jak w domu, ale jednak patrzyła na wszystko z pewnego dystansu i nie wiadomo dlaczego to nagle okazało się bardzo ważne.

Dostała apartament, za duży dla niej i za drogi, ale to był ostatni wolny pokój. Miała widok na ulicę, nie na dolinę, ale to jej nie obchodziło; i tak było ciemno, zresztą nie była w nastroju do podziwiania i chłonięcia atmosfery.

Leżała w szerokim małżeńskim łożu i wydawało jej się, że słyszy bicie własnego serca. Kawa postawiła ją na nogi. Dygotała na całym ciele i jeszcze dwukrotnie wydawało jej się, że zwymiotuje, ale kiedy pobiegła do łazienki, mdłości ustąpiły. Wpatrywała się w obcą, wybladłą twarz w lustrze i zastanawiała się, jak dalej żyć.

Co chwila myślała o jednym – Anne miała rację. Musi się dowiedzieć, co się stało z Peterem, ale przekonała się, że ta tajemnica właściwie jej nie obchodzi. Spokoju nie dawały jej inne pytania: dlaczego, dlaczego Nadine, dlaczego była tak ślepa i niczego nie widziała?

O szóstej wstała jak robot, zmęczona bardziej niż poprzedniego wieczoru. Na drżących nogach weszła pod prysznic. Jej żołądek ściskał się boleśnie. W jadalni, do której weszła jako pierwsza, zamówiła zamiast kawy herbatę miętową i z największym wysiłkiem wmusiła w siebie jednego croissanta. Ze stolika miała wspaniały widok na dolinę widoczną za przeszkloną ścianą. Jeszcze co prawda spowijała ją jesienna mgła, ale niebo było jasne, bezchmurne, a na wschodzie świt barwił horyzont czerwienią poranka. Zanosiło się na piękny dzień, słoneczny i pełen barw.

Nic nie poczuła na tę myśl.

Poprosiła o rachunek. Opiewał na niemałą sumę. Kiedy podała recepcjonistce kartę kredytową Petera, z której chciała znowu skorzystać, wstrzymała niespokojnie oddech. Rzeczywiście, kobieta smutno pokręciła głową.

– Karta została anulowana, madame.

Najwyraźniej zablokowano wszystkie konta. A więc miała już tylko małą sumkę, którą przed wyjazdem podjęła ze swojego konta.

„Mam o wiele większe zmartwienie niż niewierność męża – pomyślała niespokojnie. – Lada dzień naprawdę zostanę bez pieniędzy".

Wysupłała niezbędną sumę, co znacznie naruszyło jej zasoby, a potem szybko wyszła z hotelu. Nie miała z sobą żadnego bagażu, a bardzo chciała się przebrać, zmienić bieliznę, przeczesać włosy. Nie wiedziała, co zrobi później.

Pojedzie do Nadine i doprowadzi do konfrontacji?

Nie zniosłaby jej widoku.

Jeszcze zanim skręciła w podjazd przed domem, słyszała dźwięk telefonu. Zostawiła otwarte okno na całą noc, trochę ryzykowne wobec fali włamań w okolicy. Telefon ucichł, gdy stała przy drzwiach i szukała klucza w torebce, zaraz jednak rozdzwonił się ponownie. Najwyraźniej komuś bardzo zależało na rozmowie z nią.

„Peter" – pomyślała nagle, drżącymi rękami uporała się z zamkiem, wpadła do pokoju. Najwyraźniej nikt nie zwrócił uwagi na otwarte okna, bo nic nie zginęło, wszystko było na miejscu, w spokojnym blasku porannego słońca.

– Halo? – rzuciła zdyszana do słuchawki.

Dzwoniła matka. Znużona, zdenerwowana.

– Przez całą noc usiłowałam się do ciebie dodzwonić. Gdzie byłaś?

– Coś się stało? Coś z Sophie?

– Byłam u was w domu po rzeczy dla małej. Na automatycznej sekretarce była wiadomość z policji. Oddzwoniłam. Skontaktował się z nimi francuski posterunek z prośbą, żeby cię poinformowali, że znaleziono zwłoki mężczyzny i...

Zrobiło jej się nagle zimno, a jednocześnie cała oblała się potem.

– Mężczyzny? – Nie poznawała własnego głosu. – Gdzie?

– Tam u was, na południu. Gdzieś w górach. Był... Nie żyje. – Elisabeth głośno nabrała tchu. – Miał przy sobie dokumenty Petera i dlatego dzwonili do ciebie, rozumiesz?

– Ale...

– Podam ci numer telefonu. Zadzwoń do nich. Chcą, żebyś...

– Czego chcą, mamo? – Cholerny croissant z rana podchodził jej do gardła. Laura zaczynała wątpić, czy jeszcze kiedyś uda jej się coś zjeść i nie zwymiotować.

– Chcą, żebyś... żebyś zidentyfikowała tego... nieboszczyka. Bo istnieje możliwość, że... no, że to Peter.

2

Obserwowanie jej twarzy sprawiało mu mściwą, sadystyczną przyjemność. Z pogodnej kokietki, którą poznał ponad dwanaście lat temu, wyrosła chłodna, opanowana kobieta i nie przypominał sobie, kiedy ostatnio na jej twarzy malowały się jakieś uczucia.

W pierwszej chwili pobladła śmiertelnie, ale już po kilku sekundach krew napłynęła jej do twarzy i pokryła ją brzydką czerwienią. Zwilżyła usta językiem, z trudem przełknęła ślinę. Jej oczy błyszczały histerycznie. Dostrzegł to w krótkiej chwili, gdy na niego spojrzała, niemal błagalnie, rozpaczliwie, zanim wróciła wzrokiem do gazety i na darmo usiłowała wziąć się w garść.

Henri jak zawsze wstał pierwszy. Pił w kuchni kawę na stojąco i pobieżnie przeglądał gazetę. W części lokalnej rzuciła mu się w oczy fotografia Petera, zdjęcie paszportowe, sądząc po pozie i sztucznym uśmiechu. Peter był na nim młodszy niż dzisiaj, ale to był on, na pewno.

„Brutalne morderstwo w górach" – głosił nagłówek nad zdjęciem. Przebiegł wzrokiem króciutki artykuł, z którego wynikało, że mężczyzna ze zdjęcia, jeśli wierzyć dokumentom – Peter Simon, został zamordowany w górach. Policja prosi wszystkich o wskazówki i informacje. Kto zna Petera Simona z Niemiec? Kto i kiedy widział go w ciągu ostatnich dni?

Henri powoli dopił kawę, wpatrzony w zdjęcie, aż usłyszał odgłos nagich stóp Nadine na schodach. Położył gazetę na stole, fotografią do góry.

Nadine zeszła do kuchni w szlafroku, wyglądała fatalnie, miała dziwnie pożółkłą cerę, włosy, zamiast opadać niesfornie na ramiona, zwisały tłustymi strąkami. Nie zaszczyciła go nawet spojrzeniem, wyjęła kubek z kredensu, nalała sobie kawy i podeszła do stołu. W pierwszej chwili tylko prześlizgnęła się wzrokiem po gazecie – obserwował ją bacznie kątem oka – ale zaraz znieruchomiała i przyjrzała się uważniej. Nie zapanowała nad wyrazem twarzy, a przecież, jak się domyślał, jeszcze nawet nie wiedziała, co się stało. Wystarczyło zdjęcie Petera w gazecie, żeby wytrącić ją z równowagi.

Osunęła się na krzesło – pewnie ugięły się pod nią nogi – i wpatrywała się w fotografię, aż Henri nie mógł tego dłużej wytrzymać, podszedł do stołu, usiadł naprzeciwko niej.

– On nie żyje – powiedział.

– Tak – odparła cicho.

Z jej twarzy zniknął rumieniec. Była znowu blada. Nawet usta jej poszarzały. Nagle wydawały się grubsze.

– Muszę iść na policję – ciągnął Henri. – Powiem im, że w sobotę tu był. I że jego samochód stoi na parkingu.

Nadine ukryła twarz w dłoniach. Widział warstwę potu na jej skórze.

„Musi czuć się fatalnie" – pomyślał.

– Boże – szepnęła. Zabrzmiało zaledwie słyszalne, za to rozpaczliwe wołanie o pomoc.

– Gdzie byłaś w sobotę wieczorem? – zapytał.

– Co?

– Gdzie byłaś w sobotę wieczorem?

– U matki, przecież już ci mówiłam.

– Domyślam się, że będziesz musiała to zeznać na policji – mruknął.

– Na policji?

– Mówiłem ci już, muszę się zgłosić, bo Peter tu był. A skoro jego samochód stoi tu nadal, policjanci założą, jak Laura, że coś mu się stało w drodze z naszej restauracji do auta, i na pewno zechcą przyjrzeć się nam uważniej. Będą ciekawi, co robiłaś w sobotę wieczorem, i na pewno sprawdzą twoje alibi.

– Nie musimy się w ogóle zgłaszać.

– Jego samochód stoi bardzo blisko naszego domu. Zresztą Laura na pewno zezna, że tu był, a wtedy będzie to trochę dziwnie wyglądało, jeśli sami się nie zgłosimy. Musimy więc szybko wyznać wszystko, co wiemy.

Skinęła głową, ale nie był pewien, czy na pewno zrozumiała, co mówił. Cały czas wpatrywała się w fotografię. Oddałby wiele, żeby wiedzieć, co jej w tej chwili chodzi po głowie.

– Jesteś pewna swojego alibi? – zapytał.

Tym razem zrozumiała. Podniosła głowę. Na jej czole pojawiła się pionowa zmarszczka.

– Słucham? – odparła pytaniem i przemknęło mu przez głowę, że w tej rozmowie ona ogranicza się do pytań: Co? Jak? Słucham?, podczas gdy on mówi pełnymi zdaniami.

– Cóż, chciałem ci tylko uświadomić, że to różnica, czy okłamujesz mnie, czy policję.

Czekał na kolejne: Co? czy Słucham?, ale ku jego zdumieniu nawet nie próbowała udawać niewiniątka.

– Od kiedy wiesz, że nie byłam u matki? – zapytała tylko.

– Odkąd oświadczyłaś, że się do niej wybierasz.

– Nic nie powiedziałeś.

Czuł, jak słabnie jego przewaga. Tryumf, który poczuł, widząc jej rozpacz, był krótkotrwały. Jego miejsce zajmowały smutek i zmęczenie.

– A co miałem powiedzieć? – zapytał cicho. – Co miałem powiedzieć, żebyś odpowiedziała mi szczerze?

– Nie wiem. Ale często odpowiedzią na szczerość jest właśnie szczerość.

Ukrył twarz w dłoniach. Szczerość... Ileż razy w ciągu minionych dni wracał myślami do tej strasznej soboty i nieraz dochodził do wniosku, że inny mężczyzna lepiej poradziłby sobie z tą sytuacją. Dlaczego nie doprowadził do konfrontacji z Nadine? Dlaczego nie uderzył pięścią w stół? I to nie w sobotę, ale o wiele wcześniej, w którymś momencie podczas tych długich, koszmarnych lat, gdy czuł, że coraz bardziej ją traci, podczas których gościło między nimi bolesne milczenie, o wiele gorsze niż kłótnie pierwszych lat. Dlaczego nigdy szczerze nie porozmawiali?

„Gdybym zainicjował tę rozmowę, powiedziałaby mi wszystko – rozmyślał. – To, że nienawidzi Le Liouquet i Chez Nadine, że nie znosi swojego życia. Że jest rozczarowana i sfrustrowana. Właściwie nawet już mi powiedziała, że chwyci się każdej okazji, żeby się stąd wyrwać".

– W sobotę wieczorem miałaś się spotkać z Peterem – powiedział.

Skinęła głową. Ciemne oczy, do tej pory puste, szybko wypełniła rozpacz.

– Tak – przyznała. – Mieliśmy razem odejść. Na zawsze.

– Gdzie na niego czekałaś?

– Przy mostku. Tym małym mostku między La Cadiere i dzielnicą Collette, gdzie jest jego dom. Chciał tam jeszcze zajrzeć, sprawdzić, czy nie ma tam czegoś, co chciałby zabrać z sobą. Proponował, żebym czekała na niego w domu, ale nie chciałam. Jest tam tyle zdjęć Laury i dziecka, rzeczy, które razem kupowali do tego domu... Więc umówiliśmy się przy mostku.

***

Widziała siebie, jak siedzi w małym zielonym peugeocie na poboczu drogi. Było ciemno, a deszcz dodatkowo ograniczał widoczność. Co chwila przekręcała kluczyk w stacyjce, żeby uruchomić wycieraczki. Wytężała wzrok, czekając, aż ktoś pojawi się na mostku. I tak zobaczyłaby reflektory samochodu, nie musiała wciąż włączać wycieraczek, jednak dzięki temu miała przynajmniej coś do roboty i nie musiała siedzieć całkiem bezczynnie.

Parkowała niedaleko dzielnicy Collette, na skraju pól, w miejscu, w którym także Peter mógł się zatrzymać. Wtedy przesiądzie się do jego wozu, jej zostanie tutaj. W pewnym momencie Henri zgłosi na policji, że zaginęła, może już jutro albo pojutrze, i wtedy znajdą jej samochód. Pewnie będą brali pod uwagę, że padła ofiarą przestępstwa, a na Henriego padnie podejrzenie, że zamordował żonę i ukrył jej zwłoki. Niewykluczone, że nigdy nie poznają prawdy. Jednak nie miała z tego powodu wyrzutów sumienia. Już dawno nie czuła do niego niczego poza obrzydzeniem.

Ale może Marie nie zdoła utrzymać języka za zębami.

Przez cały czas czuła, że nie powinna nikomu, naprawdę nikomu wspominać ani słowem o tym, co planują. Nasłuchała się i naczytała wiele o planach, które nie wypaliły, bo ktoś nie utrzymał języka za zębami. A to był najważniejszy plan jej życia. Jeśli coś się nie uda, mogła równie dobrze popełnić samobójstwo.

Ale miała matkę.

Nawet jeśli z nikim więcej nic jej nie łączyło – nie z przyjaciółmi ani z krewnymi, nie z ojcem, a już na pewno nie z Henrim – co do matki nie mogła się wyzwolić od pewnych emocji. Biedna, słaba Marie, która nigdy tak naprawdę nie panowała nad własnym życiem, której z tego powodu nienawidziła – dawniej i być może także dzisiaj – za którą jednak czuła się w pewnym stopniu odpowiedzialna. Henri mógł do końca życia gryźć się jej niewyjaśnionym losem, ale myśl, że także Marie wypłakuje sobie oczy i nie może zasnąć z nerwów, nie dawała Nadine spokoju. Napisała list, w którym zaklinała matkę, żeby się nie martwiła, że u niej wszystko w porządku, lepiej niż kiedykolwiek. Wyjeżdża z przyjacielem z Niemiec i nigdy nie wróci, i czy Marie zdoła jej wybaczyć? Miała go z sobą w torebce, planowała wrzucić do skrzynki na lotnisku w Nicei, tuż przed odlotem. Prosiła w nim matkę, żeby nikomu o niczym nie wspominała, ale przecież znała ją nie od dziś; mało prawdopodobne, żeby Marie zdołała utrzymać język za zębami.

Może jednak wcale go nie wyśle.

Peter mówił, że będzie czekał na moście między siódmą a wpół do dziewiątej, dokładniejszej godziny nie mógł podać, zważywszy że musiał najpierw pokonać ponad tysiąc kilometrów. Ona sama wyszła z Chez Nadine już o szóstej; Henri na dłuższy czas zniknął w łazience i miała chwilę spokoju, żeby wynieść walizki. Właściwie była to jedyna okazja, bo przez cały dzień był ciągle przy niej, była mu potrzebna, to tu, to tam, ciągle o coś pytał albo po prostu chodził za nią jak cień. Umówiła się z Peterem, że co jakiś czas zadzwoni do niej z trasy na komórkę, ale nie włączała jej, bo wobec ciągłej bliskości Henriego taka rozmowa byłaby zbyt niebezpieczna. Dopiero w samochodzie odważyła się ją uruchomić. Odsłuchała pocztę głosową, ale Peter nie zostawił oczywiście żadnej wiadomości; to byłoby zbyt niebezpieczne.

Kiedy walizki były już w samochodzie, denerwowała się tak bardzo, że nie mogła dłużej wytrzymać w domu. Wolała czekać w samochodzie niż tam. Henri cały czas siedział w łazience. Sądząc po odgłosach, wymiotował. Poczucie obowiązku zakazało jej się zawahać.

– Źle się czujesz? – zawołała.

Szum wody w umywalce.

– Już mi lepiej – odparł cicho. – Od początku wiedziałem, że z dzisiejszą rybą coś było nie tak.

Jadła tę samą rybę i jej nic nie było, ale nad tym wolała się nie zastanawiać. Bez słowa wyszła z domu. Nie pożegnała się, nie chciała ryzykować, że zacznie ją błagać, żeby została. Kiedy przy obiedzie oznajmiła, że wieczorem pojedzie do matki i u niej przenocuje, ku jej zdumieniu nie zaczął, jak zwykle, lamentować, właściwie nic nie powiedział, tylko skinął głową. Dopiero po chwili powtórzył:

– Do matki?

– Znowu jej gorzej. Nic dziwnego, w tej pustelni... Muszę się nią zająć.

Jeszcze raz skinął głową i ponownie skupił się na jedzeniu, znowu machinalnie grzebał widelcem w talerzu. Kamień spadł jej z serca, że poszło tak łatwo. W sobotę w restauracji było urwanie głowy, nawet na początku października, i dałaby sobie rękę uciąć, że będzie usiłował ją namówić, żeby została.

„Cóż – pomyślała – ma kogoś na moje miejsce. Zadzwoni do Catherine, a ta przyleci jak na skrzydłach".

Tuż przed siódmą dzwoniła do Petera na komórkę, ale po czwartym dzwonku włączyła się poczta głosowa. Wiedziała, że nie znosi rozmawiać podczas jazdy, pewnie dlatego nie odbierał. Mimo to ogarnęła ją frustracja. Tak bardzo czekała na znak życia, a on przecież na pewno był już blisko. No tak, pewnie próbował po południu, kiedy miała wyłączony aparat, a teraz już się nie zatrzymuje, tylko jedzie prosto do celu. Musi się uzbroić w cierpliwość. Wiedziała z doświadczenia, że tuż przed metą droga dłuży się najbardziej.

Mimo wszystko o ósmej spróbowała ponownie i znowu o wpół do dziewiątej. Dygotała z zimna. Mimo ulewy wysiadła z samochodu i podbiegła do bagażnika, żeby wyjąć z walizki gruby wełniany sweter. Przemokła, zanim wróciła na fotel kierowcy. Miała teraz na sobie dwa swetry i kurtkę, a i tak trzęsła się z zimna. Była wściekła, że Peter nie dzwoni ani nie reaguje na jej telefony. Mógł się chyba domyślać, że to ona. Mógłby przynajmniej zjechać na najbliższy parking i oddzwonić.

„Może myśli, że to Laura – stwierdziła – a w tej sytuacji na pewno nie chce z nią rozmawiać". Ale, do cholery, mógłby do niej zadzwonić! Dlaczego milczy?

Po raz tysięczny tego wieczoru uruchomiła wycieraczki. Na zewnątrz panował mrok. Nic nie rozjaśniało ciemności. Może padła mu bateria. Coś takiego zawsze dzieje się w najmniej odpowiednim momencie. A on jedzie wolniej, niż planował. Deszcz i ciemność wszystko komplikują. W taką pogodę okropnie się prowadzi. Peter i tak nie lubi...

Tuż przed dziewiątą w końcu zobaczyła reflektory. Samochód wjechał na mostek. Włączyła wycieraczki i wytężyła wzrok. Reflektory ją oślepiały, nie widziała samochodu. Uruchomiła reflektory. Samochód zwolnił.

„W końcu – pomyślała. – W końcu".

Ze zdumieniem stwierdziła, że trzęsą jej się nogi.

Ale wtedy samochód przyspieszył i minął ją. W lusterku widziała mały samochodzik na francuskiej rejestracji. To nie był on. Ktoś obcy, kto zwolnił tylko dlatego, że oślepiła go reflektorami.

Skuliła się w sobie. Nerwowe drganie nóg nie ustępowało.

W pewnym momencie ciszę w samochodzie wypełniło tykanie zegarka. Uderzyło ją, że na początku nie zwróciła na ten dźwięk uwagi, a teraz wydawał się koszmarnie głośny, zmieniał samochód w więzienie, z którego nie było ucieczki. Zagłuszał nawet deszcz, który znowu przybrał na sile.

Dochodziła dziesiąta. O wpół do dwunastej nie przychodziły jej do głowy żadne wytłumaczenia. Gdyby miał się aż tyle spóźnić, zadzwoniłby. Nawet jeśli padła mu komórka, są przecież telefony na parkingach, na stacjach. Między siódmą a wpół do dziewiątej, tak mówił. Coś było nie tak.

O północy wysiadła, przebiegła kawałek, nie zważając na deszcz, choć przemokła błyskawicznie. Nie wytrzymywała ciągłego tykania zegarka i ciągnącego się godzinami bezruchu. Dławiły ją myśli. Nie dawało spokoju koszmarne podejrzenie, że w ogóle nie wyjechał z Niemiec.

Przez cały czas nie mogła się pozbyć obaw, że w ostatniej chwili Peter stchórzył. Po długim okresie rezerwy to przecież ona nalegała, żeby zerwali z dotychczasowym życiem, nie on. Kłócili się ciągle, bez końca, aż doszło do pamiętnego weekendu w Perouges, gdy już się wydawało, że to koniec, gdy oboje, zdenerwowani, rozjechali się w różne strony, przekonani, że ich romans się zakończył. Nadine miała kiepskie karty, odkąd na świecie była Sophie. Peter, choć nie chciał mieć dzieci, poczuwał się do roli ojca rodziny. Miała jedną szansę – jego coraz gorszą sytuację finansową. Między jedno i drugie wciskała się ona, z żądaniem nowego, wspólnego życia. Wahadło odchylało się to w jedną, to w drugą stronę. Aż wreszcie, gdy lato zmierzało ku końcowi, nieoczekiwanie zadzwonił, dwudziestego pierwszego sierpnia; do końca życia miała zapamiętać tę datę. Zdecydował się i prosił, żeby wyjechała z nim za granicę.

Jednak między tamtym dwudziestym pierwszym sierpnia a szóstym października nie miała chwili spokoju. Peter bardzo się gryzł. A jeśli znowu zmieni zdanie?

Teraz wszystko wskazywało na to, że tak właśnie było. W ostatniej chwili. Nie udało mu się wyrwać, przemyślał wszystko i wybrał rodzinę. I okazał się zbyt wielkim tchórzem, żeby jej to powiedzieć. Wystawił ją do wiatru na polnej drodze, w ciemności i deszczu. Zlekceważył ją brutalnie. Nie uważał nawet za stosowne jej tego wytłumaczyć. Stała na deszczu jak niepotrzebny mebel i nie wiedziała, co dalej począć ze swoim życiem.

Przez chwilę kusiło ją, żeby zadzwonić do niego do domu. Jeszcze nigdy tego nie robiła, a o tej porze na pewno musiałby się gęsto tłumaczyć przed żoną. Zaraz jednak powróciła pustka i znużenie i doszła do wniosku, że nic z tego nie wyniknie.

Wsunęła do kieszeni komórkę, po którą już sięgała, i wróciła do samochodu. Przemoczona do suchej nitki usiadła za kierownicą. Tępym wzrokiem wpatrywała się w ciemność. Było po pierwszej, gdy w końcu odpaliła silnik i ruszyła w drogę.

Następnego dnia przy śniadaniu usłyszała, że Peter był w Chez Nadine.

– Pewnie kamień spadł ci z serca, gdy to usłyszałaś – zauważył Henri. – Nie zostawił cię na lodzie. Coś mu wypadło.

Patrzyła przez niego. Drzwi prowadzące do wolności były odrobinę uchylone. W świetle słońca widziała tańczące na wietrze jesienne liście.

– Przecież dopiero niedawno się tego dowiedziałam – odparła. Stopniowo w jej głosie dawało się wyczuć wstrząs, który dopiero w pełni do niej docierał. – Mógł wcześniej zmienić zdanie. A on nie żyje i... O Boże! – Zakryła usta dłonią, jakby przerażona własnymi słowami. – Jak do tego doszło? Jak do tego doszło?

Odczekał, aż znowu wzięła się w garść.

– Został zamordowany. – Dotknął palcem gazety. – Gdzieś w górach.

Spojrzała na zdjęcie. Widział, jak bieleją jej kłykcie zaciśniętych dłoni.

– Od kiedy wiesz? – zapytała.

– O tym, że masz kogoś, od lat. O tym, że to on – dopiero od piątku.

– Jakim cudem się tak nagle dowiedziałeś?

– Niczego się nie dowiedziałem. – Powróciła rezygnacja. – Już od dawna nie chciałem się dowiedzieć – dodał z goryczą.

Upił łyk kawy, choć nie czuł jej smaku.

– Catherine mi powiedziała.

– Catherine? A skąd ona wiedziała?

– To chyba nieistotne, nie uważasz? Wiedziała i powiedziała mi.

Catherine. Właściwie nawet jej to nie zaskoczyło. Od pierwszej chwili wiedziała, że od tej kobiety nie może liczyć na nic dobrego.

I wtedy nagle coś jej się przypomniało, serce nagle zabiło jej szybciej, poczuła, jak powraca napięcie. Usiadła gwałtownie i spojrzała na Henriego. Miała zimne, jasne spojrzenie.

– Od piątku wiedziałeś, że jestem z Peterem. W sobotę przyszedł tutaj, do twojej restauracji. A wkrótce potem zginął. Zamordowany.

Henri milczał. Słowo „zamordowany" zawisło w powietrzu, aż zrodziło się koszmarne podejrzenie. Nie musiała go nawet wypowiadać na głos, wyczytał to w jej oczach.

– O Boże – powiedział cicho.

Piątek, 12 października

1

Pauline Matthieu nie miała wyobraźni i pewnie dlatego nigdy niczego się nie bała. Już jako dziecko nie bała się duchów ani upiorów czających się pod łóżkiem, bo w ogóle nie przyszło jej do głowy wyobrażać sobie takie okropności. Także później to się nie zmieniło. Inne dziewczęta bały się, że nie zdadzą egzaminu, nie ukryją pryszczy albo nie znajdą męża, ale ilekroć zagadywały o to Pauline, spotykały się ze zdumionym spojrzeniem i pytaniem:

– Ale dlaczego? Skąd wam to przyszło do głowy?

Była tak bezbarwna, że nikt jej nie zauważał; być może z tego wynikała pewność, z jaką lekceważyła choroby i inne niebezpieczeństwa. Mogła przecież zakładać, że złośliwe bóstwa pominą ją i przy tym rozdaniu, jak przy każdym innym.

Tym bardziej irytowało ją dziwne uczucie, którego od pewnego czasu nie mogła się pozbyć.

Co gorsza nie potrafiła dokładnie określić, na czym ono polega, czy raczej – wyszłaby na idiotkę, gdyby się komuś zwierzyła i zdradziła, na czym opiera swoje przekonanie.

Od mniej więcej czterech tygodni wydawało jej się, że ktoś ją śledzi.

Nie żeby cały czas czuła kogoś za sobą. Ale zdarzyło się parę dziwnych chwil, których natężenie nagle wydało jej się podejrzane.

Za pierwszym razem wydawało jej się, że ktoś śledzi ją samochodem. Jechała swoim małym renault wiejską drogą, gdy zorientowała się, że granatowy samochód za nią – nie znała się na markach, domyślała się tylko, że to japoński wóz – zachowuje cały czas tę samą odległość, zwalnia, gdy ona zwalnia, przyspiesza, gdy naciska pedał gazu. Sprawdziła to kilka razy: nagle, bez kierunkowskazu, skręcała w boczne drogi, zawracała gwałtownie albo na długie minuty parkowała na poboczu. Prześladowca robił to samo co ona. Dopiero gdy jechała pod górę, do starej części La Cadiere, gdzie mieszkała, dał sobie spokój i oddalił się w kierunku autostrady.

Innym razem siedziała wieczorem przy otwartym oknie i oglądała telewizję, gdy nagle wydało jej się, że dostrzegła cień za firanką. Była w domu sama, Stephane jak co tydzień spędzał wieczór w ulubionej knajpce. Natychmiast wybiegła na taras, ale nie zastała nikogo. Dałaby sobie jednak rękę uciąć, że usłyszała szczęk furtki w ogrodzie.

Trzeci incydent miał miejsce w godzinach jej pracy. Od pewnego czasu Pauline pracowała na godziny jako pokojówka w hotelu Berard. Tego dnia przypadła jej stara część budynku, w którym dawniej mieścił się klasztor. Była sama na korytarzu, mocowała się z wózkiem, na którym piętrzyły się czyste ręczniki i pościel. Nagle poczuła przeciąg, jak zawsze, gdy ktoś otwierał ciężkie wrota. Odruchowo czekała na odgłos kroków gości albo skrzypienie schodów, gdyby skierowali się na górę.

Ale odpowiedziała jej cisza i w tej ciszy wyczuła nagle czekanie, wstrzymany oddech. Pauline wyprostowała się i rozejrzała dokoła. Okryła się gęsią skórką. Ta cisza była zbyt cicha. Mogłaby przysiąc, że w krętym korytarzu ktoś się kryje, a jednocześnie nie miała na to żadnego dowodu.

– Halo?! – zawołała. – Jest tam kto?

Czuła, że wystawia się na pośmiewisko, a jednocześnie nigdy w życiu nie bała się tak bardzo. I jedno, i drugie – poczucie śmieszności i lęk – były tak nowe, że nie wiedziała, co z nimi począć.

– Halo?! – zawołała jeszcze raz.

I wtedy znowu poczuła przeciąg. Czyli nieznajomy wyszedł ze starego klasztoru. Może ktoś po prostu zabłądził, pomylił drogę, może czegoś szukał, może chciał z bliska obejrzeć stary klasztor? Przychodziły jej na myśl tysiące niewinnych wyjaśnień. Tym bardziej dziwiły ją własny strach i niepokój.

Pauline miała dwadzieścia osiem lat. Kiedy miała dwadzieścia, jej rodzice wyjechali z Prowansji, przeprowadzili się na północ i przekazali jej uroczy domek w La Cadiere, w którym spędziła całe dzieciństwo. Mieszkała w nim sama, pracowała w hotelu Berard. Taka nudna, monotonna egzystencja doprowadzałaby do szału jej rówieśnice, ale ona przyjmowała ją z tępą obojętnością, jak wszystko, co działo się w jej życiu.

Półtora roku temu poznała Stephane'a Matthieu. Choć Stephane, jak się później okazało, od lat dawał do prasy ogłoszenia matrymonialne i spotykał się z chętnymi kobietami, z tych znajomości nigdy nic nie wynikło. Oni natomiast, jak na ironię, poznali się w inny sposób, przez przypadek. Na parkingu przy plaży w Les Lecques ktoś potrącił jej samochód; wina była zdecydowanie po stronie kierowcy, on jednak wypierał się wszystkiego. Stephane, który stał w pobliżu i wszystko widział, zgłosił się jako świadek na rzecz Pauline.

Po niedługim czasie wzięli ślub, przy czym naciskał Stephane, nie ona. Stephane chciał wreszcie zawinąć do bezpiecznego portu, a Pauline nie miała nic przeciwko temu. Zdawała sobie sprawę, że nie jest mężczyzną jej marzeń, ale lepszego i tak nie znajdzie, co do tego nie miała złudzeń; nie spodziewała się, żeby w ogóle miała jeszcze kogoś poznać. A we dwójkę żyje się lepiej niż w pojedynkę.

I rzeczywiście udawało im się razem funkcjonować, nudno i spokojnie. Stephane spędzał całe dnie w filii banku w St. Cyr, Pauline albo była w hotelu, albo zajmowała się domem i ogrodem. Nigdy nie przyszło jej do głowy, by coś zmienić w ich monotonnej, spokojnej egzystencji. A teraz to się działo. I to raz za razem.

W ten piątek, dwunastego października, naprawdę się zdenerwowała. To był piękny, słoneczny dzień, ona jednak gryzła się od rana. Wczoraj czytała w gazecie o brutalnym morderstwie niemieckiego turysty, jednak to przestępstwo niespecjalnie ją interesowało. Dzisiaj znowu była o nim mowa. Pojawiły się pierwsze spekulacje miejscowej policji. Według nich zabójstwo niemieckiego turysty było pod wieloma względami podobne do morderstwa młodej paryżanki i jej córeczki, choć między ofiarami, jak dotąd, nie stwierdzono żadnych powiązań. Natomiast całą trójkę uduszono krótkim sznurem, przy czym wszystko wskazywało na to, że kawałki miały ten sam splot. Mężczyznę znalezionego w górach dodatkowo pchnięto nożem.

„Czyżby początek czarnej serii seryjnego mordercy?" – głosił nagłówek.

Pauline czuła się bardzo nieswojo. A jeśli to morderca się za nią skradał? Nie miała pojęcia, jakim kluczem się kierował, wybierając ofiary, na razie trudno było mówić o jakimkolwiek systemie; niemieckiego turysty nic nie łączyło z owdowiałą paryżanką, chyba że ta tajemnica dopiero miała wyjść na jaw. W każdym razie ona, Pauline, nie znała żadnego z tych dwojga, nigdy się z nimi nie zetknęła. Tylko że kto wie, co sprawia, że psychopatyczny morderca wybiera akurat ciebie? Może sprawia to śmiech, sposób mówienia, sposób poruszania się? Nie miała pojęcia. Ale coś w niej chyba przykuło jego uwagę.

W ten piątkowy ranek siedziała nad rozłożoną gazetą i czuła się coraz bardziej bezsilna. Stephane już się pożegnał, od drzwi zmierzył ją jeszcze krytycznym wzrokiem i stwierdził, że źle wygląda. Nie mówiła mu o swoich obawach, bo wiedziała, że wyśmiałby ją od razu. Z tego samego powodu nie chciała iść na policję. Proszono wszystkich o wskazówki; pewnie odezwało się już kilkadziesiąt bab, które słyszały szmery w piwnicy i szelesty pod łóżkiem. Nie chciała dołączyć do tej grupy.

Ale co, jeśli, z drugiej strony, naprawdę coś jej grozi?

Nie zadzwoni. Poczeka.

Słowa „seryjny morderca" tańczyły jej przed oczami.

A może jednak zadzwonić?

2

W ten piątek jeszcze w południe Laura leżała w łóżku. Poprzedniego dnia zaraz po rozmowie z matką skontaktowała się z policją. Przyjechała po nią policjantka. Laura była jak w transie, gdy wraz z nią wędrowała długim korytarzem zakładu medycyny sądowej w Tulonie. Jak z oddali słyszała stukot swoich obcasów na posadzce, niemal nie rozumiała słów policjantki; dopiero dzisiaj uświadomiła sobie, że tamta, zapewne dlatego, że miała do czynienia z cudzoziemką, mówiła łamaną francuszczyzną, tak jak zazwyczaj ludzie zwracają się do małych dzieci albo starych ludzi. Właściwie nie pamiętała, co tamta mówiła, ale to mogło także wynikać z uczucia zagubienia. Wciąż nie zdążyła się przebrać ani uczesać. Mimo porannego prysznica w hotelu miała wrażenie, że śmierdzi, że jest rozczochrana i blada i wygląda po prostu okropnie. Przez chwilę zastanawiała się nawet, skąd ten paskudny posmak w ustach, póki sobie nie przypomniała, że po ostatnim ataku mdłości nawet nie umyła zębów. I zaraz pomyślała, czemu właściwie zawraca sobie głowę takimi drobiazgami.

Niejako na marginesie zarejestrowała – choć dotarło to do niej w pełni dopiero dużo później – że ktoś tłumaczył, że przygotowano zwłoki do oględzin tak, żeby się nie przeraziła.

Bez chwili wahania rozpoznała Petera. Wyglądał bardzo spokojnie, nie widać było na nim śladów gwałtownej śmierci. Być może dostrzegłaby je, gdyby przyjrzała mu się dokładniej, myślała później. Ale nie chciała oglądać całego ciała, okrytego szpitalnym prześcieradłem.

Potem nastąpiła długa rozmowa ze współczującym urzędnikiem. Nie usłyszała jego nazwiska, ale pamiętała, że wydał jej się bardzo sympatyczny. W pogotowiu czekał tłumacz, ale wycofał się, gdy się zorientowali, jak dobrze Laura mówi po francusku. Opowiedziała mu skróconą wersję całej historii.

Peter, jak co roku, wyruszył na żagle z Christopherem, ale nie spotkał się z przyjacielem. O ile jej wiadomo, po raz ostatni widziano go w restauracji Chez Nadine, tam zjadł w sobotę kolację, co potwierdził Henri Joly, właściciel lokalu. Jego samochód cały czas stoi na parkingu. Potem ślad po nim zaginął, nikt nie wie, co się z nim stało. Pojechała w ślad za mężem, bo zaniepokoiło ją, że się z nią nie skontaktował. A w niedzielę po jego wyjeździe dzwoniła do Christophera i okazało się, że Peter się z nim nie spotkał.

Komisarz bardzo rozsądnie zapytał, dlaczego Christopher nie skontaktował się z nią; czy nie zdziwiło go, że przyjaciel nie stawił się na umówione spotkanie? Najpóźniej w tym momencie powinna była powiedzieć prawdę – o kochance, biletach i tym, że Christopher o wszystkim wiedział. Dlaczego nie przeszło jej to przez gardło? Było przecież jasne, że komisarz porozmawia też z Christopherem, którego nazwisko i adres skrzętnie zanotował. Christopher powie mu o Nadine. To jasne, że wszystko wyjdzie na jaw, a jednak w tym momencie nie mogła się zdobyć na to, żeby o tym rozmawiać. Później pewnie uznają, że nie chciała stawiać się w pozycji zdradzanej żony. Ale prawda, już wtedy to czuła, była o wiele bardziej złożona; tu chodziło także o bezbronnego nieboszczyka, którego przed chwilą zidentyfikowała. Rozpowiadanie na prawo i lewo o jego niewierności i nieuczciwości byłoby nie w porządku; to jak znęcanie się nad osobą, która już nie może się bronić.

Komisarz wahał się przez chwilę, jakby rozważał, ile szczegółów dochodzenia może zdradzić Laurze, a ona wiedziała, że instynkt podpowiadał mu, że nie była z nim do końca szczera, choć nie miała pojęcia, skąd czerpał tę pewność.

– Wie pani, co znaleźliśmy kilka metrów od... zwłok? Aktówkę.

– Och... Tak, rzeczywiście, Henri mi o niej mówił. Właściciel Chez Nadine. Mój mąż miał z sobą aktówkę. Zdziwiło go to trochę.

– Hm... A wie pani, co w niej było?

– Nie.

– Franki szwajcarskie. Starannie pospinane pliki banknotów. W niemieckiej walucie jakieś dwieście tysięcy marek.

Spojrzała na niego badawczo.

– Niemożliwe!

– Ależ owszem. Aktówka i pieniądze były tam naprawdę. Poprosimy tego restauratora, pana Joly, żeby zidentyfikował aktówkę, ale moim zdaniem możemy założyć, że to własność pani męża.

– Ale – zaprotestowała – mój mąż jest... był bankrutem! Na pewno nie miał dwustu tysięcy marek!

Opowiedziała o długach, które z tego co wiedziała, miały pochłonąć cały ich majątek. Komisarz słuchał uważnie, co jakiś czas coś notował.

– Bardzo dziwne – stwierdził. – Pani mąż jest bankrutem, znika z dnia na dzień, więc można spokojnie założyć, że chciał zniknąć na dobre, żeby nie ponieść konsekwencji swoich czynów. A potem znajdujemy jego zwłoki i walizkę z pieniędzmi. Przy czym gotówka najwyraźniej w ogóle nie interesowała mordercy. Czyli nie chodziło o chęć zysku! – Przez chwilę bawił się długopisem, a potem zadał całkiem inne pytanie:

– Czy określiłaby pani wasze małżeństwo jako dobre?

– To było małżeństwo jak wiele innych, z mnóstwem wzlotów i upadków.

Spojrzał na nią z ukosa.

– To nie jest odpowiedź na moje pytanie.

– Ależ owszem. Nasze małżeństwo było udane, tak, ale mieliśmy też pewne problemy.

Widać było, że jest niezadowolony. Naprawdę miał nosa. Wyczuwał, że między nimi coś było nie tak, ale poza instynktem nie miał żadnego punktu zaczepienia i szukał ich po omacku.

– Czy mówi coś pani nazwisko Camille Raymond?

– Nie. Kto to?

– A Bernadette Raymond?

– Też nie.

– Camille Raymond – wyjaśnił komisarz – to paryżanka, właścicielka domku letniskowego w St. Cyr, w którym spędzała sporo czasu. Bernadette to jej czteroletnia córeczka. Kobieta, która u niej sprząta, niejaka Monique Lafond z La Madrague, ale tego nazwiska też zapewne pani nie słyszała? No więc pani Lafond znalazła je na początku tygodnia. Martwe, uduszone krótkim sznurem. Przy czym do zabójstwa doszło już pod koniec września.

– Uduszone sznurem? Przecież to zupełnie jak...

Skinął głową.

– Zupełnie jak pani mąż. To jeszcze nie jest pewne, ale mamy powody zakładać, że chodzi o kolejne kawałki tej samej liny. Monsieur Simon został też pchnięty nożem, choć przyczyną śmierci było uduszenie. Jeśli chodzi o madame Raymond, morderca pociął na niej koszulę nocną. Nóż to kolejny wspólny element. Niewykluczone, że monsieur Simona zaatakowano brutalniej, bo bardziej się bronił. Na pewno był trudniejszym przeciwnikiem niż kobieta czy czteroletnie dziecko. Jestem przekonany, że mamy do czynienia z tym samym sprawcą. A to oznacza, że ofiary musiało coś łączyć.

Miała gonitwę myśli, ale cały czas otaczała ją wata i jej umysł pracował bardzo powoli.

W końcu stwierdziła:

– Ale przecież może to przypadkowe ofiary...

– Przypadkowe? – Komisarz pokręcił głową. – Lata pracy nauczyły mnie, że zbiegi okoliczności zdarzają się bardzo, bardzo rzadko. Jeśli mamy do czynienia z psychopatą, który morduje samotne kobiety z dziećmi mieszkające w domach na odludziu, niemiecki biznesmen, porwany i uprowadzony sprzed restauracji, nijak do tego nie pasuje. Ale każdy morderca kieruje się własną, choćby bardzo pokręconą logiką, która w jego oczach tłumaczy jego czyny. W tej chwili w dziewięćdziesięciu dziewięciu procentach wykluczam możliwość, że zabójca atakuje na oślep, że tak powiem, biorąc tego, kto wpadnie mu w ręce. A to znaczy, że między pani mężem a madame Raymond istnieje jakiś związek. Albo oboje pasują do tego samego wzorca, którego w tej chwili jeszcze nie widzimy, albo oboje znali mordercę. Blisko, bardzo blisko.

Choć umysł odmawiał jej posłuszeństwa, wiedziała, co chciał przez to powiedzieć, i jej pusty, wygłodniały żołądek ścisnął się boleśnie. W pierwszym odruchu chciała jak najszybciej odciągnąć go od tego tropu.

– Może to naśladowca. Ktoś, kto słyszał o pierwszej zbrodni albo o niej czytał. I pomyślał sobie, że jeśli popełni podobny czyn, policja będzie szukać seryjnego mordercy, a jego nikt nie będzie podejrzewał.

Nie wierzyła własnym uszom, słysząc swój głos. Zaledwie kilka godzin temu dowiedziała się, że jej mąż został zamordowany. Godzinę temu zidentyfikowała zwłoki. Dlaczego nie płacze, nie jest załamana, nie prosi o środek uspokajający? Siedziała w gabinecie policjanta i omawiała z nim teorie zbrodni. I cały czas czuła się nieswojo, jakby nie była do końca sobą, jakby wewnętrzny głos co chwila przypominał jej, że musi funkcjonować, uważać i nie może sobie pozwolić na żaden błąd.

Widać było, że komisarza dziwiło jej zachowanie.

– Oczywiście zdarzają się naśladowcy – przyznał. – Ale ta teoria legnie w gruzach, jeśli się okaże, że we wszystkich zbrodniach posłużono się tym samym sznurem, prawda? I jeszcze jedno: w takim przypadku naśladowca musiałby mieć konkretny powód, żeby wybrać właśnie pani męża. Motyw rabunkowy, jak wiemy, odpada. Czy pani mąż miał wrogów?

Znieruchomiała. Nie, odparła po chwili, nic jej o tym nie wiadomo.

Komisarz wrócił do poprzedniego wątku.

– Ta madame Raymond... ta druga ofiara... – zaczął powoli. – Czy to możliwe, że pani mąż ją znał, choć pani o tym nie wiedziała? I że celowo trzymał tę znajomość w tajemnicy? –

Dopiero teraz spojrzał jej prosto w oczy. Jego uwadze nie ujdzie nawet najmniejsze drgnienie mięśni. – Czy możliwe, że pani mąż miał romans z madame Raymond?

Najgorsze, że tak, to możliwe. I choć od razu odepchnęła tę myśl od siebie, zdawała sobie sprawę, że komisarz może mieć rację. Peter od lat zdradzał ją z Nadine Joly. Skąd pewność, że w jego życiu nie było tuzina innych kobiet? Może to Nadine, zarazem morderczyni i ofiara, bo sądziła, że jest jedyna, a nigdy tak nie było?

Komisarz poprosił jeszcze, żeby w najbliższym czasie nie opuszczała Francji, i inny funkcjonariusz odwiózł ją do domu. Domyślała się, że komisarz, jak pies gończy, będzie deptał jej po piętach. Lata doświadczenia wyostrzyły naturalny instynkt. Nie dał się zbyć jej niejasnymi odpowiedziami na pytania o życie uczuciowe Petera.

Całą resztę czwartku przeleżała w łóżku, skulona w pozycji embrionalnej, dygocząc na całym ciele. Telefon dzwonił często, ale nie chciała z nikim rozmawiać i uznała, że ma do tego prawo. Matka pewnie panikuje, nie mając od niej wieści, ale w tej chwili myślała tylko o sobie i swoich potrzebach.

W bardzo krótkim czasie stała się najpierw zdradzaną żoną, zaraz potem – wdową. A jej męża nie zabił zawał czy wypadek samochodowy, nie, zrobił to psychopata, który wywiózł go w góry, a tam dźgał i dusił. Miała wrażenie, że z jej życia zniknęła cała normalność. Idylla, cóż z tego, że fałszywa, ale jednak idylla, oparta na fundamentach spokoju, równowagi i mieszczańskiej przyzwoitości, legła w gruzach, obnażając gigantyczne długi, wieloletnią zdradę i psychopatycznego mordercę w tle. Nie miała pojęcia, jak się z tym wszystkim uporać, najbardziej na świecie chciała skulić się w kłębek i przestać myśleć. Skulić się mogła. Ale nie mogła przestać myśleć.

W piątek czuła się fatalnie, słaba i chora. Wstała tylko po to, żeby skorzystać z toalety i zaparzyć sobie herbaty miętowej.

Zdawała sobie sprawę, że wygląda okropnie. Poprzedniego wieczoru położyła się do łóżka w ubraniu. Telefon nadal dzwonił regularnie, to na pewno Elisabeth, która pewnie już odchodzi od zmysłów. Może też czasami dzwoni Anne.

Anne! Przypomniała sobie słowa przyjaciółki podczas ostatniej rozmowy, która jak się wydawało, miała miejsce w innym życiu: „Znajdź męża, i jeśli to możliwe, znajdź jego ciało!".

Czuła, jak ogarnia ją histeryczny śmiech. Anne i jej sformułowania. Musi jej powiedzieć, że posłuchała rady co do joty.

Koło wpół do trzeciej wstała i przeszła na wiklinowy fotel na werandzie. W domu nieustannie dzwonił telefon. Wpatrywała się w swoje stopy w brudnych, dawniej białych skarpetkach. Przez dwie godziny obserwowała ruchy palców w białej bawełnie. Powoli, stopniowo, uczucia przedzierały się przez skorupę, jaką spowodował szok. Trochę tak, jak pisklak z trudem, z wysiłkiem wykluwa się z jaja.

Przed piątą zaczęła krzyczeć.

Nie płakała jak we wtorek, gdy szlochała wczepiona w kierownicę w aucie Petera. Teraz wykrzykiwała swój ból, wściekłość, urazę, upokorzenie, przerażenie, strach. Nienawiść i zawód. Skuliła się, otoczyła kolana ramionami i pozwoliła, by zalały ją wezbrane uczucia, by wreszcie z niej wypłynęły.

W końcu nie miała już siły. Bolało ją gardło, czuła każdy mięsień w twarzy, na której podczas wybuchu malowały się różne uczucia. Ale czuła, jak wraca w nią życie, a wraz z nim pierwszy cień nadziei, że ten koszmar nie będzie trwał wiecznie.

Koło wpół do siódmej, gdy zapadł zmrok, poczuła, że jest jej zimno. Marzła od kilku dni, ale dopiero teraz zwróciła na to uwagę. Znowu czuła, że od dłuższego czasu tkwiła w kokonie. Weszła do domu, pozamykała drzwi i okna, ułożyła na kominku drwa i stare gazety. Rozpaliła ogień, usiadła przy nim, jak najbliżej płomieni. Powoli ogarniało ją ciepło. Żołądek bolał ją z głodu, ale do tej pory nie zdawała sobie z tego sprawy. W pewnym momencie, kiedy odzyska siły, wstanie i pójdzie do kuchni, żeby zobaczyć, czy w domu jest coś do jedzenia. Musi się też napić. Czuła, jak bardzo jej ciało domaga się wody.

Kilka minut po ósmej rozległ się dzwonek do drzwi. W pierwszej chwili myślała, że to Elisabeth, zdenerwowana, że córka nie odbiera, przyjechała aż do La Cadiere. Kusiło ją, żeby udawać, że nikogo nie ma w domu, wiedziała jednak, że to niemożliwe. Wstała, dotknęła pilota. Słyszała, jak samochód wjeżdża na podjazd. Otworzyła drzwi wejściowe. Na progu stał Christopher, blady, z lekkim uśmiechem na twarzy i wielkim koszem w dłoni.

– Czytałem w gazecie – zaczął. – Wiedziałem, że potrzebujesz pomocy. Kiedy ani wczoraj, ani dzisiaj nie odbierałaś telefonu, pomyślałem, że do ciebie zajrzę.

Cofnęła się o krok.

– Wejdź, proszę.

W koszu, jak się okazało, było wszystko, co potrzebne, żeby wyczarować pyszny posiłek: spaghetti, pomidory, cebula, czosnek, cukinie, oliwki, śmietana i ser. Christopher zapewnił, że sam zajmie się gotowaniem, i nakrył kuchenny stół przyniesioną zastawą. Kolejny raz zerknął na Laurę:

– A ty tymczasem mogłabyś wziąć gorącą kąpiel.

– Albo prysznic – odparła i poszła do łazienki.

Wyglądała koszmarnie, musiała to przyznać. Tłuste włosy w strąkach, zapuchnięta twarz, wybladła cera, wokół nosa zdarta skóra. Brudne, pogniecione ubranie. Wyglądała jak osoba chora, nieszczęśliwa, udręczona. Pomyślała, co w ciągu kilku dni zrobił z niej Peter swoimi kłamstwami i niewiernością, i ze złością stwierdziła, że teraz od niej zależy, czy pozwoli, by tak było dalej, czy nie. Potrzebowała wszystkich sił, by w pierwszym rzędzie wyplątać się z finansowych tarapatów, ale też żeby zbudować nowe życie dla siebie i Sophie. Nie miała czasu opłakiwać Petera, ani jego śmierci, ani tego, że od lat ją zdradzał.

Ale choć bardzo chciała być silna i dzielna, czuła, że smutek nie zniknie tylko dlatego, że ona tego pragnie. Zostanie z nią, wyciszony, ukryty, ale może nawet na zawsze. Będzie widoczny, może w tym, że utraci dawną beztroskę. Zbyt boleśnie się zawiodła. Już nigdy nie będzie tak ufnie wierzyć w siebie i swoje życie.

Wzięła długi prysznic, nie żałując gorącej wody, żelu do mycia i szamponu. Kiedy skończyła, umalowała się – oczy i usta – wysuszyła włosy, musnęła twarz podkładem. A potem włożyła czystą bieliznę, dżinsy i miękki sweterek. Wyglądała lepiej i tak też się czuła.

– A teraz jestem głodna – powiedziała do swojego odbicia.

Kiedy wyszła z łazienki, otoczył ją smakowity zapach jedzenia. Christopher stał przy kuchence plecami do niej. Wrzucił posiekane pomidory i cukinię na patelnię, na której już podsmażył czosnek, wypełniając powietrze smakowitym zapachem. Na blacie obok niego stał kieliszek czerwonego wina. Z radia płynęły dźwięki muzyki.

Ogarnął ją smutek. Ileż razy gotowali w tej kuchni z Peterem, z muzyką i winem, pogodni, beztroscy, spokojni.

„I zakłamani" – dodała w myślach.

– Cześć, Christopher – odezwała się w końcu.

– Przyniosłem wino z piwnicy – odparł. – Chyba nie masz nic przeciwko temu?

A potem odwrócił się do niej i uśmiechnął się.

– Nowa kobieta – stwierdził.

– Znasz może niejaką Camille Raymond? – zapytała.

3

Monique Lafond uznała, że lepiej wrócić do pracy i czymś się zająć, zamiast siedzieć w domu na zwolnieniu i cały czas mieć przed oczami te straszne obrazy, które bezlitosny umysł co chwila jej podsuwał.

Widziała madame Raymond i jej córeczkę, obie martwe. Madame wyglądała makabrycznie, z wytrzeszczonymi oczami i wywalonym językiem. Otaczał ją zapach rozkładu. Monique czuła, że znowu chce jej się wrzeszczeć.

Tamtego strasznego dnia, ósmego października, nie zadzwoniła na policję, tylko wybiegła, krzycząc ochryple. Potykała się, upadała, bo nogi odmawiały jej posłuszeństwa. Nie zauważyła nawet, że nabawiła się siniaków i otarć na kolanach. Nie miała pojęcia, dokąd biegnie, zorientowała się dopiero, gdy stała pod drzwiami Isabelle Rosier, waląc w nie pięściami. Kierowała się tu odruchowo, bo u Isabelle także sprzątała i dawniej często chodziła alejką łączącą oba domy.

U Isabelle była dwa razy nawet w zeszłym tygodniu, mimo zwolnienia. Nie wytrzymywała u siebie. Blok, w którym mieściło się jej mieszkanie, leżał zbyt blisko morza; co prawda miała wspaniały widok, ale wilgoć bardzo dawała jej się we znaki, zwłaszcza teraz, jesienią, a zimą będzie jeszcze gorzej. Już teraz miała wrażenie, że pościel jest wilgotna. Zawsze ją to denerwowało, ale nigdy aż tak, jak w tym roku. W ogóle teraz wszystko działało jej na nerwy bardziej niż przedtem, przed tym makabrycznym odkryciem. Już jej się nie podobało na Lazurowym Wybrzeżu – w lecie za gorąco, w zimie za mokro, a jej śliczne mieszkanko nad morzem wydawało się puste i ciasne. Nagle w pełni do niej dotarło, jak puste jest jej życie – za dnia nudna praca w biurze, w którym może tylko wpisywać dane do komputera, ale nikt nigdy nie powierzy jej własnego projektu, a później dorabianie sprzątaniem, kiedy przynajmniej poznawała fajnych, ciekawych ludzi, ale z kolei praca była ogłupiająco nudna. Tylko podróże sprawiały jej radość.

Kręciła się po mieszkaniu i usiłowała przypomnieć sobie to uczucie, które ogarniało ją, gdy zajmowała miejsce w samolocie, zapinała pas bezpieczeństwa, obserwowała innych pasażerów i niecierpliwie czekała na start, na cudowny ucisk w żołądku, ilekroć maszyna wzbijała się w powietrze. Liczyła, że te wspomnienia, jeśli się na nich naprawdę skoncentruje, stłumią obraz i zapach rozkładu.

– W lecie polecę do Nowej Zelandii – powiedziała na głos i spojrzała na stertę prospektów i katalogów biur podróży, piętrzących się na szklanym blacie stolika przy kanapie. – Polecę na koniec świata!

Nic. Nic w niej nie drgnęło. Równie dobrze mogła oznajmić, że jutro wyniesie śmieci.

Podróże były w jej życiu najważniejsze. Nagle uświadomiła sobie, że przede wszystkim miały ją ogłuszyć, znieczulić; dosłownie uciekała przed pustką i samotnością na drugi koniec świata. Ilekroć wybierała kolejny cel, najważniejsza była odległość od St. Cyr. Dopiero później czytała w katalogach i przewodnikach o upatrzonym miejscu i zaczynała się cieszyć na zwiedzanie nowych cudów. Ale w gruncie rzeczy chodziło o to, żeby znaleźć się jak najdalej od rzeczywistości.

A komu opowiadała o swoich wojażach? Kiedy wracała, opalona, z setkami zdjęć, nikt na nią nie czekał. Nie było sensu opowiadać o przygodach samolubnemu szefowi z biura; jeśli już, wspominała co nieco Isabelle, gdy ta po sprzątaniu zapraszała ją na filiżankę kawy. Przy sporej dozie dobrej woli mogłaby nazwać Isabelle swoją przyjaciółką – i tylko ją. Kiepska sprawa, jak na niebrzydką kiedyś trzydziestosiedmioletnią kobietę.

Coś w jej życiu poszło bardzo nie tak.

Najdziwniejsze, że to przeświadczenie nie dawało jej spokoju od zeszłego miesiąca. Być może było w jej podświadomości już wcześniej, ale nie dochodziło do głosu. Nieoczekiwana, brutalna konfrontacja z przemocą śmierci postawiła wszystko na głowie. Wyparcie, którego istnienia nawet nie podejrzewała, przestało działać. Nagle musiała się zmierzyć ze swoim życiem bez żadnych upiększeń, bez znieczulenia. To, co widziała, było ponure i smutne.

W ten piątek wybierała się właściwie do miasta, ale zabrakło jej sił, żeby się wykąpać i wyszykować. Do wieczora chodziła w nocnej koszuli, a ponieważ nie chciało jej się gotować, zjadła tylko paczkę chipsów i kubeczek lodów. Po takim posiłku zrobiło jej się niedobrze.

Kiedy o wpół do dziewiątej rozległ się dzwonek do drzwi, zdziwiła się. Właściwie nikt nigdy jej nie odwiedzał. Może sąsiadka, pożyczyć szklankę cukru czy mleka. Niechętnie dźwignęła się z kanapy, na której leżała z kolorowym pisemkiem w ręku, i podeszła do drzwi.

Na progu stała młoda, blada kobieta, z taką miną, jakby chciała odwrócić się na pięcie i uciec.

– Monique Lafond? – zapytała.

– Tak. A pani to...?

– Nazywam się Jeanne Versini. Przyjechałam dzisiaj z Paryża. Mogę wejść?

Monique się zawahała. Jeanne dodała wtedy:

– Jestem znajomą Camille Raymond.

– Och – szepnęła Monique i gestem zaprosiła ją do środka.

– Nie mogę powiedzieć, że się z nią przyjaźniłam – zaczęła Jeanne, gdy już usiadła w zabałaganionym saloniku Monique, ze szklanką soku pomarańczowego w dłoni. W eleganckim granatowym spodniumie wydawała się nie na miejscu w ciasnym pokoiku. – Camille nikogo do siebie nie dopuszczała. Nie znałam drugiej tak bardzo zamkniętej w sobie osoby.

– Tak, też miałam takie wrażenie – przyznała Monique. Włożyła szlafrok i przeprosiła za swój wygląd. – Od... tamtych wydarzeń nie jestem w formie. Siedzę w domu i nie mogę zapomnieć tego, co tam zobaczyłam. Nie mam siły zająć się czymś sensownym.

– To zrozumiałe! – zapewniła natychmiast Jeanne. – Biedaczka! To musiało być straszne!

Jej autentyczne zaangażowanie dobrze zrobiło Monique; uświadomiła sobie, że w ciągu minionych dni brakowało jej kogoś, kto okazałby jej ciepło i współczucie.

Monique mówiła dalej:

– Zawsze było mi szkoda tej małej Bernadette. Dziecko nie powinno dorastać w takim odosobnieniu. Często myślałam, że będzie równie zamknięta w sobie i depresyjna jak matka, i to zanim dorośnie.

– Miałam to samo wrażenie – przyznała Jeanne. – Mieszkam w Paryżu dwa domy od niej, mam córeczkę w tym samym wieku co Bernadette. Małe się przyjaźniły, nalegałam, żeby jak najczęściej bawiły się razem. Chciałam chociaż w ten sposób wyrwać Bernadette z odosobnienia. Dlatego często widywałam się z Camille. Z jednej strony tego nie chciała, z drugiej zdawała sobie sprawę, że dla dobra córeczki musi czasami postępować wbrew sobie. I tym sposobem poznałyśmy się nieco bliżej.

– Kiedy zginęła, miała trzydzieści trzy lata – mruknęła Monique. – Była zbyt młoda, żeby tak cierpieć, nie uważa pani?

– Nie mogła się pogodzić ze śmiercią męża. Był jej wielką miłością, sama mi to kiedyś powiedziała. Nie zdążył nawet poznać córeczki. Nie potrafiła już być szczęśliwa.

– Fakt – szepnęła Monique. – A była taka piękna. W każdej chwili mogłaby mieć nowego mężczyznę.

Jeanne spięła się nagle, niemal niedostrzegalnie, ale Monique to wyczuła.

– Coś pani wie? – zapytała Jeanne. – O mężczyźnie w jej życiu?

Pytanie zbiło Monique z tropu.

– Nie, dlaczego?

– Dlatego tu przyjechałam – wyznała Jeanne. – Bo coś, co wiem, nie daje mi spokoju, odkąd się dowiedziałam... Odkąd przeczytałam o tej tragedii w gazecie.

– Czytała pani o tym w Paryżu?

– Tylko króciutką wzmiankę. Tu u was było pewnie o tym głośno, ale u nas był tylko króciutki artykuł, pewnie dlatego, że chodziło o paryżankę.

– Ale skoro coś nie daje pani spokoju, jak sama pani powiedziała, dlaczego nie pójdzie pani na policję?

– Bo sama nie wiem, co o tym myśleć... Nie chcę się ośmieszyć – szepnęła Jeanne. Monique wyczuwała w niej instynktowny strach i niechęć wobec policji, charakterystyczną dla wielu osób.

– Znam... Znałam Camille od czterech lat – ciągnęła Jeanne. – Odkąd raz szła z wózkiem z malutką córeczką koło mojego domu. Zagadnęłam ją wtedy... Zawsze była zamknięta w sobie, zawsze miała skłonność do depresji. Ale w zeszłym roku była inna, kiedy we wrześniu wróciła do Paryża. Nie potrafię dokładnie powiedzieć, na czym to polegało, nadal była wycofana i pełna rezerwy, a jednak w jej oczach nie było już tyle smutku, a uśmiech nie był aż tak wymuszony. Cieszyłam się, myślałam, że to jednak prawda, że czas leczy wszelkie rany.

Jeanne bawiła się szklanką. Była bardzo skupiona.

– A potem, w styczniu tego roku, kiedy wróciła z ferii świątecznych w St. Cyr, wydawało się, że coś ją trapi. Jakby oprócz zwykłego smutku zmagała się z jakimś problemem. Zapytałam ją o to, ale odparła, że to nic takiego. Uznałam, że nie chce o tym rozmawiać. Na Wielkanoc znowu tu przyjechała i wydawała się rozluźniona, jakby kamień spadł jej z serca. Nie śmiałam znowu o to pytać. Ale zanim w czerwcu wyjechała nad morze na całe lato, namówiłam ją na wyprawę do Disneylandu. Cud, spodziewałam się raczej, że wyprawi mnie z dwiema dziewczynkami, a sama zostanie w domu. Dobrze się bawiła tamtego dnia, rozluźniła się, a wieczorem nawet przyszła do mnie na lampkę wina. Mojego męża nie było, małe się bawiły, alkohol odrobinę rozwiązał jej język. Mówiła, że cieszy się na wyjazd, że po raz pierwszy od dłuższego czasu wybiera się do Prowansji z lekkim sercem... Zapytałam dlaczego i wyznała, że poprzedniego lata poznała tam mężczyznę. Początkowo zanosiło się na coś poważnego... Oczywiście Camille miała wyrzuty sumienia wobec zmarłego męża, ale jednocześnie czuła, że ma prawo do szczęścia i nowego życia.

– Życzyłabym jej tego z całego serca – szepnęła Monique z przejęciem. – Bardzo ją lubiłam.

Jeanne cały czas nerwowo bawiła się szklanką, choć nie wypiła ani kropli.

– Ja też, naprawdę. Ale powiedziała, że na Gwiazdkę dowiedziała się, że coś jest nie tak, i zerwała z nim.

– A co było nie tak?

– Na ten temat nie chciała nic konkretnego powiedzieć. Wspomniała tylko, że ten mężczyzna długo nie chciał zaakceptować jej decyzji. Ciągle do niej wydzwaniał, osaczał ją. Dopiero na Wielkanoc, kiedy kolejny raz porozmawiali twarzą w twarz, zrozumiał, że mówiła poważnie. Od tej pory się nie odzywał. Miała nadzieję, że w lecie też da jej spokój.

– Miejmy nadzieję, że wiedziała, co robi – mruknęła Monique. – Oczywiście teraz to już bez znaczenia, ale... cóż, bywała bardzo trudna, zapewne pani to wie. Może to był zwyczajny, porządny facet, a ona widziała problemy tam, gdzie ich nie było. Z drugiej strony... – Wyprostowała się, spojrzała na Jeanne. – Myśli pani, że to on ją...

– Nie wiem – przyznała Jeanne. Niespokojnie wierciła się na kanapie. Chciała powiedzieć coś jeszcze, ale słowa z wyraźnym trudem przechodziły jej przez gardło. – W czerwcu, gdy Camille już wyjechała, poszłam do niej. Miałam podlewać kwiaty i wyjmować korespondencję ze skrzynki. Migała lampka na automatycznej sekretarce, a więc ktoś dzwonił już po jej wyjeździe.

Jeanne urwała.

„A ciebie zżerała ciekawość, kto to" – pomyślała Monique. Wyobrażała sobie tę drobną, elegancką kobietę, której opory zdradzały, że pochodziła z niższej warstwy społecznej niż ta, do której trafiła po ślubie, jak myszkuje po mieszkaniu Camille kierowana ciekawością, choć nie chciała tego przyznać. Niby dlaczego poszła tam zaledwie dzień po wyjeździe Camille? Wątpliwe, żeby kwiatkom groziło uschnięcie, a ze skrzynki wysypywały się listy.

„Po prostu chciałaś wiedzieć więcej o jej życiu" – stwierdziła Monique.

– Chciałam zaznaczyć – podjęła przerwany wątek Jeanne – że od lat opiekowałam się mieszkaniem Camille, gdy wyjeżdżała, i właściwie nikt nigdy nie zostawiał żadnych wiadomości. Prawie nikt do niej nie dzwonił. I właściwie nikt do niej nie pisał, nie licząc korespondencji oficjalnej, głównie rachunków i wyciągów bankowych. I dlatego tak bardzo się zdziwiłam, widząc migającą lampkę.

– I odsłuchała pani tę wiadomość – domyśliła się Monique.

– Tak, pomyślałam, że jeśli to coś ważnego, przekażę ją Camille. Dzwonił mężczyzna. Od razu wiedziałam, że to ten, o którym mi opowiadała. Nie przedstawił się, powiedział tylko: „to ja", najwyraźniej zakładał, że pozna go po głosie. Wydawał się bardzo zdenerwowany. Kiedy w końcu przyjedzie do St. Cyr? I kiedy w końcu się do niego odezwie? Mówił bardzo władczo, dopiero pod koniec złagodniał, tłumaczył, że nie mogą tak po prostu porzucić wspólnych marzeń. Podał numer komórki, pod którym mogła się z nim skontaktować, i się rozłączył.

– Zawiadomiła pani Camille?

Jeanne w końcu przestała bawić się szklanką. Zwiesiła głowę.

– Nie. I dlatego to wszystko nie daje mi spokoju. Rozumie pani? Cały czas sobie myślę: a jeśli to on? Jeśli zabił ją ze złości, że do niego nie zadzwoniła? Albo dlatego, że z jego punktu widzenia go zlekceważyła. A jeśli to wszystko moja wina?

– I dlatego nic pani nie powiedziała? – zapytała Monique spokojnie, rzeczowo, bo Jeanne wyglądała tak, jakby lada chwila miała się rozpłakać.

Jeanne wyglądała jak mała, bezradna dziewczynka.

– Ja... Bałam się, że Camille się zdenerwuje. Nigdy nie prosiła o odsłuchiwanie wiadomości. A gdyby odebrała to jako nadużycie zaufania? Nie chciałam stracić jej przyjaźni... Sama nie wiedziałam, co robić. W końcu zapisałam numer telefonu i skasowałam wiadomość.

– Dlaczego pani to skasowała?

– Bo inaczej wiedziałaby, że odsłuchałam wiadomość. Czerwona lampka wtedy świeci, nie mruga. Camille zorientowałaby się po powrocie. Uznałam, że muszę skasować to nagranie. Monique pomyślała, że Jeanne naprawdę jest niedojrzała. Zachowała się jak dziecko, które bez namysłu robi wszystko, żeby zatrzeć ślady swojego postępowania. Nie stanąwszy na wysokości zadania, być może zaprzepaściła szansę, by zapobiec nieszczęściu. Tego jednak nie mogła wiedzieć. Nikt nie wyobrażał sobie takiego przebiegu wydarzeń.

– To mi nie daje spokoju – ciągnęła Jeanne. – Nocami nie mogę spać, cały czas myślę o tym, co zrobiłam. W końcu doszłam do wniosku, że muszę porozmawiać z kimś stąd, kto może widział ją w lecie, kto wie, czy spotkała się z tym mężczyzną... z kimś, kto być może uwolni mnie od obawy, że ta odsłuchana wiadomość to był początek tragedii. Najgorsze, że nikogo tu nie znam. Camille wspominała tylko o sąsiadce imieniem Isabelle, ale nie znałam ani jej nazwiska, ani adresu. Nie udało mi się też ustalić jej numeru telefonu. Dlatego tu przyjechałam.

To akurat bardzo Monique wzruszyło. Jeanne naprawdę bardzo się gryzła tym, co zrobiła.

– Znałam adres Camille, nietrudno było ustalić, gdzie mieszka najbliższa sąsiadka. Isabelle nie było w domu, zastałam tylko jej męża. Byłam załamana, tłumaczyłam, że muszę porozmawiać z kimś, kto znał Camille. Okazało się, że Isabelle wróci dopiero jutro wieczorem, jest u siostry w Marsylii. Wtedy podał mi pani nazwisko i adres. – Jeanne odetchnęła głęboko. – I dlatego tu jestem.

Jeśli w życiu Camille naprawdę ktoś był i ta historia dobiegła końca, Monique nie miała o niczym pojęcia. Zdziwiła się, że ta myśl napełnia ją smutkiem. Camille naprawdę trzymała wszystkich na dystans.

– Bardzo mi przykro, Jeanne – odezwała się – ale nie miałam pojęcia o istnieniu tego mężczyzny. Camille nigdy o nim nie wspominała, nigdy go u niej nie widziałam.

– Proszę się zastanowić – poprosiła Jeanne. – Sprzątała pani u niej. Nigdy nie było tam mężczyzny? Żadnych męskich drobiazgów? Dodatkowej szczoteczki do zębów, żyletki, skarpetek, które nie pasowały do Camille... czegokolwiek. Każdy zostawia jakieś ślady.

Monique się zamyśliła, ale w końcu pokręciła przecząco głową.

– Niczego nie zauważyłam, w każdym razie niczego nie pamiętam. Proszę wziąć pod uwagę, jaka była Camille: wręcz chorobliwie skryta, zamknięta w sobie. Nie chciała, żeby ktokolwiek wiedział, co myśli, co czuje, co robi. I sama pani wspominała, że miała wyrzuty sumienia wobec zmarłego męża. Moim zdaniem czułaby się nieswojo, gdybym wiedziała, że się z kimś związała. Moim zdaniem byłoby to normalne, ale ona zapewne obawiała się, że wszyscy będą ją krytykować.

– A więc zostaje mi już tylko nadzieja, że Isabelle coś wie – stwierdziła Jeanne, choć w jej głosie nie było śladu tej nadziei.

– Spotkam się z nią jutro wieczorem. Obawiam się jednak, że Camille ukryła to przed nią, tak samo jak przed panią.

– Też tak myślę. Isabelle to znana plotkara. Gdyby Camille coś jej powiedziała, wiedziałabym o tym na pewno, ja i wiele innych osób. Isabelle nigdy nie udaje się trzymać języka za zębami.

– A więc wrócę do Paryża z niczym i do końca życia będę się gryzła, czy to moja wina, że zginęła młoda kobieta i jej córeczka.

Monique zrobiło się jej żal. Była taka blada i przejęta, a przecież po prostu raz jeden okazała się za wścibska.

– Dlaczego pani sama do niego nie zadzwoni? – zapytała nagle.

Skulona Jeanne wyprostowała się gwałtownie. Zmarszczyła czoło.

– Do kogo?

– No, do niego. Tego nieznajomego. Kochanka madame Raymond, czy kim on tam jest. Przecież ma pani jego numer.

– Ale nie mogę tak po prostu zadzwonić!

– Dlaczego nie? To w końcu pani jedyny punkt odniesienia.

– Może powinnam przekazać go policji.

– Tak byłoby najlepiej.

– Ale wtedy musiałabym też wyznać, że...

– Że pani myszkowała? Jeanne, o to nikt nie będzie miał do pani pretensji, w gruncie rzeczy to nieważne. Wszyscy się ucieszą, że dostarczyła pani ważny dowód.

Jeanne w końcu upiła łyk soku.

– Bardzo głupio się z tym czuję. Boże, dlaczego w ogóle odsłuchałam to nagranie?

– Przecież to i tak niczego by nie zmieniło – zauważyła Monique rzeczowo. – Jeśli naprawdę mężczyzna z nagrania ma coś wspólnego ze śmiercią Camille, jeśli ją zabił, bo się z nim nie skontaktowała, przebieg wydarzeń byłby ten sam, gdyby pani tego nie zrobiła. Po prostu odezwał się do niej za późno. Wyjechała już. A pani nic nie mogła na to poradzić.

W ten sposób Jeanne chyba nigdy na to nie patrzyła. Humor poprawił jej się odrobinę. Wzięła się w garść.

– No cóż... – mruknęła i zrobiła taki gest, jakby chciała wstać.

Monique sięgnęła po słuchawkę telefonu na stoliku.

– Spróbujmy – zaproponowała. – Zadzwońmy do niego teraz. Będziemy wiedzieć więcej.

– A jeśli on jest niebezpieczny?

– Szczerze mówiąc, nie sądzę, żeby miał z tym cokolwiek wspólnego. Być może jest nachalny i uparty, ale to nie znaczy, że jest też psychopatycznym mordercą. Poda mi pani ten numer?

Jeanne wyjęła z granatowej torebki z logo Hermèsa starannie złożoną karteczkę. Chyba kamień spadł jej z serca, że ktoś wziął sprawy w swoje ręce.

Monique wybrała numer. Po kilku sygnałach włączyła się poczta głosowa. Bez nazwiska, tylko standardowa formułka z prośbą o wiadomość. Spokojnie wyłożyła, o co jej chodzi.

– Dzień dobry, nazywam się Monique Lafond, mieszkam w La Madrague. Jestem znajomą Camille Raymond i chciałam z panem porozmawiać. Proszę o kontakt. – Podyktowała swój numer i rozłączyła się.

– I już – stwierdziła zadowolona. – A teraz poczekamy i zobaczymy, co dalej. Jestem pewna, że zadzwoni. I wtedy może będzie pani mogła spać spokojnie.

Jeanne wstała. Schowała karteczkę do torebki. Wydawała się mniej spięta niż jeszcze pół godziny wcześniej.

– Jutro wieczorem porozmawiam z Isabelle – oznajmiła.

– Więc zostanę tu co najmniej do niedzieli. Zatrzymałam się w hotelu Berard w La Cadiere. Będę wdzięczna za wiadomość, jeśli on się odezwie. – Spojrzała na telefon.

– Ależ oczywiście – zapewniła Monique. – Zadzwonię albo wpadnę osobiście. A pani niech jeszcze pomyśli, czy jednak nie zgłosić się na policję. To najrozsądniejsze i najwłaściwsze w tej sytuacji.

– Pomyślę – obiecała Jeanne, ale Monique czuła, że nadal nie miała zamiaru zwrócić się do władz.

Kiedy wyszła, Monique usiłowała przejrzeć dzisiejszą gazetę, ale nie mogła się na niczym skupić, w jej głowie szalało zbyt wiele myśli. Właściwie nie mogła się niczym zająć. Jeśli Jeanne nie pójdzie na policję, ona to zrobi. Co prawda nie znała się na prawie, ale podejrzewała, że sama ryzykuje karę, zatajając tak ważne informacje.

„W poniedziałek – obiecała sobie – w poniedziałek pójdę na policję. A do tego czasu może ten mężczyzna już się odezwie".

Był kwadrans po dziewiątej. Od rana nie udało jej się zrobić niczego sensownego. Teraz wzięła się w garść, poszła do łazienki, wzięła prysznic. Nadal było jej niedobrze po chipsach i lodach. Właściwie, jak się nad tym zastanowić, od tygodnia nie jadła porządnego posiłku. Tak dalej być nie może. Jutro wstanie rano, ubierze się, pójdzie na targ, nakupi mnóstwo świeżych warzyw i wieczorem ugotuje coś pysznego. A po zakupach pójdzie na spacer nad morzem i wstąpi na ożywczą café crème do kafejki przy plaży.

Natarła się balsamem, włożyła czystą koszulę nocną i położyła się do łóżka.

Czas wrócić do życia.

4

– Być może w jego życiu było wiele takich Nadine i Camille. Może to tylko wierzchołek góry lodowej. Może całe jego życie składało się z wiecznych romansów i przygód.

– Możliwe, ale nie masz podstaw, żeby tak myśleć. Wiem tylko o Nadine. Dlaczego miałby zataić przede mną Camille i wszystkie inne?

– Bo znał twoje poglądy. Wiedział, że nie zaakceptowałbyś jego poczynań. Zniósłbyś informację o jednej kobiecie, z którą mnie zdradzał, twierdził, że to jego wielka miłość, że nie zdołał oprzeć się uczuciu. Ale gdyby wspomniał o innych, straciłby twoje wsparcie.

– I tak je stracił. Jak wcześniej powiedziałem, już w zeszłym roku go nie kryłem.

– Ale do tamtej pory mógł na ciebie liczyć. Nie, nie, nie mam do ciebie pretensji. Rozumiem, że byłeś w trudnej sytuacji. To był twój najlepszy przyjaciel.

– Ani przez chwilę nie uważałem, że postępuje właściwie.

– Wiem. I niewykluczone, że i ciebie okłamywał. Mówił ci, że spędza ten tydzień z Nadine. Skąd wiesz, że naprawdę tak było? Równie dobrze mógł się w tym czasie spotykać z Camille Raymond – albo z trzecią czy czwartą, o których nie wiemy.

– Dlaczego w ogóle zakładasz, że znał tę Camille Raymond?

– Oboje zginęli w ten sam sposób, to nie może być zbieg okoliczności. Coś ich łączy, to pewne. Komisarz jest tego samego zdania. A po tym, czego się dowiedziałam o Peterze, przychodzi mi do głowy tylko jeden związek.

– Nie, na pewno są inne możliwości. Po prostu na razie nie przychodzą nam do głowy, ale to nie znaczy, że ich nie ma.

– Dlaczego ani tobie, ani mnie nigdy o niej nie wspominał? Gdyby chodziło o zwykłą znajomą albo partnerkę w interesach, powiedziałby nam o niej prędzej czy później. Ale nie, przemilczał jej istnienie. A moim zdaniem to oznacza jedno.

– No dobrze, ale dlaczego koniec końców oboje nie żyją?

– Być może w jej życiu był ktoś jeszcze. Wiem, że była wdową, ale może był ktoś, kto wiązał z nią pewne nadzieje. I wpadł w szał, gdy za jego plecami związała się z Peterem. Zamordował najpierw ją, potem jego. Z zazdrości, zemsty, rozpaczy. To częste motywy.

– Trochę to naciągane.

– Wszystko, co mnie teraz spotyka, wydaje się naciągane. Moje życie zmieniło się o sto osiemdziesiąt stopni. Nic nie jest takie jak dawniej.

– Każdy z nas znajduje się chwilami w takim punkcie. W tej koszmarnej sytuacji, gdy nic nie jest takie jak kiedyś. Z której nie ma ucieczki. Nie ma już nic, czego można by się chwycić.

– Wiem, przerabiałeś to samo.

– Teraz cierpisz. Jesteś zagubiona, nieszczęśliwa, bezradna. Ale musisz pamiętać, że życie trwa dalej. Musisz je postrzegać bez goryczy i bólu. I wtedy poznasz innych ludzi, znajdziesz nową drogę. I siłę, żeby nią iść.

– Mówisz z doświadczenia?

– Jeszcze nie. Ale całym sercem w to wierzę. *La vie continue*. Tak po prostu jest.

– Późno już. Nawet nie zauważyłam, kiedy minęło tyle czasu.

– Dziesiąta.

– Jestem bardzo zmęczona. Dzięki, że przyszedłeś. I że mnie nakarmiłeś.

– Zrobiłem to z przyjemnością. Ja... uważam, że to także moja wina, to, co ci zrobił. Naprawdę chcę ci pomóc. Dzwoń, gdy będziesz mnie potrzebowała. Żeby pogadać, pospacerować, cokolwiek. Dobrze?

– Dobrze. Dziękuję, Christopher.

– Dobranoc, Lauro.

Sobota, 13 października

1

Nadine miała nadzieję, że Catherine będzie w domu i wpuści ją do środka. Stała przed obskurnym domkiem w ciasnym zaułku i już dwa razy nacisnęła przycisk przy nazwisku Catherine. Nie była tu tak dawno, że nie od razu trafiła do właściwego budynku. Zaparkowała w porcie i wędrowała przez starówkę, przez plątaninę wąskich ciemnych uliczek, niepostrzeżenie przechodzących jedna w drugą. W La Ciotat bieda była niemal namacalna. W tych starych domach mieszka się chyba jeszcze gorzej niż w ruderze, której Marie nie chciała opuścić od trzydziestu lat, z niepojętych przyczyn. Nadine poczuła, że to jedna z tych rzadkich chwil, gdy była w stanie wykrzesać w sobie odrobinę współczucia dla Catherine i nawet jakoś zrozumieć, dlaczego ona tak kurczowo czepia się Henriego i nigdy nie da mu spokoju. Henri byłby jej wybawcą, w każdym możliwym znaczeniu tego słowa. Ratował ją przed samotnością, przed smutnym mieszkaniem w obskurnej dzielnicy, przed powrotem do pustego domu. Nadine wiedziała, że Henri nie ożeniłby się z Catherine, nawet gdyby nie poznał jej; wybrałby inną i inna zostałaby madame Joly. Jednak w oczach Catherine to ona zniszczyła jej życie.

„Jak bardzo ona mnie nienawidzi" – pomyślała niespokojnie.

Kiedy w końcu znalazła właściwy budynek, stanęła tak blisko drzwi, żeby z piętra nie było jej widać. Catherine na pewno nie otworzy, kiedy się zorientuje, kto składa jej wizytę.

– Jezu! – szepnęła. – Bądź w domu, błagam!

To był znowu piękny dzień, pogodny, ciepły, słoneczny, ale w tej uliczce nie było tego widać. Tylko na dachu sąsiedniego budynku słońce kładło się jasną plamą na dachówki.

Nadine już miała dać za wygraną, gdy rozległ się brzęczyk domofonu. Weszła na ciemną klatkę schodową. Nic nie widziała, więc potykała się, idąc na drugie piętro. Catherine stała w progu. Drgnęła na jej widok.

– Ty – syknęła.

– Mogę wejść? – zapytała Nadine.

Catherine się zawahała, ale nie chciała wyjść na osobę nieuprzejmą nawet wobec największego wroga. Niechętnie skinęła głową.

– Proszę.

W mieszkaniu paliło się światło. Nadine szybko odgadła, dlaczego tak długo trwało, zanim Catherine otworzyła jej drzwi – biedaczka usiłowała zamaskować trądzik pospiesznie nałożonym makijażem; o pośpiechu świadczyły nierówno roztarte brzegi na szyi i grubsze smugi przy nosie.

„Liczyła, że to kochanek – pomyślała Nadine złośliwie. – Bo dla mnie mogła to sobie darować".

– Jesteś tu drugi raz – zaczęła Catherine. – Pierwszy raz przyszłaś, gdy...

– Tuż po ślubie – przypomniała Nadine. – Gdy Henri się uparł, żebyśmy się zaprzyjaźniły.

Przekonał ją wtedy, że koniecznie musi odwiedzić Catherine, a ona koniecznie musi mu towarzyszyć.

– Postaraj się ją choć trochę polubić, Nadine. To biedna, nieszczęśliwa kobieta. To chyba nie będzie takie trudne?

Jak idiotka dała się przekonać. To było koszmarne popołudnie, nie tylko dla niej, także dla Catherine, która zaciskała usta, a kiedy w pewnym momencie Nadine złapała Henriego za rękę, pobiegła do łazienki. Nadine podejrzewała, że zwymiotowała. Później zapytała Henriego, czy naprawdę sądził, że z tej wizyty wyniknie coś dobrego.

– Liczyłem na to, że jakoś się wszyscy dogadamy. Że zaczniemy normalnie funkcjonować.

– Nie żartuj!

– Cóż – powiedziała teraz Catherine. – Zależało mu na tym. Żebyśmy się zaprzyjaźniły i żebyśmy od tego czasu spędzali urocze wieczorki we trójkę. Jak rodzina.

– Cała trójka szczęśliwa przy piecu do pizzy – dodała Nadine, przy czym w jej ustach słowa „piec do pizzy" zabrzmiały jak najgorsze przekleństwo.

– Zależy mu na spokoju i harmonii – zauważyła Catherine.

– Zawsze tak było. Niestety przez to jest bardzo wrażliwy, staje się łatwym celem ataku dla każdego, kto jest od niego bardziej agresywny. – Niespokojnie dotknęła twarzy. Może sama wiedziała, jak nierówno się umalowała. – Chcesz... Może przejdziemy do saloniku?

Miała w nim kilka naprawdę ładnych mebli, które nie pasowały do ponurego wnętrza. Nadine podejrzewała, że je odziedziczyła, być może po tej samej ciotce, której testament odegrał tak wielką rolę w jej życiu. Także tu zapaliła żyrandol, bo przez okno wpadało zbyt mało dziennego światła.

Catherine wskazała kanapę, ale Nadine nagle zdecydowała, że woli postać.

– Nie zawracaj sobie głowy, Catherine – rzuciła. – Nie chcę siadać. Nie przyszłam z wizytą towarzyską. Chciałam cię tylko o coś zapytać.

– Tak? – Catherine także stała.

– Henri twierdzi, że dowiedziałaś się, że chciałam wyjechać z Peterem z kraju. Jestem ciekawa, jak do tego doszłaś?

Catherine pobladła. Dyszała szybko, jakby nie mogła złapać tchu.

– Henri ci powiedział... – zaczęła i urwała.

– Nie marnuj swojego ani mojego czasu, wypierając się wszystkiego, po prostu powiedz, skąd wiedziałaś.

W oczach Catherine pojawił się niespokojny błysk, jakby

szukała wyjścia z tej sytuacji, jakby liczyła na to, że gdzieś w pokoju dostrzeże ratunek. Po dłuższej chwili wróciła spojrzeniem do Nadine.

– Jak mogłaś tak bardzo skrzywdzić Henriego? – wycedziła cicho. – Jak mogłaś go zdradzić? Dawniej był zupełnie innym człowiekiem. Zrobiłaś z niego nieszczęśliwego, tchórzliwego, nieufnego rogacza. Nigdy nie pogodzi się z tym, co mu zrobiłaś. Zniszczyłaś go.

Nadine wbiła wzrok w czubki swoich butów, jakby dostrzegła w nich coś fascynującego.

– Skąd wiedziałaś? – powtórzyła. – Tylko to chciałabym wiedzieć.

– Wiesz, że kocham Henriego – szepnęła Catherine. – Zawsze go kochałam i zawsze będę go kochała. To nigdy nie będzie ten Henri, którego znałam, ale i tak nie przestanę go kochać. Nie rozumiesz tego, prawda? Nie masz pojęcia, czym jest miłość. Potrzebujesz podziwu i uznania, pieniędzy, blichtru, ciuchów. Wybierasz faceta, kierując się tym, czy może ci to dać. Nic innego cię nie interesuje.

– Catherine, nie przyszłam tu wysłuchiwać analizy mojego charakteru. Właściwie i tak mam w nosie, co o mnie myślisz. Ale dowiedziałaś się, że jestem z Peterem i...

Catherine roześmiała się głośno, tak gorzko, że Nadine skuliła się odruchowo, choć za wszelką cenę chciała zachować pozory opanowania i arogancji.

– Byłaś z Peterem – powtórzyła Catherine z kpiną w przepełnionym rozpaczą głosie. – Wiesz, Nadine, jedno trzeba ci przyznać: jesteś mistrzynią autosugestii. Wszystko, co ciebie dotyczy, musi się ukazać w odpowiednim świetle, nawet jeśli chodzi o tani, płytki romans. Byłaś jego kochanką. Pewnie nudził się w małżeństwie i szukał chętnej, która co jakiś czas pójdzie z nim do łóżka. Owszem, może nawet wyjechałby z tobą, jeśli akurat to mu pasowało. Ale to zawsze byłby ten sam mężczyzna. Pewnego dnia znudziłby się tobą, tak samo jak żoną. Wykorzystał cię, a ty boleśnie zraniłaś Henriego dla tandetnej, obrzydliwej miłostki. Nie pojmuję, jak możesz w ogóle patrzeć w lustro!

Nadine oddychała głęboko. Każde słowo Catherine sprawiało jej ból, bo sama od lat obawiała się, że tak właśnie jest – że ich związek jest tani i płytki, jak to powiedziała Catherine. Chociaż to nieprawda. Naprawdę chciał z nią wyjechać, i to nie tylko dlatego, że to mu akurat pasowało. Byli o krok od nowego życia. Gdyby ktoś go nie zamordował i nie porzucił tam, w górach...

Najgorsze, że przychodził jej do głowy tylko jeden człowiek, który miał motyw, by coś takiego zrobić, a gdy o tym myślała, kręciło jej się w głowie.

Kiedy Catherine wystrzeliła wszystkie zatrute strzały, uspokoiła się.

– Nietrudno było poznać twój sekret – odparła. – Przeczytałam list, który napisałaś do matki. W poprzedni piątek. Przyszłam w południe, żeby pomóc Henriemu. Ty znowu zostawiłaś go na lodzie. W liście wyjawiłaś plan.

„Dziwne – pomyślała Nadine jak ogłuszona – ile razy człowiek doświadcza na własnej skórze, że trzeba słuchać wewnętrznego głosu. Wiedziałam, że nie powinnam pisać tego listu".

– Przecież nie leżał na wierzchu – zauważyła. – Ukryłam go w biurku, w mojej szufladzie. Skoro go czytałaś, to znaczy, że szperałaś w moich rzeczach.

– Tak – przyznała Catherine wcale niespeszona.

– Często? – zdziwiła się Nadine.

– Co jakiś czas. Często u was bywałam, a ciebie nigdy nie było. Henri pozwolił mi korzystać z waszej łazienki, więc mogłam spokojnie wejść na pięterko. Dwa kroki do twojego pokoju, a potem szybki przegląd szafy i szuflad. Zazwyczaj niczego nie znajdowałam.

– Nie do wiary – szepnęła Nadine.

– Byłaś bardzo ostrożna, to fakt. Znajdowałam zamknięte pamiętniki. Widziałam listy, notatki, zdjęcia, rzeczy osobiste, ale nic nie zdradzało, że masz kochanka. Tylko raz trafiłam na seksowną bieliznę, właściwie nic specjalnego, czarna koronka, majtki i stanik. Dziwne było to, że bielizna, choć używana, nie była prana przez wiele tygodni. Jakby umazany nasieniem strzęp materiału był skarbem, którego nie można tknąć. Kiedy kobiety przechowują coś takiego? Jeśli to wspomnienie konkretnego mężczyzny, konkretnej nocy. I zapewne nie chodzi tu o noc w ramionach własnego męża, bo to nie jest nic cennego, wyjątkowego. Zwłaszcza jeśli żona już od dawna nie interesuje się rzeczonym mężem, jak ty.

– Jesteś chora – stwierdziła Nadine. – To, co robisz, co sobie myślisz... to oznaki choroby. Wiesz, zawsze myślałam, że jesteś biedną samotną kobietą, której powinnam współczuć. Czasami miałam do siebie autentyczny żal o to, że tak cię nie lubię, że mnie brzydzisz, choć nie wiedziałam dlaczego. Ale teraz już wiem – instynkt mi podpowiadał, że jesteś niebezpieczną psychopatką, nieobliczalną, szaloną. Z tobą nie można się dogadać. Jest w tobie tyle goryczy, że bez skrupułów robisz rzeczy, przy których normalni ludzie spaliliby się ze wstydu.

– Od dawna wiedziałam, że masz romans – ciągnęła Catherine, jakby nie słyszała słów Nadine. – Henri także. Bardzo cierpiał. Wiesz, ile razy powtarzał: Catherine, ona kogoś ma, nie mam dowodów, nie wiem, skąd to wiem, ale w jej życiu jest inny mężczyzna. Moja żona ma romans, Catherine!

Kiedy Catherine mówiła o Henrim, w jej zimnych oczach pojawiło się ciepłe światło, ten sam blask, który je rozjaśniał, gdy wchodził do pokoju, gdy się do niej odzywał. Do tej pory Nadine uważała, że Catherine po prostu ślini się do Henriego. Jest brzydka jak noc i od dziecka wiedziała, że sobie nikogo nie znajdzie, więc od początku nastawiała się na Henriego i liczyła na to, że jeśli będzie wystarczająco cierpliwa, on w końcu zmięknie.

Dopiero w tej chwili zrozumiała, że Catherine darzyła go prawdziwą miłością. Nie był dla niej tylko ostatnią deską ratunku, wyborem z rozsądku, bo na nikogo lepszego nie mogła liczyć. Był jej wielką, jedyną miłością; zawsze nią był i zawsze będzie. Tragiczną, bo niespełnioną. Ale Catherine była na tyle wielkoduszna, że potrafiła mu współczuć, gdy zadręczał się niewiernością rywalki.

„Każda inna tryumfowałaby – pomyślała Nadine – a ona naprawdę cierpiała razem z nim".

– Wiedziałam, że to prawda – ciągnęła Catherine. – Od początku wiedziałam, że nie kochasz Henriego. Po prostu pasował do twojego planu i dlatego go poderwałaś. Dopiero kiedy sprawy potoczyły się inaczej, niż sobie wymyśliłaś, zaczęłaś szukać nowej ofiary.

– Skąd wiedziałaś, że to Peter? W liście nie wymieniłam jego nazwiska.

– Nie, ale napisałaś, że wyjeżdżasz z Niemcem. Ani Henri, ani ja nie znaliśmy nikogo innego, kto mógłby wchodzić w grę. Henriego zabolało to podwójnie; uważał Petera za przyjaciela. W jednej chwili stracił wszystko, w co wierzył.

– A zatem znalazłaś list – wycedziła Nadine przez zęby – bo bezczelnie grzebałaś w moich rzeczach. Przeczytałaś go i od razu pobiegłaś z tym do Henriego. Dziwne, nie sądzisz? Dlaczego właściwie zawsze chcesz mnie oczerniać? Mogłaś zostawić sprawy swojemu losowi. Dzień później zniknęłabym na zawsze, jak dobrze wiesz. W końcu miałabyś wolną rękę. Po kilku latach Henri anulowałby małżeństwo. W końcu zawlekłabyś go przed ołtarz.

Catherine się uśmiechnęła. W jej oczach została już tylko gorycz i frustracja.

– Wiesz doskonale, że to niemożliwe. Nigdy się ze mną nie ożeni, nigdy. Ale może udałoby się nam razem pracować. Chez Nadine – o ile nie zmienilibyśmy nazwy – byłoby naszym dzieckiem, dbalibyśmy o restaurację i angażowali się w nią całym sercem. Nigdy nie poszlibyśmy do łóżka, nie myśl, że jestem tak naiwna, by się łudzić, że to możliwe, ale i tak żylibyśmy spokojnie, przyjemnie. Moglibyśmy na siebie liczyć i żadne z nas nie byłoby już nigdy samotne.

– Więc dlaczego...

– Wiedziałam, że jeśli tak po prostu znikniesz, nigdy nie przestanie cię szukać. Nigdy nie zazna spokoju. Zmarnuje sobie życie. Mając nadzieję, że do niego wrócisz, nigdy nie spocznie. Mogłam zrobić tylko jedno – brutalnie otworzyć mu oczy, i kiedy mówię „brutalnie", nie chodzi mi o tani melodramat, tylko szczerą prawdę. Chwila, w której pokazałam mu list, to jedno z moich najgorszych wspomnień. Choć zdawał sobie sprawę, że już dawno cię stracił, był wstrząśnięty do głębi. Jeszcze nigdy nie widziałam kogoś tak załamanego. Na Boga, Nadine, on cię kochał. Tak bardzo cię kochał, a ty pewnego dnia zrozumiesz, co zniszczyłaś i odepchnęłaś, i boleśnie za tym zatęsknisz. Może już tęsknisz? – Spojrzała na nią krytycznie, wyraźnie zadowolona z tego, co widzi. – Oczywiście zapewne uznasz, że nie mam prawa wypowiadać się na temat wyglądu innych kobiet, ale chyba się ze mną zgodzisz, gdy stwierdzę, że jesteś bardzo piękną kobietą. Widziałam to od pierwszej chwili i przyznaję to także dzisiaj. Ale wyglądasz okropnie, Nadine. Niewiele zostało z dawnej piękności. Widać po tobie, że przepłakałaś wiele godzin, że ogarnęła cię rezygnacja. Widać po tobie długotrwały, może wieloletni strach, że Peter wybierze jednak żonę, nie ciebie. Jesteś spięta i zła. Dawniej emanowałaś pewnością siebie, był w tobie uśmiech, radość skierowana do całego świata. To zniknęło bez śladu. A najgorsze, że poświęciłaś to na darmo, bo teraz stoisz tu z pustymi rękami. Twój ukochany leży martwy w lodówce, w kostnicy w Tulonie, a tobie został tylko Henri, którego miłości już nie odzyskasz. Choć masz dopiero trzydzieści kilka lat, w takie dni jak dzisiaj wyglądasz o dziesięć lat starzej. Nie masz już nic. Nic.

Każde słowo było jak cios w serce. Nadine poczuła, że musi się wycofać. Nie chciała też zalać się łzami. Popełniła błąd, przychodząc tutaj. Żałowała, że przyjechała do La Ciotat.

– Wiesz, Catherine – rzuciła, idąc do drzwi. – Radziłabym zachować współczucie dla siebie. Owszem, straciłam wiele, ale twój plan też spalił na panewce. Bo przez to, że mój ukochany jest teraz martwy w kostnicy w Tulonie, nie wyjechaliśmy do Buenos Aires. Zostałam tutaj. To dla mnie tragedia, tak, ale i dla ciebie. Bo z marzenia o wspólnym Chez Nadine nic nie będzie. Żadnej komitywy ani wspólnej starości. Na zawsze utkniesz w tej dziurze, do końca życia będziesz sobie wypłakiwać oczy za Henrim i umrzesz równie samotnie, jak żyłaś. Dlaczego mu powiedziałaś? Rozsądniej byłoby trzymać język za zębami.

– Morderca i tak pokrzyżowałby wam plany – odparła Catherine. Nagle zmrużyła oczy. – Czy chodziło ci o coś innego?

– Znam tylko jedną osobę, która miała powód, żeby zamordować Petera – odparła Nadine. – Zwłaszcza gdy się dowiedział, że to właśnie z nim chciałam spędzić resztę życia.

Catherine się zachwiała, patrzyła na nią z niedowierzaniem, a potem zaniosła się głośnym, histerycznym śmiechem, który przypominał szloch.

– Naprawdę uważasz, że Henri mógłby zamordować Petera?! – krzyknęła. – Co z ciebie za żona, Nadine? Po tylu latach nadal nie masz pojęcia, jakim człowiekiem jest twój mąż. Nie masz pojęcia. Żeby pomyśleć, że Henri...

Skuliła się, jakby dopadł ją skurcz, i teraz było jasne, że się nie śmieje, tylko płacze.

– Henri mordercą? Henri mordercą? – powtarzała raz po raz.

Nadine słyszała ją jeszcze na ulicy, gdy w końcu uciekła z tego mieszkania i biegła do samochodu, wiedząc, że nigdy już tu nie wróci.

2

W sobotni poranek Laura przeprowadziła wreszcie od dawna odkładaną rozmowę z matką, i to tylko dlatego, że chciała się dowiedzieć, co z Sophie. Oczywiście Elisabeth była urażona i oburzona, że nie odzywała się wcześniej.

– Cały czas usiłowałam się do ciebie dodzwonić. Dlaczego nie odbierałaś?

– Załamałam się. To chyba szok. Cały czas tylko leżałam w łóżku. Nie mogłam z nikim rozmawiać. Jak Sophie?

– Dobrze. Chcesz z nią porozmawiać?

– Tak, proszę.

Elisabeth poszła po małą i Laura od razu poczuła się odrobinę lepiej, słysząc jej radosną paplaninę. Rozmawiała z nią przez chwilę w dziecinnym języku, zrozumiałym tylko dla nich dwóch, i zapewniła, że niedługo wróci do domu.

Ale potem Elisabeth znowu wzięła słuchawkę i zadała najważniejsze pytanie.

– Zidentyfikowałaś go? Ten nieboszczyk... to był Peter?

– Tak.

– Trzeba było mi od razu powiedzieć. Odchodziłam od zmysłów z niepokoju.

– Wiem i przepraszam.

– Na jakim my świecie właściwie żyjemy? – zapytała przejęta Elisabeth. Laura domyślała się, że matka ma za złe losowi, że wpakował je w tak niewygodną sytuację. Nie dość, że jej córkę zdradził mąż, niewydarzony zięć na dodatek zbankrutował i uciekł za granicę, a jakby tego było mało, na koniec dał się zamordować. Elisabeth, królowa egocentryzmu, zadawała sobie pytanie, dlaczego to wszystko spotykało akurat ją. – Przecież to nie jest normalne! Nie wiadomo, kto to zrobił?

– Jeszcze nie.

– To na pewno ma coś wspólnego z tą kobietą, z którą zapewne od dawna cię zdradzał. Wiesz już, kto to?

Laura nie chciała rozmawiać o tym z matką. Właściwie w ogóle nie chciała z nią rozmawiać.

– Nie. Ja...

– Ale oczywiście powiedziałaś policji, że miał kochankę? To okropne przyznać, że własny mąż tak cię upokorzył, ale muszą o tym wiedzieć, słyszysz mnie?

– Oczywiście, mamo. – Tylko bez kazania. Krótka rozmowa i tak ją zmęczyła. – Uwierz mi, naprawdę robię wszystko, jak trzeba. Tylko że... nie czuję się najlepiej i...

– Nigdy tak naprawdę nie lubiłam tego Petera. Ale z tobą nie można było o tym nawet porozmawiać.

„To beznadziejne – stwierdziła Laura – po prostu beznadziejne. Nie ma co liczyć na współczucie i troskę z jej strony. Pewnie Elisabeth uważa, że się teraz angażuje w sprawy córki. Inaczej nie umie tego okazać".

– Mamo – rzuciła szybko, żeby nie przeciągać rozmowy. – Mogłabym cię prosić, żebyś jeszcze przez jakiś czas zajęła się Sophie? W tej chwili nie mogę stąd wyjechać. Być może będę jeszcze potrzebna policjantom.

– Nie ma sprawy – zapewniła Elisabeth wielkodusznie.

– Ale będziesz mnie informować na bieżąco? Nie chciałabym znowu całymi dniami do ciebie wydzwaniać.

– Oczywiście. Ucałuj ode mnie małą, dobrze?

Rozłączyły się, ale Laura jeszcze długo patrzyła przed siebie. Sophie była za mała, żeby zrozumieć, co się stało. Będzie teraz coraz częściej pytać o ojca, a ona nie zdoła jej tego wyjaśnić. Aż pewnego dnia pozna prawdę, dowie się, że został zamordowany.

„Co za bagaż na dalsze życie – pomyślała. – Być może w jakiś niewyczuwalny, ale nieustający sposób będzie czuła, że jest inna niż wszyscy. Że w jej przeszłości wydarzyło się coś, co różni ją od pozostałych. Coś, co nie pasuje do normalnego życia, a spotkało, niestety, właśnie ją".

Postanowiła zrobić co w jej mocy i nie dopuścić, żeby Sophie się dowiedziała, że ojciec chciał uciec za granicę z kochanką, zostawiając żonę i córkę ze stertą długów. Jak Sophie miałaby nabrać zdrowej pewności siebie, widząc w ojcu tchórza bez krzty sumienia?

Skrzywiła się, gdy sobie uświadomiła, jak nazwała w myślach zamordowanego męża: tchórz bez krzty sumienia. Czy może tak myśleć o zmarłym? O mężczyźnie, z którym była od ośmiu lat, z czego siedem jako jego żona? Z którym miała dziecko? U którego boku chciała się zestarzeć?

– Tak, mogę – powiedziała cicho. – Mogę, bo inaczej oszaleję.

Musiała się czymś zająć, ustawiła więc przy kominku fotele, w których poprzedniego wieczoru siedziała z Christopherem, wygładziła poduszki, podniosła z podłogi pusty kieliszek po winie. Obecność Christophera dobrze jej zrobiła. Rozmawiał z nią o Peterze, dyskretnie, taktownie, o jego słabych i mocnych stronach, o tym, że był dobrym przyjacielem, któremu on, Christopher, nie zdołał pomóc, gdy stracił panowanie nad własnym życiem.

– Gdyby nie ta sprawa z pieniędzmi – stwierdził ponuro – wszystko wróciłoby do normy. Nadine Joly nie utrzymałaby go przy sobie. Wróciłby do ciebie i coś takiego nie powtórzyłoby się nigdy więcej. Taki kryzys zdarza się tylko raz w życiu.

Później jeszcze dodał:

– Nieraz z nim o tym rozmawiałem. Masz taką fajną żonę, tłumaczyłem mu, taką piękną! I taką słodką córeczkę. Oszalałeś, ryzykując, że je stracisz. Nie zdajesz sobie sprawy, jaki to skarb? Gdybyś był w mojej sytuacji, potrafiłbyś to docenić. Chyba w głębi duszy przyznawał mi rację. Widziałem też, że się w tym wszystkim gubił. Pod koniec sam już nie wiedziałem, czego chce. Teraz jest jasne, że przed powrotem do ciebie powstrzymywała go sytuacja finansowa.

Słuchała go uważnie, ale jego słowa nie niosły otuchy. Bo przecież była jeszcze Camille Raymond i może wiele innych, i niewykluczone, że zdradził ją bardziej, niż Christopher się domyślał. Wymiatała popiół z kominka i zastanawiała się, czy w ogóle jest sens pytać o Camille Raymond. Starać się ustalić, czy coś ją łączyło z Peterem. Czy to ważne, czy mieli romans? A jeśli ta wiedza wpłynie na to, jak zapamięta Petera? Z drugiej strony chyba już nic nie pogorszy jej sytuacji, nie zrani mocniej, nie skomplikuje bardziej dalszego życia.

No tak, ale przecież na razie i tak musi tu zostać. Nie miała pojęcia, kiedy pozwolą jej wyjechać. Ponieważ musiała się czymś zająć, postanowiła, że zaraz w poniedziałek zwróci się do agencji handlu nieruchomościami, żeby ustalić, ile dostanie za domek. W domu musi sprawdzić, jak bardzo Peter go zadłużył. By po sprzedaży coś jej z tego zostało.

Ale najpierw musi wytrzymać przez weekend. Zapamiętała nazwisko, które wymienił komisarz. Monique Lafond. Kobieta, która znalazła Camille Raymond i jej małą córeczkę. Monique Lafond z La Madrague. Madame Lafond sprzątała u Camille. Sprzątaczki wiedzą o wszystkim, co się dzieje w życiu ich pracodawców. Jeśli Camille miała romans z Peterem, Monique na pewno o tym wiedziała.

Co chwila wracała do tej myśli i stwierdziła, że musi się skontaktować z madame Lafond. Właściwie dlaczego z tym zwlekać?

Wysypała popiół do śmieci, zadzwoniła do informacji, ustaliła adres Monique Lafond. Zaskoczona, że poszło tak łatwo, zapisała go na karteczce i wpatrywała się w nią przez dłuższą chwilę. Podjęła decyzję, wyszła z domu, tym razem zamykając starannie drzwi i okna, i wsiadła do samochodu. Po tym, jak wczoraj do południa leżała w łóżku, a do wieczora snuła się w szlafroku, zaskoczył ją przypływ energii. Domyślała się, że nadal psychicznie wypiera wszystko, co ją spotkało, ale zmieniła strategię – zamiast naciągać kołdrę na głowę, chciała działać.

***

Monique Lafond nie było w domu. Laura szybko znalazła blok naszpikowany małymi balkonikami, z których zapewne rozciągał się wspaniały widok na morze. Na dole były tylko jedne drzwi, otwarte w ciągu dnia; każdy mógł bez przeszkód wejść do środka. Laura kilka razy dzwoniła do drzwi, ale nikt nie otwierał. Może głupio zrobiła, przychodząc akurat w sobotni ranek; o tej porze wiele osób robi zakupy. Wyjęła z torebki karteczkę i długopis, zapisała swoje nazwisko i numer telefonu i poprosiła Monique, żeby do niej jak najszybciej zadzwoniła. Wsunęła karteczkę między drzwi i framugę i wyszła z budynku.

3

Pauline przyglądała się jedzącemu Stephane'owi spod zmrużonych powiek. Siedział naprzeciwko niej, ale nie zwracał na nią uwagi, koncentrował się na pieczonym kurczaku na talerzu. Skosztował ryżu, który podała jako dodatek, i zauważył – nadal nie zaszczycając żony nawet spojrzeniem:

– Za mało sypki. Wiesz, że nie przepadam za klejącym się ryżem.

– Przepraszam – szepnęła. Wiedziała, że i kurczak nie wyszedł jej najlepiej. Zazwyczaj podczas gotowania wykazywała tę samą obojętność i rutynę co w innych dziedzinach życia i najczęściej można było liczyć na poprawną nudę jej posiłków – poza ryżem, który rzeczywiście czasami rozgotowywała, co Stephane zawsze odpowiednio komentował. Ale od pewnego czasu po prostu nie była sobą. Nigdy nie przypuszczała, że ktoś lub coś zdoła ją wyprowadzić z równowagi; ba, do niedawna nie wiedziała, co to w ogóle znaczy. Ale teraz już wiedziała: to oznacza niemożność skupienia się na jednej czynności, niekończące się godziny czuwania, drżenie rąk, panikę przy każdym odgłosie.

„Niemożliwe – dziwiła się – jak to się stało, że do tego stopnia nad sobą nie panuję?"

Jeszcze nigdy nie przyglądała się Stephane'owi ukradkiem podczas jedzenia – ani przy jakiejkolwiek innej czynności. Nie przyszłoby jej to do głowy. Dzisiaj jednak to robiła, bo szukała w jego rysach, w jego zachowaniu oznak, że zorientował się, co się z nią dzieje, że się o nią martwi. Czekała na jego reakcję. Na nieudanego kurczaka, na to, że sama prawie nic nie zjadła, na to, że zaledwie godzinę temu stwierdziła przed lustrem, że jest blada jak ściana. Po raz pierwszy, odkąd byli razem, zapragnęła, żeby wypytywał ją troskliwie, przyglądał jej się bacznie, żeby czule wziął ją w ramiona. Dawniej wcale jej na tym nie zależało, a i Stephane, o ile pamiętała, nigdy się tak nie zachowywał. Był jednym z tych mężczyzn, którzy nawet na spacerze nie chcą wziąć towarzyszki za rękę, a co dopiero gładzić ją po włosach czy pytać o samopoczucie.

Było jasne, że nie może tego od niego oczekiwać. W tej chwili interesował go jedynie posiłek. Pochylił się nad talerzem bardziej, niż na to pozwalają zasady dobrego wychowania, rozłożył szeroko ręce na stole. Ponieważ była sobota, nie pracował i po raz pierwszy dostrzegła, jak wiele do życzenia pozostawiało jego zachowanie, gdy zdejmował garnitur i krawat i z urzędnika stawał się zwykłym człowiekiem. Miał w nosie ją i jej estetyczne rozterki. Nie ogolił się, miał na policzkach siwe placki zarostu. Włożył dziś przyciasną białą koszulkę.

„Ma większy brzuch, niż kiedy się poznaliśmy" – stwierdziła zdziwiona, że do tej pory tego nie widziała.

– Nie mogę niczego przełknąć – wyznała w końcu.

Spojrzał na nią z pełnymi ustami.

– Nie smakuje ci?

– Sama nie wiem. Może chodzi o to, że...

– Ryż strasznie się klei – stwierdził z niesmakiem. – Kurczak też jest jakiś inny niż zazwyczaj. Możliwe, że wsypałaś za dużo papryki.

– Możliwe. Ale nie w tym rzecz. – „Czy on to w ogóle zrozumie?"

Ponownie zajął się jedzeniem.

– Kiedy się poznaliśmy, lepiej gotowałaś. Staranniej.

– Posłuchaj, Stephane, kiepsko się czuję.

Coś w jej głosie kazało mu podnieść głowę. Znowu na nią patrzył, tym razem przewiercał ją spojrzeniem malutkich oczek.

– Ale nie jesteś w ciąży? Przecież ustaliliśmy, że w żadnym wypadku...

– Nie, na miłość boską, to nie to. – Roześmiała się nerwowo. – Chodzi o coś innego... Uznasz, że to bzdura, ale... Choć to pewnie rzeczywiście bzdura...

Napił się cydru, siorbiąc głośno, i wytarł ociekającą tłuszczem brodę papierową serwetką.

– No to o co chodzi? Musiało ci nieźle zaleźć za skórę, skoro zepsułaś tak proste danie jak kurczak z ryżem. Właściwie kiepsko wyglądasz. – Patrzył na nią tak samo krytycznie, jak wcześniej na ryż na widelcu. – Przestałaś się malować?

– Nigdy się nie malowałam.

– Ale nigdy nie byłaś taka poszarzała na twarzy.

– Kiepsko sypiam. Ja... dzieją się dziwne rzeczy i...

Wydawał się lekko zaniepokojony.

– Dziwne rzeczy? Nie ma czegoś takiego, chyba wiesz. Może to menopauza. Kobiety różnie ją znoszą.

– Stephane, ja mam dwadzieścia osiem lat!

– U niektórych zaczyna się wcześnie.

Ponownie zajął się jedzeniem. Nagle, nie wiadomo dlaczego, zachciało jej się płakać. Przełknęła kilka razy, żeby opanować łzy.

– Stephane, wydaje mi się, że ktoś mnie śledzi – wypaliła w końcu drżącym głosem. – I to już od jakiegoś czasu. Ciągle czuję czyjąś obecność i...

Widziała, jak bardzo działa mu na nerwy. Chciał w spokoju zjeść. Podczas posiłków właściwie nie rozmawiali, ograniczali się do grzecznościowego „proszę" i „dziękuję" i zdawkowych pogawędek o pogodzie.

„Właściwie poza tym rzadko rozmawiamy" – stwierdziła nagle.

– Czujesz czyjąś obecność? – powtórzył. Jego ton zdradzał dobitnie, co o tym sądzi.

– No, może nie ciągle...

– No to jak? Ciągle czy nie? Mogłabyś wyrażać się jasno?

Opowiedziała o wszystkich dziwnych wydarzeniach z ostatnich dni. O samochodzie, który za nią jechał. O niewidocznym intruzie w hotelu Berard. O cieniu za oknem.

– A wczoraj...

– Co wczoraj? – Był zniecierpliwiony i zirytowany.

– Wczoraj w południe poszłam na pocztę. Chciałam kupić znaczki. W pewnej odległości za mną jechał samochód...

– Ten sam, który jakoby wcześniej cię śledził?

– Inny. Wtedy to była chyba toyota, teraz małe renault.

– Ach. Więc tym razem renault. I co niby zrobiło to wredne renault?

Wiedziała, że to bez sensu. Nigdy jej nie uwierzy, a co gorsza, zrobi się agresywny. Od samego początku to wiedziała.

– Jechał za mną. Powolutku. I tyle.

– Przerażająca historia – rzucił ironicznie.

Jej oczy zaszły łzami.

– Ależ Stephane! To nie jest normalne! A kiedy wczoraj wieczorem szłam do skrzynki...

– Po co szłaś do skrzynki? Mówiłaś, zdaje się, że w południe byłaś na poczcie?

– No tak, po znaczki. A potem napisałam list i chciałam go wrzucić.

– Bardzo rozsądne, ale oczywiście nie przyszło ci do głowy, żeby najpierw napisać list i od razu nadać go na poczcie?

– Stephane, przecież nie o to chodzi. Wieczorem znowu ktoś mnie śledził.

– Aha. Znowu renault?

– Nie, ktoś na piechotę. Słyszałam kroki, choć ten ktoś starał się iść cicho.

– Może to był jakiś Bogu ducha winny człowiek, który też szedł do skrzynki! Wiesz, to się zdarza. Albo może szedł na wieczorny spacer. Nie zawsze ktoś, kto oprócz ciebie wychodzi z domu, chce cię zamordować!

– Ale on się skradał!

Stephane westchnął ciężko. Demonstracyjnie grzebał widelcem w talerzu. „Odebrałaś mi apetyt" – zdawał się mówić.

– Ach tak. A kim twoim zdaniem jest ten tajemniczy nieznajomy?

Pauline bała się cokolwiek powiedzieć. Niemal wyszeptała:

– W gazetach piszą sporo o tym mordercy, wiesz? Tym, który zabił tę paryżankę i prawdopodobnie niemieckiego turystę, tego, którego znaleźli w górach. I pomyślałam... bałam się, że może... że ja będę następna...

Stephane nie zaszczycił jej nawet śmiechem. Być może od nikogo nie można oczekiwać, że potraktuje takie opowieści, czy raczej takie zachowanie, poważnie. Ale mógłby się chociaż uśmiechnąć, zadrwić z niej lekko, może nawet ją objąć. Zapewnić, że będzie jej bronił. Że nikt jej nie skrzywdzi. A wtedy może i ona mogłaby się roześmiać, rozluźnić, poczuć się wolna.

Ale on tylko na nią patrzył. Zimnym wzrokiem, w którym kryło się obrzydzenie.

– Pauline – oznajmił – nie życzę sobie, żebyś się tak zachowywała, rozumiesz? Nie znoszę rozhisteryzowanych, nerwowych kobiet. Nie mam zamiaru tego tolerować. Więc jeśli nadal będą cię śledziły dziwne samochody i tajemnicze kroki, zachowaj to dla siebie, z łaski swojej. Sama się z tym uporaj, ale mnie w to nie wciągaj. Zwłaszcza przy jedzeniu.

Odsunął krzesło, wstał. Po tym, jak zgniótł serwetę i cisnął ją na talerz, widziała, że jest wściekły.

– Wychodzę na kawę – powiedział i wyszedł z pokoju.

Pauline zalała się łzami.

4

– Chciałam zapytać, gdzie byłeś w sobotę wieczorem – zaczęła Nadine słabym głosem, w którym jednak pobrzmiewały ostre tony, nieobecne ostatnio wskutek dramatycznych wydarzeń minionych dni. – Co do minuty.

Henri siekał cebulę. W kuchni było gorąco. Południe, pora obiadowa. Zajęte dwie trzecie stolików, choć to już po sezonie. Przeczuwał, że tak będzie, już rano rozważał, czy nie zadzwonić po Catherine, ale nie odważył się ze względu na napiętą sytuację z Nadine. I teraz ponosił tego konsekwencje. Nadine nie miała najmniejszego zamiaru mu pomagać, zamiast tego chciała go wciągnąć w rozmowę.

– Nie teraz – poprosił. Na chwilę przestał siekać, otarł pot z czoła. – Muszę wyczarować spod ziemi jedzenie dla czternastu osób, nie mogę teraz rozmawiać. Jeśli chcesz coś zrobić, zajmij się obsługą.

– Nie chcę – syknęła.

Była w równym stopniu zgorzkniała i znużona, znowu oziębła, jak ta Nadine, którą tak dobrze znał.

– Mam w nosie twoich gości i to, co nakładasz im na talerze. Mężczyzna, którego kochałam, nie żyje. Zamordowano go, być może w sobotni wieczór. I chcę wiedzieć, gdzie wtedy byłeś.

Mężczyzna, którego kochałam... Bolało tak bardzo, że z trudem powstrzymał westchnienie. Jeszcze nigdy nie była tak celowo okrutna. Jakby ogłosiła nową rundę: od tej pory walczą bez ochraniaczy.

I wiadomo, kto był w tym lepszy.

Nie tylko teraz, ale zawsze.

Choć jeszcze przed chwilą nie chciał rozmawiać, teraz odparł:

– Co za idiotyczne pytanie? Panował wściekły ruch. Nie miałem nawet czasu wyjść do łazienki, a co dopiero jechać w góry i mordować twojego kochanka.

– Może to prawda, może nie.

– Nic innego ci nie powiem.

– Dlaczego nie wezwałeś wtedy Catherine? Zazwyczaj siedzi tu od rana do nocy, gotowa ci nieba przychylić!

– Nie chciałem jej widzieć.

– Niby dlaczego? Była w piątek, była w niedzielę. Dlaczego nie w sobotę?

Znowu poczuł krople potu na czole.

– W piątek powiedziała mi, że ty i Peter... o Boże, sama wiesz, co było w piątek.

– Więc w sobotę wolałeś nie mieć świadków?

– Nie, nie zniósłbym jej widoku. Nie chciałem z nią rozmawiać. Nie chciałem, żeby mnie w kółko pytała, co zrobię. Nie zniósłbym tego.

– Ale następnego dnia dałeś radę.

– Wróciłaś. Nie straciłem cię.

– Bo Peter nie żył.

– Nie mam z tym nic wspólnego.

Z sali jadalnej docierał szmer rozmów. Goście się niecierpliwili. Od dawna nikt do nich nie podchodził, żeby przyjąć zamówienia, a ci, którzy już wybrali, nie mogli się doczekać swoich dań. Henri pocił się coraz bardziej.

– Porozmawiamy – obiecał. – Porozmawiamy wieczorem. O wszystkim. O nas. O czym tylko chcesz. Ale teraz muszę dalej pracować, bo inaczej rozpęta się piekło. Rozumiesz to, prawda? – Spojrzał na nią błagalnie. – Pomożesz mi?

W jej oczach nie widział nic prócz nienawiści.

– Nie – odparła, wychodząc.

5

Zdaniem Anne rozmowy z Laurą coraz bardziej przypominały fascynujący serial, którego nie mogła obejrzeć w całości, musiała się zadowalać odcinkami.

– Za to mam pewność, że ilekroć zadzwonisz, dowiem się czegoś nowego i fascynującego – powiedziała. – Kochany Peter naprawdę nieźle zaskoczył. Zawsze wydawał mi się sztywniakiem, a teraz proszę bardzo, naprawdę sztywny z niego trup, bo dał się zadźgać gdzieś na odludziu. Co więcej, po śmierci demonstruje całą paletę kochanek. Że już nie wspomnę o aktówce z forsą, którą miał przy sobie. Nie podejrzewałam go o to.

Było sobotnie popołudnie, po czwartej. Laura w końcu, po dwugodzinnych próbach, dodzwoniła się do przyjaciółki.

– Byłam na obiedzie z nowo poznanym facetem – tłumaczyła Anne. – Ale najwyraźniej albo on, albo ja byliśmy pijani, kiedy się poznaliśmy. W każdym razie wtedy wydawał mi się szalenie dowcipny i inteligentny, choć to wcale nieprawda. Już przy aperitifie myślałam, że zasnę. Kiedy teraz zadzwonił telefon, obawiałam się, że to znowu on.

– A to tylko ja – mruknęła Laura.

Coś w jej głosie zdradzało, że stało się coś ważnego, toteż Anne natychmiast przerwała opowieść o nowym wielbicielu i zapytała tylko:

– Co jest?

Słuchała z zapartym tchem: o tym, że Petera zamordowano, o pieniądzach znalezionych przy zwłokach, o tym, że jego kochanką była Nadine Joly, o Camille Raymond, która zginęła w ten sam sposób, a którą coś z Peterem łączyło, przy czym obstawał miejscowy komisarz.

– A co, to chyba jasne – zakończyła Laura i Anne domyśliła się, że przyjaciółka podejrzewa męża o kolejny romans.

Po komentarzu Anne o nieznanym obliczu Petera zamyśliły się obie. Laurę nagle dopadło zmęczenie.

– Wiesz, co mnie dziwi? – stwierdziła nagle Anne. – Że ciebie i tę Camille Raymond bardzo wiele łączy.

– Przecież wcale jej nie znałaś.

– Jasne, i nie chodzi mi o wygląd czy coś takiego. Ale trzy fakty, i to dość znaczące fakty, rzucają mi się w oczy: obie jesteście młode, po trzydziestce, macie małe córeczki i obie jesteście wdowami.

Laura była w szoku. Anne miała rację, ale do tej pory sama na to nie wpadła.

– No i... Co z tego? – zapytała.

– Na razie nic. Sama nie wiem, co o tym wszystkim myśleć. Może zresztą to wszystko bez znaczenia, po prostu nagle rzuciło mi się to w oczy. Sama przyznasz, że to dziwny zbieg okoliczności.

Laura zastanawiała się, czy to dlatego poczuła dziwne łaskotanie w brzuchu. Napięcie, jakby jej ciało szykowało się na nadciągające niebezpieczeństwo.

– Cóż, jedno na pewno się nie zgadza – mruknęła. – Camille Raymond i ja byłyśmy pod pewnymi względami podobne, ale ona nie żyje, a ja tak. A to wielka różnica.

Anne milczała, aż w końcu mruknęła jakoś tak nieszczerze:

– Tak, oczywiście masz rację.

Laurze się wydawało, że przyjaciółka się martwi.

6

Monique miała wrażenie, że odgrywa sztukę pod tytułem *Mój powrót do życia*, i bardzo się przy tym starała, żeby nie przyglądać się za bardzo i nie dostrzec, jakie to w sumie smutne życie.

Bo właściwie co jest oszałamiającego w fakcie, że w sobotni wieczór siedziała sama w domu i oglądała telewizję? I to jeden z tych durnych programów, w którym kandydaci muszą robić różne bzdury, wychodząc przy tym na idiotów, ale w zamian za to jeden z nich wygra trzydzieści tysięcy franków. Monique co chwila zerkała na ekran i zmuszała się do śmiechu z tego, co widzi, ale w głębi duszy wiedziała, że gdyby nie była taka samotna, nie oglądałaby tak kretyńskiego programu.

Ale nie tkwiła bezczynnie przed telewizorem – jednocześnie krzątała się po mieszkanku i pięknie nakryła do stołu – dla jednej osoby, bo w jednym z kolorowych pisemek wyczytała poradę dla samotnych kobiet, żeby czasami stroiły się same dla siebie. W kuchni w piekarniku dochodziła sola w panierce własnej roboty, na stole już czekała misa pysznej sałatki.

Koniec z daniami z mrożonek, zdecydowała rano. Od dzisiaj będzie się odżywiać zdrowo i smacznie.

Otworzyła butelkę wina i cicho nuciła pod nosem. Na ekranie telewizora jeden z kandydatów wyławiał prezerwatywy z małego basenu. Publiczność wyła z radości.

Co jakiś czas Monique zerkała na telefon, jakby spodziewała się, że lada chwila zadzwoni. I właściwie naprawdę tak było. Przecież *on* musi jakoś zareagować. Całe przedpołudnie spędziła na zakupach, później wstąpiła na obiad do restauracji, zostawiła zakupy w samochodzie i wybrała się na spacer po plaży. Wróciła do domu dopiero o wpół do piątej. Najpierw odsłuchała wiadomości. Dzwoniła tylko sąsiadka, pytała, czy wieczorem mogłaby się zająć jej dzieckiem, bo chciała wyjść z mężem na kolację. Monique zgodziła się kilka razy i szczerze tego nie znosiła – jej zdaniem było to zajęcie dla nastolatek albo samotnych staruszek. Ponieważ przy największej dozie dobrej woli nie mogła się zaliczyć do pierwszej kategorii, zostawała tylko ta druga, a o tym nawet nie chciała myśleć.

On się nie odezwał i to ją dziwiło. Przecież powinno mu zależeć, żeby się z nią skontaktować. A ponieważ nagrała mu się na pocztę głosową w komórce, niemożliwe, żeby nie mógł się do niej odezwać. Komórkę każdy ma zawsze przy sobie.

„Jeśli jutro się nie odezwie, spróbuję jeszcze raz" – zdecydowała.

Chcąc za wszelką cenę wyrwać się z marazmu, kupiła sobie nową sukienkę i nagle zapragnęła ją włożyć. Dlaczego nie? Już dość się nasiedziała w szlafroku.

To była bardzo seksowna sukienka, czarna, prosta, na ramiączkach, z dużym dekoltem. Klasyczna kreacja, w której kobieta czeka na kochanka. Dobrze na niej leży, stwierdziła. Podkreślała jej piersi, a nieliczni mężczyźni w jej życiu zawsze uważali piersi za jej największy atut.

Kiedy szła do kuchni, żeby zajrzeć do piekarnika, rozległ się dzwonek do drzwi. Zdziwiona zerknęła na zegarek: kwadrans po ósmej. Nietypowa pora na odwiedziny, zwłaszcza w jej nudnym życiu. Może to sąsiadka, do której nie oddzwoniła, może w akcie rozpaczy zechce jej wepchnąć ryczącego bachora. Ale w takim stroju wykręci się, mówiąc, że jest umówiona.

Wyszła z kuchni. Od drzwi dzieliło ją zaledwie parę kroków, gdy bliżej nieokreślony odgłos – może chrząknięcie, a może szuranie stóp – uświadomiły jej, że gość jest już w budynku. Nie było w tym nic dziwnego. Drzwi na dole powinny co prawda być zamknięte, ale nikt nie zawracał sobie tym głowy, nie licząc paru staruszek, które jednak od początku były na straconej pozycji. Poza nimi nikt w budynku niczego się nie obawiał.

W tym momencie dzwonek rozbrzmiał ponownie. Monique nie znosiła niecierpliwych gości.

– Już idę! – krzyknęła.

Otworzyła drzwi – i nikogo nie zobaczyła. Rozejrzała się na prawo i lewo – korytarz był pusty. Zmarszczyła czoło. Dałaby sobie rękę uciąć, że gość był już pod drzwiami.

Na schodach rozległy się kroki i po chwili jej oczom ukazała się Jeanne Versini. Tym razem miała na sobie świetnie skrojony kostium od Chanel w pastelowych kolorach, do niego jasnoniebieskie pantofle i taką samą torebkę na charakterystycznym łańcuszku. Monique w swojej wydekoltowanej sukni poczuła się przy niej tandetnie.

– Och – szepnęła Jeanne. – Ma pani gości!

Przez chwilę Monique kusiło, żeby to potwierdzić, żeby choć raz w życiu sprawiać wrażenie kobiety zajętej, pożądanej, która w weekend ubiera się w piękną sukienkę i spotyka się z interesującymi mężczyznami. Zaraz jednak zwyciężyła ciekawość. Chciała się dowiedzieć, czy Jeanne ustaliła coś o tajemniczym kochanku Camille, powiedziała więc:

– Nie, nie, kupiłam nową sukienkę i chciałam ją przymierzyć. – Cofnęła się o krok. – Proszę bardzo. Może wina?

– Naprawdę nie chciałabym przeszkadzać... – zaczęła Jeanne, ale weszła do mieszkania. Na widok nakrytego odświętnie stołu zawahała się, ale zobaczyła, że jest tylko jedno nakrycie, i rozluźniła się znowu.

– Moim zdaniem to niezbyt rozsądne, że nawet wieczorem bez przeszkód można wejść do budynku – zauważyła. – Nie uważa pani, że po zapadnięciu zmroku powinno się zamykać drzwi na klucz?

– Nie wyobrażam sobie, by ktoś chciał się tu włamać. Bogacze tu nie mieszkają, to pewne – odparła.

– W każdym razie dzwoniłam na dole, bo sama nie chciałabym o tej porze zastać na progu nieoczekiwanych gości.

Słowa Jeanne przypomniały Monique, jak się zirytowała, gdy otworzywszy drzwi, nikogo nie zobaczyła.

– Ale przecież pani dzwoniła dwa razy – zauważyła.

Jeanne spojrzała na nią ze zdziwieniem.

– Raz.

– Na pewno?

– Na pewno. Zadzwoniłam raz i zaraz weszłam na górę.

– Dziwne – mruknęła Monique, ale nie chciała rozmawiać na ten temat z Jeanne. – Coś nowego? – zapytała, idąc po drugi kieliszek. Nalała do niego wina i podała gościowi.

– Owszem. – Jeanne się zawahała. – Ale to niczego nie zmienia. – Spojrzała na telefon. – Odezwał się?

– Nie. Trochę mnie to dziwi, ale może miał ważny powód. Zje pani ze mną kolację? Ryba właśnie dochodzi, a nie może długo stać.

Jeanne podziękowała, nie, nie jada kolacji, a Monique uznała, że zapewne temu zawdzięcza zwiewną figurę.

W końcu siadły przy stole, Jeanne z kieliszkiem wina, Monique – z rybą i sałatą. Jeanne opowiadała, że o szóstej poszła do Isabelle, poczekała pół godziny, ale w końcu się z nią spotkała i porozmawiała.

– Wiedziała coś o mężczyźnie w życiu Camille. Nie wiedziała, kto to, nie znała jego nazwiska, nic więcej. Zeszłego lata przechodziła któregoś ranka koło drogi prowadzącej do domu Camille i widziała na niej mężczyznę w samochodzie, a o takiej godzinie nikt tamtędy nie jeździ, tak przynajmniej twierdzi Isabelle. Jej zdaniem wykluczone, żeby chodziło o robotnika czy dostawcę. Niestety przejechał tak szybko, że nie zapamiętała jego twarzy. O la, la, pomyślała, a więc w życiu Camille wreszcie pojawi się trochę radości! Kilkakrotnie usiłowała coś z niej wyciągnąć, ale nic z tego nie wyszło. Podobnie jak ja miała w zeszłym roku wrażenie, że Camille się zmienia, była pogodniejsza, bardziej radosna. Z kolei podczas świąt Bożego Narodzenia spotkała ją na plaży i poszły razem na spacer. Wtedy Camille wydawała się bardzo przygnębiona i nieszczęśliwa. W końcu wyznała jej to samo co mnie – że poznała kogoś, ale teraz chce to skończyć, a on nie chce przyjąć tego do wiadomości. Isabelle jest ode mnie bardziej wytrwała i nie dawała się spławić. Camille powiedziała coś takiego, że wywnioskowała, że czasami boi się tego mężczyzny, i Isabelle zapytała ją dlaczego. Więcej nie dało się z niej wycisnąć, Camille jak zwykle nie chciała nic więcej powiedzieć. Isabelle w końcu sama zrozumiała, że boi się go w tym sensie, że ją dusi, ogranicza, osacza swoją miłością. Wspominała, że w tamtej chwili było jej żal tego faceta. To pewnie normalny mężczyzna, który najzwyczajniej w świecie chce się do niej zbliżyć. Ale przy Camille nie tędy droga.

Jeanne westchnęła głośno.

– Wie pani, co miała na myśli: Camille była bardzo zamknięta w sobie, jak ostryga. Isabelle twierdziła, że czułaby się osaczona, gdyby ktoś dał jej kwiaty albo zaprosił do kina.

– Isabelle mówiła o tym na policji? – zainteresowała się Monique.

Jeanne pokręciła przecząco głową.

– Wydało jej się to tak niewinne i nieznaczące, że zupełnie o tym zapomniała. Zwłaszcza że ten romans, czy co to tam było, i tak się skończył. Przypomniała sobie o tym dopiero, gdy zaczęłam pytać.

Monique nagle nabrała pewności, że popełniły wielki błąd, nie zgłaszając się od razu na policję. Nie wiedziała, skąd płynęło to przekonanie, może to instynkt, ale rzadko kiedy była czegoś równie pewna.

– Wie pani co, Jeanne... – zaczęła. – Moim zdaniem nie powinnyśmy zatrzymywać tej wiedzy dla siebie. I tak postanowiłam, że w poniedziałek zgłoszę się na policję, i zrobię to. Może nawet zadzwonię już jutro. Camille mówiła, że się go boi. Może chodziło o coś zupełne innego, niż się zdawało Isabelle. Może to naprawdę niebezpieczny człowiek, a Camille miała powody, żeby się go obawiać. Cokolwiek by mówić, została zamordowana.

Jeanne wzdrygnęła się nagle.

– A pani podała mu swoje nazwisko i adres – dokończyła. – Na przyszłość powinna pani być ostrożniejsza, Monique. Jeśli to on, nie wiadomo, co się może zdarzyć.

Monique spojrzała na nią i odsunęła od siebie talerz, choć leżało na nim jeszcze pół ryby.

– Dobry Boże – szepnęła.

Nagle straciła apetyt. Zbierało jej się na mdłości.

7

Był kwadrans po dziewiątej w ciemną, zimną, gwiaździstą październikową noc. Laura już późnym popołudniem napaliła w kominku w saloniku. W domku panowało przyjemne ciepło. Płomienie rzucały na ściany roztańczone cienie.

„Ciężko mi będzie to sprzedać" – stwierdziła.

Przygotowała sobie kanapkę, nalała wina i usiadła w wielkim fotelu przy kominku. Po raz pierwszy od kilku dni odczuwała spokój. Nie mogła się zrelaksować, odetchnąć pełną piersią, na to było za wcześnie. Dopadło ją raczej znużenie, zmęczenie, które niosło zarazem ulgę, bo nie miała siły na bezustanną gonitwę myśli. Marzyła o tym, żeby przez moment w ogóle nie myśleć. Może uda jej się chociaż przez pół godziny gapić się w płomienie, nie widzieć innych, mroczniejszych obrazów.

Popijała wino małymi łykami, zagryzała kanapką. Przynajmniej od wczorajszego wieczoru mogła znowu jeść. Przez chwilę odczuła coś jakby spokój. Była sama, ale to było dobre uczucie.

Gdy rozległo się pukanie do drzwi na taras, drgnęła tak bardzo, że mało brakowało, a upuściłaby kieliszek z winem. Nie zamknęła jeszcze okiennic, bo przed snem chciała wyjść na dwór i popatrzeć na gwiazdy. Teraz widziała potężny cień na werandzie, mężczyzny, jak się domyślała. Chciał wejść do domu.

W pierwszej chwili zamierzała uciec na górę, do sypialni, i zaryglować za sobą drzwi, ale zaraz uznała, że to idiotyzm, i zmusiła się, by powoli wstać. Czyżby obserwował ją od dawna? Tu, w domu, w blasku ognia, poczuła się nagle jak na wystawie. Coś ją zirytowało, ale nie potrafiłaby tego nazwać.

Zastanawiała się jeszcze nad tym, gdy usłyszała swoje imię.

– Laura? To ja, Christopher! Wpuścisz mnie?

Z ulgą podbiegła do drzwi. Christopher wszedł do środka, zacierając ręce.

– Ależ zimno na dworze! Za lekko się ubrałem. – Po przyjacielsku cmoknął ją w policzek. – Witaj, Lauro. Przepraszam, że przychodzę dopiero teraz. Spędziłem cały dzień za biurkiem i straciłem poczucie czasu.

Drżała na zimnie, które wraz z nim wdarło się do domu, i szybko zamknęła drzwi. Spojrzała na niego zdumiona.

– Czemu przepraszasz? Byliśmy na dzisiaj umówieni?

Teraz to on był zdziwiony.

– Przecież wczoraj mówiłem, że wpadnę koło wpół do dziewiątej.

Złapała się za głowę z przepraszającym uśmiechem.

– Nie do wiary, w ogóle sobie tego nie przypominam. Jestem tak rozbita, odkąd to wszystko się wydarzyło, że... zaraz zapomnę, jak się nazywam.

Uśmiechnął się.

– To zrozumiałe. Nie przejmuj się.

Jest bardziej tolerancyjny niż Peter, nie jest też takim perfekcjonistą, stwierdziła. Jej mąż nie darowałby sobie złośliwego komentarza.

– Czyli pewnie niczego nie ugotowałaś? – domyślił się Christopher.

Przełknęła ślinę.

– To też ustaliliśmy? O Boże...

Roześmiał się ciepło, serdecznie.

– Tak. Ale to żaden problem, zabieram cię na kolację. Na co masz ochotę?

Gdyby miała być szczera, powiedziałaby, że na samotność. Niemal boleśnie chciała zostać sama. Nie mogła jednak tego zrobić, skoro zapomniała o ustalonym spotkaniu. Przecież chciał jak najlepiej, nie chciał, żeby przesiadywała sama.

Zdobyła się w końcu na odwagę i powiedziała, że nie chce wychodzić.

– Mam chleb i ser – zaproponowała. – Albo odgrzejemy coś z wczoraj. Wina mamy pod dostatkiem. Ale wolałabym nie iść między ludzi.

Zrozumiał. Zniknął w kuchni. Laura została przy kominku, słyszała, jak się krząta, jak stuka garnkami. Wkrótce dom wypełnił zapach ciepłego jedzenia. Christopher chyba jadł w kuchni, może wyczuł, że woli zostać sama. Ale spokój został naruszony, czuła, jak powraca napięcie. Nie była już sama z sobą.

Sądząc po odgłosach, wstawiał naczynia do zmywarki. Coś ją drażniło. Nie w nim, tylko w niej samej. Przecież wczorajszy wieczór, gdy przygotował jej kolację i dotrzymywał towarzystwa, zapamiętała bardzo miło. Dzisiaj mogłoby być tak samo. Ciepły pokój, ogień na kominku, Christopher krzątający się za ścianą. Ale błogość poprzedniego wieczoru nie chciała wrócić. Była na siebie zła, że jest taka niewdzięczna i chce, żeby sobie poszedł.

Wszedł do pokoju z kieliszkiem wina w ręku. Kolejny raz zwróciła uwagę na jego miękkie ruchy; nie było w nim ani odrobiny niezdarności. Był troskliwy, wyczulony na innych ludzi i ich uczucia. Nie wyobrażała sobie, by potraktował kobietę tak, jak Peter ją.

– Przepraszam, że byłem taki łakomy – zaczął. – Ale od rana nic nie jadłem i byłem bardzo głodny.

– To ja przepraszam, że niczego nie przygotowałam. Naprawdę nie pamiętałam, że się umówiliśmy.

Usiadł na drugiej poduszce.

– Nie przejmuj się. Ale wiesz, cieszyłem się jak dziecko na tę kolację. Że tu przyjdę, a ty będziesz na mnie czekała przy nakrytym stole. To coś, czego od lat nie zaznałem. Tego, że ktoś na mnie czeka. Taka sytuacja ma specyficzny urok. Dom, kobieta, dzieci. Budynek, który na nowo staje się domem. Znowu zaznać tego, co znamy od dzieciństwa. Ja tak przynajmniej mam. Pamiętam siebie w zimne, ponure, jesienne wieczory, jak wracam do domu, mama cieszy się na mój widok, cała rodzina siedzi przy stole... Tak było, zanim... no wiesz. Później miałem jeszcze szczęście zaznać tego z Carolin i dziećmi, ale od tej pory minęło już sporo czasu.

Był taki smutny, że pękało jej serce. Przypomniała sobie, jak Peter opowiadał, że przyjaciel bardzo przeżył rozwód.

– Czasami się obawiał, że się z tym nie pogodzi – mówił. – Fakt, że ta głupia krowa po prostu spakowała manatki i wyjechała, doprowadza go do szaleństwa.

Laura nie była zachwycona, że od rozwodu Peter nie mówił o byłej żonie Christophera inaczej niż „głupia krowa". A dawniej bardzo ją lubił. Carolin zamieszkała z dziećmi niedaleko Frankfurtu i nieraz zapraszała Simonów do siebie, ale Peter wiecznie znajdował jakieś wymówki, aż zrozumiała i nie odezwała się więcej. Także Laurze zabronił się z nią kontaktować.

– W ten sposób okazuję solidarność z Christopherem – tłumaczył. – Nie możemy przyjaźnić się z obojgiem.

Laura zawsze miała wrażenie, że Christopher wcale nie oczekiwał takich gestów.

– Przecież nawet nie wiesz dokładnie, co tam się stało – powiedziała kiedyś do męża. – Może miała powód, żeby od niego odejść.

– Bzdura! – Zbył jej słowa machnięciem ręki. – Christopher był najwspanialszym, najtroskliwszym mężem i ojcem, jakiego można sobie wyobrazić. Choćby ze względu na tę historię z jego matką. Nie, Carolin poczuła, że się starzeje, i nagle zapragnęła się rozwijać. Za każdą cenę, nawet krzywdząc takiego dobrego człowieka. Ale takie kobiety mają w nosie szkody, które wyrządzają.

– Jakie kobiety? Te, które się rozwodzą? Bo to ty chciałeś rozwodu z pierwszą żoną. Mężczyzn też to dotyczy?

Pamiętała, że się wtedy bardzo zdenerwował.

– Tak, mężczyzn też. Ale to była inna sytuacja. Między mną i Brittą od lat były już tylko kłótnie i w pewnym momencie uznałem, że dość tego. A między Christopherem i Carolin wszystko było w porządku. Ani jednej awantury!

– Najwyraźniej jednak nie. Coś w tym związku jej przeszkadzało. Niełatwo podjąć decyzję o rozwodzie, mając dwoje dzieci. Nie wiemy, co się między nimi działo, gdy byli sami!

Przypomniała sobie teraz, jak bardzo wtedy broniła Carolin. A akurat w tej sprawie Peter chyba miał rację; nie wyobrażała sobie, jak można zostawić takiego mężczyznę jak Christopher.

– Właściwie dlaczego nie ożeniłeś się ponownie? – zapytała i zaraz tego pożałowała. Co za nietaktowne pytanie!

– Przepraszam – dodała szybko. – To oczywiście nie moja sprawa i...

Uśmiechnął się.

– Ależ oczywiście, że to twoja sprawa. Przecież jesteśmy przyjaciółmi, prawda? Bardzo chętnie ożeniłbym się ponownie i chciałbym mieć więcej dzieci, nową rodzinę. Ale to nie takie proste. Niełatwo znaleźć drugą połówkę, kogoś, kto do ciebie pasuje. Kto ma te same ideały, te same cele życiowe. Niestety sama się o tym przekonasz. Teraz też jesteś sama i w którymś momencie zaczniesz szukać nowego partnera. A to niełatwe. Nietrudno o rozczarowanie.

– Ale chyba można kogoś znaleźć – zauważyła, mając na myśli raczej jego niż siebie, bo na razie w ogóle sobie nie wyobrażała, by kiedykolwiek chciała z kimkolwiek być. – Prędzej czy później spotyka się tę właściwą osobę. Na pewno.

– Nie można tracić nadziei – rzucił wymijająco i niemal od razu dodał: – Czemu nie sprowadzisz tu córeczki?

Spojrzała na niego zdumiona.

– Po co? Nie wiem, jak długo tu jeszcze zostanę. Pewnie znowu mnie wezwą na policję, potem zajmę się sprzedażą domu. U mojej mamy będzie jej lepiej.

– Ja tam nie mogłem rozstać się z dziećmi – zauważył – i dlatego pytam. Zawsze chciałem mieć całą rodzinę przy sobie.

– Rodziny już właściwie nie mam – odparła. – Zostałyśmy z Sophie we dwie. Musimy sobie jakoś radzić.

Christopher milczał. Przez dłuższą chwilę wpatrywali się w płomienie.

„Sophie i ja – rozmyślała Laura. – Tylko tyle zostało z rodziny moich marzeń. A zawsze myślałam, że na starość będziemy z Peterem siedzieć pod kwitnącą jabłonią w ogrodzie i obserwować brykające wnuki. Chciałam mieć jeszcze co najmniej dwoje dzieci i..."

Odepchnęła tę myśl, nie pozwoliła sobie zaglądać do starych marzeń. Nic z tego nie wyniknie oprócz cierpienia.

– Chciałabym teraz zostać sama – szepnęła.

Christopher skinął głową.

– W porządku, rozumiem. – Odstawił kieliszek. – Czyli jutro też się nie zobaczymy?

– Nie chodzi o ciebie. Muszę mieć trochę czasu dla siebie. Moje życie legło w gruzach. Muszę się sama w tym odnaleźć.

Wstał. W jego wzroku widziała troskę i ciepło.

– Zadzwonisz, gdyby coś było nie tak? – upewnił się. – Albo gdybyś potrzebowała pomocy? Możesz na mnie liczyć.

– Wiem. Dziękuję, Christopher.

Wyszedł na werandę, zamykając za sobą przeszklone drzwi. Kiedy szedł podjazdem, włączył się czujnik ruchu. Wcześniej jednak milczał. A może po prostu nie zauważyła?

Była zbyt zmęczona, by o tym myśleć.

Nagle bardzo zatęskniła za Sophie.

Niedziela, 14 października

1

Po raz pierwszy od wielu dni znowu zjadł na śniadanie bagietkę z miodem. Wcale się nie dziwił, że ostatnio w ogóle nie miał na to ochoty; zaskoczyło go raczej, że nagle znowu nabrał apetytu na ulubione śniadanie. Od dzieciństwa bagietka z miodem osładzała mu poranki; już się cieszył na myśl o dwóch filiżankach bardzo mocnej, bardzo gorącej kawy i bagietce z masłem i miodem.

Najwyraźniej po koszmarnych, paraliżujących przeżyciach ostatnich dni powoli wracał do rzeczywistości.

Henri sam nie wiedział, skąd napłynęła ta pierwsza dość optymistyczna myśl, jedno było jasne: dostrzegał światełko w tunelu. Być może wiązała się z tym, że wreszcie do niego dotarło, że jego rywal nie żyje. Leżał w lodówce instytutu medycyny sądowej w Tulonie i już nigdy więcej nie zjawi się w życiu jego ani Nadine. Co do Nadine, to zapewne jeszcze przez jakiś czas będzie załamana, ale nie należała do kobiet, które przez całe życie opłakują jednego faceta i pogrążają się w rozpaczy po utraconej miłości. Poza tym Henri był przekonany, że tak naprawdę Nadine wcale nie kochała Petera. Według niego w ogóle nie była zdolna do miłości, co oczywiście wiązało się ze świadomością, że nie odwzajemniała także jego uczucia. Z tym jednak zdążył się pogodzić. Byle tylko z nim została. Kiedyś, gdy się zestarzeją, odnajdą się na nowo.

W tej chwili przepełniała ją nienawiść do niego, wiedział o tym doskonale. Podejrzewała go nawet o to, że zamordował Petera, ale tego akurat nie brał poważnie. Pomyślała o tym pod wpływem impulsu, lecz gdy ochłonie, zrozumie, że to nie ma żadnego sensu. Henri nie jest zabójcą. Choć oczywiście snuł mordercze myśli, gdy się dowiedział, kim był mężczyzna, z którym go zdradzała, z którym potajemnie chciała wyjechać za granicę.

– Zabiję go – szlochał do Catherine, zasłaniając oczy dłońmi. – Zabiję tego drania!

Ale ileż razy wykrzykuje się takie słowa? I choć z pewnością był to jeden z bardziej przejmujących, wstrząsających momentów w jego życiu, ani przez chwilę nie myślał o tym poważnie. Nawet później, tego samego wieczoru, gdy zobaczył go w sali jadalnej i musiał podać mu pizzę. Ktoś inny zapewne wyprosiłby go z restauracji, poszedłby za nim za budynek i wybiłby mu przynajmniej kilka zębów. On jednak nawet o tym nie pomyślał. Nie był zdolny do przemocy.

– Moim zdaniem powinieneś wyrzucić ją z domu – powiedziała Catherine tamtego koszmarnego dnia, gdy znalazła list Nadine. – I cieszyć się, że ona i ten jej kochaś na zawsze zejdą ci z oczu.

Wyrzucić Nadine z domu... ryzykować, że naprawdę już nigdy jej nie zobaczy... Do tego stopnia niewyobrażalne, że jęknął na samą myśl. Nie przeżyłby bez niej.

Jej marzenia legły w gruzach w najgorszy możliwy sposób, ale może to dobrze, może w innej sytuacji nigdy nie wyzwoliłaby się spod jego wpływu.

Bagietka z miodem była równie pyszna jak w jego wspomnieniach. Ciepła, w pewnym sensie kojąca. W ten pogodny niedzielny ranek w restauracji panowały cisza i spokój. Powietrze przepełniał zapach kawy. Henri spędził tę noc sam, Nadine przeniosła się do jednego z pokoi gościnnych na poddaszu. Potrzebowała trochę czasu, to jasne. Prędzej czy później do niego wróci.

Wsłuchany w tykanie zegara, uległ, z ciągłym niedowierzaniem, tej błogości. Niebezpieczeństwo zostało zażegnane. Rany się zagoją, oczywiście powoli, na to potrzeba czasu. Ale pewnego dnia... tego ranka był pewien, że uda im się zacząć od nowa. Zapyta ją... Przecież są jeszcze na tyle młodzi, że... Koniec końców może dzięki temu odzyskałaby utracony spokój... Zapyta ją, nie, postara się ją przekonać, by założyli prawdziwą rodzinę. By mieli dziecko. Dziecko uratuje ich związek, nada życiu Nadine nowy sens. Zatrudnią kogoś na stałe w restauracji, żeby Nadine nie musiała się zajmować znienawidzoną obsługą gości, żeby mogła w pełni poświęcić się dziecku. Jeśli będzie przy tym obstawała, pozbędzie się nawet Catherine, choć biedaczce pewnie świat zawali się wtedy na głowę. Ale tak naprawdę nie bardzo się przejął tą myślą, bo choć zrobiła to dla niego, stracił do niej sympatię, gdy okazała się donosicielką.

Powoli sączył kawę. Nadzieja w nim rosła, otaczała go delikatnym kokonem, który rozmywał szorstkie kontury rzeczywistości.

2

Laura po raz drugi wybrała numer Christophera. Co prawda dziewiąta w niedzielny poranek to trochę wcześnie, ale przecież są przyjaciółmi. Zamierzała go przeprosić. Miał jak najlepsze intencje, chciał jej tylko pomóc, a ona dała mu jasno do zrozumienia, że nie chce go widzieć. Co prawda był wyrozumiały jak zawsze, jednak Laura dopiero poniewczasie zrozumiała, co miał na myśli, mówiąc, że się cieszył na ciepłą kolację i na to, że ktoś znowu będzie na niego czekał. On także szukał pocieszenia, a ona skoncentrowała się wyłącznie na sobie i swoich problemach. I dlatego teraz chciała go zaprosić na śniadanie, żeby wynagrodzić mu tamtą wpadkę.

Jednak nie odebrał także za drugim razem. Pewnie bardzo wcześnie wyszedł z domu, może wybrał się na spacer na plażę? Powoli odłożyła słuchawkę. Wyszła na balkon, spojrzała na dolinę, mieniącą się kolorami jesieni w porannym słońcu. W oddali połyskiwała tafla morza.

Zanosiło się na cudowny dzień.

3

Wiedziała, że znowu tu jest. Poczuła, jak włoski na ramionach stają jej dęba, jak dziwne uczucie ściska żołądek, rozlewa się po całym ciele. Być może też sprawił to ciąg powietrza.

„Cholera" – pomyślała znużona.

Miała niedzielną zmianę w hotelu Berard; zazwyczaj był to przykry obowiązek, jednak dzisiaj powitała to z przyjemnością. Przynajmniej dzięki temu mogła umknąć przed złym humorem Stephane'a, który go nie opuszczał od wczorajszej rozmowy. Zastanawiała się, czemu właściwie się na nią złości, w końcu nic mu nie zrobiła, zwierzyła się jedynie ze swoich lęków i obaw. Najwyraźniej jednak to wystarczyło, żeby go wyprowadzić z równowagi.

Tego ranka miała nadzieję, że zje śniadanie w samotności, ale przyszedł do kuchni dziesięć minut po niej. W ciągu zeszłego roku obwód jego brzucha powiększył się znacznie i poplamiony szlafrok napinał się niebezpiecznie.

„Jaki on paskudny – przemknęło Pauline przez głowę. Nie zdołała ukryć grymasu obrzydzenia. – Jaki ohydny i tłusty!"

Mąż jeszcze nigdy nie wzbudził w niej tak intensywnych uczuć, ani w pozytywnym, ani w negatywnym znaczeniu. Zaskoczyło ją, jak zareagowała na nagły stres. Budziły się w niej nieznane dotąd odczucia. Niestety bardzo niepokojące.

– Nie musiałeś jeszcze wstawać – zauważyła, on jednak łypnął tylko na nią i oznajmił, że nie sposób dłużej spać, jeśli ktoś tak hałasuje. Nalał sobie kawy i siorbał głośno. Pauline usiłowała sobie przypomnieć, kiedy ostatnio powiedział jej coś miłego – i nic nie przychodziło jej do głowy. I pomyślała, że wolała czasy, gdy takie rzeczy nie miały dla niej znaczenia.

A teraz klęczała na podłodze starego skrzydła hotelu Berard, ścierała kurz w kątach i znowu poczuła to samo, co kilka dni wcześniej – że *on* tu jest. Tym razem jednak inaczej, subtelniej odbierała jego obecność. Mogła jedynie przypuszczać, że zirytował ją przeciąg, nie miała co do tego pewności. Wiedziała tylko, że jej ciało zareagowało bardzo gwałtownie.

„Histeryczka – skarciła się. – Co z ciebie za histeryczka".

Odkąd tego ranka weszła do starego klasztoru, nie mogła się pozbyć lęku. Co chwila zerkała za siebie, nieruchomiała, nasłuchiwała czujnie. Tylko raz z pokoju wyszło starsze małżeństwo, ubrane jak na spacer na plażę; pozdrowili ją uprzejmie i wyszli z hotelu. Poza tym panował spokój.

A potem nagle, w jednej chwili, to się stało; nagły przypływ adrenaliny sprawił, że spięła się gwałtownie. Po pierwszej chwili przerażenia i obezwładniającej paniki Pauline zerwała się na równe nogi. Czuła się jak zwierzę, które instynkt ostrzega o niebezpieczeństwie, ale w przeciwieństwie do zwierzęcia nie wiedziała, jak się w takiej sytuacji zachować.

Nasłuchiwała w ciszy, a potem zdecydowanym ruchem rzuciła mop na ziemię i ruszyła korytarzem. Skręciła za róg. Hol przy masywnych dębowych drzwiach był pusty.

Poczuła, jak uginają się pod nią nogi. Osunęła się na najniższy stopień schodów prowadzących na piętro. Jak zahipnotyzowana wpatrywała się w swoje drżące ręce. Nie była w stanie nad nimi zapanować. W końcu wsunęła je pod pośladki i tak czekała, aż drżenie ustanie, zaraz jednak stwierdziła, że dygocze na całym ciele, że to nie tylko sprawa rąk.

Nikogo tu nie było. Coś jej się przywidziało. Pewnie traci rozum, zacznie słyszeć głosy, widzieć cienie, czuć niewidzialne palce... Stephane powiedział, że histeryzuje i przesadza, i pewnie miał rację.

A jeśli tu naprawdę ktoś był?

Jedno było pewne – nie skończy tego korytarza. Zresztą w półmroku i tak nie widać, czy jest porządnie posprzątany, czy nie. Ku swojemu przerażeniu zorientowała się, że znowu płacze.

4

Monique wybrała się na spacer po plaży. Tak wcześnie rano jeszcze nigdy tu nie była i zaskoczyło ją, jak pięknie jest nad morzem o tej porze. Powietrze było czyste i świeże, piasek nietknięty, niebo bezchmurne i czyste. Na wschodzie już jaśniało październikowe słońce, choć jego promienie dawały niewiele ciepła. Było przyjemnie, orzeźwiająco chłodno. Monique miała na sobie spodnie od dresu i grubą bluzę.

Zazwyczaj o tej porze siedziała już w pracy. W niedzielę nie wstawała przed wpół do jedenastej, do trzeciej snuła się po domu w szlafroku i dopiero wtedy – z rzadka – wybierała się na spacer. Często jednak wyprawa kończyła się w jednej z kafejek przy promenadzie, w której piła café crème i lekko zapuchniętymi oczami – poprzedniego dnia, w sobotę, nieco zbyt często zaglądała samotnie do kieliszka – przyglądała się przechodniom.

Jednak w nowym życiu, które zaczęła, było więcej sportu i mniej czasu w domu. Teraz pobiega co najmniej godzinę. Po takim wysiłku i śniadanie będzie bardziej smakować.

Przyspieszyła kroku i uniosła twarz do słońca.

5

Nadine wyszła z domu tylnymi drzwiami. Po cichutku zbiegła ze schodów. Słyszała, jak Henri krząta się w kuchni. Ilekroć się tak krzątał, wiedziała, że układa sobie fragmenty, komponuje mowę, którą kiedyś zechce przed kimś wygłosić. W tej chwili mogło chodzić tylko o nią – domyślała się nawet, co chciałby jej powiedzieć. Pewnie rozmyślał o nowym początku, o nowym życiu po zażegnanym kryzysie. Z punktu widzenia Henriego wszystko rozwiązało się wręcz idealnie; ostatnie wydarzenia być może nadal sprawiają mu ból, ale zepchnie je w niepamięć, aż nauczy się z nimi żyć. Jest przecież bardzo słaby. Ktoś silniejszy pokazałby jej drzwi i wniósł o rozwód. Nawet nie przyszłoby mu do głowy, żeby mieszkać z nią pod jednym dachem. Henri wiedział, że zdradzała go od lat. Wiedział, że miała wyjechać z kochankiem. Jak w takim razie mógł poważnie myśleć o wspólnej przyszłości?

A jednak Henri, o ile go znała, mógł. Prędzej to, niż przekreślić ich wspólne życie, bo to wymagałoby siły woli i odwagi, a Henri nie miał ani jednego, ani drugiego. Tacy jak on prędzej pogodzą się z niewygodną sytuacją, którą dobrze znają, niż wpakują się w coś nowego, czego wady i zalety pozostają tajemnicą.

Po długiej bezsennej nocy Nadine doszła do wniosku, że to szok i oburzenie kazały jej myśleć, że Henri mógłby się okazać mordercą Petera. Kiedy wraz ze świtem przyszło opanowanie, kiedy znowu widziała wszystko we właściwej perspektywie, zdała sobie sprawę, jakie to absurdalne podejrzenie. Henri nie skrzywdziłby muchy. Wizja jej męża atakującego kogoś nożem była po prostu śmieszna. Nadine powoli dochodziła do wniosku, że w okolicy naprawdę grasuje psychopata, który morduje ludzi na oślep, i że to złośliwy los postawił Petera na jego drodze – akurat wtedy, gdy mieli zacząć nowe życie.

Wędrowała ulicą, doszła do parkingu, na którym tamtej nocy stał jego samochód. Policja kazała go odholować, pewnie teraz badają go technicy kryminalistyki. Patrzyła na miejsce, w którym urywał się jego ślad, w którym zarazem dokonał się jej los. Żal za tym wszystkim, co mogło być, bolał jak otwarta rana, ale jednocześnie do głosu dochodziła świadomość, która

– już to czuła – wkrótce być może zmieni wiele w jej życiu: cała jej egzystencja opierała się na zależności, nigdy na samodzielności i własnym działaniu, i może dlatego miała wrażenie, że jej świat walił się w gruzy. Marzył jej się blichtr Lazurowego Wybrzeża i dlatego wyszła za Henriego, w nadziei, że spełni jej marzenia. A gdy zrozumiała, że nie da jej tego, czego pragnęła, uczepiła się Petera, wierząc, że to on zapewni jej lepsze, nowe życie. A teraz Peter nie żył i kolejny mężczyzna sprawił jej tylko zawód. Może rozsądniej byłoby liczyć na siebie.

Tuż przy prowizorycznym parkingu była wąska ścieżka na plażę, ukryta wśród zarośli, tak że tylko ci, którzy wiedzieli o jej istnieniu, mogli ją znaleźć. Nadine schodziła powoli; na szczęście od dawna nie padało, więc ziemia i ściółka pod jej stopami były suche, bo po deszczu ścieżka zamieniała się w zjeżdżalnię. Jeżyny czepiały się jej nóg. Wdychała zapach jesieni, drżała w cieniu wysokich drzew. „Co za zimny poranek" – pomyślała.

Roślinność ustąpiła nagle i jej oczom ukazało się morze, podobnie jak niebo zabarwione ciemnym granatem jesieni. Fale szumiały cicho, monotonnie, jak szampan. To była mała zatoczka, ale nawet w lecie mało kto tu przychodził; zamiast piasku wypełniał ją żwir, a poza tym mało kto znał tajemną ścieżkę. Na drugim krańcu plaży znajdowały się drewniane schody, ale prowadziły na prywatną posiadłość, poza tym otaczały ją strome, niepokonane skały.

Nadine usiadła na wielkim płaskim głazie, podkuliła nogi, oplotła kolana ramionami. Za cienko się ubrała, było o wiele chłodniej niż poprzedniego dnia, ale nie chciała wracać do domu, żeby się cieplej ubrać; zbyt duże ryzyko, że spotka Henriego.

Tego ranka tak mocno odczuwała bliskość Petera, że chciała przebywać z nim sama. Tyle pytań bez odpowiedzi, które nie dawały jej spokoju, być może ważniejszych niż tożsamość jego zabójcy. Dlaczego w dniu ustalonego spotkania przyjechał do Chez Nadine? Złamał ich umowę. Trzy dni wcześniej rozmawiali przez telefon. Zapytał wtedy, czy ma przyjechać do restauracji.

– Broń Boże! – zawołała z nerwowym śmiechem. – Co, mam na oczach Henriego wsiąść z walizką do twojego samochodu?

Zaproponował wtedy, żeby czekała w jego domku, ale i ten pomysł odrzuciła.

– To także jej dom. Są tam jej rzeczy. Nie wytrzymam tego.

– Więc gdzie, do cholery?! – krzyknął ostro. Nawet przez telefon czuła jego napięcie. Ale i ona była podminowana. Lada dzień mieli porzucić dawne życie, dawnych partnerów. Nikt nie planuje czegoś takiego z lekkim sercem, a mimo to cały czas miała wrażenie, że to on się ciągle waha. Ona od lat czekała na tę chwilę i choć stres ostatnich kilku dni chwilami zapierał jej dech w piersiach, nie zrezygnowałaby z tego planu za żadne skarby świata.

Przypomniała sobie, jak pomyślała kiedyś: „chyba musieliby mnie zabić...".

Ale zabili Petera, a konsekwencje były takie same.

Z perspektywy czasu widziała, że jej obawy, iż Peter w ostatniej chwili zmieni zdanie, były bardzo uzasadnione. Bo teraz, gdy z marzeń nic nie zostało i nie musiała już upiększać rzeczywistości we własnych oczach, musiała przyznać, że Peter był równie słaby jak Henri. Równie bierny, równie niezdecydowany. Odważył się na tak desperacki krok, jak ucieczka z nią, tylko dlatego, że jego finanse były w naprawdę opłakanym stanie. Gdyby nie to, rozważała teraz, po raz pierwszy zdobywszy się na bezlitosną szczerość, nigdy nie odszedłby od Laury, nigdy nie wybrał jej, Nadine. Nieważne; i tak już się nie dowie, czy w ostatniej chwili stchórzył, czy nie.

Słysząc jego zdenerwowanie, zaproponowała spotkanie przy mostku.

– Poczekam na ciebie w moim samochodzie, a potem przesiądę się do ciebie.

– Nie wiem dokładnie, o której się zjawię. Najwcześniej

o siódmej, ale może i o wpół do dziewiątej. Będziesz tam bardzo długo siedzieć.

– Nie szkodzi. Tyle na ciebie czekałam, poczekam jeszcze trochę.

Henri mówił, że w Chez Nadine Peter był o wpół do siódmej. Mógł liczyć na to, że jeszcze ją złapie, a przynajmniej brał to pod uwagę. Chciał z nią rozmawiać? Powiedzieć, że zmienił zdanie? To w stylu Petera, załatwić taką przykrą rozmowę nie na pustej szosie, ale w restauracji, w której byłaby bezbronna, a on mógł uniknąć awantury.

„W każdym razie muszę żyć ze świadomością, że właśnie o to mogło mu chodzić" – myślała wpatrzona w ołowiane morze.

Przypomniała sobie tamtą jesień, gdy zaczął się ich romans. Dokładnie o tej samej porze, przed czterema laty. Po tamtym wieczorze w jego domku wypłynął z Christopherem na morze, a ona przez tydzień drżała ze strachu, czy jeszcze go zobaczy. W końcu powiedziała mu, że nie chce mieć z nim tylko romansu, że chce związku. Niewykluczone, że się przestraszył.

Ale pod koniec tego tygodnia zadzwonił i oznajmił ochryple:

– Chcę cię zobaczyć.

– Gdzie jesteś? – zapytała. Była na górze, w mieszkaniu, a Henri był w kuchni na dole, ale i tak mówiła cichutko.

– W porcie Les Lecques. Wróciliśmy już.

– Jak było? – Wcale jej to nie obchodziło, nie wiedziała, co jeszcze mogłaby powiedzieć.

– Chcę cię zobaczyć – powtórzył.

– Gdzie?

– Na drodze do mojego domu – powiedział. – Prawie na końcu przejeżdża się koło starej zagrody. Od lat stoi opuszczona, nikogo tam nie ma. Trafisz?

– Kiedy?

– Zaraz – odparł i odłożył słuchawkę.

To był sobotni wieczór i oczywiście Henri zakładał, że mu pomoże. Nie zawracała sobie głowy kąpielą, włożyła białe dżinsy i niebieski sweterek, przeczesała włosy szczotką. Chłodny, ciemny, październikowy wieczór. Porwała torebkę, zbiegła ze schodów, ale choć starała się iść cicho, Henri usłyszał ją i wyszedł z kuchni.

– Jesteś wreszcie. Straszne tłumy. Możesz od razu zająć się obsługą? – Dopiero wtedy zobaczył jej torebkę. Zmarszczył czoło. – Wychodzisz?

– Dzwoniła mama. Źle się czuje.

– Mój Boże – sapnął. – I co ja teraz zrobię?

– Zadzwoń do Catherine. – Po raz pierwszy sama to zaproponowała. – Przybiegnie w podskokach.

– Gdybyś mnie wcześniej uprzedziła...

– Nie mogłam przecież wiedzieć, że matka nagle poczuje się gorzej. Pa! – Już była w drzwiach. To jego sprawa, jak sobie poradzi. Już wtedy w głębi serca zostawiła go za sobą.

Nie najlepiej znała okolicę, w której znajdował się domek Petera – i Laury – ale zawsze myślała o nim jako o domku Petera. Dawniej nie miała tu czego szukać, później celowo omijała tę okolicę szerokim łukiem. Zabłądziła, po ciemku nie mogła znaleźć właściwej drogi i była na krawędzi paniki, bo nie miała pojęcia, gdzie właściwie jest. Nerwowo, bez celu, jeździła w kółko i właściwie przez przypadek trafiła do opuszczonej zagrody, o której wspominał. W blasku księżyca widziała długi szereg starych szklarni i dziką roślinność, bujnie porastającą cały teren. Przede wszystkim jednak dostrzegła samochód i mężczyznę, opartego o samochód jak cień. Już jej wypatrywał.

Zatrzymała się przy nim. Wsiadł do jej samochodu, zacierając ręce.

– Jezu, ale zimno – powiedział. – Ale nie chciałem zostać w samochodzie, bo bałem się, że mnie nie zauważysz. Dlaczego tak późno?

– Zabłądziłam. – Czuła, jak serce bije jej aż w gardle. Była tak blisko. W pożądaniu między nimi nic się nie zmieniło. Ciekawe, czy także z jego strony.

– O Boże, Nadine – szepnął. – O Boże.

– Dlaczego chciałeś mnie zobaczyć? – zapytała. Sama słyszała chłodne nuty w swoim głosie. Dobrze chociaż, że nie drżał.

– Bo cię pragnę – odparł.

– Bo mnie pragniesz?

– Przecież o to pytasz. Tydzień temu... Kiedy byliśmy w naszym... w moim domu. Mówiłaś, że mam wybrać ciebie. Więc jestem. Wybrałem ciebie.

Spodziewała się wszystkiego, ale nie tak otwartej deklaracji, i dlatego w pierwszej chwili nie wiedziała, jak na nią zareagować. Siedziała w milczeniu, a on wziął ją za rękę, uniósł ją do ust i pocałował.

– A co to właściwie oznacza, że wybrałeś mnie? – zapytała w końcu.

Nie odpowiedział, tylko pochylił się nad nią i pocałował ją w usta. Odpowiedziała z całym podnieceniem, które narastało w niej od dawna, i choć nie zamierzała z nim spać, zanim nie usłyszy, że planuje z nią wspólną przyszłość, nagle nie było już odwrotu. W samochodzie było niewygodnie i mało romantycznie, rozbierali się z komicznym trudem, długo szukali w miarę znośnej pozycji. Co chwila uderzali głowami i nogami o kierownicę, drzwi albo drążek skrzyni biegów, ale żadne z nich się nie zaśmiało, nie zaproponowało innego miejsca. Byli jak opętani, upojeni faktem, że wreszcie mogą przestać się kontrolować. Oboje czuli, że jeszcze nigdy z nikim nie byli tak blisko, jeszcze nigdy nie szczytowali tak intensywnie. Kochali się niewiarygodnie długo, raz za razem, nie wiedząc jeszcze, że nigdy więcej nie uda im się odtworzyć magii tej pierwszej godziny. To był najpełniejszy, najcudowniejszy moment ich związku. Zaraz po nim zaczął się początek końca.

Przestali, bo Peter miał skurcz w nodze i nie mogli dłużej wytrzymać w niewygodnej pozycji. Podczas gdy on z wykrzywioną bólem twarzą opierał nogę o szybę, ona nagle poczuła, że musi siusiu, wyskoczyła z samochodu i kucnęła za krzewem oleandrów. Cieszyła się, że wcześniej tego nie poczuła. Ubrała się do końca, dygocząc z zimna na nocnym powietrzu, i wróciła do samochodu. Także Peter zdążył się ubrać – najwyraźniej skurcz już ustąpił. Nagle miał taką minę, jakby marzył o papierosie albo szklaneczce whisky.

Umysł Nadine znowu zaczął pracować. Wyczuwała niepokój Petera. Pytanie o jego decyzję, które na jakiś czas zniknęło, powróciło z pełną mocą. Jednak jego mina i ruchy zdradzały, że pierwszy o tym nie wspomni.

W końcu skoczyła na głęboką wodę.

– Wspominałeś coś o decyzji?

Przez dłuższą chwilę nie odpowiadał, aż w końcu na nią spojrzał. Usiłowała wyczytać coś z jego wzroku – miłość, pożądanie. Nie była w stanie ocenić, czy to widzi w jego oczach, ale z pewnością patrzył na nią z wielką czułością.

– Nadine, było mi z tobą cudownie. Nie wyobrażam sobie życia bez ciebie. Nie. – Pokręcił głową. – To nie do pomyślenia.

Musiała go zapytać.

– Czy to dlatego... dlatego że przed chwilą spaliśmy z sobą?

Wahał się przez chwilę.

– Szaleję za tobą – powiedział w końcu. Zabrzmiało to szczerze. – I to od pierwszej chwili. Zobaczyłem cię i zaraz zacząłem sobie wyobrażać, jak to jest dotykać twoich piersi, twoich cudownie długich nóg, twoich włosów... Zastanawiałem się, jak smakujesz, jakie to uczucie poczuć twój oddech na skórze... a teraz było jeszcze lepiej, jeszcze cudowniej niż w moich marzeniach. Ale to nie tylko seks. To... – Wbił wzrok w noc, bezradnie wzruszył ramionami. – Nie umiem tego opisać, Nadine. Jest tak, jak powiedziałem: nie wyobrażam sobie życia bez ciebie. Jesteś jego częścią. Proszę, nie odchodź teraz, gdy wszystko dopiero się zaczyna.

Nie mogła się oprzeć błaganiu w jego oczach, jego cichemu głosowi. A jednak zauważyła, że coraz częściej ogarniał ją wewnętrzny chłód, bo wiedziała już, że nie dostanie tego, czego pragnęła. Zbyt wiele słów. Otaczał nimi coś, o czym nie chciał rozmawiać. I znowu to ona zmusiła go do dalszego kroku – co zresztą idealnie oddawało naturę ich związku; Peter sam z siebie niczego nie obiecywał, nie chciał się wiązać, nie wypowiadał przykrych prawd. A Nadine wiecznie naciskała, drążyła, domagała się jasnej sytuacji. Ona naciskała, on stosował uniki.

– Co z Laurą?

Skulił się w sobie. Domyślała się, że oczywiście spodziewał się tego pytania, a jednak nie umiał się na nie przygotować.

– Czego chcesz? – zapytał, choć na pewno wiedział.

– Chcę zacząć z tobą nowe życie. A to oznacza... Chcę, żebyś się rozwiódł. – Widziała, że znowu drgnął, więc dodała szybko: – Ja oczywiście też to zrobię.

Dotknął dłonią jej twarzy, znużonym gestem, choć dopiero później miała się dowiedzieć, że chętnie tłumaczył się zmęczeniem, gdy chciał uniknąć trudnych tematów albo zmusić ją, by była dla niego czulsza.

– To nie takie proste, Nadine. Naprawdę, od tygodnia o tym myślę. Właściwie już od dawna, odkąd wszedłem do Chez Nadine i zobaczyłem kobietę, której jak wiedziałem, nigdy nie zapomnę. Problem w tym... – Urwał, szukał słów, aż w końcu wykrztusił, że ma kłopoty finansowe.

– Firma nie idzie tak, jak powinna. A poza tym popełniłem pewne... błędy w inwestycjach. Do tego niedawno kupiliśmy dom pod Frankfurtem. I dom tutaj. Jestem w kropce. Oczywiście wszystko się ułoży, to po prostu trudny okres, który muszę przetrwać.

– Co to ma wspólnego z rozwodem?

– Nie mamy z Laurą rozdzielności majątkowej. Musiałbym oddać jej połowę majątku, a w tej chwili to oznacza bankructwo.

– Możesz przecież sprzedać oba domy. I tak chcemy zacząć od zera. Wtedy oddasz jej połowę, a dla nas jeszcze coś zostanie.

– Oba domy mają obciążoną hipotekę. Mam długi, Nadine.

– Wziął ją za ręce. – Daj mi trochę czasu. Rok, dwa, a wszystko się ułoży. Wtedy spłacę Laurę i zarazem coś zostanie dla nas. Daj mi szansę.

Co miała robić? Przyznać, że grał na zwłokę, bo nie był w stanie podjąć decyzji? Oczywiście, że o tym myślała. Nie mogła przecież sprawdzić, czy mówił prawdę. Później, kiedy chciał z nią wyjechać, okazało się, że nie kłamał. Naprawdę miał nóż na gardle.

Ale też już wtedy musiał wiedzieć, myślała teraz, że to nie jest kwestia roku czy dwóch. Nie wspomniał też, że miał jeszcze te dwieście tysięcy marek w Szwajcarii. Dzięki nim mieli zacząć na nowo w Argentynie. Dlaczego tak późno? Dlaczego nie od razu?

Tamtego wieczoru uległa mu, wdała się w tę grę, zabawę w zakazaną, potajemną miłość, a w takiej grze zawsze ktoś przegrywa, i liczyła się z tym, że to może być ona. Od tej pory ich spotkania były romantyczne i ukradkowe, często pospieszne; nierzadko sama przeżywała przykry moment rozstania. Dla siebie mieli tylko tydzień jesienią, gdy zdaniem Laury żeglował z Christopherem. Peter mieszkał wtedy w ich domku i chętnie wiłby tam romantyczne gniazdko dla siebie i Nadine, ale odwiedziła go tam tylko trzy razy, gdy lało za bardzo, by spotkać się na dworze. Źle się czuła wśród mebli Laury, ale bała się iść do hotelu; wszyscy ją znali jako żonę Henriego. Najczęściej wybierali się więc na samochodowe wycieczki gdzieś w góry albo na morze, wynajętym jachtem, do małych zatoczek na uboczu, tam kochali się godzinami albo tylko siedzieli, trzymając się za ręce, wpatrzeni w dal. Bywało, że prawie nie rozmawiali. W pewnym momencie Christopher nie chciał go już dłużej kryć i zeszłej jesieni Peter był spięty i rozdrażniony. Nadine miała wrażenie, że Laura jest z nimi, przynajmniej w jego myślach. Ale już wcześniej znienawidziła ten cowieczorny moment, gdy Peter sięgał po komórkę, uśmiechał się przepraszająco i wychodził z restauracji, w której razem jedli – co wieczór innej, żeby nikt ich nie zapamiętał jako pary. Z zacisznego zaułka dzwonił do Laury i opowiadał o cudownym dniu na morzu z Christopherem.

Kiedy wracał, zazwyczaj nie była w stanie powstrzymać złośliwych uwag:

– I jak? Wszystko w porządku u szanownej małżonki? A może nudzi się w luksusowej rezydencji, którą kupiłeś i przez którą nie możemy być razem?

Czasami ze złości zapierało jej dech w piersiach, gdy stawał w obronie żony:

– Nadine, przecież ją znasz. To nie jest rozpieszczona damulka siedząca bezczynnie w rezydencji. Najchętniej wróciłaby do pracy jako fotograf, ale ja tego nie chcę. Nie jest luksusową laleczką!

– Więc niech idzie do pracy. Może dzięki temu poprawi się wasza sytuacja finansowa i szybciej będziesz mógł się z nią rozwieść.

Bardzo często kłócili się o to, czy Laura powinna wrócić do pracy; ironia losu, myślała nieraz Nadine, bo przecież zapewne o to samo kłócił się też z Laurą. Peter powiedział kiedyś, że nie chce, żeby Laura wróciła do pracy, bo w jej zawodzie stykałaby się z ludźmi o zbyt swobodnym stylu życia.

– No wiesz, artyści, dziennikarze, fotograficy... znam tę branżę. Uroczy i niewierni. A kiedy sobie pomyślę, że znowu zakumpluje się z tą swoją przyjaciółką Anne... Słabo mi się robi. Żałuj, że jej nie widziałaś! Kompletna wariatka!

– I co z tego? Przecież to ci chyba obojętne? W kółko powtarzasz, że już od dawna nie kochasz Laury. Co cię obchodzi, czy z kimś flirtuje, czy nie albo czy sypia z kim popadnie? To nie powinno mieć dla ciebie żadnego znaczenia!

– Nadal jest moją żoną. Po rozwodzie może robić, co jej się żywnie podoba, ale na razie obchodzi mnie, jak się prowadzi.

Wyczuła w jego słowach ciągłe zainteresowanie Laurą i bardzo często rozmowy na ten temat kończyły się kłótnią. Zdenerwowany Peter groził wtedy, że zerwie z nią, Nadine.

– Właściwie dlaczego się tak męczę? – krzyknął kiedyś. – Mógłbym teraz siedzieć z Christopherem na jachcie i podziwiać zachód słońca! A ja po raz tysięczny wysłuchuję tych samych pretensji. Przyjeżdżam tu po to, żeby stresować się jeszcze bardziej niż w pracy. Jestem na urlopie i chcę odpocząć!

Bardzo się bała, że go straci, i dlatego nauczyła się postępować z wyczuciem. Ale wyglądała coraz gorzej i Henri dopytywał się, czy była u lekarza.

– Daj mi spokój! – krzyknęła wtedy i zalała się łzami, ale na jego pytania tylko przecząco kręciła głową.

Najgorszy dzień w ich związku to był tamten marcowy dzień przed dwoma i pół rokiem, kiedy jej powiedział, że Laura jest w ciąży. Być może to był najgorszy moment jej dotychczasowego życia, myślała nieraz później. Laura i Peter przyjechali do Prowansji na dwa tygodnie. Peter zadzwonił do niej już drugiego dnia i prosił o spotkanie. Umówili się na plaży, tej samej, na której teraz siedziała i opłakiwała swoje życie, zmarnowane i bezsensowne.

To był ciepły, słoneczny dzień. Włożyła letnią sukienkę, bez bielizny, bo dzięki temu czuła się bardziej seksowna. Miała nadzieję, że będą się kochać, bo wtedy przynajmniej fizycznie należał do niej i rozpaczliwie czekała na te chwile. Umalowała się, musnęła usta szminką hojniej niż zazwyczaj, ale i tak było po niej widać, jak bardzo jest umęczona.

Ale i Peter nie wyglądał zbyt radośnie. Był już, widziała go, schodząc tajemną ścieżką, siedział na płaskim głazie i ciskał do morza płaskie kamyki. Nie od razu ją zobaczył i przez chwilę mogła mu się dokładnie przyjrzeć. Kąciki ust opadały mu smętnie, między oczami widniał głęboki mars; wydawał się ponury, niemal zły. Nagle wiedziała, że to nie będzie przyjemne spotkanie.

Nie miała natomiast pojęcia, jak bardzo będzie nieprzyjemne.

Była już bardzo blisko, gdy w końcu ją zobaczył. Do tego stopnia był pogrążony w myślach, że drgnął, gdy do niego podeszła. Wstał, pocałował ją w policzki. Bez cienia namiętności.

– Cudownie cię widzieć – powiedziała miękko, ale i niespokojnie, bo wiedziała, że coś się stało.

Ponownie usiadł na głazie, wskazał miejsce obok siebie.

– Siadaj. Miałaś problem z wyjściem?

Zaprzeczyła ruchem głowy.

– Nie z Henrim. Zresztą i tak nie zdołałby mnie powstrzymać.

– Laura jest w domu. Źle się czuje. Powiedziałem, że jadę po zakupy, ale mam mało czasu, nie chcę, żeby zaczęła coś podejrzewać.

Skinęła głową.

– Ale mamy chociaż parę chwil.

– Wieczorem przyjdziemy do was na kolację. Wiem, że za tym nie przepadasz, ale Laura się uparła, a nie wiedziałem, jak ją odwieść od tego pomysłu. Nie mogę przez dwa tygodnie trzymać jej z dala od Chez Nadine.

– Oczywiście.

Nie znosiła tych sytuacji. Widok Petera i Laury razem sprawiał jej niemal fizyczny ból. Zwłaszcza kiedy Laura brała go za rękę, uśmiechała się do niego, czule dotykała dłonią jego twarzy.

– Kiedy przyjdziecie? – zapytała.

– Koło ósmej. Laura miała zadzwonić do Henriego podczas mojej nieobecności. Zarezerwować stolik.

– Zobaczymy się jeszcze sami, kiedy już tu jesteś?

Nie odpowiedział, znowu rzucał kamienie do wody.

W końcu oznajmił:

– Nie chcę, żebyś wieczorem zemdlała z wrażenia. Laura jest w ciąży.

Poczuła się, jakby uderzył ją w głowę czymś ciężkim. Była jak ogłuszona. Słowo „ciąża" wirowało jej w głowie, rozbrzmiewało coraz głośniej, narastało do huku. Do dziś pamiętała, jak nagle zrobiło jej się niedobrze. Pomyślała też: „To niemożliwe. To jakiś okrutny żart. Zaraz się roześmieje, złapie mnie za rękę, wyśmieje mnie, że w to uwierzyłam".

Ale Peter oczywiście wcale się nie śmiał. I nie złapał jej za rękę. Cały czas ciskał kamienie do wody i starannie unikał jej wzroku.

– Gdyby ciąża nie była już widoczna, nie wspomniałbyś o niej – wykrztusiła w końcu. Przypomniała sobie jego słowa: nie chcę, żebyś zemdlała z wrażenia. – Kiedy... kiedy urodzi się dziecko?

– W czerwcu.

– Czyli... – liczyła szybko – jest w szóstym miesiącu. A zatem... Dziecko poczęło się we wrześniu. – Było jej coraz bardziej niedobrze. Zaraz rzygnie mu pod nogi. – A w październiku spędziłeś tu ze mną cały tydzień! Zaklinałeś się, że już z nią nie sypiasz! Możesz mi powiedzieć, skąd się wzięło to dziecko? Z probówki?

– Skądże. Stało się. Mój Boże, Nadine! – Gniewnie cisnął kolejny kamień do wody. – My... przyjeżdżam tu cztery razy do roku, z czego tylko tydzień mamy naprawdę dla siebie. Przez resztę czasu spotykamy się potajemnie, ukradkiem, rzadko i w stresie. Myślisz, że w ciągu roku żyję jak mnich? – W końcu na nią spojrzał. – Przecież ty też na pewno sypiasz z Henrim!

– Nie! – Energicznie pokręciła głową. – Już od dawna nie! To się skończyło, jeszcze zanim my... Bo ja naprawdę mam go dość. Ale w twoim wypadku jest najwyraźniej zupełnie inaczej.

– To była wpadka, wróciłem do domu pijany i...

– Sam powiedziałeś, że nie jesteś mnichem. Dlaczego dawniej wmawiałeś mi, że z nią nie sypiasz?

Był coraz bardziej wściekły, czuła, że zaraz zacznie wrzeszczeć. Nie znosił takich sytuacji. „Co za marudzenie" – mówił, ilekroć okazywała smutek albo zazdrość, robiła mu wyrzuty, zgłaszała pretensje. Oczekiwał, że wiadomość o ciąży jego żony przyjmie potulnie, może później, w domu, wybuchnie gniewem, ale jemu nie będzie zawracała głowy. Chciał romansu, nie stresu.

„Ale skąd miałam brać siłę, żeby sama się z tym mierzyć?" – myślała bezradnie.

– Mówię tak, żebyś nie suszyła mi głowy – warknął gniewnie. – Tak długo wiercisz mi dziurę w brzuchu, dręczysz mnie, żebym ci przysiągł, że z nią nie sypiam, że to robię, żebyś w końcu dała mi spokój. Czasami jesteś strasznie męcząca! Zawsze chodzi tylko o ciebie! A może mogłabyś czasami pomyśleć także o mnie i o moich problemach!

Zastanawiała się, jak by zareagował, gdyby mu powiedziała, że sama jest w ciąży. Pewnie na początku wpadłby w panikę, że to jego dziecko, a potem doszedłby do wniosku, że jako kochanka na jakiś czas będzie poza zasięgiem. Co nie przypadłoby mu do gustu.

A może była o nim zbyt złego zdania?

– Przecież to nie moja wina, że mamy dla siebie tak mało czasu – zauważyła. – Od półtora roku proszę, żebyś się zdecydował. Ta sytuacja jest nie do wytrzymania. Nie do zniesienia. A teraz jeszcze i to... – Głos jej się załamał. Zagryzła dolną wargę. Nie mogła się rozpłakać. Ilekroć jej się to zdarzało, Peter odchodził gniewnie, po prostu ją zostawiał. Nie mogła do tego dopuścić.

– Tłumaczyłem ci, dlaczego teraz nie mogę się rozwieść. Myślałem, że to rozumiesz.

– Mówiłeś o dwóch latach. Rok, dwa, tak mówiłeś. Zaraz miną dwa.

– W październiku – mruknął. – W październiku miną dwa lata.

– Ale chyba już coś wiadomo. Jak jest? Twoja sytuacja finansowa się poprawiła?

Patrzył przed siebie, rysował coś butem na żwirze. Przyglądała mu się i zauważyła, że wcześniej, gdy obserwowała go z daleka, nie skrzywił się tylko na chwilę; bruzdy wokół nosa i ust były w jego twarzy na stałe. Widziała zmarszczki, które nie znikały, które znaczyły jego twarz, dodawały mu lat. Zrozumiała, zanim cokolwiek powiedział, że jego kłopoty się nie skończyły, przeciwnie, było coraz gorzej, przez nie nocami nie sypiał, a za dnia nie miał chwili spokoju.

Kiedy opowiadał, w jego głosie nie było już złości, tylko znużenie. Znużenie starego człowieka.

– Jest jeszcze gorzej – powiedział cicho. – Jest tragicznie. Mam gigantyczne długi. Ilekroć usiłuję załatać jedną dziurę, otwierają się następne, jedna większa od drugiej. Nie wiem, jak to się skończy, wiem tylko, że straciłem nad tym kontrolę.

Tym razem to jemu drżał głos; przez moment Nadine obawiała się, że zacznie płakać. Zaraz jednak wziął się w garść, choć rozpacz i beznadzieja zostały w jego głosie. Chyba od dawna stanowiły jego część.

– Czuję się jak na karuzeli, która kręci się coraz szybciej i szybciej, chcę zeskoczyć, ale nie wiem, gdzie upadnę i czy przy okazji nie skręcę sobie karku. A więc tkwię tam, gdzie jestem, i z dnia na dzień jest gorzej.

Chciała wziąć go za rękę, zapewnić, że wszystko będzie dobrze, ale zacisnął dłonie i odsunął się od niej; najwyraźniej nie chciał, żeby go dotykała. Poza tym to byłoby kłamstwo, a nie miała innych słów pociechy. Nie znała co prawda jego sytuacji finansowej, ale znała jego; nie miał skłonności do histerii i przesady. Kiedy mówił, że jego sytuacja jest beznadziejna, było zapewne jeszcze gorzej.

– Najbardziej chciałbym po prostu zniknąć. Razem z tobą. Wyjechać tam, gdzie nikt nas nie zna. Zacząć nowe życie, od początku...

Po raz pierwszy o tym wspomniał i Nadine wstrzymała oddech. Przecież to było jej marzenie. Nowe życie... Druga szansa... do tej pory nigdy o tym nie mówił, ale w tamtej chwili udało jej się zignorować fakt, że skłoniła go do tego sytuacja finansowa, a nie ona.

– Mam żelazną... rezerwę – ciągnął. – Jakieś dwieście tysięcy marek. Na koncie w Szwajcarii, chciałem uniknąć podatków. Dzięki takiej sumie moglibyśmy zacząć od nowa.

Zaraz jednak wszystko legło w gruzach.

– Ale jak to zrobić? Zostawiłbym Laurę z mnóstwem długów. Latami nie dostawałaby pieniędzy z mojego ubezpieczenia na życie, bo zanim uznają mnie za zmarłego, miną całe wieki.

I do tego wszystkiego jeszcze dziecko! Boże, Nadine! – W końcu na nią spojrzał. – Nie mógłbym rano spojrzeć w lustro.

Odważyła się dotknąć jego dłoni. Nie cofnął jej. Błyskawicznie opracowała strategię, jedyną dopuszczalną w tej chwili, jedyną, która miała szanse powodzenia – przestała go naciskać. Okazywała wsparcie i współczucie. Wiedziała: długi będą rosły, a wraz z nimi jego obawy. Jego życie runie jak domek z kart. Myśl o wyjeździe i nowym początku, skoro raz już się pojawiła, nie odejdzie tak łatwo. Będzie rosła wprost proporcjonalnie do jego desperacji, a wyrzuty sumienia wobec Laury i dziecka będą maleć. Musi poczekać, aż jeszcze więcej wody naleje mu się do uszu. Choć cierpiała przy tym, musiała się uzbroić w cierpliwość.

Zaczęła się wojna nerwów, która odbiła się na jej zdrowiu. Nawet teraz, w ten zimny poranek na plaży, poczuła tamte torsje, które przez rok nękały ją dzień w dzień, te migreny, suchość w ustach, wieczne drżenie rąk.

„To wszystko przez dziecko" – myślała. Peter kochał małą bardziej, niż zakładała.

Zawsze czepiała się jego zapewnień, że dziecko było wynikiem wpadki, i do dzisiaj uważała, że była to jedna z nielicznych spraw, w których jej nie okłamał. W tamtej napiętej sytuacji nie mógł chcieć dziecka, ale kiedy się zjawiła słodka, jasnowłosa księżniczka, nie drugi chłopiec, bo syna już miał, od razu zdobyła jego serce. Oczywiście nigdy tego Nadine nie powiedział. W ogóle nie zwierzał się jej z tego, co się działo w pokoju dziecinnym, i tu doceniała jego takt. Ale była na niego bardzo wyczulona i ilekroć – z rzadka – mówił o Sophie, słyszała w jego głosie miłość, której zazwyczaj tam nie było. Skrupuły wobec rodziny rosły zamiast maleć. Nie podejrzewała go o takie wyrzuty sumienia.

W pewnym momencie nie mogła już dłużej wytrzymać taktyki wycofania, bo nie przynosiła efektów, i od początku tego roku powróciły kłótnie – jej błagania, jego gniew – aż doszło do tego strasznego weekendu w Perouges. I kiedy już straciła wszelką nadzieję, podjął decyzję.

Ale to ona przegrała, bo może coś, co rodzi się w takich bólach, z takimi oporami, musi się źle skończyć. Chciała wymusić coś, co nie było jej pisane, i w efekcie wokół siebie widziała trupa, wdowę i półsierotę – i siebie, kobietę, która kolejny raz straciła wszelkie nadzieje i marzenia.

„Stanąć na własnych nogach – pomyślała niejasno, bo nie miała pojęcia, jak to się robi. – To moja jedyna szansa".

Było jej zimno, ale nie od wiatru. Chłód pochodził z jej wnętrza. Jakby żyła, choć zaczęło się pośmiertne sztywnienie.

Kiedy to się skończy, może nie będzie już czuła bólu i zawodu, ale też pożądania i nadziei. Nic już nie będzie czuła.

Może to także rodzaj wewnętrznego spokoju.

6

Monique pobiegła dalej, niż planowała, dalej, niż sądziła, że to możliwe. Wyszła z domu, skręciła na zachód i doszła prawie do Les Lecques, potem zawróciła, ale na wysokości La Madrague doszła do wniosku, że nie chce jeszcze wracać do domu, zaatakowała więc klif, ciągnący się aż do Tulonu. Jego mały odcinek widziała ze swojej kuchni. Latami oglądała tu spacerowiczów, ale nigdy jej nie kusiło, by iść w ich ślady. Podobno widoki są wspaniałe, ale droga ciągle prowadzi w górę i w dół, a Monique nigdy nie przepadała za wysiłkiem fizycznym.

I rzeczywiście było to męczące, także tego ranka, który miał być początkiem nowego życia, bo sama dobra wola nie poprawiła jej kiepskiej kondycji. Na podejściach dyszała jak lokomotywa i co chwila stawała, sapiąc głośno, trzymając się za bolący prawy bok.

Ale czuła się świetnie. Podziwiała fantastyczne widoki, nawet bardziej niż wyzwanie, jakie sobie rzuciła. Świeże, chłodne powietrze było cudowne. Miała czystą, trzeźwą głowę. „Sport – postanowiła – zacznę uprawiać sport. Będę szczupła i wysportowana. Może nie znajdę sobie faceta, nie założę rodziny, ale nie muszę wegetować przed telewizorem".

Coś jej mówiło, że sprawność fizyczna pomoże się uporać z innymi problemami. Nie wiedziała, skąd brała to przekonanie, ale instynkt podpowiadał, że to prawda.

Kiedy w końcu wróciła do domu, było wpół do pierwszej. Była głodna i dzisiaj naprawdę zasłużyła na pyszny obiad. Bolały ją nogi, gdy szła na górę. Pod drzwiami wyjęła klucz z kieszeni i wsunęła go do zamka.

Nie miała pojęcia, skąd zjawił się ten mężczyzna. Nagle był tuż za nią, wepchnął ją do mieszkania, wszedł za nią i zamknął drzwi. Później zastanawiała się, czy czekał na nią na schodach, piętro wyżej. Wszystko działo się tak szybko, że w ogóle się nie zorientowała, że coś jest nie tak, nie pomyślała nawet, żeby krzyczeć. We własnym mieszkaniu odwróciła się i spojrzała na niego.

Był wysoki, szczupły i przystojny, ale patrzył na nią z nieprzyjemnym uśmiechem. Doszła do wniosku, że ma dziwne oczy.

– Monique Lafond? – zapytał, choć miała wrażenie, że wie, kim ona jest i nie było sensu się wypierać.

– Tak.

Uśmiechnął się szerzej i bardziej przerażająco.

– Chciała pani ze mną rozmawiać? – zapytał i Monique w przypływie jasności, nietypowej dla jej powolnego rozumowania, pojęła, że popełniła fatalny błąd.

CZĘŚĆ II

Prolog

Denerwowała go świadomość, że ma ją w piwnicy własnego domu. Nierozwiązany problem, do którego nie miał pojęcia, jak podejść. A coś takiego było po prostu nie do pomyślenia, szczególnie teraz. Był już tak blisko celu. Czuł, że spełnienie jego marzeń jest na wyciągnięcie ręki. Dlaczego akurat teraz zdarzyła się Monique Lafond?

Kiedy usłyszał jej nagranie na poczcie głosowej, zesztywniał ze strachu i zaraz zaczął kombinować, co to za kobieta i skąd ma numer jego telefonu. Nazwisko brzmiało znajomo, już je kiedyś słyszał, ale trochę trwało, zanim w końcu skojarzył: sprzątaczka! Pieprzona sprzątaczka Camille. Nigdy nie poznał jej osobiście, ale Camille raz czy dwa wymieniła jej nazwisko. Jakim cudem ktoś taki ma jego numer telefonu? Nie wierzył, żeby dostała go od Camille, która nigdy nie wspominała, by przyjaźniła się z pomocą domową, a zresztą i tak chciała utrzymać ich związek w tajemnicy.

Oczywiście równie dobrze Camille mogła opowiadać o nim całemu światu, a on absolutnie, zwłaszcza na policji, nie wyparłby się ich romansu. Ale nikt się do niego nie zgłosił i dlatego założył, że Camille także jeśli chodzi o ich związek nie puściła pary z ust. Jej dystans do świata ocierał się chwilami o autyzm. Mógł sobie spokojnie wyobrazić, że cały czas trzymała język za zębami. Niby dlaczego sam z siebie miałby iść na policję i budzić śpiące licho?

Kiedy usłyszał głos Monique, zrozumiał, że popełnił błąd. Powinien był jednak liczyć się z tym, że ktoś się pojawi, a z perspektywy czasu dziwnie będzie wyglądało, że sam nie zgłosił się na policję. Ba, to rzucało na niego podejrzenie. I nie był w stanie znaleźć dobrego wytłumaczenia.

A teraz ktoś, kto najwyraźniej wiedział o jego związku z Camille, zgłasza się, i to dzwoni na komórkę, co zdenerwowało go dodatkowo. Tylko kilka osób znało ten numer, prawie nikomu go nie dawał. Camille go miała. Czyżby sprzątaczka znalazła go w jej rzeczach? Zastanawiał się nad tym; czyżby okazał się nierozsądny i lekkomyślny? Raz zostawił ten numer na automatycznej sekretarce Camille, gdy dzwonił do niej do Paryża, ale niemożliwe, żeby Monique na niego trafiła. A jednak ta myśl wzbudziła w nim niepokój, bo przecież każdy mógłby odsłuchać to nagranie. Skąd właściwie wyrosło w nim przekonanie, że Camille kasuje wszystkie wiadomości zaraz po wysłuchaniu? Kilka razy słyszał, jak robiła to tutaj, kasowała je, zanim nagranie dobiegło końca. Oznaka jej chorobliwego braku zainteresowania światem zewnętrznym.

– Po co ci w ogóle automatyczna sekretarka? – zapytał kiedyś. – Przecież nawet nie słuchasz, co ci ludzie mówią.

Spojrzała na niego z roztargnieniem.

– Jacques ją zainstalował – odparła. Wiedział już, że to oznacza właściwie, że automatyczna sekretarka jest święta. Wszystko, co zrobił jej zmarły mąż, miało zostać nietknięte, zapewne do końca świata. Nawet jeśli działało jej na nerwy.

A jeśli z jakiegoś powodu nie skasowała jego nagrania na sekretarce w Paryżu? Przecież twierdziła, że w ogóle go nie słyszała. Nie uwierzył jej, uznał, że to zwykła wymówka, kolejny pretekst, dzięki któremu chciała z nim zerwać. Właściwie wcale jej nie uwierzył i to go zdenerwowało, tak strasznie zdenerwowało, tak koszmarnie, że w końcu...

Nigdy nie pozwalał sobie zapuszczać się dalej we wspomnienia. Wolał nie myśleć, co się wtedy stało. I bez tego ma dzisiaj pełne ręce roboty, żeby na nowo poukładać sobie życie. Nawet jeśli popełnił błędy, teraz musi dopilnować, żeby nie okazały się jego klęską.

Musiał przede wszystkim przemyśleć, co dalej z tą Monique Lafond, którą miał teraz na głowie i która mogła się okazać bardzo niebezpieczna.

Była tak uprzejma, że podała mu nawet dzielnicę, w której mieszka, więc bez problemu ustalił jej dokładny adres. Po raz pierwszy poszedł do niej w sobotę po południu, koło trzeciej. Nie było jej, ale w drzwiach jej mieszkania tkwiła karteczka, którą oczywiście natychmiast zabrał. Suka dość już namieszała, najwyższy czas, żeby teraz on wkroczył do akcji.

Wieczorem ponowił próbę, ale kiedy już stał pod jej drzwiami, usłyszał, że dzwoni do niej ktoś z dołu, więc szybko wycofał się piętro wyżej. Kobiecy głos sugerował, że odwiedziła ją przyjaciółka, a ponieważ doświadczenie nauczyło go, że jeśli koleżanka odwiedza kobietę w sobotnie popołudnie, raczej nie wyjdzie do nocy, nie chciał czekać, tylko wycofał się równie cicho i niezauważenie, jak przyszedł.

Dzisiaj musiał sporo odczekać i to kosztowało go niemało nerwów. Problemem byli pozostali lokatorzy; nabraliby podejrzeń, gdyby nieznajomy mężczyzna godzinami czaił się na korytarzu, a poza tym mogliby go zapamiętać. Ilekroć otwierały się drzwi, uciekał na strych i krył się pod małymi schodkami na dach. Mało prawdopodobne, żeby ktoś tamtędy przechodził. Gorzej, gdy otwierały się drzwi wejściowe do bloku; wtedy nie mógł uciekać na dach, bo przecież to mogła być Monique. Musiał twardo sterczeć na posterunku i mieć wszystko na oku, i dwukrotnie cudem udało mu się ukryć, zanim ktoś go zauważył.

Aż w końcu przyszła. Działał błyskawicznie. Bogu dzięki była sama, cały czas liczył się z tym, że znowu będzie w towarzystwie przyjaciółki. O dziwo, nawet nie przeszło mu przez myśl, że mogłaby mieć męża albo kochanka. Być może dlatego, że na drzwiach widniało tylko jej nazwisko, ale chyba przede wszystkim przez jej idiotyczne zachowanie; jego zdaniem żaden mężczyzna nie pozwoliłby na to, co zrobiła, dzwoniąc do niego – podała potencjalnemu mordercy swoje nazwisko i numer telefonu. Tak naiwne są tylko kobiety.

Wepchnął ją do mieszkania i zamknął za sobą drzwi. Miał przy sobie nóż, ale nie musiał go nawet wyjmować, nie stawiała najmniejszego oporu, nie krzyczała, wpatrywała się w niego wielkimi oczami.

– Chciała pani ze mną rozmawiać? – zapytał i natychmiast wyczytał z jej twarzy, że wiedziała, co ma na myśli, i że zaczęła się bać. Na wszelki wypadek wsunął rękę do kieszeni bluzy, żeby mieć łatwy dostęp do noża, gdyby jednak zaczęła wrzeszczeć, ale ona najwyraźniej nie była w stanie tego zrobić. Wpatrywała się w niego tylko. W jej głowie szalały chyba tysiące myśli.

Słyszał, jak ktoś przechodzi korytarzem. Stali zdecydowanie za blisko drzwi, więc pchnął Monique do saloniku; właściwie wcale nie musiał jej pchać, wystarczyło, że powoli ruszył w jej kierunku, a wycofała się sama. W saloniku upewnił się szybko, że wszystkie okna są pozamykane, a potem kazał jej usiąść. Zrobiła to od razu. Na szczęście naprawdę się go bała i chyba nie będzie mu sprawiała żadnych kłopotów. Sam wolał stać, przede wszystkim dawało mu to poczucie, że kontroluje sytuację, bo w rzeczywistości był bardzo niespokojny. Nie miał pojęcia, co robić. Cały czas myślał tylko o jednym: „Muszę ją wyłączyć. Muszę jakoś zażegnać to niebezpieczeństwo". A teraz miał to niebezpieczeństwo przed sobą i nie miał pojęcia, co dalej.

– Skąd miała pani mój numer telefonu? – zapytał. – Mojej komórki?

Wahała się odrobinę za długo. Chciała go okłamać.

– Od madame Raymond – odparła.

Uśmiechnął się pogardliwie.

– Madame Raymond nigdy w życiu nie dałaby mojego telefonu sprzątaczce! – Niemal wypluł ostatnie słowo i poczuł, jak wraca mu odrobina pewności siebie. Świetnie, teraz musi jej tylko uświadomić, że jest tylko zwykłą pomocą domową, nikim wyjątkowym, a już na pewno nie kimś, kto mógłby się z nim równać. Poza tym wcale mu się nie podobała, miała, jak na jego gust, za grube uda i okrągłą twarz. Nie, w ogóle nie była w jego typie.

– A jednak dała mi pana numer – obstawała przy swoim.

Skąd naprawdę go wzięła? Były tylko dwie możliwości: albo co jakiś czas szperała w rzeczach Camille i tam znalazła jego numer. Nie chciała się do tego przyznać, bo teraz jej wstyd. Albo był ktoś jeszcze, informator, którego teraz kryła. Ale kto to mógł być, do cholery? Camille nie miała wielu znajomych i żadnych przyjaciół. A nawet jeśli – niby dlaczego miałaby komuś dawać numer jego komórki?

Tego popołudnia jeszcze kilka razy zadawał jej to pytanie, ona jednak uparcie obstawała przy swojej niewiarygodnej wersji. Czuł, jak powoli ogarnia go złość. Gdyby chociaż umiała kłamać, to co innego, ale to, co mu wciskała, urągało jego inteligencji, a jej upór działał mu na nerwy. I dobrze. Zdarzyło się, że kogoś zabił, ale wtedy był do tego właściwie zmuszony, jego ofiary zasługiwały na śmierć, nie miał wyjścia, musiał je zabić, bo przez nie świat z dnia na dzień był coraz straszniejszy, zimniejszy, bardziej nie do zniesienia.

Monique Lafond nie była jedną z takich osób, przynajmniej o ile mu było wiadomo. Ale wsadziła nos w nie swoje sprawy, a teraz jeszcze usiłowała wciskać mu kit i jeśli to potrwa choćby odrobinę dłużej, czuł, że dojdzie do wniosku, że ona zasługuje na karę. To znacznie uprościłoby sprawę.

W pewnym momencie – ona nadal siedziała na kanapie, on nadal górował nad nią, stojąc – oznajmił:

– Będę cię bił. Będę cię bił tak długo, aż mi wyznasz całą prawdę.

Zamrugała nerwowo i zapytała bojaźliwie, czy może iść do łazienki.

– Nie – odparł i stwierdził z zadowoleniem, że Monique pobladła jeszcze bardziej. Prawdziwa tortura, gorsza z każdą chwilą, z każdą godziną, a on wcale nie musiał niczego robić. Może idiotka w końcu zrozumie, że będzie dla niej lepiej, gdy zacznie z nim współpracować.

Na szczęście o tej porze roku ściemniało się szybko. O szóstej uznał, że mogą zaryzykować. Dobrze, że do tej pory nie pokazał jej noża, bo gdy go teraz wyjął, przeraziła się niemal śmiertelnie i zaczęła dygotać na całym ciele. Był święcie przekonany, że nie będzie próbowała go oszukać.

– Wyjdziemy z mieszkania i pójdziemy do mojego samochodu – powiedział. – Będę szedł tuż koło ciebie, z nożem przy twoich plecach. Jeśli spróbujesz wykręcić mi jakiś numer, wbiję ci go w nerki. Chyba nie muszę ci tłumaczyć, że to cię albo zabije, albo zrobi z ciebie kalekę. A więc bądź grzeczna i nie rób niczego, czego ci nie każę. Jasne?

Sam nie zdawał sobie sprawy, że w którymś momencie podczas tego popołudnia przestał do niej mówić per pani, a zaczął na ty. Dobry znak. Im mniej stosował wobec niej ogólnie przyjętych form grzecznościowych, tym bardziej stawała się w jego oczach tylko przedmiotem, a w którymś momencie to bardzo ułatwi sprawę.

– Proszę – szepnęła. – Mogę najpierw do łazienki?

– Nie – odparł i jednym ruchem kazał jej wstać.

Miał wielkie szczęście. Nie spotkali nikogo na korytarzu, także na zewnątrz, na drodze do portu nie było przechodniów. Dzień był słoneczny, ale chłodny; wieczorem zrobiło się naprawdę zimno. Szedł tak blisko niej, że przechodzień wziąłby ich za parę zakochanych. Nóż ukryty w jego rękawie cały czas dotykał jej pleców. Raz, kiedy się potknęła, dopilnował, żeby poczuła, jaki jest ostry. W świetle portowych latarni widział krople potu na jej czole i koło nosa. Była w kiepskiej formie. I dobrze jej tak.

Kazał jej wleźć do bagażnika, rozejrzawszy się najpierw czujnie, czy nikt ich nie obserwuje. Jak jeż zwinęła się w kłębek i zaczęła cicho płakać. Jego zdaniem miała ku temu powody.

W domu znowu udało mu się niepostrzeżenie wprowadzić ją do środka. Irytująco powoli gramoliła się z bagażnika; najwyraźniej była w ogóle niewysportowana, a do tego pęcherz zapewne boleśnie dawał się jej we znaki, bo pierwsze, co powiedziała, gdy znaleźli się w domu, to było:

– Błagam, niech mi pan pozwoli skorzystać z toalety! Błagam! Przecząco pokręcił głową; niech się przekona, że jest równie uparty jak ona. Zaprowadził ją do piwnicy pozbawionej okien, przypominającej wielką kamienną jaskinię. Było w niej też mniejsze pomieszczenie, w którym na drewnianych półkach przechowywał konserwy. Poza tym nie było tam nic; w końcu nie spodziewał się, że będzie tu trzymał kobietę. Pchnął ją w zimną ciemność i zamknął za nią drzwi, wrócił na górę przy akompaniamencie jej wrzasków. Ucichły, gdy zamknął drzwi na górze. Zmęczony, odgarnął włosy z czoła. Udało mu się, grał na czas, zyskał chwilę na oddech, ale niewiele więcej, musiał sobie to jasno powiedzieć. Koniec końców będzie musiał znaleźć rozwiązanie, nie może przecież bez końca trzymać Monique Lafond w zimnej piwnicy, aż mu zgnije. A może? Właściwie nie musiałby nic robić, tylko za jakiś czas usunąć to, co z niej zostanie.

Wszedł do saloniku, zapalił stojącą lampę koło kanapy. Bardzo lubił jej delikatne światło. W wielkim piecu z kutego żelaza tliły się drwa, napełniały pokój przyjemnym ciepłem. Nalał sobie whisky, poczuł pieczenie w przełyku, rozkoszował się ogniem w ciele. Zdawał sobie sprawę, że czasami pił za dużo, ale wcale nie był alkoholikiem; wystarczy odrobinka, żeby poczuł się silniejszy i bardziej odpowiedzialny.

Spojrzał na telefon. Tak bardzo chciał usłyszeć jej głos. Nie chciał się narzucać, ale w końcu, po chwili wahania, sięgnął po słuchawkę i wybrał jej numer. Serce waliło mu jak oszalałe, kiedy czekał, aż odbierze.

„Dobry Boże, oby była w domu. Muszę z nią porozmawiać. Muszę mieć pewność, że naprawdę istnieje. Że na mnie czeka, że mnie lubi, że pewnego dnia mnie pokocha..."

Trwało to tak długo, aż już myślał, że nie ma jej w domu, i rozczarowanie przyprawiło go o tak silny ból, że miał wrażenie, że go nie wytrzyma.

Już miał się rozłączyć, gdy ktoś podniósł słuchawkę.

– Tak – rzuciła zdyszana.

Miała najcudowniejszy głos na świecie, słodki, melodyjny, miękki, pełen niewypowiedzianych obietnic. Odczuł wielką ulgę, poczuł, jak bardzo jej pragnie i jak wiele ich łączy już teraz.

– Och... jednak jesteś w domu, Lauro – zaczął sztywno. To wcale nie pasowało do tego, co do niej czuł. – Już myślałem, że... nieważne. Tu Christopher. Może miałabyś ochotę zjeść dzisiaj ze mną kolację?

Poniedziałek, 15 października

1

– Niestety nie bardzo mogę panu pomóc – powiedział Henri.
– Jesteśmy z żoną wstrząśnięci śmiercią naszego wieloletniego przyjaciela, ale nie mamy pojęcia, co się mogło stać.
– Hm – mruknął komisarz. Wydawał się niezadowolony, a poza tym Henri miał niepokojące uczucie, że nie do końca uwierzył w jego całkowitą niewiedzę. Sam słyszał, jak sztucznie brzmią jego słowa, jakby nauczył się ich na pamięć, ale równie dobrze mogła to być normalna reakcja na szokującą przemoc, z którą nagle przyszło im się zmierzyć, prawda?

Było wpół do dziewiątej w poniedziałek rano. Ledwie otworzył okiennice w restauracji, zwrócił uwagę na szary samochód, w którym siedziało dwóch mężczyzn. Stał po drugiej stronie ulicy.

Wysiedli, gdy tylko go zobaczyli, a kiedy przeszli przez jezdnię, nie miał wyjścia, musiał otworzyć im drzwi.

Przedstawili się jako komisarz Bertin i jego współpracownik Duchemin i oznajmili, że chcieliby mu zadać kilka pytań. Zaprosił ich do kuchni, poczęstował kawą, którą pili z wdzięcznością. Przede wszystkim zapytali o Nadine.

– Byłoby dobrze, gdyby pańska żona uczestniczyła w naszej rozmowie.

Musiał wtedy wyjaśnić, że żony niestety nie ma w domu.

– Wyszła tak wcześnie? – Bertin pytająco uniósł brwi.

– W ogóle tu nie spała. Nocowała u matki. Często do niej jeździ. – Henri miał wrażenie, że mówi trochę za szybko. – Jej mama nie jest najlepszego zdrowia – wyjaśnił.

Jak się spodziewał, wiedzieli już od Laury, że w tamtą sobotę Peter Simon był w restauracji. Wypytywali o wszystko: co mówił, jak się zachowywał, czy coś rzuciło mu się w oczy, ale Henri powiedział im to samo co Laurze: że Peter wydawał się zmęczony i cichy, ale po tak długiej podróży nie widział w tym niczego dziwnego. Że zjadł tylko pół pizzy i po mniej więcej godzinie wyszedł. Że właściwie nie rozmawiali.

– Ale przecież państwo się przyjaźnili – zauważył Bertin.

– Panowie nie widzieli się przez dłuższy czas. Chyba normalną rzeczą jest choć chwilę pogadać?

– Oczywiście – zapewnił Henri. – Ale musiałem pracować. Restauracja pękała w szwach, a nie mogłem liczyć na żonę, bo znowu musiała pojechać do matki. Byłem sam, uwijałem się między kuchnią a salą jadalną, a klienci i tak narzekali, że wszystko trwa tak długo. Nie miałem czasu dla Petera.

– Wiedział pan, czemu tu przyjechał?

– Oczywiście. Co roku przyjeżdżał o tej porze, w pierwszym albo drugim tygodniu października. Na żagle z przyjacielem.

– I nie wspominał, że tym razem ma inne plany?

Henri poczuł, jak drga mu mięsień na prawej skroni. Oby policjanci tego nie zauważyli. Ile wiedział Bertin? Wiedział, że Peter Simon miał zupełnie inne plany? Że chciał uciec z Nadine, zacząć nowe życie gdzieś daleko stąd? Ale niby skąd miałby to wiedzieć? Laura nie miała o niczym pojęcia; gdyby było inaczej, wpadłaby tu, żądając rozmowy z Nadine, tego był pewien. Może znaleźli w jego samochodzie coś, co zdradzało plan wspólnej ucieczki? Listy, coś innego? Uznał, że niczego nie zmieni w zeznaniach; o niczym nie miał pojęcia.

– Nie – odparł. – Nic takiego nie mówił. Ale jak wspomniałem, nasza rozmowa ograniczyła się właściwie do przywitania. Byłem w ciągłym biegu.

Zapytali o nazwiska pozostałych gości, ale niestety nie był w stanie im pomóc, nikogo nie znał.

– W sezonie rzeczywiście często przychodzą ci sami goście

od lat, ale po sezonie... to przypadkowi ludzie i małe grupki. Nikogo nie znałem. Poza Peterem Simonem właśnie.

– Czy monsieur Simon z kimś rozmawiał?

– Nie.

– Madame Simon wspominała, że zwrócił pan uwagę na aktówkę, którą miał z sobą. Rzuciła się panu w oczy?

– Tak, bo jeszcze nigdy nie przyszedł tu z aktówką. Ale nie zawracałem sobie tym głowy. Jak mówiłem, byłem zbyt zajęty i myślałem tylko o tym, żeby jakoś się z tym wszystkim uporać.

– Czy kiedy monsieur Simon wychodził z restauracji, ktoś za nim poszedł? Tuż po nim?

– Nic takiego nie zauważyłem. Ale byłem wtedy w kuchni. Mogłem czegoś nie zauważyć.

– Przecież taki gość musiałby się z panem rozliczyć, zawołać pana.

– Niektórzy najpierw płacą, a potem w spokoju dopijają swoje wino. To oczywiście o niczym nie świadczy, ale nikt nie rzucił mi się w oczy.

Bertin pochylił się i przyglądał mu się uważnie.

– Co pan wie o Peterze Simonie? Jak bardzo się przyjaźniliście? Zwierzaliście się sobie z problemów? Lęków? Trosk? Opowiadaliście sobie o wydarzeniach z codziennego życia? Czy to była prawdziwa przyjaźń, czy tylko znajomość?

Mięsień na skroni nie dawał mu spokoju. Miał wrażenie, że drga tak bardzo, że Bertin i Duchemin nie mogliby tego nie zauważyć. Ale nie pozwoli, by coś takiego wyprowadziło go z równowagi. Musi odpowiadać swobodnie, spokojnie.

– Cóż, nie widywaliśmy się zbyt często – zauważył. – Simonowie przyjeżdżali tu na Wielkanoc i w lecie. Czasami też pod koniec roku, ale to się zdarzyło... chyba tylko dwa razy. W październiku Peter przyjeżdżał na żagle, choć wtedy czasami w ogóle się nie spotykaliśmy. Nie wiedzieliśmy o sobie zbyt wiele. Często przychodzili do restauracji, ale wtedy i ja, i Nadine byliśmy w pracy, więc nie mogliśmy zbyt długo gadać. Nie. – Udało mu się w miarę pewnie spojrzeć Bertinowi w oczy. – To nie była przyjaźń, tylko raczej znajomość.

– Wiedział pan, że Peter Simon miał bardzo poważne kłopoty finansowe?

– Nie. – To go naprawdę zaskoczyło. Nigdy o tym nie słyszał. – Nie miałem o tym pojęcia.

– W weekend niemieccy policjanci przyjrzeli się jego sytuacji finansowej. Wdowa została z górą długów. Może tylko liczyć na to, że Peter Simon miał wysokie ubezpieczenie na życie.

– Żadne z nich o tym nie wspominało.

– Hm – mruknął komisarz. Upił łyk kawy, zanim podjął przerwany wątek: – Proszę powiedzieć coś więcej, jak właściwie wyglądała ta wasza znajomość? Mówimy o dwóch parach. Zazwyczaj w takiej konstelacji związki emocjonalne nie rozkładają się równomiernie. Czasami to mężczyźni świetnie się rozumieją, choć kobiety wcale za sobą nie przepadają. Albo odwrotnie. Albo jedna z kobiet wiąże się z mężem drugiej... Jest wiele możliwości. Jak to było w państwa przypadku?

Czyżby jednak się czegoś domyślał? Jak inaczej zrozumieć to pytanie? Mięsień już nie tylko drgał, teraz sprawiał też ból. Henri tęsknie pomyślał o tym, jak inaczej mógł wyglądać ten ranek. Poranna gazeta, kawa, bagietka z miodem... Nagle jak małe dziecko zapragnął bagietki z miodem, jakby była w stanie ukoić jego nieszczęśliwą duszę.

Zastanawiał się, dlaczego właściwie czuje się winny. Dlaczego tak bardzo uważa na to, co mówi? Dlaczego się boi, dlaczego drgają mu mięśnie? Nie zrobił nic złego. Nie miał nic wspólnego ze śmiercią Petera Simona. Ale też chyba nie o to chodziło. Bał się po prostu, że ci mężczyźni o chłodnych, inteligentnych twarzach zorientują się, jaki z niego mięczak i rogacz, oferma, który latami żył ze świadomością, że żona go zdradza, że czepiał się rozpaczliwie nadziei na wspólne życie i nowy początek nawet wtedy, gdy się dowiedział, że chciała go zostawić. Zastanawiał się, co Bertin zrobiłby na jego miejscu. Wyrzucił żonę z domu? Nie, on w ogóle nie znalazłby się w takiej sytuacji.

Nie wyglądał na takiego, który daje się własnej żonie wodzić za nos.

– Nie sądzę – zaczął w odpowiedzi na pytanie Bertina – żeby w naszym przypadku była mowa o jakimś specjalnym podziale... Wszyscy się lubiliśmy i tyle. Czasami umawialiśmy się we czwórkę, ale niezbyt często, jak mówiłem, bo kiedy Simonowie przyjeżdżali na urlop, mieliśmy szczyt sezonu i mnóstwo pracy w pizzerii. I najwyraźniej niewiele o sobie wiedzieliśmy. Myślę, że moja żona też nie miała pojęcia o problemach finansowych Petera Simona.

– Może pana żona była bliżej z Laurą Simon?

– Nie, nie wydaje mi się.

A potem wygłosił to zdanie o tym, jak bardzo ich poruszyła śmierć długoletniego przyjaciela, że nie mieli pojęcia, co się mogło zdarzyć, i wtedy wydawało mu się, że coś w jego słowach wzbudziło nieufność komisarza.

Mężczyźni wstali. Duchemin odezwał się po raz pierwszy.

– Chcielibyśmy porozmawiać także z pańską żoną. Kiedy to będzie możliwe?

– Nie wiem dokładnie, kiedy dzisiaj wróci... Może zostanie u matki na kolejną noc. Mamy dzisiaj zamknięte i...

Duchemin wręczył mu wizytówkę.

– Niech do mnie zadzwoni. Umówimy się.

– Dobrze.

Odprowadził ich do drzwi. Dzień był piękny, jak wczoraj, ale zrobiło się jeszcze zimniej. Zastanawiał się, czy dzwonić po Catherine i zaprosić ją na obiad. Ostatnio odzywał się do niej tylko wtedy, gdy była mu potrzebna, i nie odnosił się do niej najlepiej. Właściwie mógłby ugotować jej coś pysznego i spędzić z nią powolny, leniwy dzień. Mało prawdopodobne, żeby Nadine wróciła jeszcze dzisiaj.

2

– Od razu mi się wydawało, że skądś znam to nazwisko – sapnęła Marie. – Peter Simon! Oczywiście! Wasi przyjaciele z Niemiec. Wspominałaś o nich kilka razy.

– To był szok – wyznała Nadine.

Siedziała naprzeciwko matki przy drewnianym stole kuchennym, na tym samym miejscu, które zajmowała od dzieciństwa. Brzeg od jej strony był naznaczony nacięciami i bazgrołami, tysiące razy dawała upust frustracji i niemocy, ryjąc coś czubkiem noża albo rysując bezmyślnie. Dzisiaj, jako dorosła kobieta, najchętniej wbiłaby w drewno paznokcie, co oznaczało, że wcale się nie zmieniła od tamtego czasu. Nadal tkwiła w tej samej pułapce i nadal nie miała pojęcia, jak się z niej wyzwolić.

Spojrzała w górę, wzdłuż ścian wąwozu, i dostrzegła skrawek błękitnego nieba bez jednej chmury, ale o tej porze roku słońce ani razu w ciągu dnia nie docierało do wąskiego wąwozu. Zapaliły światło i nie zgaszą go aż do późna.

– Wyobrażam to sobie. – Marie wstrząsnęła się z przerażeniem. – Znać kogoś, kto pada ofiarą brutalnego morderstwa... Straszne! Masz pojęcie, co się właściwie mogło wydarzyć?

– Nie, gdybym wiedziała, zgłosiłabym to policji.

Marie skinęła głową i dyskretnie zerknęła na kuchenny zegar. Było dziesięć po dziewiątej. Westchnęła. Owszem, to ekscytujące, że znajomy córki został zamordowany, ale w tej chwili o wiele bardziej interesowało ją życie samej córki, a konkretnie – jej małżeństwo. Nadine zbyt często zostawiała Henriego samego, a na dłuższą metę to się nie mogło dobrze skończyć. Nie do wiary, że Nadine nie dostrzegała, jaki skarb trafił jej się w postaci Henriego. Pewnie trzeba przejść przez tak makabryczne małżeństwo jak jej, żeby w pełni docenić zalety kogoś pokroju Henriego. Marie oczywiście domyślała się, że bywa trochę nudny z tym spokojnym głosem i mdłym charakterem; to nie mężczyzna, który szaleje z zazdrości, nie krzyczy, nie rozbija naczyń, nie kierują nim coraz to nowe namiętności. Ale alternatywa? Czaruś jak jej Michel, który nie darował żadnej kobiecie? Henri był przewidywalny i dobry. Jednak prędzej czy później i on będzie miał dość.

– Czasami sobie myślę – zaczęła ostrożnie – że los innych obchodzi cię bardziej niż twój własny. To oczywiście straszne, że wasz przyjaciel skończył w takich okolicznościach, ale koniec końców nie ma to nic wspólnego z twoim życiem. Twoje życie to Henri i Chez Nadine i tym powinnaś się zająć.

– Co chcesz mi powiedzieć?

Marie westchnęła ponownie. Takie rozmowy przychodziły jej z wielkim trudem.

– Wiesz, jak bardzo jestem samotna. I jak bardzo cieszą mnie twoje odwiedziny. Ale to nie w porządku, że tak często zostawiasz Henriego samego. Wczoraj wieczorem był sam, teraz też siedzi sam. Kocha cię i jest ci bardzo... oddany. Ale miłość i oddanie nie załatwią wszystkiego, Nadine. – Pochyliła się nad stołem, pogłaskała dłoń córki. – Czas, żebyś wróciła do domu.

Nadine cofnęła dłoń, schowała ją pod stołem, jakby się bała, że matka znowu jej dotknie.

– Nie mam dokąd wracać – powiedziała.

Marie przyglądała jej się ze zdumieniem.

– Jak to? Co to znaczy?

– To, co słyszysz. Czego nie rozumiesz?

– Nie masz dokąd wracać? A Henri?

– Nie. – Cały czas trzymała ręce pod stołem. – Nie wrócę do niego. Nasze małżeństwo nie istnieje, i to od dawna. Nie ma sensu. Nie wmawiaj mi, że to wspaniały mężczyzna, że powinnam wziąć się w garść i co tam jeszcze. To już koniec. Nie mogę dłużej.

Marie była w szoku i przez dłuższy czas nie odzywała się w ogóle. W końcu stwierdziła cicho:

– Często o tym wspominałaś, ale zawsze myślałam...

– Co takiego?

– Że to tylko chwilowy kryzys. W każdym małżeństwie są wzloty i upadki, ale w gorszym okresie nie można tak po prostu wszystkiego rzucić. Trzeba to przetrwać, a w końcu będzie lepiej.

– To nie jest kwestia jednego kryzysu, mamo. Od lat już nic do niego nie czuję. Nie pokocham go znowu, tak samo jak martwy nie wróci do życia. Powrót do niego to udręka dla mnie i koniec końców także dla niego.

Marie skinęła głową, porażona determinacją w jej głosie.

– I co teraz zrobisz? – zapytała.

– Muszę stanąć na własnych nogach – odparła Nadine. – Nie mam pieniędzy, nie mam zawodu, nie mam dachu nad głową. – Głos jej zadrżał, beznadziejność jej sytuacji docierała do niej w całej okazałości, otulała ją jak duszący koc. Po chwili jednak wzięła się w garść. – Znajdę jakiś sposób. A na razie... chciałam zapytać, czy tymczasem mogłabym znowu zamieszkać u ciebie.

Trzeba przyznać Marie, że choć zaszokowana rozwojem wydarzeń, zdołała zapanować nad nerwami – co w jej życiu zdarzało się rzadko.

– Ależ oczywiście – odparła. – To przecież w takim samym stopniu twój dom, jak i mój. Możesz tu mieszkać, jak długo zechcesz. Choćby i na zawsze.

To ostatnie zdanie sprawiło, że Nadine straciła resztki samokontroli. Bardzo się starała, żeby nie płakać, żeby z dumą przyznać się do klęski własnych planów i marzeń, ale lekkość, z jaką jej matka brała pod uwagę opcję „na zawsze", pozbawiła ją resztek sił.

– O Boże, mamo – powiedziała i zalała się łzami, tak samo jak podczas poprzedniej wizyty, i jeśli Marie przez chwilę się łudziła, że to łzy wzruszenia albo ulgi, szybko poznała swój błąd; jeszcze nigdy nie widziała, by ktoś płakał tak rozpaczliwie, tak dramatycznie. Nawet ona tak nie szlochała, a przecież spędziła ze łzami w oczach większą część życia, więcej niż w jakimkolwiek innym stanie. Zastanawiała się, gdzie popełniła błąd, teraz i w dzieciństwie Nadine, i jak zawsze doszła do wniosku, że tak czy inaczej to wszystko wina Michela.

Rozgoryczona gapiła się w filiżankę z kawą i słuchała rozpaczy córki, bo wiedziała, że w żaden sposób nie zdoła jej ulżyć.

3

Powoli wzbierało w niej poczucie osaczenia i zarazem wyrzuty sumienia, i te dwa uczucia okazały się bardzo męczące i skomplikowane. Poprzedniego wieczoru zadzwonił Christopher, żeby zaprosić ją na kolację, ale tak bardzo pragnęła samotności, że wykręciła się, mówiąc, że już sobie coś szykuje.

– W takim razie zrób dwie porcje – odparł radośnie. – Za kwadrans będę u ciebie. Przyniosę bardzo dobre wino.

– Nie, proszę, nie – odparła szybko, chyba z ostrą nutą w głosie, co sugerowało jego urażone milczenie, wyczuwalne nawet przez telefon.

Najostrożniej, jak potrafiła, dodała:

– Christopher, tu nie chodzi o ciebie. Po prostu muszę mieć trochę czasu dla siebie. Tyle się wydarzyło... Cały czas myślę intensywnie i koncentruję się na sobie, na mojej przeszłości. Przepraszam.

Jak zawsze był wyrozumiały i pełen współczucia, ale nie dał się tak łatwo spławić.

– Oczywiście, Lauro, doskonale to rozumiem. Twój świat się zawalił, musisz się dopiero odnaleźć w nowej rzeczywistości. Ale nie powinnaś zamykać się w sobie, uciekać od ludzi. W pewnym momencie dopadnie cię gonitwa myśli i pewne rzeczy wydadzą się większe, niż są w rzeczywistości. W takich chwilach lepiej pogadać z przyjacielem.

Zdawała sobie sprawę, że Christopher ma rację, a jednocześnie wiedziała, że i ona ma rację, szukając samotności, i czuła, że jest niewdzięczna, nie ciesząc się, że ktoś podaje jej przyjaźń na tacy, tylko złości się, że nalega, zamiast przyjąć do wiadomości odmowę.

„Pewnie w ogóle nie powinnam się tłumaczyć – pomyślała później. – W rozmowie z mężczyzną to błąd niejako z założenia. W ich oczach wytłumaczyć znaczy to samo, co tłumaczyć się, a tłumaczenie się jest oznaką słabości. I wtedy atakują".

Czyli powielała te same błędy, które popełniła wobec Petera, a to z kolei przywołało takie wspomnienia, że przez cały wieczór miała o czym myśleć.

Teraz, następnego ranka, miała przynajmniej poczucie, że udało jej się posunąć o krok do przodu. Nie chciała wiecznie analizować siebie i małżeństwa z Peterem, zależało jej jednak na tym, żeby mieć jasność co do paru ważnych punktów, poza tym czuła, że ta analiza pozwala jej pogodzić się ze wszystkim, co się wydarzyło.

W końcu uznała, że powinna zadzwonić do Christophera, ale ta myśl budziła w niej niechęć i odwlekała moment, gdy podejdzie do telefonu. Kiedy nagle rozległ się dzwonek aparatu, skuliła się w sobie, zaraz jednak pomyślała, że przecież równie dobrze może to być Monique Lafond. W sobotę wsunęła jej w drzwi karteczkę z numerem telefonu i prośbą o kontakt. Jeśli nie wyjechała, powinna do niej oddzwonić już dawno.

Ale w słuchawce oczywiście usłyszała Christophera.

– Witaj, Lauro. Mam nadzieję, że nie dzwonię za wcześnie? Roześmiała się sztucznie.

– Nie, skądże. Jestem rannym ptaszkiem, jak wiesz.

I zaraz pomyślała: „Skąd niby miałby to wiedzieć?".

– Niestety do tej pory nie miałem o tym pojęcia – odparł od razu. – Jest jeszcze wiele rzeczy, których muszę się o tobie dowiedzieć.

Zadrżała. Albo w ogóle się nie rozumieją, albo wysłała mu poprzedniego dnia sygnał, który opacznie zrozumiał. A może rzucił to zupełnie niewinnie, a ona zinterpretowała jego słowa jako coś, czego wcale nie miał na myśli?

– Wczorajszy wieczór dał ci coś? – zapytał. – Wiesz, martwiłem się o ciebie. Niektórzy wpadają w depresję od takich rozmyślań. Ba, tak było ze mną, gdy odeszła ode mnie Carolin. W myślach analizowałem każdą rozmowę, wiecznie rozważałem, gdzie popełniłem błąd, co powinienem był zrobić, żeby było inaczej. W końcu byłem załamany i zagubiony. Musiało minąć wiele miesięcy, zanim udało mi się zatrzymać karuzelę myśli w mojej głowie.

– Myślisz, że można się od tego uzależnić? – zapytała. Zaintrygował ją ten aspekt.

– Moim zdaniem tak. W każdym razie wątpliwości nagle stają się częścią ciebie, przeradzają się w brak poczucia własnej wartości. Machina rusza z miejsca o świcie, ledwie otwierasz oczy, i pracuje pełną parą do wieczora, póki nie zaśniesz. Zagryzasz się kompulsywnie, choć nic dobrego z tego nie wynika. Tak, moim zdaniem wtedy można już mówić o uzależnieniu.

– Jeszcze mi do tego daleko. Dopiero co owdowiałam. Dopiero co dowiedziałam się, że mąż mnie zdradzał. Muszę to przepracować i odpychanie tego od siebie nic mi nie da.

– Ależ oczywiście – zapewnił miękko. – Wcale nie uważam, że powinnaś to od siebie odpychać, radzę tylko, żebyś nie mierzyła się z tym sama, żebyś w tej rozpaczy nie zapominała o bożym świecie, innych ludziach. Nie odsuwaj się od wszystkich i wszystkiego.

Mówił tak spokojnie, tak ciepło, że poczuła, jak agresja wobec niego, którą odczuwała poprzedniego dnia, zniknęła bez śladu. Christopher był wyrozumiały, skory do pomocy, troskliwy. Nie chciał, żeby zmagała się ze wszystkim sama, chciał jej pomóc, być przy niej. Właściwie robił dokładnie to, czego w takiej chwili oczekuje się od przyjaciela.

– Wpadnij wieczorem – zaproponowała spontanicznie. – Tym razem naprawdę coś ugotuję, tak jak chciałeś. O ósmej?

– Bardzo chętnie – odparł uroczyście. Kiedy odkładała słuchawkę, zdała sobie sprawę, że cieszy się na myśl, iż tego wieczora będzie miała towarzystwo.

Zadzwoniła do informacji i ustaliła numer telefonu Monique Lafond. Zadzwoniła do niej, ale włączyła się tylko automatyczna sekretarka. Po raz kolejny poprosiła kobietę, żeby się z nią skontaktowała, choć od wczorajszego wieczoru zaczęła wątpić, by ten trop miał jakiekolwiek znaczenie. Czy to ważne, co łączyło jej męża z tajemniczą Camille Raymond? Czy to ważne, czy zdradzał ją z jedną, dwiema czy trzema kobietami? Prawda jest taka, że to mogło zmienić sposób, w jaki postrzegała jego związek z Nadine. Nadine mogła się okazać wielką miłością jego życia albo jedną z wielu kochanek. Ta świadomość przyniosłaby ulgę, sprawiłaby, że łatwiej żyłoby się jej, gdyby wiedziała, że ją oszukiwał.

Zapisała nazwisko M. Lafond na karteczce przy telefonie. Wieczorem spróbuje jeszcze raz.

4

W pewnym momencie Monique w końcu zasnęła, ale kiedy wreszcie ocknęła się z niespokojnego snu, miała poczucie, że nie zdołała przyzwoicie wypocząć. Wydawało jej się, że przespała zaledwie kilka minut, choć ból w zesztywniałych mięśniach sugerował, że spędziła znacznie więcej czasu na zimnej, twardej, cementowej podłodze.

W pierwszej chwili wydawało jej się, że to wszystko jest tylko złym snem, że zaraz odetchnie głęboko i wróci do rzeczywistości, ale jej umysł szybko pozbył się resztek snu i świadomość, że to wszystko dzieje się naprawdę, zabolała tak bardzo, że aż jęknęła. Została porwana. Uwięziono ją w piwnicy jakiegoś domu. Otaczał ją nieprzenikniony mrok. I przejmujące zimno.

Niczego nie widziała, zapoznała się z więzieniem tylko za pomocą dotyku. Straciła poczucie czasu, nie miała pojęcia, czy jest środek nocy, następny ranek, czy może już następne popołudnie. Była głodna, ale od głodu gorsze było palące pragnienie. Mężczyzna, który ją tu uwięził, był zarazem zabójcą Camille i Bernadette Raymond.

To ona znalazła Camille i Bernadette, widziała, co im zrobił. Do tej pory pamiętała zapach rozkładających się ciał. Kiedy jeszcze zanim zasnęła, przypomniała sobie tamten widok, martwe ciała matki i dziecka, kiedy po raz pierwszy zrozumiała, że znalazła się w niewoli mordercy, dopadły ją torsje. Ponieważ przez cały dzień właściwie nic nie jadła, wymiotowała żółcią, ale torsje szarpały nią przez długie minuty. Była przerażona. Usiłowała się uspokoić, zachować zdrowy rozsądek. Mógł zabić ją od razu, jeszcze w jej mieszkaniu. Nie zrobił tego, za to zasypał ją pytaniami. Skąd miała jego numer telefonu? Najwyraźniej domyślał się, że ktoś jeszcze zna prawdę.

„Nie zabije mnie, póki mu tego nie powiem. Jestem mu potrzebna żywa. Musi wiedzieć, czy jest ktoś jeszcze, kto wie albo przynajmniej może naprowadzić policję na jego ślad".

Czepiała się kurczowo tej nadziei, ale jednocześnie budził się w niej nowy strach: co on zrobi, żeby zmusić ją do mówienia? Był szalony i bez skrupułów. Czy zdoła wytrzymać ból?

Pod żadnym pozorem nie może zdradzić nazwiska osoby, od której uzyskała jego numer. Nie tylko dlatego, że chciała ją chronić; była święcie przekonana, że tym samym podpisałaby wyrok śmierci na siebie.

Wieczorem, niedługo po tym, jak ją tu zamknął i zniknął, ulżyła udręczonemu pęcherzowi w kącie więzienia. Przedtem jednak, zapłakana, roztrzęsiona, obeszła całe pomieszczenie na kolanach, szukając wiadra. Wpadła na regał zbity z nieheblowanych desek, na którym stały puszki i słoiki, ale poza tym w pomieszczeniu o wymiarach, jak szacowała, trzy metry na trzy, nie było nic. Absolutnie nic – żadnego posłania, koca, butelek z wodą, nic. A już na pewno nie było tu nic, co mogłaby wykorzystać jako nocnik.

Starała się zapamiętać kąt, w którym się załatwiła, żeby zawsze z niego korzystać i nie rozwlec ekskrementów po całym pomieszczeniu, ale teraz, po drzemce, całkiem straciła orientację. Było jej bardzo zimno, od cementowej posadzki ciągnął przenikliwy chłód. Nie powinna tyle leżeć, bo zaraz dostanie zapalenia nerek, a nie przypuszczała, by oprawca szczególnie się przejął jej cierpieniem. Może w ogóle się nią nie przejmował. Przez jedną straszliwą chwilę pomyślała, że po prostu zostawi ją tutaj, w tej koszmarnej piwnicy, już nigdy więcej się nie pojawi, zostawi ją na pastwę głodu, pragnienia, zimna, skaże na straszliwą śmierć. Zaraz jednak wzięła się w garść. Usiłowała dodać sobie odwagi.

Chce wyciągnąć ze mnie informacje. Kiedy umrę, niczego się nie dowie.

Pewnie to, przez co teraz przechodzi, to tortury mające ją zmiękczyć. Będzie ją głodził i chłodził, doprowadzi ją na skraj obłędu w nieprzeniknionej ciemności, żeby wreszcie przestała milczeć. Bo oczywiście tak naprawdę wcale nie pozwoli jej tu umrzeć.

Ale czy pozwoli jej żyć? Nie zrobił nic, żeby zapewnić sobie anonimowość. Przez całe popołudnie gapiła się na niego, zapamiętała jego twarz na zawsze, mogła go opisać z najdrobniejszymi szczegółami. Nie, od samego początku nie zamierzał darować jej ani wolności, ani życia.

Zdawała sobie sprawę, że nie może panikować. Najdziwniejszą rzeczą, tym, co działało na nią najbardziej, co jakiś czas sprawiając, że nie była w stanie zaczerpnąć tchu, był brak poczucia czasu. Ciągle znajdowała się na granicy histerii. Cały czas była na skraju załamania nerwowego. Ilekroć z trudem odzyskiwała panowanie nad sobą, pojawiała się myśl, że byłoby o wiele łatwiej, gdyby wiedziała, która jest godzina.

Miała na ręku zegarek, ale bez podświetlanego cyferblatu, więc i tak nic nie widziała. Co jakiś czas rozważała, czy nie zbić szkiełka, by zorientować się dotykiem, jak ustawione są wskazówki, ale bała się, że zepsuje zegarek i wtedy nie będzie miała już nic. A tak przynajmniej, unosząc rękę do ucha, słuchała monotonnego tykania, które dawało jej poczucie ostatniej więzi ze światem. Niekiedy wsłuchiwała się w odgłosy z wnętrza domu, ale nic nie słyszała. Ani drzwi na skrzypiących zawiasach, ani dzwonka telefonu, nawet szumu spuszczanej wody. Być może zamknął ją w piwnicy opuszczonego domu, ale kiedy wysiadała z bagażnika, widziała, że znajdują się w małej wiosce albo miasteczku, a prowadzący do domu wąski korytarzyk wydawał się w pełni urządzony i zamieszkany.

On tu mieszka.

Ale ona znajdowała się w najdalszej części piwnicy, w zamkniętym pomieszczeniu, i dlatego nie słyszała niczego, co się działo piętro wyżej.

Oparła się o ścianę, otuliła ramionami drżące ciało i czekała. Sama nie wiedziała na co, wiedziała natomiast, że będzie to coś, co zmieni całe jej życie. Czekała na niego, na jakąś wskazówkę, co dalej zamierzał. Czekała na coś, cokolwiek, co zakłóci ciemność, pustkę, bezczasowość, w których się znalazła. Niewykluczone też, że czekała po prostu na łyk wody.

Jeśli nie chciał, żeby umarła, powinien zaraz, naprawdę zaraz, dać jej pić.

5

Christopher spodziewał się, że zawita do niego policja; zdziwił się nawet, że funkcjonariusze nie zapukali do jego drzwi o wiele wcześniej. Oczywiście denerwował się nieco, gdy Bertin i Duchemin siedzieli naprzeciwko niego w saloniku, a on myślał o kobiecie w piwnicy, ale policjanci chyba nie mieli nawet cienia zamiaru, by przeszukiwać jego dom. Był spokojny, że nie wyczują jej obecności. Wiekowa piwnica nigdy nie wyjawi swego sekretu.

Bertin oznajmił, że rozmawiał z madame Simon i monsieur Jolym i to, co zeznali oboje, wprawiło go w niemałą konsternację.

– Peter Simon był z panem, jak co roku, umówiony na październikowy rejs – mówił policjant – ale się u pana nie zjawił. Jego żona zeznała, że dzwoniła do pana w niedzielę siódmego października i dowiedziała się, że jej mąż nie stawił się na umówione spotkanie. Czy to prawda?

– Tak – odparł. Domyślał się, że Laura nie powie policjantom o Nadine Joly i spodziewał się takiego pytania.

– Byli panowie umówieni na sobotę wieczorem czy dopiero na niedzielę rano? Pytam, bo zdziwiło mnie, że to pan nie zadzwonił do madame Simon. Madame zeznała, że... – Bertin zajrzał do notatek – dzwoniła do pana około wpół do jedenastej. O tej porze chyba zorientowałby się pan, że przyjaciel nie przyjechał, i zaczął go szukać?

Christopher niespokojnie wiercił się na krześle. Miał nadzieję, że dobrze udaje zmieszanie i niezdecydowanie.

– No bo... – zaczął.

Bertin spojrzał ostro.

– Co to ma znaczyć? Dziwiła pana jego nieobecność, kiedy zadzwoniła madame Simon?

Christopher poruszył się niespokojnie. Spojrzał policjantowi w oczy.

– Nie, nie dziwiła mnie, bo myślałem, że wiem, gdzie jest.

Bertin i Duchemin przysunęli się bliżej. Przyglądali mu się ciekawie.

– Myślał pan, że wie, gdzie on jest? – powtórzył Bertin z niedowierzaniem.

– Laura... to znaczy pani Simon, nic panom nie powiedziała?

– Gdyby to zrobiła, nie szukałbym po omacku – żachnął się Bertin ze zniecierpliwieniem.

– Pewnie było jej głupio... chciała utrzymać to w tajemnicy... ale moim zdaniem trzeba nazwać rzeczy po imieniu.

– Bardzo o to prosimy – syknął Duchemin ponuro.

Christopher nerwowo zaplótł dłonie.

– Wiedziałem, że Peter Simon wcale nie wybiera się ze mną na żagle. Już od dawna jesienne żagle były tylko alibi. Alibi wobec żony. W rzeczywistości spędzał ten czas z... z Nadine Joly.

Policjantom nie udało się w pełni ukryć zaskoczenia.

– Z Nadine Joly? – powtórzył Bertin z niedowierzaniem, a Duchemin upewnił się idiotycznie:

– Z Nadine Joly z restauracji Chez Nadine?

Christopher skinął głową.

– To był mój przyjaciel – stwierdził bezradnie, załamany. – Nie mogłem go zdradzić. Choć uważałem, że to, co robi, jest okropne, obrzydliwe – nie mogłem go zawieść.

– Musimy wiedzieć więcej – oznajmił Bertin, a Christopher rozluźnił się odrobinę. Wiedział, jakich pytań się spodziewać: Od kiedy? Kto o tym wiedział? Skąd on wiedział? Czy Laura Simon się czegoś domyślała? I tak dalej, i tak dalej.

A na koniec, był gotów się o to założyć, zapytają o Camille Raymond. Jednak miał nad nimi przewagę – wiedział doskonale, co się teraz wydarzy.

6

Pauline była przekonana, że ktoś stał pod oknem saloniku. Zerknęła na zegarek. Dochodziła dwunasta. Rozłożyła deskę do prasowania przed telewizorem, bo miała stertę koszul Stephane'a do wyprasowania, i zabijała czas, oglądając głupi program rozrywkowy, jeden z tych, który o każdej porze dnia znajdzie się w jednym z kanałów telewizyjnych. Kątem oka dostrzegła cień na oknie, które znajdowało się nieco na ukos, za jej plecami. Po pierwszej sekundzie paniki odwróciła się, gotowa spojrzeć zagrożeniu prosto w oczy i stawić mu czoła. Tylko że za oknem nikogo nie było, tylko gałązka oleandra poruszała się na wietrze. Pomyślała, że może się pomyliła i wzięła ją za ludzki profil. Ale gałązka poruszała się bez przerwy, a do tej pory nie zwracała na nią uwagi. Nie panując nad własnym ciałem („jak wariatka" – pomyślała), wybiegła z domu na taras. Było zimno. Taras, na którym w lecie siedzieli obok siebie, wieczorami czasem urządzali grilla i sprawiali wrażenie małżeńskiego szczęścia, choć nigdy się nad tym nie zastanawiała – był pusty, zalany jesiennym słońcem. Nikogo w zasięgu wzroku.

Wściekła, a może załamana, Pauline ułamała gałązkę oleandra, która zaglądała do okna, choć do niedawna właśnie dlatego bardzo ją lubiła. Złamała ją jednym ruchem i cisnęła do ogrodu. Wróciła do saloniku, spojrzała w telewizor – na ekranie akurat kłóciła się para, zarzucali sobie niewierność i prowadząca z trudem zażegnała rękoczyny. Pauline zalała się łzami. Albo znajdowała się na liście ofiar chorego psychicznie mordercy i jej dni były już praktycznie policzone, albo powoli traciła rozum – niewiele lepsza perspektywa.

I z tym wszystkim była sama. Całkiem sama. To może było w całej tej sprawie najgorsze.

7

Henri zaprosił Catherine na wpół do pierwszej do Chez Nadine. Jak zwykle zjawiła się punktualnie, ale chyba bardzo się spieszyła, bo wpadła zdyszana i spocona; włosy kleiły jej się do czoła, a na bawełnianym sweterku, który miała na sobie, pod pachami wykwitły mokre plamy. Śmierdziała też potem i Henri stwierdził, że budzi w nim lekkie obrzydzenie. Fakt, natura potraktowała ją po macoszemu i niewiele mogła zrobić, by prezentować się choćby przyzwoicie, ale dlaczego zapuściła się aż tak bardzo? O ile sobie przypominał, dawniej było lepiej. Wtedy przynajmniej pachniała mydłem, a czasami nawet perfumami, czesała się i co jakiś czas muskała usta szminką. Ostatnio jednak wyglądała niechlujnie, nieapetycznie. Najchętniej powiedziałby jej, że to kiepski sposób radzenia sobie z życiową frustracją, ale jakoś nie miał na to ochoty. To nie jego sprawa. To nie jego żona. Koniec końców nic go to wszystko nie obchodzi.

– Spóźniłam się? – wydyszała. – Zapomniałam zegarka z domu i zdałam się tylko na wyczucie.

– Twoje wyczucie czasu jest idealne – odparł z wymuszonym entuzjazmem. – Jesteś punktualnie co do minuty.

Catherine westchnęła z ulgą i odgarnęła z czoła posklejane włosy. Unosząc rękę, uwolniła spod pachy kolejny obłoczek przykrego zapachu.

„Może po prostu skończył jej się dezodorant i jutro kupi sobie nowy" – pomyślał.

Nakrył do stołu w sali restauracyjnej. Biały obrus, kwiaty, płócienne serwetki i kolorowe ceramiczne talerze, które bardzo lubiła. Przygotował na ten obiad zupę warzywną z grzankami, potem domowej roboty ravioli z serem, w kremowym sosie pomidorowym, lekkie danie rybne, a na deser – *crème caramel*. I choć pracował w świetnym humorze i z zaangażowaniem, nagle stracił ochotę na wszystko i miał nadzieję, że Catherine zje szybko i zaraz sobie pójdzie.

– Musiałam jeszcze iść do agenta nieruchomości – wyjawiła. – I dlatego... – Nie dokończyła, jakby zakładała, że wiedział, czemu poszła do agencji nieruchomości, ale nie miał zielonego pojęcia i spojrzał na nią pytająco.

– No wiesz, nie szłam do ciebie prosto z domu – dodała.

– W takim wypadku nie byłoby problemu z zapomnianym zegarkiem.

– Co? Ach tak. Cóż, i tak nie było problemu, bo jak powiedziałem, zjawiłaś się punktualnie co do minuty. – Wydawało mu się, że prowadzą strasznie sztuczną rozmowę. Jakby nie znali się od dziecka, jakby nie mieli sobie nic do powiedzenia, ale z jakiegoś powodu musieli odnosić się do siebie grzecznie i uprzejmie.

– Siadaj, już podaję zupę.

Napełnił zupą talerze, nalał wina do kieliszków. Słońce świeciło na tyle jasno, że nie musiał zapalać świec; ucieszyło go to, choć właśnie w tym celu ustawił je na stole.

– Gdzie Nadine? – zapytała Catherine po pięciu minutach jedzenia w milczeniu.

– U matki – odparł odruchowo, bo przecież ostatnio ciągle była u matki, ale już w następnej chwili przyszło mu do głowy, że być może w przeszłości nieraz mówiła mu, że wybiera się do Marie, a tak naprawdę pędziła do kochanka. Westchnął cicho.

– Wróci? – zapytała takim tonem, jakby to było najnormalniejsze pytanie na świecie, jakby w ogóle kwestionowała ten fakt. Popsuła mu humor. Co za okropna baba. I jaka wścibska.

Jakby należała do rodziny. Przypomniało mu się coś, co często powtarzała Nadine, gdy po raz kolejny kłócili się o Catherine.

– Ona pragnie władzy. Władzy nad tobą! Zrobi wszystko, żeby wsadzić stopę w nasze drzwi. Zawsze będzie chciała mieć coś do powiedzenia, brać udział w podejmowaniu decyzji.

– Oczywiście, że wróci – odparł ostro. – To moja żona. Mieszka tu. Niby dlaczego miałaby nie wrócić z wizyty u matki?

Catherine skuliła się, słysząc jego ton, podniosła głowę, chciała coś odpowiedzieć, ale przełknęła te słowa. Odłożyła łyżkę na bok, choć jeszcze nie skończyła zupy, i zapytała:

– Nie interesuje cię, czemu byłam w agencji nieruchomości?

Rzeczywiście, mówiła coś o tym, ale nie skupił się na jej słowach. Dopiero teraz dotarło do niego, że to naprawdę dziwne: po co Catherine agencja nieruchomości?

– Interesuje – odparł.

– Wystawiłam moje mieszkanie na sprzedaż.

Zaskoczyła go tak bardzo, że i on odłożył łyżkę.

– Chcesz sprzedać mieszkanie?

– Tak. Niestety nie dostanę za nie dużo, zdaniem agenta może trochę więcej, niż mnie kosztowało, więc będę miała pewien kapitał.

– No tak, ale... dlaczego?

Spojrzała na ścianę, na kompozycję suszonych kwiatów, która pod warstwą kurzu stała się właściwie szara.

– Nie chcę już tam mieszkać. To obrzydliwe, ponure mieszkanie, nigdy się tam dobrze nie czułam. Poza tym najwyższy czas, żebym...

– Tak?

– Żebym zmieniła swoje życie – dokończyła ponurym głosem, który zdradzał, że zdaje sobie doskonale sprawę, że sprzedaż mieszkania tego nie załatwi, że i tak ma niewiele możliwości, żeby zmienić w nim coś naprawdę. – Już naprawdę najwyższy czas.

W pierwszej chwili wpadł w panikę. Co ona znowu wymyśliła? Co to ma znaczyć, zwłaszcza wobec tego, o co przed chwilą pytała: czy Nadine wróci?

Czy ona...? Nie sądzi chyba, że...?

Ale już w następnym momencie uwolniła go od przerażającej wizji, którą podsuwała mu wyobraźnia.

– Wyjeżdżam stąd.

– Wyjeżdżasz?

– Tak. Wyjeżdżam. Dokądkolwiek. Może do Normandii, do wioski, w której mieszkała nasza ciotka. Ostatecznie...

– Tak? – Zdawał sobie sprawę, że odpowiada idiotycznie, monosylabami, ale nie wiadomo dlaczego, w tej chwili nie był w stanie sklecić jednego sensownego zdania.

– Ostatecznie nie byłabym tam całkiem sama. Odwiedzałam ją kilkakrotnie i znam okolicę. Pamiętam też proboszcza, może nie zapomnieli mnie jeszcze przyjaciele ciotki i... no, nie będę tam całkiem sama.

Zagryzła usta, bo oczywiście także zdawała sobie sprawę, że przyjaciele ciotki, jeśli w ogóle jeszcze żyli, mieli koło dziewięćdziesiątki i stanowili kiepskie towarzystwo dla kobiety po trzydziestce.

– Och, Catherine – powiedział bezradnie i zaraz się zawstydził, bo odczuł ulgę tak wielką, że sam sobie wydał się zimnym, oschłym egoistą. Będzie wolny! Uwolni się od tej grubej, brzydkiej kobiety, która czepiała się go od lat, odkąd sięgał pamięcią, i której nie mógł odtrącić, bo poza nim nie miała nikogo. Oczywiście była wierna i pracowita, stawiała się na każde wezwanie, ale też miała wysokie wymagania: oczekiwała troski, rozmowy, poczucia przynależności. Nadine bardzo jej nie lubiła i to właściwie zrozumiałe. Która kobieta byłaby zachwycona, wraz z mężem niejako poślubiając jego kuzynkę?

W tej chwili dotarło do niego, że to Catherine stała na drodze jego szczęścia z Nadine, że to jej wina, że wszystko poszło nie tak. Jeśli się wycofa, ich szanse na nowy początek znacznie wzrosną.

– Catherine – zaczął z nadzieją, że nie wie, co mu chodzi po głowie. – Naprawdę chcesz to zrobić?

Przyglądała mu się dziwnie chłodnym wzrokiem, którego nigdy u niej nie widział, i wyczuł, że wiedziała, o czym myśli. Coraz bardziej się wstydził i coraz większą miał nadzieję.

– Na pewno – odparła. – Bo jakie mam wyjście? Moje tak zwane życie to żadne życie. To żałosna egzystencja, wegetacja, pusta, niespełniona, a też, po tym wszystkim, co się stało, bez cienia nadziei. Nigdy nie uwolnisz się od Nadine, a ja nie mogę dłużej mieszkać tak blisko ciebie. Wiesz, że zawsze cię kochałam, ale teraz odchodzę nie przez uczucie, od którego nigdy się nie uwolnię, ale przez rozpacz – nie mogę patrzeć, jak mężczyzna, który jest dla mnie całym światem, trwa przy kobiecie, która... – Zagryzła usta, nie dokończyła, wiedząc zapewne, że Henri nie zniesie krytyki Nadine z jej ust.

– Nie musimy dłużej o tym rozmawiać – zakończyła. – Dobrze wiesz, co czuję i myślę.

Wiedział, a jakże! Ileż razy wypowiadała się o Nadine, krytykowała ją subtelnie, ukradkiem, aż później mówiła otwarcie, jasno dała mu do zrozumienia, co sądzi o jego żonie. Co za straszna sytuacja bez wyjścia. Zastanawiał się teraz bezradnie, czemu wcześniej tego nie zauważył, czemu sam nie zakończył tej relacji?

– Będę cię odwiedzał – obiecał, ale sam słyszał kłamstwo w swoim głosie. Catherine także.

– Tak jak odwiedzałeś ciotkę? – rzuciła kpiąco.

Zwiesił głowę, bo przypomniała mu o kolejnej osobie, którą zawiódł w życiu, a jednak dostał od niej pieniądze i na dodatek je przyjął. Jednak nawet mimo tego zasłużonego wyrzutu nie mógł opanować radości i gdy ponownie zajęli się jedzeniem, w milczeniu, z poważnymi minami, czuł, jak ogarnia go radość, nadzieja na nowe życie z Nadine. Podał kolejne danie, pogrążony w marzeniach o przyszłej harmonii, ale z błogości wyrwało go ostre pukanie do drzwi.

– Kto to może być? – zdziwiła się Catherine.

Bertin i Duchemin. Chcieli wiedzieć, gdzie dokładnie przebywał Henri w sobotę szóstego października wieczorem.

I kto może to poświadczyć.

8

Koniec końców najgorsze okazało się pragnienie. Monique co prawda przeczuwała, że brak poczucia czasu prędzej czy później doprowadzi ją do obłędu, ale zanim do tego dojdzie, umrze z pragnienia. Miała nadzieję i zarazem bała się panicznie – nie wiedziała, ile godzin to trwało, nie wiedziała, kiedy przestała się łudzić – początkowo czekała, że oprawca otworzy drzwi i przyniesie jej coś do picia i jedzenia, ale w końcu musiała się zmierzyć z przerażającą perspektywą, że nie miał zamiaru tu zajrzeć, póki ona żyje, że przyjdzie dopiero, by pozbyć się jej zwłok. Najwyraźniej myliła się, licząc na to, że chce utrzymać ją przy życiu, dopóki mu nie powie, skąd miała numer jego telefonu. Chciał ją zabić, ale z niewiadomego powodu nie zamierzał jej udusić, jak Camille i Bernadette. Po prostu poczeka, aż zdechnie w tej piwnicy.

W tym momencie zaczęła płakać i zastanawiać się gorączkowo, czemu to wszystko musiało się wydarzyć właśnie teraz, gdy zaczynała nowe życie. Przypomniała sobie odprężenie i radość, które wypełniały ją rano – tego ranka? Wczorajszego ranka? I to, co wydarzyło się później, wydało jej się tak niesprawiedliwe, że płakała jeszcze głośniej, zwłaszcza gdy pojęła, że nie jest w stanie sobie wyobrazić, co ją czeka, że przyszłość jest przerażająca, nie do zniesienia.

W pewnym momencie zabrakło jej łez i sił. Wcześniej oparła się o ścianę, osunęła na ziemię, skuliła na posadzce w pozycji embrionalnej, zesztywniała z zimna z suchością w ustach, jakby wraz ze łzami straciła resztkę wody z organizmu. Wstała, pociągała nosem i nagle dotarło do niej, że ulegając panice, robi to, na co liczył jej oprawca.

– Muszę się zastanowić, co dalej – powiedziała na głos.

Przypomniała sobie, że namacała puszki i słoiki na drewnianym regale i na myśl, że być może zawierają przetwory owocowe, na przykład kompot, który mogłaby wypić, od razu ruszyła w stronę, w której jak jej się zdawało, stał regał. Pomieszczenie było na tyle małe, że już po chwili uderzyła głową w jedną z półek. Dźwignęła się na kolana i szukała po omacku, chciwie jak człowiek zbliżający się do oazy na pustyni. Drżącymi palcami namacała słoik, zbyt ciężki, by był pusty.

Udało jej się odciągnąć gumową przekładkę i otworzyć słoik. Słysząc plusk płynu, zapomniała o wszelkich środkach ostrożności. Podniosła słoik do ust i chciwie wypiła spory haust – by po chwili pluć i parskać na wszystkie strony. Ocet. Trafiła na ogórki konserwowe. Paskudne, kwaśne ogórki konserwowe.

Osunęła się na podłogę, kasząc i plując, i resztką sił starła ocet z podbródka.

Może jest jeszcze większym sadystą, niż jej się zdawało.

Może celowo zastawił cały regał takimi świństwami, bo wiedział, że kierowana rozpaczą będzie otwierała słoiki.

Przekona się o tym, próbując dalej.

Dźwignęła się z przeciągłym westchnieniem.

9

– Najgorsze było rozstanie z dziećmi – mówił Christopher. – Wiedziałem, że w moim życiu pojawią się inne kobiety, ale nigdy nie będzie dzieci, tych dzieci. Początkowo myślałem, że oszaleję. Rozpacz, którą odczuwałem, zaglądając do pustych pokoi dziecinnych, była jak fizyczny ból. Chodziłem w kółko, bałem się, że zacznę walić głową w ścianę.

– Nie zniosłabym utraty Sophie – mruknęła Laura. – Być może mężczyźni czują to samo. Pewnie było ci bardzo ciężko.

– To był koszmar – powiedział cicho.

Siedzieli przy kominku, na którym buzował ogień, sączyli czerwone wino i wpatrywali się w płomienie, jedyne źródło światła w pokoju.

Zaraz po jego przyjściu atmosfera była napięta. Po południu Laurze złożył wizytę komisarz Bertin i prosto z mostu oznajmił, że wie o romansie Petera z Nadine Joly.

– Wiem też, że i pani o tym wie, i to od kilku dni. Dlaczego to pani przede mną zataiła?

Usiłowała mu wytłumaczyć, czym się kierowała, i wydawało jej się, że zrozumiał – choć oczywiście nie pochwalał jej postępowania.

– Madame, tu chodzi o morderstwo. Wstyd i wrażliwość są tu nie na miejscu. Zatajając tak ważne fakty, koniec końców osłania pani mordercę.

Wypytywał o różne rzeczy. Ciekawie nadstawił ucha, gdy wspomniała, że Peter i Nadine wybierali się do Argentyny.

– Kiedy się pani o tym dowiedziała? – zapytał od razu, ale nie była pewna, czy jej uwierzył, gdy zapewniała, że dopiero po tym, jak Peter zniknął i jak się okazało, zginął. Oczywiście przez to znalazła się w kręgu podejrzanych, choć to przyszło jej do głowy dopiero później. Miała przecież powód, żeby zamordować męża. Zanim Bertin wyszedł, zapytała, skąd się dowiedział o Peterze i Nadine, ale nie zdradził nazwiska informatora. Laura była niemal pewna, że od Christophera, i zapytała go o to, gdy sączyli aperitif przed kolacją. Nie wypierał się niczego.

– Lauro, to jest policjant, komisarz policji. Nie mogłem go okłamać, prędzej czy później wszystko wyszłoby na jaw, i co wtedy? Poza tym... jak miałem odpowiedzieć na pytanie, dlaczego mnie nie zaniepokoiła nieobecność Petera?

Rozumiała go, a mimo to miała poczucie, że zawiódł jej zaufanie.

– Mogłeś mnie uprzedzić, zadzwonić.

Był w kiepskim humorze i w milczeniu zasiedli do kolacji. Ale jakimś sposobem – właściwie nie potrafiła powiedzieć, jak to zrobił – udało mu się sprowadzić rozmowę na swój temat, a to, jak o sobie opowiadał, budziło w niej współczucie i odruch, by go pocieszać.

– W moim życiu rodzina zawsze była najważniejsza – ciągnął Christopher. – Od tamtego dnia, gdy moja matka nas... gdy od nas odeszła, gdy zaczęło się to piekło, żyłem z nadzieją na to, że kiedyś będzie lepiej. Później, już jako student, gdy moi przyjaciele marzyli o wolności i samorealizacji, ja chciałem tylko wracać do domu, w którym będzie czekała żona i gromadka dzieci... – Uśmiechnął się smętnie. – No cóż, gromadki co prawda nie było, ale dwójka wystarczyła w zupełności.

– Doskonale to sobie wyobrażam – mruknęła Laura. – Ja mam tylko jedną, a i tak czasami nie wiem, w co ręce włożyć.

– Chyba cię już o to pytałem: dlaczego jej tu nie sprowadzisz? Jak możesz bez niej wytrzymać?

– Wiem, że jest w dobrych rękach. A bez niej mam tu większą swobodę ruchów. W tej chwili nie mogłabym zająć się nią tak troskliwie jak moja mama.

Skinął głową, ale miała wrażenie, że nie przekonała go do końca.

„Znając jego historię – stwierdziła – trudno się dziwić, że sobie nie wyobraża, jak ktoś może choćby na chwilę rozstać się z własnym dzieckiem".

– Podczas większości spraw rozwodowych uczucia ojców lekceważy się brutalnie – zauważył Christopher. – Skontaktowałem się w tamtym okresie z grupą wsparcia w Niemczech. W jej skład wchodzili ojcowie, którym odebrano dzieci. Staraliśmy się służyć sobie pomocą, czy to udzielając rad, czy konkretnego wsparcia. Niektórzy latami walczyli o prawo do częstszych odwiedzin, inni – o prawo do opieki. Ale stali na z góry straconej pozycji; kiedy to zrozumiałem, wycofałem się z grupy. Pogodziłem się z tym, że takiej rodziny jak dawniej już nie będę miał. Ale też powiedziałem sobie, że nigdy nie jest za późno, żeby zacząć od początku.

– To akurat prawda – zapewniła ciepło. – Myślę, że dokonałeś najlepszego wyboru: pogodziłeś się z sytuacją i zacząłeś patrzeć przed siebie, zamiast tracić siły na beznadziejną walkę i tym samym stracić z oczu teraźniejszość i przyszłość.

– Naprawdę tak uważasz?

– Oczywiście. I jestem przekonana, że jeszcze spotka cię szczęście.

Przyglądał jej się z dziwną intensywnością w oczach.

– To było coś wyjątkowego. Wtedy – dodał. – Kiedy tu szedłem... Widziałem blask świateł w oknach, widziałem, jak rozjaśniają noc, jak jaśnieją ciepło, z oczekiwaniem. Wiedziałem, że tam, wewnątrz, czeka na mnie kobieta, która szykuje mi kolację, napali w kominku, otworzy butelkę wina... Jeszcze cudowniej byłoby, gdyby powitała mnie też mała Sophie. Oddałbym wiele, żeby widzieć, jak się niecierpliwi, żeby pokazać mi wieżę z klocków, którą właśnie zbudowała, i ptaszka, którego narysowała... Wtedy byłoby idealnie...

Nagle ogarnęło ją nieprzyjemne uczucie, że Christopher jest za blisko. Usiłowała odsunąć go ironią.

– O, a już naprawdę byłoby idealnie, gdybym nie przesoliła cukinii! – zażartowała. Podczas kolacji oboje wypili mnóstwo wody.

On jednak nie podchwycił lekkiego tonu.

– Wiesz, co to oznacza, jeśli wierzyć ludowym porzekadłom... Niemal niezauważalnie odsunęła się odrobinę.

– Nie sądzę, że można dawać im wiarę – zauważyła sztywno. Christopher popatrzył jej prosto w oczy. Usiłowała wytrzymać jego wzrok, ale w końcu opuściła powieki.

– Lauro, popatrz na mnie – poprosił cicho.

Wbrew sobie podniosła wzrok.

– Nie sądzę – zaczęła z wahaniem, gdy nachylał się nad nią coraz bardziej. – Nie wydaje mi się, żeby...

Pocałował ją w usta. Bardzo delikatnie. Zaskoczyło ją, jaką przyjemność sprawił jej ten dotyk. Kiedy ktoś tak ją ostatnio całował? Peter już od dawna ograniczał się do zdawkowego cmoknięcia w policzek na pożegnanie albo powitanie, takiego, jakim obdarzają się dalecy znajomi.

– Nie sądzisz, że co? – zapytał i pocałował ją po raz drugi.

Uważała, że nie powinien robić tego, co się teraz działo, ale z jakiegoś powodu nie była w stanie mu tego powiedzieć. Nie spodobały jej się jego słowa, ale reagowała na jego dotyk. Choć jej umysł tego nie chciał, ciało budziło się do życia, nagle ciepłe, miękkie, spragnione.

Wstała gwałtownie.

– Zaniosę kieliszki do kuchni – powiedziała.

Poszedł za nią z opróżnioną do połowy butelką. Kiedy niezdecydowana stanęła przy zlewie, podszedł, objął ją od tyłu. Spojrzała na jego opalone dłonie i nagle zapragnęła po prostu dać się ponieść. Nawet jeśli tylko na kilka chwil ucieknie przed koszmarem – tym cenniejszym darem wydawała się okazja, by wreszcie odpuścić, zdać się na kogoś, pozwolić sobie na słabość i liczyć na wsparcie, na ochronę przed tym wszystkim, co waliło jej się na głowę. Tylko na chwilę, na jedną krótką chwilę...

– Jesteś taka piękna – szeptał jej do ucha. – Taka niewyobrażalnie piękna...

– Nie możemy – szepnęła, gdy jego ręce wędrowały powoli między jej uda.

– Dlaczego nie?

– Ty... Peter był twoim najlepszym przyjacielem... Nie żyje zaledwie od tygodnia... ja... nie możemy...

Głos przy jej uchu kusił nieodparcie.

– Peter był draniem. Zdradzał cię latami. Nie tylko ciebie. Zdradził też wasze dziecko, zniszczył waszą rodzinę. Nie warto go opłakiwać. Miał wszystko i wszystko stracił...

Bardzo delikatnie dotykał ją między nogami. Pożądanie zjawiło się nagle. Nagłe muśnięcie oddechu na szyi zdradziło, że on także to wyczuł, właściwie zinterpretował dreszcz, który ją przeszył, i to, że delikatne włoski na jej skórze stanęły dęba.

– Rób to, na co masz ochotę – szeptał. – Od tak dawna tego nie robiłaś. Zrób wreszcie to, czego pragniesz...

Chciała, żeby jego silne ręce ją trzymały. Chciała zapomnieć. Chciała się zatracić. Chciała zapomnieć o bólu, o upokorzeniu, o strachu.

Powoli odwróciła się do niego, pozwoliła, by zdjął jej spodnie, by delikatnie zsunął jej majteczki na uda. Wędrował dłońmi po jej brzuchu i wydawało się, że zostawia nimi ognisty szlak; otaczał nimi jej piersi, które nagle nabrzmiały i się wyprężyły.

Uniósł ją bez wysiłku i posadził na kuchennym blacie. Odchyliła się do tyłu, dotknęła głową kuchennych sprzętów, ale prawie nie czuła kantów wrzynających się w skórę. Christopher ułożył sobie jej nogi na barkach i wszedł w nią jednym silnym ruchem, aż krzyknęła – z zaskoczenia, z bólu i z pożądania.

I gdy tak leżała, niewygodnie wykrzywiona i jak podejrzewała, nie najlepiej wyglądająca w niekorzystnym świetle

– nabrała pewności, że to może nie najlepszy, ale z pewnością najważniejszy seks w jej życiu. Czuła przede wszystkim tryumf i świadomość, że upokorzenie, które zafundował jej Peter, w tej chwili traci na sile, i to tylko dlatego, że jego najlepszy przyjaciel posuwa ją w kuchni ich domu i że Peter byłby wstrząśnięty, widząc tę scenę.

– Kocham cię – szepnął Christopher, gdy dysząc ciężko, osunął się na nią i wtulił spoconą twarz w jej piersi.

Nie przeżyła orgazmu, ale zemstę, i to było o wiele lepsze. Nie chciała reagować na jego miłosne wyznanie, tylko przeczesała jego wilgotne włosy palcami i miała nadzieję, że odbierze to jako gest czułości. Wolałaby, żeby już sobie poszedł, bo chciała zostać sama z tym wspaniałym uczuciem, ale nie mogła go tak od razu wyrzucić. Tymczasem kuchenne sprzęty pod głową coraz bardziej dawały jej się we znaki, czuła też zimne kafelki pod pośladkami. Nie wytrzyma długo w tej pozycji.

– Christopher – szepnęła i poruszyła się lekko, dając mu do zrozumienia, że wolałaby stanąć na własnych nogach.

Podniósł głowę i spojrzał na nią. Przeraził ją wyraz jego twarzy, ogień w jego oczach, wąskie, pobielałe usta.

– Christopher – powtórzyła, tym razem z nutą niepokoju w głosie.

Uścisnął jej dłoń tak mocno, że aż zabolało.

– Kiedy się pobierzemy? – zapytał.

Przyglądała mu się z niedowierzaniem w szeroko otwartych oczach.

Wtorek, 16 października

1

Nie spał przez całą noc, przewracał się z boku na bok. O szóstej nie mógł tego dłużej wytrzymać i wstał. Na dworze było jeszcze ciemno, ale o ile widział, chłodna, słoneczna pogoda utrzyma się przez kolejny dzień. Pięknie. Słońce to idealna oprawa dla początku nowego życia.

Wolałby przenocować u Laury, po szybkim akcie w kuchni chciałby się z nią kochać jeszcze raz, powoli, czule, a potem patrzyłby, jak zasypia w jego ramionach, i obserwowałby jej sen, słuchał jej oddechu, wpatrywał się w jej twarz, odprężoną, rozluźnioną. Obudziliby się razem, wtuleni w siebie, a potem razem piliby kawę w łóżku i przez okno wypatrywali świtu.

Ale Laura chciała zostać sama, a on rozumiał, że z jej punktu widzenia sprawy potoczyły się trochę za szybko i potrzebowała więcej czasu, żeby się w tym odnaleźć.

Teraz, gdy cel był na wyciągnięcie ręki, nie mógł już wytrzymać. W końcu znajdzie czułość i bliskość, w końcu znowu znajdzie się na łonie rodziny. Tak bardzo jej pragnął, tak długo za nią tęsknił, że teraz zastanawiał się, jakim cudem w ogóle udawało mu się funkcjonować w minionych latach.

To był najgorszy okres w jego życiu, ale teraz było już po wszystkim i zrobi co w jego mocy, by o nim zapomnieć.

Przypominał sobie zaskoczenie na jej twarzy, gdy zapytał, kiedy się pobiorą. Zaniemówiła, wyślizgnęła się spod niego, zsunęła z kuchennego blatu, poprawiła na sobie ubranie, obiema rękami usiłowała wygładzić wzburzone włosy. Poruszała się nerwowo i nagle poczuł, jak wzbiera w nim fala tkliwości. Była speszona, to oczywiste, nie była kobietą, która od razu wskakuje do łóżka i pewnie głupio jej, że dała się ponieść uczuciom. Dlatego chciał, żeby od razu wiedziała, że traktuje ją bardzo poważnie, że nie szukał taniego romansu, seksu bez zobowiązań. Chciał, żeby wiedziała, że czuje do niej to samo, co ona do niego, i że ich miłość przetrwa wieki.

Ponieważ emocje ją przytłoczyły i biedaczka nie wiedziała, co powiedzieć, pogładził ją tylko czule po włosach.

– Chcesz teraz zostać sama? – zapytał i oczywiście liczył na to, że zaprzeczy, ale ona od razu potwierdziła, więc wyszedł lekkim krokiem, chcąc wykrzyczeć swoje szczęście w zimną październikową noc, radość z tego, że jego cierpienie wreszcie się zakończyło i życie wreszcie się do niego uśmiechnęło.

Najchętniej zadzwoniłby do niej już teraz, ale się opanował; jest jeszcze bardzo wcześnie i Laura pewnie nadal śpi.

Poszedł do kuchni, włączył ekspres do kawy, wyjął jogurt z lodówki, zmieszał w miseczce z musli. Gdy śniadanie było już gotowe, doszedł do wniosku, że chyba nie zdoła nic przełknąć, i wyrzucił wszystko do śmieci. Był zbyt niespokojny. Kiedy będzie mógł zadzwonić? Usłyszeć jej głos? Zerknął na zegarek. Dwadzieścia po szóstej. O siódmej zadzwoni. Dłużej nie wytrzyma.

Wypił kawę na stojąco w saloniku, oparty o okienne zasłony. Wyglądał na dwór, na ciemną ulicę, na której nie było widać żywego ducha. Coś nie dawało mu spokoju, jakaś myśl, która rozpaczliwie domagała się uwagi, i w końcu sobie przypomniał: no tak, ta osoba w piwnicy! Na śmierć o niej zapomniał. Nerwowo obgryzał paznokcie. Musi się zastanowić, co z nią zrobić.

Ale nie teraz, teraz był zbyt podekscytowany. Ponownie zerknął na zegarek. Czy wskazówki kiedykolwiek poruszały się tak nieskończenie wolno?

Kiedy w końcu będzie siódma?

2

Laura wstała o wpół do siódmej. Od dwóch godzin usiłowała ponownie zasnąć – na darmo. Nie wiedziała, skąd się brał ten niepokój; poprzedniego wieczoru tryumfowała, po raz pierwszy od dawna kładła się spać z lekkim sercem. Nie chodziło też o to, że kiedy obudziła się rano, nagle dopadły ją wyrzuty sumienia. Wręcz przeciwnie, nie żałowała niczego, co się wydarzyło. Nie, to było raczej podświadome przeczucie niebezpieczeństwa, wrażenie, że zapoczątkowała bieg wydarzeń, nad którymi nie zdoła zapanować. Być może wiązało się to z oświadczynami Christophera. Rzadko coś drażniło ją tak bardzo i rzadko czuła się w jakiejś sytuacji tak nieswojo. Ponieważ dla niej było oczywiste, że czegoś tak poważnego jak decyzja o wspólnym życiu nie podejmuje się pod wpływem impulsu i chwili namiętności na kuchennym blacie, wychodziła z założenia, że Christopher już od dawna coś do niej czuł. Jeszcze za życia Petera? Niepokoiła ją ta myśl, tak samo jak jego zachowanie w ciągu minionych dni. Wyraźnie szukał jej bliskości, choć nieraz dawała mu do zrozumienia, że chciałaby zostać sama. Uważała to za oznaki przyjaźni, miała do siebie pretensje, że była taka niewdzięczna. Dopiero teraz uświadomiła sobie, że Christopher szukał jej bliskości ze względu na siebie, a jej reakcja była właściwa, instynktownie odsuwała się od niego.

„A teraz – doszła do wniosku – muszę go jakoś spławić, jednocześnie nie sprawiając mu przykrości".

Wyjęła wczorajsze naczynia ze zmywarki, wstawiła kieliszki i talerze na miejsce, co chwila nerwowo zerkając na zegarek. Musiała koniecznie porozmawiać z Anne, ale przed siódmą nie odważyłaby się do niej zadzwonić. Poszła więc do kuchni, włączyła piecyk i odgrzała sobie starą bagietkę na śniadanie.

Za minutę siódma wybrała numer przyjaciółki.

3

Zajęte!

Z niedowierzaniem wpatrywał się w słuchawkę w dłoni, jakby miał nadzieję, że odpowie mu na pytanie, które nie dawało mu spokoju.

Była siódma rano.

Z kim, na miłość boską, rozmawiała o tej porze?

Rozłączył się i zaraz ponownie wybrał numer Laury. Może się pomylił.

Znowu zajęte. Wydawało mu się, że sygnał z niego drwi, naśmiewa się z niego.

Poczuł łaskotanie w opuszkach palców. Pierwsza oznaka wściekłości, która czasami dopadała go w ten przerażający sposób. Tej wściekłości, której jak miał nadzieję, już nigdy nie doświadczy.

Oby miała naprawdę dobre wytłumaczenie rozmowy o tak wczesnej porze.

4

Anne wydawała się zaspana, kiedy odbierała telefon, ale oprzytomniała błyskawicznie, słysząc Laurę, i w skupieniu, z przejęciem słuchała jej opowieści.

– Nie do wiary – stwierdziła na koniec. – Twój małżonek jeszcze nawet nie w ziemi, a tu melduje się następny chętny do ożenku! Wiesz, że mnie jeszcze nikt nigdy tego nie zaproponował?

Laura nie mogła się nie roześmiać. Anne w urzędzie stanu cywilnego? Nie do pomyślenia.

– Przecież w kółko powtarzasz, jakie to głupie, gdy ludzie się pobierają – zauważyła. – Który facet miałby się odważyć, żeby ci się oświadczyć?

Także Anne zachichotała, a Laura zauważyła, że już to wystarczyło, by poczuła się lepiej. Za każdym razem zaskakiwało ją, jak zbawiennie wpływał na nią sam głos Anne, jej ochrypły śmiech, dzięki któremu nawet najpoważniejsze problemy błyskawicznie stawały się mniej przerażające.

– Więc ten cały Christopher absolutnie nie wchodzi w grę, dobrze zrozumiałam? – upewniła się przyjaciółka.

– Nie, skądże. Na razie w grę nie wchodzi w ogóle żaden facet. Chciałam tylko...

– Chciałaś się tylko bzyknąć, i tyle – dokończyła Anne spokojnie, bo właśnie tego sama oczekiwała od mężczyzn. – Ale to chyba możesz mu powiedzieć!

– Oczywiście. Tylko tak mi trochę głupio. Wydaje mi się, że nigdy nie uważał mnie za kobietę, która... no, która bez uczucia wskakuje facetowi do łóżka.

– No to się pomylił i będzie musiał się z tym pogodzić. Tylko nie daj się wpędzić w poczucie winy z tego powodu! W końcu nie obiecywałaś mu, że za niego wyjdziesz! Jeśli on spodziewał się czegoś więcej, to już jego problem!

– Fakt. – Laura wiedziała, że przyjaciółka ma rację, a jednak nie mogła się pozbyć wrażenia, że znalazła się w poważnych tarapatach, choć nie byłaby w stanie określić, co to właściwie jest. Anne nie znała Christophera. Może wówczas zrozumiałaby, że...

„Co właściwie? Co to znowu za pomysły? Christopher się we mnie zakochał, ja w nim nie, takie rzeczy zdarzają się codziennie na całym świecie. Gdybym wiedziała, co do mnie czuje, nie poszłabym z nim do łóżka, ale nie sposób cofnąć czasu i będzie musiał się z tym pogodzić".

– Och, Anne – westchnęła. – W tej chwili chyba rzeczywiście widzę wszystko w bardzo czarnych barwach. Mam nadzieję, że policja pozwoli mi wkrótce wyjechać. Chcę już wracać do domu. Tęsknię za córeczką, brakuje mi też ciebie. A poza tym mam mnóstwo spraw do załatwienia.

– Jeśli chcesz, załatwimy je razem – zaproponowała Anne.

– Wiesz, że zawsze możesz na mnie liczyć. I cały czas podtrzymuję ofertę współpracy. A przy okazji: możesz się też u mnie zatrzymać, jeśli się okaże, że musisz się wynieść z rajskiego pałacu na przedmieściu. Zmieścicie się u mnie obie z Sophie, a ty w tym czasie poszukasz czegoś innego.

– Dziękuję – szepnęła Laura cicho. – Gdyby nie ty, czułabym się o wiele gorzej. Dzięki tobie mam nadzieję, że to wszystko jakoś się ułoży.

– Nie tylko jakoś się ułoży, to będzie nowe, lepsze życie – zapowiedziała Anne. – Znowu będziesz młoda, to ci gwarantuję.

Pożegnały się. Laura z ulgą stwierdziła, że od razu poczuła się lepiej, była spokojniejsza. Peter bardzo nie lubił Anne, ale nigdy nie udało mu się usunąć jej z życia żony. Teraz to okazało się zbawienne.

Ledwie odłożyła słuchawkę na widełki, telefon się rozdzwonił. Wzdrygnęła się. Pewnie matka; kto inny dzwoniłby o tej porze?

Jak zwykle na myśl o rozmowie z Elisabeth poczuła się przytłoczona. Odebrała takim tonem, jakby nałykała się waty:

– Halo?

Na to, co potem nastąpiło, nie była w ogóle przygotowana. Ktoś na nią krzyczał, przenikliwym, wysokim i – co było najdziwniejsze – przejmująco zrozpaczonym głosem.

W pierwszej chwili w ogóle go nie poznała.

– Z kim rozmawiałaś? Z kim rozmawiałaś o tej porze? Odpowiadaj! Odpowiadaj natychmiast!

5

Monique obudziło palące pragnienie, tak jej się przynajmniej wydawało, choć właściwie równie dobrze mogło to być zimno albo ból w zesztywniałych mięśniach. Odruchowo uniosła nadgarstek do ucha, wsłuchiwała się w monotonne tykanie. Nadal nie miała pojęcia, która jest godzina, ile czasu upłynęło od porwania, czy to dzień, czy noc, czy na dworze świeci słońce, czy księżyc, a przed coraz bliżej czającym się obłędem ratowało ją tylko tykanie zegarka.

Po bolesnym rozczarowaniu z ogórkami konserwowymi nieco później udało jej się otworzyć słoik brzoskwiń. Jeszcze nigdy w życiu nie piła nic równie smakowitego jak gęsty, słodki syrop spływający jej wysuszoną krtanią i pyszne, wilgotne połówki brzoskwiń, które przynajmniej na jakiś czas zaspokoiły doskwierający jej głód.

„Przeżyję – myślała na granicy euforii – przeżyję!"

Poszukiwania słoika w nieprzeniknionej ciemności bardzo ją zmęczyły i kiedy skuliła się w kącie, zasnęła niemal natychmiast. Nie miała pojęcia, jak długo spała, ale doznała wstrząsu na myśl, jak bardzo znowu chciało jej się pić.

„To cukier – pomyślała. – Brzoskwinie były bardzo słodkie". Wszystko jedno, musiała mieć nadzieję, że znowu trafi na słoik owoców, z cukrem czy bez. Tu chodziło o życie.

Głód przyprawiał ją o bolesne skurcze żołądka, na czworakach ruszyła w kierunku, w którym jak sądziła, znajdował się regał.

W pewnym momencie znieruchomiała, bo zdawało jej się, że usłyszała jakiś odgłos z domu. Może teraz zacznie słyszeć i widzieć rzeczy, których wcale nie ma. Kiedyś gdzieś czytała, że ludzie pozbawieni jedzenia i picia mają wizje. A tymczasem zdążyła zdać sobie sprawę, że dokładnie taki los zaplanował dla niej oprawca.

Przy regale zaczęła, jak poprzednio, obmacywać pojemniki. Chwilę trwało, zanim na cokolwiek trafiła, zaraz się jednak okazało, że to konserwa. Nie było szans, żeby zdołała ją otworzyć. Opanowała nadciągającą falę paniki. A jeśli poprzednio trafiła na jeden jedyny słoik? Wtedy mogła się pożegnać z wszelką nadzieją.

„Szukaj dalej – nakazała sobie – i na miłość boską, weź się w garść".

Szukała i szukała, a pragnienie coraz bardziej dawało jej się we znaki, cały czas myślała o puszce coli, oszronionej, wyjętej z lodówki, ociekającej kropelkami wody. Pić, pić, pić. Dawniej bezmyślnie obchodziła się z wodą, wylewała jej resztki z butelek, bo uciekł cały gaz, a czasami przez pół dnia nic nie piła, bo nie chciało jej się iść do łazienki, ale wtedy miała pewność, że wystarczy jeden ruch i będzie miała do wyboru, do koloru, colę, wodę, lemoniadę. Nigdy w życiu nie przyszło jej do głowy, że kiedyś znajdzie się w takiej sytuacji, że gdyby po ścianach spływała wilgoć, zlizywałaby ją ochoczo.

Znalazła słoik, ujęła go drżącymi palcami, pociągnęła za gumkę. Byle nie ogórki, dobry Boże, błagam, niech to będą owoce, nie ogórki w occie!

Jeszcze nigdy nie doświadczyła tak czystej, zwierzęcej żądzy, która sprawiała, że dygotała na całym ciele, czuła każde uderzenie serca, słyszała szum w uszach.

W ustach miała trociny. Paliło ją w gardle, jej ciało trawił ogień.

Guma ustąpiła, poszybowała gdzieś w ciemność. Pokrywka wysunęła się z drżących palców, upadła na podłogę. W pierwszej chwili nie zwracała uwagi na niebezpieczeństwo, jakie stanowiły odłamki szkła w ciemności. Tym zajmie się później, kiedy będzie wiedziała, że jeszcze trochę pożyje.

Brzoskwinie. Ktoś w tym domu, może nawet sam morderca, lubił brzoskwinie i czuła, że z wdzięczności zaraz zacznie płakać. Piła wielkimi, chciwymi haustami, raz po raz zjadała też soczyste, złote kawałki owoców.

„Kiedy stąd wyjdę, kupię sobie mały domek z ogródkiem – pomyślała nagle. – Gdzieś daleko, na wsi. I będę miała drzewo brzoskwiniowe i mnóstwo innych drzew owocowych, i kury, i koty".

Nie wiedziała, czemu akurat teraz umysł podsunął jej tę wizję, ale dodała jej ona sił. Taki piękny plan.

Musi przetrwać, żeby wcielić go w życie.

6

Henri wcale się nie zdziwił, widząc o dziesiątej rano teściową w koszuli nocnej i szlafroku. Zapukał do drzwi i wszedł, słysząc głośne:

– Proszę!

Drzwi prowadziły bezpośrednio do kuchni. Marie siedziała za stołem i machinalnie bawiła się pustą filiżanką po kawie. Na stole stała jeszcze cukiernica, paczka tostów i słoiki z dżemem truskawkowym. Nic nie wskazywało na to, że cokolwiek zjadła, ani też na to, że poza nią w domu był ktoś jeszcze. Elektryczne światło podkreślało ciemność zawsze panującą w domku w wąwozie.

Henri, o nagle wyostrzonych zmysłach, wyczulony na świat zewnętrzny, dopiero teraz zrozumiał, czemu Nadine tak bardzo cierpiała w tym domu, i pojął, że tu kryła się przyczyna wielu jej problemów, które później odbiły się na ich małżeństwie.

– Dzień dobry, Marie – zaczął. Podszedł do niej i cmoknął ją w oba policzki. Nie widział jej od dawna i przeraził się, widząc jej chudość, czując chłód pod wargami.

– Mam nadzieję, że nie przeszkadzam?

Uśmiechnęła się.

– A niby w czym? Co, wyglądam, jakbym miała pełne ręce roboty?

Jej ciepły uśmiech przypominał uśmiech Nadine, który pamiętał z pierwszych lat małżeństwa. Już od dawna go nie widział, teraz odnosiła się do niego chłodno, z pogardą. Ale Marie lubiła go i zawsze tak było.

– Przyszedłem zabrać Nadine do domu – powiedział.

Nie patrzyła na niego, cały czas bawiła się filiżanką.

– Nie ma jej tutaj – oznajmiła.

– Ale mówiła, że wybiera się do ciebie. – Miał nadzieję, że nie zauważyła jego strachu. Czyżby Nadine znowu go oszukała? Czyżby włóczyła się gdzieś i przyprawiała mu kolejne rogi? I czy Marie miała w ogóle pojęcie o życiu swojej córki?

– Jak to: nie ma jej? – zapytał nerwowo.

– Pojechała na zakupy – odparła. – Do Tulonu. To pewnie trochę potrwa, bo musi jeszcze iść na policję.

– Na policję?

– Wczoraj przyjechał tu taki komisarz. Rozmawiał z nią przez pół godziny i dzisiaj kazał przyjechać jeszcze raz. Nic mi na ten temat nie powiedziała. Pewnie chodzi o tego waszego znajomego, którego zamordowano.

– Tak, Petera Simona. U mnie też byli.

Nie dodał, że odwiedzili go dwukrotnie, a za drugim razem chcieli wiedzieć, gdzie dokładnie spędził wieczór szóstego października, co jego zdaniem oznaczało, że go podejrzewają. Odpowiedział zgodnie z prawdą, ale nie mógł podać konkretnych świadków, a poza tym umierał ze wstydu, bo teraz już wszyscy wiedzieli, jaki z niego rogacz, który nie zdołał powstrzymać żony przed zdradą. A może ich zdaniem właśnie zdołał? Może naprawdę sądzili, że zamordował rywala, żeby odzyskać żonę? W każdym razie prosili, żeby nie wyjeżdżał i był pod telefonem.

Mimo zmartwień w tej chwili poczuł coś na kształt ulgi. A więc Nadine naprawdę zatrzymała się u matki. Peter Simon nie żyje, w jej życiu nie ma nikogo nowego. A czas mija i już nie jest dziewczyną, która poderwie każdego faceta.

– Mam czekać? – zapytał. Nie uszło jego uwadze, że Marie nie zaproponowała, żeby usiadł, i coś mu mówiło, że to nie była zwykła nieuwaga. Nie chciała, żeby tu został.

– Marie – zaczął cicho. – Nie pojmuję, jak mogłem do tego dopuścić. Przysięgam ci, przez te wszystkie lata starałem się ją uszczęśliwić. Najwyraźniej mi się to nie udało, choć bardzo tego chciałem. Ale myślę, że znasz mnie na tyle, by wiedzieć, że nigdy nie zrobiłem i nie zrobię świadomie nic, co mogłoby jej zaszkodzić. Kocham Nadine. Chcę się z nią zestarzeć. Nie chcę jej stracić.

W końcu na niego spojrzała. Miała łzy w oczach.

– Wiem, Henri. Jesteś wspaniałym mężczyzną i w kółko jej to powtarzałam. Ten jej wewnętrzny niepokój... niezadowolenie... To nie ma nic wspólnego z tobą. Może ma to w genach. Jej ojciec był taki sam. Nie wystarczyłyśmy mu jako rodzina. Ciągle czegoś szukał, za czymś gonił, przy czym wydaje mi się, że sam nie wiedział, co to jest. Ja też tego nie rozumiem, ale widzę tę samą cechę w dwóch osobach z mojej rodziny.

– Nadine jest coraz starsza – zauważył.

– Tak, i widzę w tym pewną nadzieję. Nawet jej ojciec w pewnym momencie jakoś się ustatkował i być może tak samo będzie z nią. Daj jej trochę czasu. I nie przestawaj jej kochać. – Otarła łzy, nieprzerwanie płynące po policzkach. – Jest bardzo nieszczęśliwa, a nic nie rani matki bardziej niż cierpienie dziecka, któremu nie może pomóc. Nie chcę, żeby skończyła jak ja. – Zatoczyła ręką łuk, zamykając w nim ponurą kuchnię, byle jak nakryty stół, pustą filiżankę po kawie i samą siebie w wytartym szlafroku. – Nie chcę, żeby tu tkwiła tak jak ja!

Do głębi poruszyła go jasność, z jaką postrzegała swoją sytuację. Odruchowo pomyślał o Catherine.

„Na świecie jest tylu samotnych ludzi – przemknęło mu przez głowę. – Powinniśmy z Nadine dziękować losowi, że mamy siebie, bo to wcale nie jest takie oczywiste".

Wraz z myślą o Catherine przypomniał sobie o czymś bardzo ważnym.

– Dam jej czas – zdecydował. – Nie będę na nią czekał i wywierał presji.

Widział, jak na twarzy teściowej maluje się ulga.

– Ale proszę, przekaż jej coś ode mnie. Powiedz, że Catherine wyjeżdża. Sprzedaje mieszkanie w La Ciotat i wyprowadza się do Normandii. Zniknie z naszego życia.

– Myślisz, że to coś zmieni? – zapytała Marie.

Skinął głową.

– Na pewno. Dawno powinienem był zdać sobie z tego sprawę. Ale teraz wszystko jakoś się ułoży i... – Odwrócił się do drzwi, nie dokończył tego zdania.

– Pójdę już – powiedział. – Powiedz Nadine, że na nią czekam.

7

Posunął się za daleko, do cholery. Niepotrzebnie tak na nią nawrzeszczał. Popełnił błąd, poważny błąd, i mógł tylko mieć nadzieję, że da mu szansę, by go naprawił.

Wrzeszczał i wrzeszczał, a gdy w końcu zrobił przerwę, by zaczerpnąć tchu, zapytała:

– Christopher? – Wydawała się nie tyle wściekła, ile zdziwiona.

– Tak. A co? Pech, tak? Nie spodziewałaś się, że zadzwonię o tej porze!

– Na Boga, o czym ty mówisz?

– Zadałem ci pytanie. Z kim rozmawiałaś? Może mogłabyś łaskawie najpierw odpowiedzieć na moje pytanie, zanim zadasz swoje!

Cichy głos w głowie ostrzegał go cały czas: „Nie mów do niej tym ostrym, rozdrażnionym tonem. Najpierw będzie zdenerwowana, potem zła. Nie pozwoli się tak traktować. Zaraz wszystko schrzanisz!".

Ale nie był w stanie nad sobą zapanować. Był wściekły, aż wychodził z siebie. Oburzony i przerażony, ale strach zawsze przeradzał się u niego w agresję. Inaczej sobie z nim nie radził. Laura chyba otrząsnęła się z szoku.

– Nie wiem, na jakiej podstawie oczekujesz, że będę się przed tobą tłumaczyć – odparła chłodno.

Teraz, przed południem, gdy w myślach ponownie analizował tę rozmowę, przypominał sobie, że w momencie gdy wypowiadała te słowa, po raz pierwszy pomyślał, że ta sprawa z Laurą skończy się tak samo jak wszystkie inne przed nią, i ta świadomość napełniła go smutkiem i żalem. Zmusił się jednak, by na razie o tym nie myśleć.

Nie ma powodu, by tracił nadzieję.

Po chwili wahania zmusił się, by przybrać łagodniejszy ton.

– Wydawało mi się, że po tym, co między nami zaszło, powinnaś być wobec mnie fair i powiedzieć szczerze, że w twoim życiu jest inny mężczyzna.

Zbił ją z tropu.

– Po tym, co między nami...? Masz na myśli... wczoraj wieczorem?

– Tak, oczywiście. Ja... cóż, dla mnie to coś znaczy, gdy idę z kobietą do łóżka. Może ty masz do tego inne podejście...

Tym zagraniem zmusił ją do defensywy.

– Dla mnie to też coś znaczy, gdy idę z kimś do łóżka – wyznała niechętnie. Nie była już chłodna, raczej ustępliwa, ugodowa. – Ale jak na mój gust zbyt szybko wyciągnąłeś pewne... wnioski.

– Jakie wnioski masz na myśli?

– No cóż... – Zawahała się, a on zdał sobie sprawę, że tak mocno zaciska dłoń na słuchawce, że prawie ją miażdży. – Wczoraj wspominałeś coś o ślubie, a dla mnie na to trochę za wcześnie...

Znał kobiety jej pokroju, znał te żałosne wymówki, żeby wykręcić się od odpowiedzialności, i takie podejście zawsze budziło w nim rozpacz i nienawiść. To niestabilne, lekkomyślne istoty, które żyją tak, jak im się żywnie podoba, biorą to, co daje im los, i bez skrupułów odrzucają zabawkę, którą zdążą się znudzić. Te cholerne liberalizm i feminizm namieszały im w głowach. Od pewnego czasu żyły w przekonaniu, że mogą robić, co im się tylko podoba, nie przejmując się potrzebami i odczuciami innych. Co jakiś czas przypominały sobie, że mężczyźni to też ludzie, i wtedy starały się ich naiwnie zwodzić, jak teraz Laura jego, zamiast powiedzieć prosto z mostu, że to wszystko było *just for fun*, że nigdy nie powinna była iść z nim do łóżka...

Wściekłość była wszechogarniająca, zalała go, ale wtedy jeszcze zdołał nad nią zapanować.

Wcale nie musi być tak, jak się tego obawiał. Musi zachować sprawiedliwość, nie może osądzać jej pochopnie. Może naprawdę się zagubiła, zaplątała. Wczoraj wieczorem wszystko poszło bardzo szybko, to musiał jej przyznać.

– Cóż – powiedział i miał wrażenie, że udaje mu się mówić spokojniej, niż się czuł. – Moim zdaniem mamy ten sam pogląd na rodzinę i wspólne życie. Być może potrzebujesz więcej czasu niż ja, żeby się przyzwyczaić do tej myśli. Ostatnio wiele przeszłaś.

– Tak – mruknęła i znowu miała taki udręczony głos, a on sam widział siebie jak żebraka, który błaga o łaskę uśmiechu i nawet tego nie dostaje.

– Mogę zadzwonić wieczorem? – zapytał pokornie. Oczywiście wolałby się z nią spotkać niż dzwonić, ale instynkt podpowiadał, że ona dzisiaj nie zgodzi się na spotkanie i nie pytając jej o to, oszczędzi sobie zawodu.

– Oczywiście – odparła i na kilka sekund zapadła cisza, nieprzyjemna, opresyjna, podczas której w powietrzu zawisły niewypowiedziane słowa. Nie mógł tego dłużej wytrzymać, chciał jak najszybciej zakończyć tę rozmowę.

– Odezwę się – obiecał pospiesznie i rozłączył się, a potem bez celu krążył po pokoju i usiłował opanować wzburzone uczucia.

Trochę to trwało i przez cały ten czas ściskał coś w dłoniach, choć sam nie wiedział, co miażdży. Dopiero później okazało się, że zmienił pudełko ze zdjęciami w małą, ciasną, twardą kulę.

Kiedy opanował agresję, pojawiły się wyrzuty sumienia, żałosne, tchórzliwe: co ja najlepszego zrobiłem? I: niepotrzebnie na nią wrzeszczałem.

Uporał się także z tym, po raz kolejny przeanalizował całą rozmowę od początku do końca i od końca do początku, jego słowa, jej słowa, jego ton, jej ton, i doszedł do wniosku, że wcale nie było tak źle, że właściwie wcale tak bardzo nie krzyczał, że nie był jakoś specjalnie agresywny, że wcale jej nie zaatakował, a ona wcale nie była specjalnie oziębła, to, co wyczuwał, to typowa rezerwa kobiety, którą poproszono o rękę; swoiste wahanie to część rytuału, odwiecznej gry między płciami. Chętnie jej na to pozwoli.

Kiedy doszedł do tego wniosku, poczuł nagle, jak doskwiera mu głód, i wyszedł z domu, żeby na rynku wypić café crème, a później zamówić jeszcze kawałek quiche'a i karafkę lekkiego białego wina. Siedział w słońcu, które teraz, gdy zbliżało się południe, nabrało ciepła, świeciło delikatnie, przyjemnie. Wąską uliczką uganiały się psy, przy wejściu do hotelu Berard leżał gruby szary kot. Spał.

„Życie jest piękne" – pomyślał trochę senny, ale zarazem w pełni świadomy, czując, że nadciąga coś wielkiego, wspaniałego, coś, co niesie mnóstwo nowych możliwości.

Widział niewielu przechodniów. Przy sąsiednim stoliku siedziały dwie staruszki i z przejęciem rozprawiały o trzeciej, która w karygodny sposób zaniedbała i siebie, i swój dom. W drzwiach sąsiadujących z sobą knajpek stali dwaj brzuchaci mężczyźni, gawędzili, żartowali. Dzieci kłóciły się o piłkę. Kobieta wyszła z domu, z westchnieniem przysiadła na kamiennym schodku i zapaliła papierosa. Inna wybiegła z hotelu Berard, tak roztrzęsiona i zdenerwowana, że mało brakowało, a potknęłaby się o grubego kota. Obserwował to wszystko dobrotliwie, ba, właściwie nawet z sympatią, jeśli się nad tym głębiej zastanowić. Lubił tych ludzi. Wkrótce znowu stanie się jednym z nich. Będzie miał żonę i dziecko. Rodzinę. Cudownie będzie siedzieć tu w południe z Laurą i Sophie. Chodzić z nimi na spacery na plażę. Uczyć Sophie pływać i jeździć na rowerze. Wyobraził sobie piknik w górach, zapach sosen i szałwii, suchą trawę, Bernadette zarzucającą mu ramionka na szyję i... Stop! Zmarszczył brwi. Nie to imię, nie ta wizja. Ten piknik odbył się zeszłego lata, mała Bernadette bawiła się z nim ufnie, przytulała się do niego, ale o tym nie chciał teraz myśleć!

Jego córeczka ma na imię Sophie. Innej nigdy nie było. Jeśli myślał o innej, kończyło się to bólem głowy, a tego nie chciał. Powracały ponure obrazy z przeszłości.

Jeśli nie chcę, nie muszę na to patrzeć!

Zdecydował, że oczywiście zamieszkają w jego domu. Po tym, co usłyszał od Laury o finansowych kłopotach Petera, zakładał, że będzie musiała sprzedać dom w dzielnicy Collette, ale to żaden problem, u niego jest dość miejsca, ma piękny pokój dziecinny dla Sophie i drugi, na wypadek gdyby dobry Bóg spełnił jego największe marzenie i dał mu własne dziecko.

Zmarszczył brwi, gdy przypomniał sobie istotę w piwnicy. Kiedy ją tam zamknął? Wczoraj? Przedwczoraj? Nie miała nic do jedzenia ani do picia, więc wkrótce... stop!

Wyprostował się gwałtownie. Cholera, zapomniał o regale w piwnicy! Przetwory owocowe, wiśnie, brzoskwinie, mirabelki... Dość soku, żeby przeżyć jakiś czas. Do tego ogórki konserwowe na największy głód... oczywiście na dłuższą metę niezbyt pożywne, ale jeśli to znalazła, a zapewne znalazła, zyskała na czasie. A to dla niego problem, bo już niedługo, bardzo niedługo, zamierzał pokazać Laurze jej nowy dom i wtedy na pewno będzie chciała zajrzeć do piwnicy...

Wstał gwałtownie, rzucił kilka banknotów na stół i szybkim krokiem opuścił rynek.

8

– Nie myśl sobie, że uwierzyłem w te twoje bzdury – zaznaczył Stephane. – Obawiam się po prostu, że w innym wypadku nigdy nie dasz mi spokoju. I szczerze mówiąc, nie mogę już tego słuchać. Abstrahując od tego, że coraz bardziej się zapuszczasz i w ogóle już nie dbasz o dom.

Stał w kuchni naprzeciwko Pauline, zły, rozdrażniony, zniecierpliwiony. Kwadrans wcześniej przyszedł z banku, żeby jak zawsze zjeść z nią obiad. Jak zawsze w te dni, gdy miała wolne w południe. W pozostałe jadał w Les Lecques, w Deux Soeurs. W tej chwili żałował, że i dzisiaj tam nie poszedł.

Bo nie powitały go bynajmniej smakowity zapach i nakryty stół, tylko zapłakana żona, skulona pośrodku kuchni. Najwyraźniej nawet nie kiwnęła palcem. Dygotała i szlochała, i nic nie wskazywało na to, by zdołał ją namówić, żeby zabrała się do gotowania. Pęknięta torba kartofli na podłodze zdradzała, że naprawdę chciała coś ugotować i była na zakupach.

Chwilę trwało, zanim była w stanie mówić, choć i tak spodziewał się, co usłyszy.

Tajemniczy prześladowca. Złowrogi cień. Morderca.

– No, mów! – warknął zniecierpliwiony. – Co tym razem?

Jak się okazało, tym razem nikt jej nie śledził, tylko na nią czyhał. Weszła do ogrodu, opowiadała przez łzy, i już tam był. Na tarasie za domem. Widziała go kątem oka, zwłaszcza że już przedtem dostrzegła go przez okno.

– Rozumiesz? – szlochała. – Chciał wejść do domu! Pewnie chciał się na mnie zaczaić w środku. Bóg jeden wie, co planował. On...

– Wiem doskonale, co zamierzał – żachnął się Stephane.
– Chciał cię udusić sznurem, a potem pociąć ci ubranie nożem. To już chyba jasne. – Kiedy był głodny, stawał się bardziej złośliwy niż zwykle, a teraz był bardzo głodny. Wpatrywała się w niego wielkimi oczami. Była blada jak ściana.

– Stephane... – zaczęła. – Stephane, nie mogę już...
– Co za bzdura. Napij się alkoholu, a potem pójdziemy do Arlechino na spaghetti. Muszę coś zjeść.

Poczłapał ze swoim grubym brzuszyskiem do saloniku, wrócił z kieliszkiem wódki gruszkowej. Początkowo się opierała, w końcu jednak posłusznie wychyliła alkohol. Nie chciał, żeby zaczęła naprawdę histeryzować, a poza tym zależało mu, żeby wreszcie wzięła się w garść i poszła z nim na obiad.

A potem oznajmił jej, że co prawda w ogóle nie traktuje jej poważnie, ale ma po dziurki w nosie tego, że nic nie jest tak jak dawniej.

– Muszę sobie coś przemyśleć – mruknął, gdy szli do Arlechino (Pauline pół kroku za nim, ciągle blada jak trup), i zdradził jej swój plan.

– Kiedy wracasz do hotelu? – zapytał. – Jeszcze dzisiaj?
– Nie. Jutro po południu.
– Dobrze. A więc będziesz wracała jutro wieczorem. O której?
– O dziesiątej.
– Dobrze. Przyjdę po ciebie.

Te słowa wprawiły ją w osłupienie.

– Przyjdziesz po mnie? – Nie miała pojęcia, jak to rozumieć, aż nagle coś przyszło jej do głowy i jej oczy natychmiast wypełniły się łzami. – Też się obawiasz, że morderca na mnie poluje? Boisz się, że chodzę sama po nocy?

– Na Boga, co za stek bzdur! Nie przyjdę po ciebie bezpośrednio, będę czekał w pobliżu hotelu, tak żeby nikt mnie nie widział. Kiedy wyjdziesz, pójdę za tobą. Tylko się nie odwracaj, idź normalnie, jak co dzień...

– Ale codziennie właśnie ciągle się oglądam! Cały czas mam wrażenie, że ktoś mnie śledzi.

Westchnął głośno, teatralnie.

– No więc się odwracaj. Ale nie wołaj mnie, nie szukaj. Będę w pobliżu.

– Ale...

– Są tylko dwie możliwości. Albo ten tajemniczy nieznajomy istnieje naprawdę, a wtedy zobaczę go i dowiem się, kto to jest i co knuje. Albo wcale go nie ma, a wtedy może mi w końcu uwierzysz, że tylko ja za tobą szedłem, a ty cierpisz na urojenia. Przy czym oczywiście jestem właściwie pewien, że prawdziwa jest ta druga ewentualność.

– Ale przecież możliwe, że istnieje naprawdę, tylko jutro się nie zjawi. I wtedy pomyślisz, że wszystko jest w porządku, choć w rzeczywistości...

– W rzeczywistości dzień później udusi cię sznurem. Pauline, to już zakrawa na paranoję. Wiesz, na początku naszego związku myślałem sobie: nie jest może zbyt ładna, ale praktyczna i twardo stąpa po ziemi. Niestety teraz to się zmieniło. To znaczy owszem, nadal nie jesteś ładna, za to do tego histeryzujesz i jesteś przesadnie spięta.

Jej oczy zaszły łzami.

– Stephane...

Przeraził się, że znowu zacznie płakać.

– Tylko nie narób w spodnie. W razie czego powtórzymy tę idiotyczną zabawę w policjantów i złodziei jeszcze raz czy dwa. Choć szczerze mówiąc, przychodzą mi do głowy lepsze sposoby spędzania wolnego czasu. Jedno ci powiem: kiedy się okaże, że nikogo nie ma, nie chcę o tym więcej słyszeć. Jasne? Ani słowa. Albo dam ci tak popalić, że sobie tego nawet nie wyobrażasz.

9

Wyszła z domu, w którym przeżyła tyle lat, ale kiedy zamykała za sobą drzwi, nadal nie była w stanie powiedzieć, czy naprawdę robiła to po raz ostatni. Zostało tu jeszcze sporo jej rzeczy, nie zdołała za jednym razem spakować wszystkiego i wywieźć swoim samochodem; będzie musiała wrócić co najmniej raz. Długo rozmawiała z komisarzem Bertinem i ta rozmowa – chyba powinna raczej powiedzieć: przesłuchanie – sprawiła, o dziwo, że zrobiło jej się lżej na duszy. Po raz pierwszy opowiedziała wszystko od początku. O wieloletnim romansie z Peterem Simonem. O małżeństwie, które dawno było małżeństwem tylko z nazwy. O nieznośnej wegetacji w Chez Nadine. O nadziejach, które wiązała z Peterem. Wspomniała o planowanej ucieczce do Argentyny, nowym początku, który im się marzył. O tym, że jej życie legło w gruzach, gdy w górach znaleziono zwłoki Petera.

Bertin skarcił ją delikatnie, że od początku nie była z nim szczera, i poprosił, by nie wyjeżdżała z okolicy i była do dyspozycji policji. Podała mu adres matki. Kiedy wychodziła, zastanawiała się, czy i ona znalazła się w kręgu podejrzanych.

Zdziwiła się, nie widząc w restauracji Henriego; jeszcze bardziej, gdy zobaczyła na drzwiach napisaną odręcznie kartkę z informacją, że dzisiaj Chez Nadine jest zamknięte. W zwykły wtorek. To niepodobne do Henriego. Chez Nadine było jego dzieckiem, jego miłością, cząstką jego samego. Przez te wszystkie lata nie przypominała sobie choćby jednego dnia, kiedy zamknął restaurację bez powodu; nawet w wolne poniedziałki kręcił się po kuchni i załatwiał to wszystko, na co w tygodniu nie było czasu.

„Może popełniliśmy błąd, nie wygospodarowując dnia tylko dla siebie – rozważała wpatrzona w kartkę na drzwiach. –

Dnia, w którym robilibyśmy coś tylko dla siebie i zapominali o istnieniu tej przeklętej knajpy".

Ale niemal w tej samej chwili zdała sobie sprawę, że takie myśli, szukanie ratunku dla małżeństwa, to oszukiwanie samej siebie. Nie chodziło o czas, który dla siebie mieli lub nie. Zimą, kiedy całymi dniami do restauracji nie zaglądał pies z kulawą nogą, gdy nie musieli gotować ani uzupełniać zapasów, gdy księgowość była zapięta na ostatni guzik, gdy wymienili rynnę i pomalowali krzesła w ogrodzie... nagle nie było już nic do roboty. Siedzieli wtedy naprzeciwko siebie przy kuchennym stole, z gorącą kawą, i mieli mnóstwo okazji, by porozmawiać, wziąć się za ręce, dowiedzieć się, o czym myślą, za czym tęsknią... ale nigdy tego nie zrobili. Zawsze towarzyszyło im milczenie, brak zrozumienia i – przynajmniej z jej strony – wrogość i niechęć, wstręt na myśl o jakiejkolwiek bliskości.

Odpychała od siebie wszelkie myśli o tym, co mogło być; nie było sensu się w to zagłębiać, bo już dawno osiągnęli punkt bez powrotu. Uchyliła drzwi, przekonała się, że Henriego nie ma, ściągnęła walizki ze strychu, spakowała ubrania i bieliznę, do tego najważniejsze listy, pamiętniki, zdjęcia z szuflady biurka. Tej nieszczęsnej szuflady, w której szperała Catherine, szukając dowodów jej niewierności, chcąc ją upokorzyć... „Choćby z tego powodu nie mogłabym tu zostać – pomyślała. – Nigdy nie powróciłoby poczucie intymności".

Nie spieszyła się, bo liczyła na to, że Henri w końcu wróci. Co prawda przerażała ją perspektywa tej rozmowy, ale jednocześnie chciała już mieć ją za sobą, chciała jasno i wyraźnie dać mu do zrozumienia, że ich małżeństwo się skończyło, żeby przestał się wreszcie łudzić i wywierać na nią presję. Chciała zdecydowanego końca, który na zawsze ich rozdzieli.

Zataszczyła walizki do samochodu, by po chwili wtaszczyć jedną z nich z powrotem, bo nie mieściła się w aucie. Zawsze marzyła o wielkim, eleganckim, reprezentacyjnym samochodzie, ale chyba czas, żeby przestała się łudzić, przy czym utrata tego marzenia nie bolała nawet w połowie tak bardzo jak utrata innych.

A potem usiadła w kuchni, zapaliła papierosa, napiła się kawy, zapaliła kolejnego papierosa, wyjrzała na zewnątrz, na słońce, i nie znalazła w sobie nawet cienia nadziei. Tylko pewność, że podjęła słuszną decyzję.

„I może to już powód do wdzięczności" – pomyślała.

Ze zdumieniem stwierdziła, że jest pierwsza. Siedziała tu od rana. Czyżby Henri wyjechał?

„Nieważne – stwierdziła. – W takim razie porozmawiam z nim później. Albo wcale. Koniec końców sam zrozumie, jak się sprawy mają".

Wsiadła do załadowanego samochodu i odjechała. Chcąc nie chcąc, przejeżdżała koło miejsca, w którym stał samochód Petera. Poczuła ukłucie w sercu.

„Nie myśleć o tym – powtarzała sobie. – Patrzeć przed siebie z zaciśniętymi ustami. To się już skończyło. Nie myśleć o tym".

Albo dzisiaj wieczorem, albo w ciągu najbliższych dni przyjedzie po resztę swoich rzeczy.

I wtedy ten rozdział zakończy się definitywnie.

10

Słyszała, że nadchodzi. Nagle grobową ciszę piwnicy zakłócił jakiś dźwięk. Pukanie, szuranie... sama nie wiedziała. Zirytowało ją to, bo dźwięk rozległ się nieoczekiwanie po niekończącej się ciszy i chwilę trwało, zanim zrozumiała, że to on schodzi po schodach.

Choć początkowo czekała niecierpliwie, aż się zjawi, aż jej powie, co planuje, aż będzie miała okazję się odezwać, teraz przerażała ją jego bliskość.

Był niebezpieczny. Nagle znowu stanęły jej przed oczami obrazy Camille i Bernadette, jak wyglądały, gdy z nimi skończył. Jej serce biło coraz głośniej, coraz szybciej, i nagle dopadło ją instynktowne, idiotyczne pragnienie, żeby się gdzieś ukryć. Kroki były coraz bliżej. Wydawało jej się, że mężczyzna głośno sapie, dopiero po chwili zdała sobie sprawę, że to jej własny oddech.

Kiedy otworzył drzwi, światło oślepiło ją do tego stopnia, że odruchowo ukryła twarz w dłoniach. Jasność wbijała się w oczy boleśnie jak ostrze noża. Jęknęła głośno.

– Krowa – powiedział – cholerna krowa. Wiesz, ile mam przez ciebie kłopotów?

Skuliła się w sobie i krzyknęła cicho, gdy kopnął ją w udo.

– Patrz na mnie, kiedy do ciebie mówię, ty krowo!

Z trudem uniosła powieki. Stopniowo jej oczy przyzwyczajały się do światła, choć jego jedynym źródłem była mała latarka kieszonkowa. Trzymał ją tak, że go widziała; tak, to był on, jej oprawca.

Miał na sobie dżinsy i szary golf. Był boso. „Bardzo przystojny" – stwierdziła i zdziwiła się, że w takiej chwili w ogóle myśli o czymś takim.

– Obżerałaś się tu po uszy, co?

Nie było sensu temu zaprzeczać, więc skinęła głową, za co ukarał ją kolejnym kopniakiem.

– Jak myślisz, czemu tu jesteś? Żeby wyjadać moje zapasy?

Chciała mu odpowiedzieć, ale wydobyła z siebie tylko cichy pisk. Od tak dawna z nikim nie rozmawiała, może zresztą to głód, pragnienie i strach stały jej gulą w gardle.

– Chciałaś coś powiedzieć? – wysyczał.

W końcu udało jej się wydobyć z siebie słowa:

– Ja... myślałam... że to wszystko... Dla... mnie... – Nie poznawała własnego głosu. – Inaczej... nie zostawiłby mnie pan... tutaj.

– Spryciara – powiedział i podniósł latarkę, żeby ją oślepić. Udręczona zamknęła oczy. Kiedy zorientowała się, że znowu opuścił snop światła, uniosła powieki i zobaczyła, że cały czas zaciska i rozluźnia prawą pięść. Emanował agresją i zdenerwowaniem, wiedziała, że jest w bardzo poważnych tarapatach.

– Nie mogę cię tu wiecznie trzymać – oznajmił. – Chyba zdajesz sobie z tego sprawę. A kiedy tak się najadasz do syta, wszystko potrwa o wiele dłużej. I dlatego zabierzemy ci prowiant.

„On chce, żebym umarła. Naprawdę chce, żebym umarła". Dopiero teraz zauważyła kosz, który postawił koło siebie. Chciał pewnie wynieść w nim zapasy, a ona umrze w tej piwnicy powolną, koszmarną śmiercią.

– Proszę – szepnęła. Znowu panowała nad głosem, cienkim, przerażonym. – Proszę, niech mnie pan wypuści. Ja... ja przecież nic panu nie zrobiłam i...

Zdawała sobie sprawę, że to, co mówi, jest bardzo dziecinne, ale nie miała sił, by błagać inaczej niż dziecko, bo też czuła się równie bezradna i oszołomiona.

Wydawało się, że przez chwilę naprawdę to rozważał, ale koniec końców doszedł do tego samego wniosku.

– Nie. Bo mi wszystko zepsujesz.

– Ależ obiecuję, że...

Uciszył ją gestem. A potem zadał zaskakujące pytanie.

– Masz męża?

Zastanawiała się przez chwilę, czy od tej odpowiedzi coś zależy, na przykład jej życie, ale ponieważ nie widziała żadnego związku między swoją sytuacją a stanem cywilnym, uznała, że rozsądniej będzie trzymać się prawdy, zwłaszcza że niewykluczone, iż on już ją znał i teraz sprawdzał jej prawdomówność.

– Nie – odparła więc.

– Dlaczego nie?

– Ja... No cóż... nigdy się nie złożyło i...

– Był ktoś, kto chciał się z tobą ożenić? Kto chciał założyć z tobą rodzinę? – Słowo rodzina akcentował szczególnie, jakby miało dla niego wielkie znaczenie, jakby było święte.

„Powinnam była powiedzieć, że mam rodzinę – pomyślała instynktownie. – Miałby do mnie więcej szacunku".

– Nie – odparła. – Nikogo takiego nie było. A najbardziej na świecie zawsze chciałam mieć dzieci... rodzinę...

Spojrzał na nią z pogardą.

– Gdybyś tego naprawdę chciała, miałabyś to od dawna. Pewnie jesteś jedną z tych kobiet, które przedkładają własną wolność nad wszelkie zobowiązania, co? Którym się wydaje, że sens ich życia to samorealizacja i niezależność. Pieprzone emancypantki, przez które rodzina jest w kryzysie i wszystko wali się na głowę!

„Rozmawiaj z nim" – myślała gorączkowo. Gdzieś kiedyś czytała, że mordercy trudniej zamordować ofiarę, gdy z nią rozmawia, gdy zdążył ją trochę poznać.

– Co się wali na głowę? – zapytała.

W jego oczach było tyle nienawiści, że obawiała się, by ten temat nie sprawił, że straci resztki panowania nad sobą. Z drugiej strony nie sposób byłoby sprowadzić rozmowę na inne tory.

– Wszystko – odpowiedział. – Wszystko, o czym kiedykolwiek marzyłem. Wszystko, co chciałem w życiu osiągnąć.

Zafascynowana obserwowała, jak nienawiść przeradza się w niemal namacalną wrażliwość; tego mężczyznę boleśnie zraniono, a on nie potrafił się z tym uporać, zrozumiała to w tej chwili. W pewnym sensie on także był ofiarą, która walczyła z okropnościami życia z takim samym ślepym instynktem samozachowawczym, jak walczy każde inne stworzenie.

– O czym pan marzył? – zapytała. „Niech traktuje cię jak powiernicę. Pokaż mu, że go rozumiesz. Że jesteś taka jak on".

Nie odpowiedział, za to zadał jej pytanie:

– W jakiej rodzinie dorastałaś?

– Cudownej – odparła ciepło i poczuła, jak na wspomnienie dzieciństwa oczy zachodzą jej łzami. – Moi rodzice bardzo się kochali, rozpieszczali mnie do niemożliwości. Bardzo długo na mnie czekali, byli już niemłodzi, gdy się urodziłam, i dlatego niestety wcześnie ich straciłam. Ojciec zmarł przed ośmiu laty, mama przed pięciu.

Spojrzał na nią pogardliwie.

– Wcześnie? Ty to nazywasz „wcześnie"?

– Cóż, wydaje mi się...

– Wiesz, kiedy ja straciłem matkę? Kiedy miałem siedem lat. A ojca wkrótce potem.

W swoim położeniu miała w nosie jego traumatyczne dzieciństwo, ale zebrała resztki sił, by okazać mu współczucie i zainteresowanie.

– Na co umarli?

– Umarli? Cóż, może rzeczywiście to, co spotkało ojca, można nazwać umieraniem. Moja matka po prostu od nas odeszła. Jej przyjaciółka, bezczelna, bezlitosna przyjaciółka, wbiła jej do głowy, że ma wielki talent i nie powinna marnować życia w domowym zaciszu, z rodziną. Więc pozbyła się nas, zostawiła męża i czwórkę dzieci, zamieszkała z przyjaciółką i próbowała swoich sił jako malarka i piosenkarka. Miała marne osiągnięcia, ale to nieważne, najważniejsze, że była wolna, kreatywna, że mogła się realizować... Cóż, kiedy miałem dziewiętnaście lat, przejechał ją w Berlinie pijany kierowca. Zmarła z powodu odniesionych ran, ale wtedy już od dawna nie utrzymywałem z nią kontaktu.

– To... to musiało być straszne...

– Kiedy od nas odeszła, mój ojciec początkowo jakoś się trzymał, ale potem nie mógł się pogodzić z jej utratą. Zaczął pić, stracił pracę... Do dzisiaj go widzę, jak w środku dnia siedzi w naszym ciasnym mieszkanku socjalnym, gdy wracałem ze szkoły, zapuchnięty, nieogolony, z czerwonymi oczami... gdy tylko zwlókł się z łóżka, od razu sięgał po flaszkę. Dawniej był silnym, pogodnym mężczyzną, teraz usychał na oczach dzieci. Umarł na marskość wątroby.

Miała nadzieję, że widzi w jej oczach współczucie i zrozumienie.

– Rozumiem – szepnęła. – Bardzo dobrze rozumiem. Sam pan sobie z tym wszystkim nie poradzi.

Spojrzał na nią ze zdziwieniem.

– Ależ owszem – zapewnił. – Mogłem sobie z tym poradzić. Kiedy poznałem Carolin, kiedy wzięliśmy ślub, kiedy urodziły się dzieci. Ale potem odeszła i wszystko zepsuła. Wszystko.

– Przecież jest pan jeszcze młody. I przystojny. Spokojnie mógłby pan...

Mówił dalej, jakby w ogóle jej nie słyszał.

– I wtedy do mnie dotarło, że te baby trzeba wyeliminować. One niszczą świat. Dwa lata temu zamordowałem kobietę, która namówiła matkę, żeby od nas odeszła.

Powiedział to od niechcenia, jakby to było zrozumiałe samo przez się. Monique z trudem przełknęła ślinę.

– O Boże – szepnęła.

– Pisano nawet o tym w gazecie, berlińskiej. – Zdawał się niemal dumny. – Ale do dzisiaj nie wiadomo, kto to zrobił. A to było takie proste. Przedstawiłem się i od razu mnie wpuściła. To było to samo mieszkanie, w którym mieszkała z moją matką. Starucha cieszyła się, że odwiedza ją syn zmarłej przyjaciółki. Niczego nie zrozumiała, niczego. Nawet kiedy zacisnąłem jej sznur na szyi i zacząłem dusić. Nie spieszyłem się. To trwało bardzo długo, ale nie tak długo jak moje cierpienie.

„Zupełnie oszalał, żyje we własnym chorym świecie".

Każdym słowem walczyła o życie.

– Rozumiem pana. Naprawdę. Właściwie nigdy nie zastanawiałam się nad tym specjalnie, ale teraz widzę to w innym świetle. Kobiety pokroju pańskiej matki i jej przyjaciółki same sprowadziły na siebie to, co je spotkało. Tu się z panem zgodzę. Ale nie wszystkie kobiety są takie jak one. Ja też zawsze chciałam mieć rodzinę, musi mi pan uwierzyć. Czasami jednak to mężczyźni nie chcą się wiązać. Ja trafiałam tylko na takich. Wykorzystywali mnie i zostawiali. Zdążyłam już stracić wszelką nadzieję.

Ponieważ nadal milczał, brnęła dalej:

– Ale oczywiście cały czas w głębi duszy mam nadzieję, że...
że pewnego dnia... Że...

W końcu na nią spojrzał.

– Że zjawi się książę na białym koniu, tak?

– Cóż... Ja... – szepnęła niepewnie.

Teraz nie było w nim ani odrobiny wrażliwości, zostały tylko chłód i pogarda.

– Co za bzdury – syknął. – Aż się wierzyć nie chce. Posłuchaj, coś ci powiem. Nie wiem, co masz na sumieniu, czy rozbiłaś komuś rodzinę, czy odepchnęłaś mężczyznę, który miał wobec ciebie poważne zamiary. I dlatego jeszcze żyjesz, ale jest jasne, że to się musi skończyć. Rozumiemy się?

Zaczęła dygotać na całym ciele. Strach zaatakował z całą siłą. Sugerował jej śmierć.

– Wolałbym, żebyś tu zdechła, w tej piwnicy. Zmarła z głodu, z pragnienia, z czego tam chcesz. Ale jeśli nie załatwisz tego szybko, pomogę ci. Postąpiłaś idiotycznie, wtrącając się w to wszystko. Ale nie pozwolę, żebyś mi to popsuła. Lada chwila spełnią się moje marzenia. To moja ostatnia szansa, wykorzystuję ją i wtedy wchodzi mi w drogę durna, głupia krowa. Nie pozwolę na to.

Podniósł koszyk i zrobił dwa kroki w głąb pomieszczenia.

I bosą stopą wszedł w resztki przykrywki, która wypadła jej wcześniej.

Spomiędzy palców lewej stopy trysnęła krew. Przyglądał się jej z niedowierzaniem, a potem jęknął głośno, upuścił kosz i osunął się na ziemię.

Złapał się dłońmi za stopę i usiłował zatamować krwawienie.

– O Boże – wycedził przez pobladłe usta. – Popatrz, ile krwi! Ile krwi!

Zorientowała się, że przynajmniej przez chwilę był rozkojarzony. Widok własnej krwi go sparaliżował. Dźwignęła się na nogi.

W pierwszej chwili bała się, że nie utrzymają jej ciężaru. Przez tyle czasu tylko siedziała, leżała albo pełzała na czworakach, że jej mięśnie straciły resztki energii. Poza tym kręciło jej się w głowie z głodu i ze strachu, ściany i podłoga falowały jej przed oczami.

Ale potem determinacja zwyciężyła i rzuciła się do drzwi. Słyszała za sobą jego wrzaski:

– Co jest? Co to ma być, do cholery?

Popełniła poważny błąd, stwierdziła to już po kilku sekundach. Trzeba było go zamknąć w małym pomieszczeniu i dopiero wtedy na spokojnie szukać schodów. Ale o tym nie pomyślała, nie miała przecież czasu, żeby cokolwiek zaplanować, chciała tylko uciekać... ale teraz nie mogła znaleźć wyjścia, schodów na górę... Miała przed sobą wielką piwnicę oświetloną gołymi żarówkami, włączanymi jednym wspólnym przyciskiem. Słyszała go za sobą, czyli zdołał wstać i ruszył za nią.

– Zatrzymaj się, krowo! Stój! Natychmiast!

Choć zraniona stopa go spowalniała, wiedziała już, że ją dopadnie, bo pobiegła w niewłaściwą stronę, do końca piwnicy, a schody prawdopodobnie znajdowały się w przeciwległym krańcu. Nie dotrze do nich, bo po drodze czyha on, teraz już na pewno zdecydowany zabić ją od razu.

Na końcu korytarza zobaczyła przed sobą otwarte drzwi. W zamku tkwił klucz. Przekręciła go drżącymi palcami, otworzyła je...

Już przy niej był. Kuśtykał i przez moment wyobrażała sobie jego wykrzywioną bólem twarz. A potem wślizgnęła się do pomieszczenia, zamknęła za sobą drzwi, naparła na nie całym ciałem, walczyła jak lwica, jakimś cudem wsunęła klucz do zamka... Już niemal przegrała, drzwi już się uchylały, ale jeszcze raz zdołała je dopchnąć i przekręcić klucz.

Oprawca szalał na zewnątrz, a ona powoli osunęła się na ziemię, oparta plecami o ścianę. Myślała, że się rozpłacze, ale nie, dygotała tylko i poczuła nadchodzące torsje.

Znowu była uwięziona, ale tym razem miała klucz. Jeśli chciał ją zabić, musiał wyważyć drzwi.

11

Henri wrócił do domu koło czwartej po południu i szybko się zorientował, że Nadine naprawdę chciała od niego odejść. Przede wszystkim potknął się niemal o zapakowaną walizkę, która pewnie nie zmieściła jej się w samochodzie i została tuż za drzwiami. Domyślał się, że zamierzała po nią przyjechać. Potem poszedł na górę, na piętro, wszedł do jej pokoju i zrobił coś, na co nie pozwolił sobie nigdy dotąd: otwierał wszystkie szuflady i szafki, przeglądał, co zabrała, a co zostawiła. Wzięła nie tylko rzeczy niezbędne podczas kilkudniowego pobytu u matki, jak bielizna, kilka swetrów i spodnie czy szczoteczka do zębów. Nie, zabrała prawie wszystkie ubrania, zarówno letnie, jak i zimowe, kostiumy kąpielowe, bawełniane sukienki i kombinezon narciarski, a także dwie suknie wieczorowe. Co więcej, opróżniła szuflady sekretarzyka, zabrała pamiętniki, zdjęcia, listy, notesy. Wiedział od Catherine, że właśnie one wypełniały szuflady, opowiadała mu o nich po tym, jak znalazła ten nieszczęsny list. Wbrew sobie, niechętnie, przyjął do wiadomości wyniki jej poszukiwań i ukrył na dnie pamięci, ale teraz błyskawicznie wszystko sobie przypomniał i wiedział doskonale, co oznaczają puste szuflady. Nie miała zamiaru tu wracać. Najwyżej po resztę rzeczy, które zostały w szafach i których nie zdołała zabrać za pierwszym razem.

Poszedł do kuchni. W zlewie stał napełniony wodą talerzyk, a w nim leżały dwa niedopałki. Obok stała filiżanka po kawie. A więc zaparzyła sobie kawę i wypaliła dwa papierosy. Czekała na niego. Chciała z nim rozmawiać. Domyślał się, co chciała mu powiedzieć.

Usiadł przy stole i zjadł bagietkę z miodem, choć nie sprawiło mu to przyjemności. Gapił się w okno, wyobrażał sobie, jak kilka godzin wcześniej siedziała zapewne w tym samym miejscu i patrzyła w to samo okno. Czy żegnała się z nim w ten sposób? A może tylko niecierpliwie czekała, kiedy w końcu na zawsze ucieknie z tego domu?

Nie będzie wspólnej przyszłości. Nie będzie dziecka. Catherine na końcu kraju – ale i Nadine odejdzie. Zostanie mu Chez Nadine, choć nazwa w tych okolicznościach wydała mu się absurdalna. Zmienić na Chez Henri? Chyba tak, bo oprócz niego już nikogo tu nie będzie.

Został sam.

Euforia po rozmowie z Catherine i drugie spotkanie z policjantami, jawnie okazującymi mu nieufność, pozbawiły go resztek sił. Po porannej wizycie u Marie Isnard godzinami bez celu jeździł po okolicy, gnał jak wariat, jak dawniej, w młodości, gdy był pewny siebie i silny, ale potem zwalniał i w myślach ćwiczył rozmowę z Nadine, w płomiennych słowach malował wspólną przyszłość, starannie dobierał słowa, którymi wybaczy jej romans z Peterem S., jak teraz o nim myślał.

A teraz jego zamek z piasku legł w gruzach i nagle zostało już tylko paraliżujące zmęczenie, duchowe wyczerpanie i strach przed pustą, ponurą przyszłością. On, złoty chłopak, jeszcze nigdy tak bardzo nie pragnął bliskości. Chciał, żeby ktoś go objął, chciał płakać, chciał, żeby ktoś głaskał go po włosach, żeby szeptał do ucha słowa pociechy.

Tęsknił za matką.

Pomyślał, że właściwie powinien się wstydzić, ale nie miał na to siły. Nie chciał się zastanawiać, czy właściwie ma prawo się tak czuć, czy nie, czy to klęska, czy hańba. Chciał tylko spełnienia.

Zastanawiał się, czy wykrzesze z siebie dość sił, by spakować walizki i wyruszyć do Neapolu. Komisarz co prawda zabronił mu wyjeżdżać i swoim zniknięciem zapewne tylko ściągnie na siebie podejrzenia, ale to wszystko było mu obojętne. Liczyła się tylko Nadine. Może zostawi jej list. Napisze w nim, że rozumie i akceptuje jej decyzję. Nie musi się przed nim ukrywać.

Wpatrywał się w okno, aż się ściemniło, a potem zapalił światło i gapił się na odbicie smętnego mężczyzny przy kuchennym stole, który pojedzie do Neapolu, do matki, żeby się tam uporać z przegranym życiem.

12

Zanim Laura położyła się spać, przypomniała sobie, że już poprzedniego dnia miała zadzwonić do Monique Lafond. Wizyta Christophera i to, co się później wydarzyło, całkiem wybiły jej to z głowy, choć specjalnie zostawiła karteczkę przy telefonie. Najwyraźniej dzisiaj, kiedy rozmawiała przez telefon, nie zwróciła na nią uwagi.

Karteczki nie było, stwierdziła teraz. Szukała jej wszędzie, wśród papierów, zerknęła nawet na podłogę, ale nigdzie nie mogła jej znaleźć.

– Dziwne – mruknęła.

Zastanawiała się, czy o tej porze – był kwadrans po dziesiątej – wypada jeszcze do kogoś dzwonić, ale uznała, że może to zrobić. Znowu skontaktowała się z centralą, ale i tym razem nie miała szczęścia; w mieszkaniu mademoiselle Lafond włączyła się automatyczna sekretarka. Tym razem się nie nagrała, zrobiła to przecież poprzednio, i prędzej czy później Monique ją odsłucha. Może wyjechała.

Poza tym Laura była coraz bardziej przekonana, że i tak niczego się od niej nie dowie.

Po południu kolejny raz odwiedził ją komisarz Bertin. Chciał zapytać, czy nie przypomniała sobie czegoś, co było ważne dla śledztwa, ale go rozczarowała. Jej zdaniem policjanci cały czas szukali po omacku. Czuła, że Bertin uważa, że jest niewinna, i dlatego odważyła się zapytać, kiedy będzie mogła wrócić do domu.

– Moja córeczka została w Niemczech, wierzyciele mojego męża dobijają się do drzwi. Mam mnóstwo rzeczy do załatwienia i całe życie do odbudowania, a tutaj tylko siedzę bezczynnie!

Skinął głową ze zrozumieniem.

– Rozumiem. Jest pani w bardzo niewygodnej sytuacji. Mamy pani dane w Niemczech. Moim zdaniem może pani spokojnie wyjechać. Może się jednak okazać, że będzie pani musiała tu przyjechać, gdyby wyszły na jaw nowe fakty i gdybyśmy potrzebowali pani pomocy.

– Oczywiście, to żaden problem. A w każdym razie najmniejszy, z jakim muszę się teraz zmierzyć.

Przyglądał się jej w zadumie.

– Jest pani dzielną kobietą – stwierdził. – Inna na pani miejscu załamałaby się i szlochała, i straciła resztki odwagi. A pani mierzy się z całym światem. To godne podziwu.

Bardzo ją ucieszyły te słowa. Kiedy wyszedł, stanęła w łazience przed lustrem i uważnie przyjrzała się swojemu odbiciu. Czy widać po niej zmianę? Nie minęło wiele czasu, ale miała wrażenie, że pokonała daleką drogę – od cichej, podporządkowanej Laury, która w domu potulnie czekała na męża, kupując nowe zasłony i dywany, żeby jakoś zabić czas, do kobiety, która identyfikowała ciało męża w policyjnej kostnicy, która przyjęła do wiadomości informację o jego wieloletnim romansie, która musiała się zmierzyć ze stertą długów i która przy tym wszystkim miała jeszcze dość siły i odwagi, by wdać się w krótki romans z najlepszym przyjacielem męża.

Wydawało jej się, że jest twardsza, śmielsza i nie taka uległa.

– Poradzisz sobie – zapewniła dumnie kobietę w lustrze.

Wieczorem słuchała muzyki, otworzyła butelkę szampana i właściwie poczułaby się wolna i odprężona, gdyby nie wewnętrzny niepokój, którego źródła początkowo nie mogła ustalić, ale w końcu doszła do wniosku, że chodzi o Christophera. Cały czas oczekiwała, że zadzwoni telefon, że to będzie on, żeby umówić się na kolejne spotkanie. Zamknęła nawet okiennice, czego nigdy nie robiła, ale cały czas miała wrażenie, że nagle zjawi się pod drzwiami i poprosi, żeby go wpuściła, albo, co byłoby jeszcze gorsze, będzie tam tylko stał i patrzył.

„Nic ci nie zrobił – powtarzała sobie. – To, że się w tobie zakochał, to nie przestępstwo, a że reagował szybko i otwarcie? Cóż, to nie powód, żeby się go bać".

Bo właśnie to było najdziwniejsze: bała się go, choć sama nie wiedziała dlaczego. Umysł podpowiadał, że to bzdura, ale instynkt, zazwyczaj lekceważony, zbywany instynkt, nie dawał za wygraną. Kiedy telefon w końcu naprawdę zadzwonił, zareagowała tak gwałtowne, jakby po raz pierwszy w życiu słyszała ten dźwięk. Z bijącym sercem podnosiła słuchawkę i sama siebie zwyzywała od rozhisteryzowanych gąsek. Dzwoniła jej matka, która ma się rozumieć, od razu zaczęła narzekać, że Laura nigdy do niej nie dzwoni, że Sophie jest cała i zdrowa, ale ciągle płacze za Laurą, a poza tym chciała się dowiedzieć, kiedy Laura właściwie zamierza wrócić od domu.

– O ile oczywiście uważasz za stosowne mnie o tym poinformować – dodała kąśliwie.

– Mamo, dopiero dzisiaj, słyszysz, dzisiaj usłyszałam, że mogę wracać do Niemiec. Wyjadę chyba pojutrze. Jutro chciałabym wstąpić do agencji nieruchomości, żeby wycenili dom. Prawdopodobnie jest zadłużony po dach, ale i tak muszę go sprzedać, więc chciałabym przynajmniej wiedzieć, ile jest wart.

– Czas, żebyś się zajęła sprawami także tutaj – zauważyła Elisabeth. – Chodzę do was podlewać kwiaty i dosłownie potykam się o sterty korespondencji. Głównie z banków. Na automatycznej sekretarce zabrakło miejsca. W biurze Petera wszystko się wali, żadna z jego pracownic nie wie, co robić.

– Wiedzą już, że Peter nie żyje?

– Nie mam pojęcia. Nie mogłam tego wywnioskować z ich wiadomości. Ale prawdopodobnie przesłuchiwali je policjanci, nie sądzisz? W każdym razie ktoś musi się tym wszystkim zająć.

– Czyli ja. Jak powiedziałam, w czwartek wieczorem będę w domu.

– Bezustannie dobija się też była żona Petera. Upomina się o zaległe alimenty.

– Zadzwoń do niej i powiedz, że może się z nimi pożegnać. Jej dłużnik leży w kostnicy, w Tulonie, a cały jego doczesny majątek trafi pod młotek licytatora. Od tej pory sama musi sobie radzić.

– Uznałam, że najlepiej będzie, jeśli ty i Sophie zamieszkacie ze mną – powiedziała Elisabeth. – Wasz dom pewnie trzeba będzie sprzedać, a na razie nie będziesz mieć żadnych pieniędzy. Moje mieszkanie jest dla mnie samej zdecydowanie za duże. Dostaniecie dwa pokoje.

Laura przełknęła ślinę.

– Bardzo miło z twojej strony, ale... Nie sądzę, żeby nam obu, i tobie, i mnie, wyszło to na dobre. Zatrzymam się u Anne. Będziemy z Sophie blisko ciebie, ale nie będziemy siedzieć sobie na głowach i kłócić się z byle powodu.

W słuchawce zapadła długa cisza.

– Jak chcesz – odparła w końcu Elisabeth. – Każdy sam wie, co dla niego najlepsze.

Pożegnały się oziębłe, ale Laurze spadł kamień z serca, że wyjaśniła kolejną sprawę.

Kiedy w końcu kładła się spać, czuła, że odzyskała odrobinę równowagi. Christopher nie odzywał się od rana. Zapewne wiedział już, że zachował się skandalicznie, wrzeszcząc jak oszalały, może nawet zrozumiał, że źle zinterpretował to, co między nimi zaszło, że tylko z jego strony było to coś poważnego. Każdy może się czasem pomylić. Teraz najwyraźniej chciał zachować dystans, dzięki któremu kiedyś będą mogli znowu swobodnie rozmawiać.

Przez chwilę jeszcze czytała, aż była tak zmęczona, że nie mogła skoncentrować się na treści książki. Gasząc światło, zerknęła na zegarek. Dziesięć po jedenastej.

Pięć minut później zadzwonił telefon.

Usiadła gwałtownie, błyskawicznie w pełni przytomna. Serce waliło jej jak oszalałe. Wiedziała doskonale, kto dzwoni o tej porze.

Poczekała, aż telefon ucichł, ale dzwoniący natychmiast ponownie wybrał jej numer, bo znów po chwili rozległ się dzwonek. Za trzecim razem nie wytrzymała, zerwała się z łóżka i wybiegła z sypialni na korytarz, do szafki, na której stał aparat telefoniczny.

– Halo? – rzuciła, jak sama słyszała, z irytacją w głosie.

– Laura? To ja, Christopher. Gdzie byłaś? Czemu tak długo nie odbierałaś? „Idiotka! Nic się nie zmieniło! Od początku miałaś rację, że źle się z tym czułaś. Coś z nim jest nie w porządku!"

Usiłowała odpowiadać spokojnie i stanowczo.

– Christopher, jest już po jedenastej. Spałam. Chciałam zignorować dzwonek, ale nie dałeś mi wyboru. Szczerze mówiąc, uważam, że zachowujesz się skandalicznie.

– Lauro, chciałbym cię zobaczyć.

– Nie. Już późno. Jestem zmęczona.

– W takim razie jutro rano? – Zachowywał się zupełnie inaczej niż podczas ostatniej rozmowy, nie wrzeszczał, nie groził. Błagał.

– Sama nie wiem, ja...

– Proszę cię, Lauro! Przez cały dzień chciałem do ciebie zadzwonić. Umieram z tęsknoty. Obawiałem się, że poczujesz się osaczona, i dlatego czekałem. Przeszedłem przez piekło... i w końcu nie wytrzymałem. Proszę...

Cholera, to wszystko wymyka ci się z rąk! On jest jak opętany. Dobrze, że pojutrze wyjeżdżasz.

Mimo złości było jej też go żal. Wyobrażała sobie, jak godzinami wpatrywał się w telefon, jak się powstrzymywał, jak się męczył. Wiedziała doskonale, jakie to uczucie.

Starała się być dla niego miła.

– Jutro rano nie dam rady, mam kilka spraw do załatwienia. – Nie wspomniała o planowanej wizycie w agencji nieruchomości; wewnętrzny głos podpowiadał, żeby nie zdradzała, że chce spalić za sobą wszystkie mosty we Francji. – Może zjemy razem obiad?

Nawet z odległości czuła jego ulgę.

– Dobrze. Koniecznie muszę cię zobaczyć. Przyjechać po ciebie?

– Nie, będę w mieście... umówmy się o wpół do pierwszej na parkingu przy plaży w La Madrague. Co ty na to? I wtedy zastanowimy się, co dalej. Do jutra!

– Kocham cię, Lauro.

Odłożyła słuchawkę. Stała przy telefonie. Nagle poczuła, że cała ocieka potem.

Strach, który jak sądziła, zdołała opanować, powrócił z nową siłą.

Christopher nie jest normalny.

A jutro musiała mu powiedzieć, że nie ma dla nich wspólnej przyszłości.

Środa, 17 października

1

Padało tego ranka. Podczas nocy napłynęły chmury i położyły kres ostatnim dniom babiego lata. To nie była nagła ulewa, tylko monotonna, beznamiętna mżawka. Świat, jeszcze wczoraj mieniący się barwami jesieni, spowiła szarość. Wilgoć czaiła się w każdym kącie.

Nadine wstała o świcie, umyła się cichutko i zaparzyła sobie kawę. Mimo ognia w piecu, w którym napaliła i nawet w nocy dorzucała drew, w domu panowało wilgotne zimno. Jak zawsze. Nie przypominała sobie, by jesienią i zimą kiedykolwiek było tu przytulnie.

Stała przy oknie, otulając dłońmi filiżankę z kawą, patrzyła, jak ciemność przeradza się w świt, i myślała o tym, że tam, na świecie, poza tym koszmarnym wąwozem, mimo wszystko wstaje nowy dzień, choć tutaj zostanie mrok, który po południu ustąpi ciemności.

Peter opowiadał o pięknym domu, który mieli sobie kupić w Argentynie, wielkim, jasnym, przestronnym, wśród łąk i pastwisk.

– Z wielką drewnianą werandą od frontu – powtarzał. – Na której będziemy siedzieć, trzymając się za ręce, i podziwiać naszą ziemię.

Ponieważ wiedziała o jego sytuacji finansowej, nigdy do końca nie uwierzyła ani w dom, ani w ziemię, bo niby jakim cudem miało na to starczyć te ostatnie dwieście tysięcy marek? Ale słuchała go chętnie, gdy o tym opowiadał. To było cudowne marzenie i chciała je w sobie zachować. Ona osobiście, w głębi ducha, myślała raczej o mieszkanku gdzieś w Buenos Aires; małe, słoneczne, trzypokojowe mieszkanko z balkonem od południa. Uczyłaby się hiszpańskiego, nosiła kolorowe sukienki, a wieczorami razem sączyliby czerwone wino. „Cholera" – pomyślała i jej oczy znowu zaszły łzami. Odchyliła głowę do tyłu, żeby nie spływały po policzkach, znacząc je czarnymi smugami tuszu. W każdej chwili mogła się pojawić Marie, a jeśli zobaczy córkę we łzach, na pewno zaraz jej zawtóruje. A tego Nadine by nie zniosła – żeby w taki ponury ranek siedzieć tu z matką i razem płakać.

Z przerażeniem słuchała, że Henri tu przyjechał, żeby z nią porozmawiać. Tym samym naruszył niepisaną zasadę, że mianowicie Le Beausset to teren Nadine, na który nie miał wstępu. Bo choć z całego serca nienawidziła i domu, i wąwozu, stanowiły jej jedyną oazę i wydawało jej się, że Henri to rozumie i szanuje. A tymczasem przyjechał tutaj, naruszył jej granice, chciał ją odzyskać i łudził się, że dzięki wyjazdowi Catherine między nimi wszystko będzie w porządku. Czemu kurczowo chwytał się tak idiotycznej iluzji? Czy to oznaczało, że będzie jej rzucał kłody pod nogi, gdy poinformuje go o końcu ich małżeństwa?

Mimo wszystko chciała z nim porozmawiać, ale nie tutaj, na swoim terytorium, tylko gdzie indziej, w miejscu, z którego w każdej chwili będzie mogła odejść.

Postanowiła wybrać się wieczorem do Chez Nadine, zabrać resztę rzeczy i na zawsze pożegnać się z Henrim. Uznała, że wieczór to odpowiedni czas: o tej porze roku nie będzie zbyt wielu gości, więc będą mieli chwilę, żeby porozmawiać. Zarazem jednak w restauracji na pewno będą jacyś klienci, więc Henri nie będzie mógł na długo zniknąć na zapleczu i tym sposobem ich rozstanie przebiegnie w sposób w miarę cywilizowany, w ściśle ograniczonym czasie.

Padało coraz mocniej. Wąwóz wypełniała gęsta, nieprzenikniona mgła. Świat pogrążał się w beznadziei i smutku. Do kuchni weszła Marie, niedbale otulona szlafrokiem, z rozczochranymi włosami, o starej, zmęczonej twarzy.

– Zimno – westchnęła.

Nadine odwróciła się do niej błagalnie, z nadzieją w oczach.

– Mamo, sprzedajmy ten dom! Kupmy sobie małe mieszkanko nad morzem, pełne słońca, z widokiem na świat!

Marie potrząsnęła przecząco głową.

– Nie – odparła. – Twój ojciec skazał mnie na takie życie i zostanę do końca.

– Ależ mamo, to... to szaleństwo! Dlaczego sobie to robisz? Dlaczego mnie to robisz?

Marie znowu potrząsnęła głową, mocniej, z większym zdecydowaniem.

– Tobie nic nie robię. Musisz żyć własnym życiem.

A potem usiadła za stołem, przysunęła sobie imbryk z kawą i filiżankę, ukryła twarz w dłoniach i zaczęła płakać. Jak co rano, odkąd Nadine sięgała pamięcią.

„Moje życie" – pomyślała Nadine. Spojrzała w okno.

Skąd mam wiedzieć, co to właściwie oznacza?

2

Monsieur Alphonse był bardzo uprzejmy i szarmancki, i wyraźnie zainteresowany pośrednictwem w sprzedaży domu.

– Dzielnica Collette – mruknął. – Piękna okolica. Rzadko się zdarza taki kąsek. Cała okolica nabiera wartości. Myślę, że szybko uwiniemy się ze sprzedażą.

– Najpierw prosiłabym o wycenę domu – zauważyła Laura z pewną rezerwą. – Co do sprzedaży, muszę to przemyśleć.

– Ależ oczywiście, to jasne – zapewnił monsieur Alphonse. Jego agencja nieruchomości mieściła się w St. Cyr, tuż przy plaży, na której w dawnych latach Laura zawsze kąpała się z Peterem. Zawsze widziała przed sobą okna jego agencji, ilekroć wysiadła tu z samochodu, i w obecnej sytuacji uznała, że najprościej będzie zwrócić się właśnie do niego.

Monsieur Alphonse wyjął z szuflady notes, chrząknął, przejrzał kilka kartek i zdaniem Laury udawał, że jest bardzo zajęty. O ile widziała, jego kalendarz ział pustkami, ale agent udawał, że nie może znaleźć wolnego terminu.

– Dzisiaj, powiada pani... Cóż... może o czwartej? To da się zrobić.

– Świetnie. A więc do zobaczenia o czwartej. – Laura wstała, chcąc wyjść. I wtedy spojrzała na drugie biurko, stojące w dalszej części gabinetu, pod ścianą. Był na nim komputer, telefon, leżało kilka folderów, trochę kartek papieru, długopis, stał mały kaktusik. Przede wszystkim jednak jej uwagę przykuła mała tabliczka z nazwiskiem: Monique Lafond.

– Monique Lafond u pana pracuje? – zdziwiła się.

– To moja sekretarka – odparł monsieur Alphonse. Westchnął ciężko. – I do tej pory byłem z niej bardzo zadowolony. Zawsze można było na niej polegać. Ale dzisiaj to już trzeci dzień, odkąd zniknęła bez słowa, bez zwolnienia, bez żadnego wyjaśnienia. U niej w domu nikt nie odbiera. Trochę to niesamowite.

– Trzeci dzień? Z rzędu?

– Tak. W zeszłym tygodniu była na zwolnieniu, ale w poniedziałek miała wrócić do pracy. Albo przynajmniej powinna była dać mi znać, że jeszcze źle się czuje. Liczyłem na nią. – Monsieur Alphonse znacząco zniżył głos. – Słyszała pani pewnie o tej zamordowanej paryżance? Tej, która zginęła w domku letniskowym? Monique u niej sprzątała i to ona ją znalazła! Uduszoną, w pociętej koszuli nocnej. Moim zdaniem to było przestępstwo na tle seksualnym. I do tego ta córeczka! Nic dziwnego, że Monique doznała szoku i chciała zostać w domu, choć ja osobiście uważam, że w takiej sytuacji człowiek nie powinien zamykać się w czterech ścianach. Ale proszę, każdy ma to, czego chciał. Tylko że jeśli obiecała wrócić w poniedziałek, powinna wrócić! Albo dać mi znać! – Dopiero teraz uderzyło go, że Laura w ogóle zareagowała na to nazwisko. – Zna pani Monique?

– Tylko w związku z tym przestępstwem – odparła. – Ktoś kiedyś o niej wspominał. – Uznała, że lepiej będzie się nie przyznawać, że sama chciała się z nią skontaktować. Ulżyło jej, kiedy agent nie skojarzył jej nazwiska; w gazetach sporo było o Peterze Simonie i monsieur Alphonse powinien był właściwie dodać dwa do dwóch. Nie lubiła go, wydawał się jej wścibski i żądny sensacji.

– Był pan u niej w domu? – zapytała. – Może coś jej się stało.

– Przecież to nie moja sprawa – zbył ją błyskawicznie. – Od tego ma się rodzinę i przyjaciół!

– A ona ma?

– Skąd mam wiedzieć? To moja sekretarka, nie powiernica. Ale... – usiłował zmienić temat. – Nie zawracajmy sobie teraz tym głowy. Widzimy się o czwartej?

Laura nie mogła pozbyć się uczucia, że coś jest bardzo nie w porządku, ale nie była to odpowiednia chwila, by się nad tym zastanawiać.

– O czwartej – potwierdziła.

Do tego czasu przeżyje najtrudniejszy obiad swego życia.

3

Co chwila powtarzała sobie, że jej sytuacja znacznie się poprawiła. W nowym więzieniu miała kontakt i żarówkę, brzydką, gołą żarówkę zwisającą z sufitu. Miała więc światło. Widziała, która jest godzina, nie musiała po omacku wdeptywać we własne odchody. Widziała swoje ręce i nogi, dłonie i stopy. O dziwo, widok własnego ciała dobrze na nią wpływał.

No i miała klucz. Teraz nie oprawca ją uwięził, tylko ona sama. A to oznaczało, że w każdej chwili może wyjść.

Z drugiej strony nie miała już nic do jedzenia i picia. W tym pomieszczeniu nie było nic, nie licząc dwóch kartonów w kącie. Zajrzała do nich – znalazła kosmetyki: wysychające kremy, stare szminki o nieprzyjemnym zapachu, środki do pielęgnacji włosów i zużytą do połowy puderniczkę. To pewnie rzeczy Carolin, jego żony, która jak mówił, od niego odeszła. Druga kobieta w jego życiu, która go zostawiła. To go załamało. Potem zamordował przyjaciółkę matki, biedną Camille Raymond, Bogu ducha winną Bernadette i nie wiadomo kogo jeszcze.

Musiała uciec, to było jasne.

Szkoda tylko, że nie wie, gdzie on jest!

Zaraz po jej ucieczce wrócił na górę, słyszała, jak kuśtykał. Mocno krwawił, tyle jeszcze widziała, i pewnie najpierw chciał opatrzyć stopę. Od tej pory więcej się nie pokazał, choć minęły już prawie dwadzieścia cztery godziny. W każdym razie ona go nie słyszała.

A jeśli czyha na nią w korytarzu? Jeśli czeka, aż Monique stąd wyjdzie?

Mógł sobie pozwolić na czekanie. Wiedział, że prędzej czy później głód i pragnienie każą jej zaryzykować. Już teraz z trudem myślała o czymkolwiek innym niż brzoskwinie w słoikach, zaledwie kilka metrów dalej. Mało prawdopodobne, żeby je stamtąd zabrał. Więc gdyby zakradła się tam cichutko, napiła się i...

A co, jeśli jednak czai się w korytarzu?

Tego dowie się w jeden sposób – wychodząc z bezpiecznego schronienia, a wtedy może być za późno.

Była w pułapce. Beznadziejnej, śmiertelnej pułapce.

4

Był tak blady, że prawie się o niego bała. Usta mu poszarzały, na skórze pojawiła się chorobliwa warstewka potu. Miała nadzieję, że nie tylko ona była tego przyczyną, także zraniona stopa. Kiedy na parkingu wysiadł z samochodu, wyraźnie kulał, a po chwili zobaczyła potężny opatrunek. Już wtedy był blady, ale nie tak trupio blady jak w restauracji, gdy usiedli razem przy stoliku i oznajmiła mu, że nie wyobraża sobie wspólnej przyszłości.

– Co ci się stało w stopę? – zapytała najpierw, zadowolona, że może poruszyć w miarę neutralny temat, a nie siedzieć speszona naprzeciwko niego i gapić się na deszcz. Morze, szare i ponure, uderzało o nabrzeże, nieco dalej przechodził jeden spacerowicz w sztormiaku i kaloszach. Chmury gęstniały z każdą chwilą, a deszcz, rano – beznamiętna mżawka, teraz przerodził się w solidną ulewę. Laura miała parasol, Christopher nie, musiała więc użyczyć mu swojego i tym samym znalazła się o wiele bliżej niego, niż tego chciała.

– Wszedłem boso w rozbite szkło – wyjaśnił. – I skaleczyłem się w najbardziej idiotycznym miejscu, bo w ogóle nie mogłem zatamować krwawienia.

– Boli?

– Da się wytrzymać. Już jest lepiej. – Wziął ją pod rękę, przycisnął do siebie. – Bo jesteś przy mnie.

Rzadko tak bardzo chciała uciekać gdzie pieprz rośnie.

Wylądowali w małym bistro, w którym poza nimi były tylko dwie starsze panie. Wychylały kolejne kieliszki nalewki i głośno pomstowały na pogodę. Za barem nudziła się naburmuszona młoda kobieta, wyraźnie oburzona, że w taki dzień jak dzisiaj musi jeszcze pracować.

Laura i Christopher zamówili jedzenie, przy czym Christopher poczekał, aż ona wybierze, i wtedy wziął to samo. Zazwyczaj Laura w południe nie piła alkoholu, ale dzisiaj uznała, że zrobi wyjątek, i zamówiła małą karafkę białego wina. W tym wypadku Christopher nie poszedł w jej ślady; ograniczył się do wody mineralnej.

Najdelikatniej, najbardziej kulturalnie, jak umiała, powiedziała mu, że nie ma szans na wspólną przyszłość.

Kiedy skończyła, z jego twarzy odpłynęła resztka krwi. Wyglądał, jakby miał zaraz zemdleć.

– Może jednak powinieneś wypić coś mocniejszego – zauważyła troskliwie, ale puścił jej słowa mimo uszu.

– Dlaczego? Ale dlaczego? – powtarzał w kółko.

Wiedziała, że nie alkohol miał na myśli.

– Przecież już ci tłumaczyłam. – Wyłożyła wszystkie powody, choć liczyła się z tym, że nie da za wygraną. – To wszystko wydarzyło się za szybko. Nie wiem, jak wygląda moja przyszłość. W tej chwili w ogóle sobie nie wyobrażam kolejnego związku.

– Ale...

– Podczas lat z Peterem zupełnie zapomniałam o sobie. Cały czas żyłam jego życiem, ani przez moment nie było tam nawet cząstki mnie. Chciałabym się najpierw dowiedzieć, kim jestem, czego pragnę, jak sobie wyobrażam moje życie. Jak mogę się z kimś wiązać, nie znając samej siebie?

W jego oczach pojawił się błysk. Nie wiedziała, jak go interpretować. Gdyby nie przekonanie, że w tej chwili to niemożliwe, uznałaby, że to nienawiść.

– Samorealizacja – mruknął. – Samospełnienie. Więc ty też.

– Czy to takie dziwne? W mojej sytuacji?

Naburmuszona kelnerka podała jedzenie, dwa talerze zupy cebulowej z grzankami serowymi. Christopher wyglądał, jakby nie był w stanie przełknąć ani kęsa.

Kelnerka odeszła. Laura podjęła przerwany wątek:

– Zdaję sobie sprawę, że to tylko słowa i czasami ma się ich dość. I uwierz mi, nie chodzi mi o uleganie modzie i trendom. Ale pomyśl, jak wyglądały ostatnie lata mojego życia? Musiałam zrezygnować z pracy. Musiałam zamieszkać w wielkim domu, w okolicy, która nie przypadła mi do gustu. Mąż całkiem wykluczył mnie ze swojego życia i, co teraz wiem, miał ku temu powody. Został zamordowany, a ja dowiedziałam się, że jestem bankrutem, że on chciał uciec za granicę, że od lat zdradzał mnie z naszą wspólną znajomą. Bez skrupułów zostawiłby mnie z dzieckiem, z całym tym bałaganem, z tym piwem, którego nawarzył. Jak ja się teraz czuję? Wyobrażasz to sobie? Czy tak trudno zrozumieć, że straciłam wiarę w mężczyzn, związki, w ogóle w instytucję małżeństwa? I trzeba będzie dużo czasu, żebym ją odzyskała.

Pochylił się nad stolikiem. Na jego policzkach pojawił się cień rumieńców.

– Ale właśnie o to chodzi! Chcę ci w tym pomóc! Przy mnie odzyskasz tę wiarę! Zapomnij o wszystkim, co było nie tak w twoim życiu, zrozum, że nie wszyscy mężczyźni są tacy jak Peter!

Pokręciła głową.

– Sama muszę się z tym uporać. Potrzebuję czasu i chcę go mieć. Nie mogę tak po prostu schronić się pod skrzydłami kolejnego mężczyzny.

– Nie jestem taki jak Peter. Nie zdradziłbym cię, nigdy. Nie odszedłbym. Nie porzucił...

– Wiem. Ale w pewnym sensie... – Starannie dobierała słowa. – W pewnym sensie ty też byś mnie ograniczał.

– Nigdy w życiu! – Złapał ją za rękę, zacisnął dłoń. Oczy błyszczały mu gorączkowo. – Nigdy w życiu nie chciałbym cię ograniczać! Nie chcę cię formować, podporządkować sobie, nie chcę, żebyś była moją marionetką, czy co tam sobie myślisz. Jeśli tego się obawiasz, to niepotrzebnie. Kocham cię taką, jaka jesteś, bez warunków i haczyków. Nie chcę cię zmieniać. Chcę być z tobą szczęśliwy, należeć do ciebie, stworzyć z tobą rodzinę. Z tobą i Sophie. Nie wolno ci o niej zapominać. Dziecko nie powinno dorastać bez ojca, a ona jest na tyle mała, że zaakceptuje mnie szybko w tej roli. Będzie jej lepiej niż tylko z tobą!

Mówił szybko, zalewał ją potokiem słów. I znowu był za blisko. Dosłownie, bo trzymał ją za rękę, i w przenośni, bo każde jego słowo wwiercało się w jej mózg. Wiedziała już, czemu właściwie nigdy nie czuła się przy nim dobrze; był przytłaczający, zawsze i wszędzie, bez względu na to, co robił. Wciągał ją, pochłaniał, sprawiał, że stawała się jego częścią. Przy nim traciła oddech i co chwila chciała się odsunąć, zachować odstęp, dystans. To jednak było niemożliwe. On na to nie pozwalał.

„Może dlatego żona od niego odeszła" – pomyślała.

Nie wiedziała, co jeszcze mogłaby powiedzieć, i miała wrażenie, że ta rozmowa może się ciągnąć bez końca.

– Nie kocham cię, Christopher – powiedziała cicho, wpatrzona w swój talerz, jakby liczyła na to, że zobaczy tam coś ciekawego.

Cofnął dłoń.

– Jak to?

Cały czas unikała jego wzroku.

– Tak jak powiedziałam. Nie kocham cię.

Za drugim razem poszło lepiej. Nie kocham cię. Odczuła ulgę. Powiedziała to, wyrzuciła to z siebie. Nie musiała dłużej tłumaczyć, szukać argumentów, żeby go przekonać. Powiedziała prawdę: chciała odnaleźć siebie, odzyskać niezależność, nie chciała tak szybko angażować się w nowy związek. Ale najważniejsze było właśnie to, że go nie kocha. I nigdy nie pokocha, dlatego dalsza rozmowa nie miała sensu.

Usiadła wygodniej, odetchnęła głęboko, czując, że ciężar spadł jej z serca, i w końcu na niego spojrzała.

Zrobił się – choć właściwie było to niemożliwe – jeszcze bledszy. Twarz miał białą jak kreda. Pocił się mocno, ręce mu drżały. Tak mocno zaciskał je na szklance z wodą, że bała się, że lada chwila szkło pęknie.

– Mój Boże – szepnęła cicho. – Chyba się tego spodziewałeś.

– Mogę cię o coś zapytać? – W porównaniu z wyglądem jego głos był zadziwiająco rzeczowy i spokojny. – Dlaczego mi się oddałaś? Przedwczoraj?

W innych okolicznościach roześmiałaby się, słysząc to staroświeckie określenie, ale teraz oczywiście nie było miejsca na żart. Wolała też nie przyznawać się, co tak naprawdę nią kierowało: spóźniona zemsta na mężu i tym samym ulga dla jej udręczonej, upokorzonej duszy. Nie, tego nie powinien słyszeć.

– Pożądanie – odparła. – Pragnienie bliskości, ciepła. Chyba wiesz, o co mi chodzi. Każdy z nas kiedyś poszedł z kimś do łóżka z tego powodu.

Pokręcił głową.

– Ja nie. U mnie zawsze chodzi o miłość. Zawsze chodzi o wspólną przyszłość, o trwały związek.

Bezradnie wzruszyła ramionami.

– Przykro mi. Gdybym wiedziała, że dla ciebie ma to tak wielkie znaczenie, nie zrobiłabym tego. Niestety zrozumiałam to za późno.

Naburmuszona kelnerka podeszła do ich stolika.

– Zupa państwu nie smakuje? W ogóle jej nie jecie.

Christopher skulił się w sobie, jakby na śmierć zapomniał, że oprócz nich są na świecie jeszcze inni ludzie. Popatrzył na kelnerkę zdumionym wzrokiem. Laura odsunęła swój talerz.

– Z zupą wszystko w porządku – zapewniła. – Po prostu za późno stwierdziliśmy, że wcale nie mamy apetytu.

Urażona kelnerka zabrała talerze do kuchni.

Christopher odgarnął włosy z czoła. U ich nasady perlił się pot.

– Zniszczyłaś mi życie – mruknął. – Moją przyszłość. Moją nadzieję. Wszystko zniszczyłaś.

Czuła, jak narasta w niej gniew. Ani przez chwilę nie czuła się odpowiedzialna za jego życie, jego przyszłość, jego nadzieję. Popełniła błąd, idąc z nim do łóżka, ale nie powinien na tej podstawie zakładać, że za niego wyjdzie.

„Dzięki Bogu jutro wyjeżdżam" – pomyślała, ale pilnowała się, żeby nie powiedzieć tego na głos.

Przyglądał jej się badawczo. Miała wrażenie, że chce wniknąć w głąb jej duszy.

Znowu był za blisko!

– Czy możliwe, że jeszcze zmienisz zdanie? – zapytał powoli, starannie dobierając słowa i wymawiając je wyraźnie. – Że jesteś teraz zagubiona, wytrącona z równowagi, oszołomiona i dlatego mówisz rzeczy, których... których wcale nie myślisz?

Pokręciła przecząco głową. Teraz chciała już tylko przed nim uciec. Nie chciała go już pocieszać i koić, nie chciała mu dawać choćby cienia nadziei, żeby złagodzić te chwile. Chciała uciec i najlepiej nigdy więcej go nie widzieć.

– Nie. Nie jestem ani zagubiona, ani oszołomiona. Powiedziałam ci to, co powinieneś usłyszeć. Nic się nie zmieni. – Odsunęła krzesło na znak, że spotkanie dobiegło końca.

Dopiero teraz wydało jej się, że Christopher patrzy na nią bardzo dziwnie, choć nie potrafiłaby określić, na czym to polega. Jakby był nie tylko załamany, smutny, zawiedziony. Jakby jej współczuł. Współczuł? Ale czego?

„A nawet jeśli. Jeśli uważa, że zasługuję na litość, bo wzgardziłam zaszczytem bycia jego żoną, niech sobie tak myśli, proszę bardzo, jeśli o mnie chodzi, może mi nawet zapalić świeczkę. Najważniejsze, że wykaraskałam się z tego bagna".

Wyjęła portmonetkę, a z niej kilka banknotów, położyła je na stoliku. Wstała. Christopher nie zrobił żadnego ruchu, żeby także się unieść, pocałować ją na pożegnanie, i po raz pierwszy tego dnia była mu za to wdzięczna.

– Pójdę już. Powodzenia, Christopher. Życzę ci wszystkiego najlepszego.

W jego oczach malował się ten sam wyraz. Pokryła się gęsią skórką.

– Powodzenia, Lauro – powiedział.

Wyszła z restauracji szybkim krokiem. Dopiero na zewnątrz,

gdy głęboko zaczerpnęła tchu, zdała sobie sprawę, że w restauracji pod koniec rozmowy cały czas wstrzymywała oddech. Że przy nim nigdy nie mogła odetchnąć pełną piersią.

„To już koniec" – powiedziała sobie.

A jednak nie mogła się pozbyć poczucia osaczenia.

5

Catherine odłożyła na bok list, który przeczytała po raz dziesiąty tego dnia. Poprawiał jej humor i pewnie dlatego co chwila po niego sięgała. Odpisał jej proboszcz z malutkiej wioski, do której chciała wyjechać. Dawniej czasami spotykała go u ciotki, niekiedy nawet wybierali się na wspólne spacery. Był jedynym człowiekiem, przy którym nie wstydziła się złej cery i kiepskiej figury. Wtedy był w średnim wieku, więc teraz to już raczej starszy pan. Na szczęście nadal pracował w tej wiosce i nadal ją pamiętał, tak przynajmniej napisał.

Napisała do niego z pytaniem, czy mógłby jej pomóc w poszukiwaniach skromnego lokum. Wspomniała też, że po sprzedaży mieszkania dysponuje pewną sumą pieniędzy. Oczywiście niewiele dostanie za swoją norę, ale przynajmniej nie była bez środków do życia. Może znajdzie jakąś pracę, bo najgorsze, co mogłaby zrobić, to całymi dniami siedzieć bezczynnie.

Proboszcz odpisał, że „w środku wioski jest pusty domek, bardzo blisko dawnego domu pani ciotki. Właścicielka przeniosła się do domu starców i chciała go wynająć", a on chętnie szepnie jej dobre słówko o Catherine. Na koniec dodał: „Moim zdaniem dokonała Pani słusznego wyboru, przenosząc się do nas. Zawsze miałem wrażenie, że pasuje Pani do nas bardziej niż na wybrzeże, do życia, które tam Pani wiedzie. Zapewne kieruje się Pani wewnętrznym głosem, a wiem z doświadczenia, że trzeba zawsze słuchać serca. Bardzo się cieszymy na Pani przyjazd!".

Ostatnie zdanie sprawiło, że łzy napłynęły jej do oczu. Czytała je w kółko i po raz pierwszy od bardzo dawna poczuła coś na kształt nadziei, że i w jej życiu jest jeszcze miejsce na odrobinę szczęścia albo chociaż zadowolenia.

Tego dnia planowała zostać w domu, a podbudowana listem proboszcza, wierzyła, że jej się to uda.

Ale teraz, po południu – dochodziła już trzecia – ogarnął ją niepokój. Czegoś jej brakowało, czegoś, co stało się częścią jej życia w o wiele większym stopniu, niż sama chciała to przyznać. To było jak nałóg.

Miotała się po mieszkaniu, w kółko czytała list proboszcza i usiłowała wyobrazić sobie nowe życie. Szło jej coraz gorzej, aż w końcu dała sobie spokój. Tak czy inaczej wkrótce stąd wyjedzie, a w tym czasie, który jej został, może robić, co jej się żywnie podoba. Przecież to wszystko i tak nie ma wpływu na jej dalsze życie.

Porwała torebkę i kluczyki do samochodu i wyszła z domu.

6

Było mu gorąco i jednocześnie dygotał z zimna. Miał nogi jak z waty. Skaleczona stopa bolała, w głowie narastała migrena, chwilami zdawało mu się, że słyszy głosy. Jakby ktoś za nim stał i do niego mówił, ale ilekroć się odwracał, nikogo nie widział. W pewnym momencie zrozumiał, że te głosy są tylko w jego głowie, ale cały czas nie był w stanie zrozumieć, co mówią.

Po obiedzie – po tym, jak go skazała na śmierć, ścięła mu głowę, rozrywała go końmi i podeptała, ta cholerna suka – wrócił spokojnie do domu i upewnił się, że drzwi do piwnicy są dobrze zabezpieczone, bo przecież to przeklęte stworzenie zabarykadowało się w jednym z pomieszczeń. Na szczęście w piwnicy nie było okien, więc nie mogła przez nie wyleźć, jedyna droga prowadziła w górę, a na wszelki wypadek trzykrotnie przekręcił klucz w zamku. Naprawdę drażniło go to, że nie mógł wejść do własnej piwnicy, bo musiał się liczyć z tym, że ta kreatura zaczaiła się gdzieś w kącie z metalowym prętem czy czymś podobnym. Teraz miała w bród jedzenia i picia – obok pokoju z regałem z przetworami, w którym ją trzymał, była jego spiżarnia, pełna paczek makaronu i słoików z gotowymi sosami, które stanowiły podstawę jego diety. I jeszcze zamrażarka. Oczywiście większości z tych rzeczy nie wykorzysta, bo nie ma ich gdzie ugotować, ale miał tam też całe skrzynki wody i coli. Że już nie wspomni o piwniczce z winami. Pewnie ta szmata urządza sobie ucztę na jego koszt. O ile odważyła się wychylić nos z kryjówki.

Nasłuchiwał długo, ale nie słyszał najlżejszego dźwięku. Będzie musiał rozwiązać ten problem, nawet gdyby to oznaczało wpuszczenie do piwnicy trującego gazu, ale zajmie się tym później. Teraz miał ważniejsze rzeczy na głowie.

Ta sprawa ciążyła mu niezmiernie. Przez półtorej godziny nerwowo snuł się po domu, schodami w górę, schodami w dół, zaglądał do wszystkich pomieszczeń, oczywiście poza piwnicą. W dawnych pokojach dziecinnych, w których od tamtego feralnego dnia niczego nie zmienił, poczuł, jak łzy napływają mu do oczu. Ileż ciepła, ileż życia wniosłaby tu mała Sophie! A on dałby jej cudowne dzieciństwo! A tak pewnego dnia podziękuje matce za dorastanie bez ojca, bez rodziny. Zatrzymał się w pół kroku, bo dotarło do niego, że nie, już za nic matce nie podziękuje, i powróciła rozpacz, bo przerażało go to, co będzie musiał zrobić, ale jednocześnie wiedział, że nie ma innego wyjścia. Ona sama nie dała mu innego wyjścia.

W pewnym momencie zapłakany przycupnął na skraju wanny. Cały czas toczył z sobą tę samą walkę, cały czas szukał innego wyjścia, innego rozwiązania, cały czas ponosił klęskę, bo koniec końców ulegał i robił to, co musiało być zrobione. Koło czwartej nie mógł tego dłużej wytrzymać, sprawdził drzwi do piwnicy – „żebyś wreszcie tam zdechła!". Pojechał samochodem do dzielnicy Collette, zaparkował na początku drogi, ostatni kawałek od zakrętu pokonał na piechotę. Obserwował jej dom, czuł, jak bardzo jej pragnął, jak głęboko zapadła mu w serce, ona, która teraz siedziała przy kominku, sprzątała w kuchni albo leżała w łóżku i rozmyślała o swoim życiu. Kochał ją, ale też nią gardził, bo nie była lepsza od innych, a wiedział z doświadczenia, że z czasem pogarda przerodzi się w nienawiść, a nienawiść w pewnym momencie stanie się nie do opanowania. Koniec tygodnia. Czuł, że to się wydarzy pod koniec tygodnia.

Potem zaczęły się dreszcze i ból głowy, miękkie nogi, głosy w głowie, i wiedział już, że po raz kolejny znalazł się w takim punkcie swego życia, że wszystko waliło się w gruzy i znikąd nie widział nadziei.

„Dziwne – pomyślał – że zawsze mnie to spotyka, jakby ciążyła na mnie jakaś mroczna klątwa". Usiłował wsłuchać się w głosy, czy coś mówią na ten temat, czy coś odpowiedzą, ale nadal ich nie rozumiał.

Kilka minut po wpół do piątej podszedł bliżej domu, utykając wyraźnie, bo ból w nodze narastał. Co prawda przestało padać, ale dzień był bezwietrzny i na niebie nadal wisiała gruba warstwa chmur.

Kiedy od domu dzieliło go zaledwie sto metrów, zobaczył samochód parkujący przy bramie. Z poprzedniego punktu obserwacyjnego go nie widział. Samochód na francuskich numerach. Zmarszczył czoło.

Czyżby w jej życiu był inny mężczyzna?

Zanim na dobre uchwycił się tej myśli, z posesji wyszedł mężczyzna i wsiadł do wozu. Wystarczyło jedno spojrzenie, by Christopher się uspokoił – przynajmniej jeśli chodzi o kogoś innego w życiu Laury. Znał z widzenia agenta nieruchomości, monsieur Alphonse'a, często przechodził obok jego biura. Miał natomiast pewność, że agent go nie znał.

Kiedy samochód przejeżdżał koło niego, zatrzymał go. Monsieur Alphonse opuścił szybę.

– Słucham?

Christopher zmusił się do przyjaznego uśmiechu. Miał nadzieję, że tamten nie zauważy, jak bardzo się poci.

– Pan ma, zdaje się, agencję nieruchomości w St. Cyr?

– Tak.

– Widziałem przed chwilą, jak wychodzi pan z tamtego domu, i pomyślałem sobie, że spytać nic nie kosztuje... Czy ten dom jest może na sprzedaż? Bo szukam czegoś dla siebie i... Monsieur Alphonse wzruszył ramionami.

– Właścicielka chciała na razie poznać wartość nieruchomości. Musi jeszcze załatwić parę spraw i dopiero wtedy zdecyduje. Jeśli zechce sprzedać, zleci mi tę transakcję, a wtedy może szanowny pan... – Wyjął wizytówkę i wręczył ją Christopherowi. – Niech pan zadzwoni w przyszłym tygodniu, wtedy będę wiedział coś więcej.

Christopher wziął wizytówkę drżącymi rękami.

– Czyli w przyszłym tygodniu będzie pan już coś wiedział? Rozmawiała z agentem nieruchomości. Najwyraźniej chce spalić za sobą wszystkie mosty.

– Nie mam pojęcia. W każdym razie madame jutro wyjeżdża do Niemiec, bo wie pan, ona jest Niemką, a to jej domek letniskowy. Cóż, podobno ma jakieś problemy i nie wiem, ile to wszystko w sumie potrwa.

Christopher odsunął się na bok i patrzył, jak samochód monsieur Alphonse'a zjeżdża powoli ze wzgórza. Nie wiedział, czy agent się z nim pożegnał. Był w szoku. Wizytówka wysunęła mu się z dłoni.

Jutro. Jutro wyjeżdża.

Nie wspomniała o tym ani słowem. Nie raczyła go nawet o tym poinformować. Chciała zniknąć ukradkiem, zostawić go za sobą jak namolną muchę.

Ale on był zawsze o krok przed nią. Znał jej plany, choć nie miała o tym pojęcia.

Już nie ma mowy o końcu tygodnia. Miał tylko dzisiejszy wieczór.

7

Było kilka minut po wpół do dziewiątej, przy czym Monique nie wiedziała, czy rano, czy wieczorem. Jeśli jednak założyć, że oprawca przyszedł do niej w ciągu dnia, a nie w środku nocy, jak duch, według jej obliczeń był wieczór. Choć w gruncie rzeczy wszystko było możliwe, a poza tym ani jedna, ani druga wersja nie wpływała znacząco na poziom ryzyka. Miała jedynie nadzieję, że o tej porze – jeśli to dzień – nie ma go w domu. Najwyraźniej mieszkał sam, a samotni mężczyźni często wychodzą wieczorem na kolację. Albo do knajpy.

„Albo siedzą przed telewizorem" – pomyślała i wiedziała, że kręci się w kółko. Z każdej strony czyhała śmierć.

Otworzyła drzwi i wyjrzała ze swojej kryjówki, cały czas licząc się z tym, że zaraz pchnie ją na ziemię, wbije nóż w brzuch albo po prostu stanie naprzeciwko niej z obłędem w oczach. Bo był szalony, widziała to wyraźnie.

Ale nie miała wyboru. Musiała zaryzykować. A on może spokojnie czekać, aż tu umrze z głodu i pragnienia. Miał lepsze karty w dłoni.

Miała nadzieję, że może znajdzie piwniczne okienko, które zdoła uchylić i wyczołgać się na zewnątrz. Cały czas myślała o domku na wsi, o sadzie z brzoskwiniami, o kotach i kurach, o tym wszystkim, dla czego tak bardzo chciała żyć.

Przed nią rozciągał się groźny, ciemny korytarz. Nie śmiała zapalić światła, bo mógłby to zauważyć, jeśli był w domu. Otworzyła na oścież drzwi swojej kryjówki, żeby blask ze środka przynajmniej trochę oświetlił piwnicę i widziała choć odrobinę.

Piwnica była ogromna, ale nie miała ani jednego okna, co stwierdziła po długim, starannym poszukiwaniu. Zajrzała do wszystkich pomieszczeń, na chwilę nawet zapaliła światło, żeby się upewnić, ale otaczały ją jedynie lite kamienne mury. Żadnego okna. Znalazła co prawda spiżarnię i kilka skrzynek z napojami; w poprzednich dniach płakałaby ze szczęścia, ale teraz tylko pospiesznie upiła parę łyków wody mineralnej. Była zbyt zdenerwowana, by zostać tu dłużej. Oprawca mógł wrócić w każdej chwili.

„Nikt nie powinien się znaleźć w takiej sytuacji" – pomyślała.

Została jej tylko droga na górę. Drzwi na pewno są zamknięte, pytanie, czy zdoła wyłamać zamek, co wiązało się ze sporym hałasem. Szanse powodzenia tego przedsięwzięcia i tak były marne, zależały wyłącznie od tego, czy oprawca był w domu. A tego nie mogła ustalić.

„Co robić? Oszaleję, siedząc dłużej w tej piwnicy, czekając nie wiadomo na co, bo przecież moja sytuacja się nie zmieni. Jutro będzie taka sama jak dzisiaj. Za tydzień też".

Usiadła na skrzynce z napojami i zaczęła płakać.

8

Dziesięć po dziewiątej Christopher doszedł do wniosku, że nie może dłużej czekać. Właściwie planował wyruszyć dopiero koło wpół do jedenastej, jedenastej, ale wraz z zapadnięciem zmroku narastał jego niepokój, a kiedy na dworze królowała ciemna noc, nie mógł dłużej zwlekać. Dziwny strach nie dawał mu spokoju: a jeśli zechce wcześniej wyjechać? A jeśli postanowi jechać nocą? Niewykluczone, że już wyruszyła, więc na niego już naprawdę najwyższy czas.

Wypił dwa kieliszki czerwonego wina, żeby się rozluźnić, ale niewiele mu to dało. Skaleczona stopa coraz bardziej dawała mu się we znaki. Spuchła, pulsowała boleśnie, promieniowała ciepłem aż do kolana. Oczywiście nie mógł zwracać na to uwagi, nie teraz, nie w jego sytuacji, ale obawiał się, że lada dzień będzie musiał iść do lekarza i bał się, że usłyszy od niego coś przykrego.

„Ale o tym pomyślę jutro" – powiedział sobie.

Włożył jeden but, na zranioną stopę nałożył kilka skarpetek. Niezbyt to przyjemne, zważywszy na wilgoć na dworze, ale da radę, zresztą to przecież nieważne. Jego życie legło w gruzach. Przemoczone skarpety nic przy tym nie znaczą.

Przeglądał swój ekwipunek: latarka, wytrych. Tamtego wieczoru, gdy gotował w jej domu, zszedł do piwnicy, kiedy była w łazience, niby po wino, i przy okazji obejrzał drzwi na dwór. Czy już wtedy przeczuwał, że będzie musiał zrobić to, co napawało go takim strachem? Zaraz jednak odepchnął tę myśl od siebie. Od razu wiedział, że bez trudu pokona te drzwi. Nie musiał więc kraść jej kluczy, by potem niepostrzeżenie je podrzucić, jak to było z Camille, której dom był strzeżony bez mała jak Fort Knox. No ale wtedy miał też więcej czasu. Całe lato, żeby wszystko przygotować. W przypadku Laury czas naglił.

Sznur, którym to zrobi, którym musiał to zrobić, już leżał w samochodzie. Był gotów. Na co jeszcze czekał? Już miał otworzyć drzwi i wyjść w chłodną, deszczową noc, gdy coś usłyszał. W pierwszej chwili nie wiedział, co to, ale zaraz się zorientował, że dobiega od strony drzwi do piwnicy. Ktoś ostrożnie majstrował przy zamku.

To ona! Ta paskudna krowa, którą tam zamknął, usiłowała wyleźć na powierzchnię. Istota, której teraz nie potrzebował. Przez którą tak bardzo bolała go noga.

Cichutko podszedł do drzwi do piwnicy. Na tyle, na ile było to możliwe z niesprawną stopą. Kreatura stała tuż za drzwiami. Desperacja dodawała jej odwągi: coraz śmielej, coraz głośniej majstrowała przy zamku. Chciała go wyłamać. Sądząc po odgłosach, posługiwała się czymś więcej niż tylko paznokciami. Miała coś, kawałek metalu, może blachy. Nietrudno znaleźć coś takiego w piwnicy. Musiał zachować ostrożność.

Drzwi otwierały się w stronę piwnicy, a podest, od którego zaczynały się schody, był bardzo wąski. Stopnie były strome, nierówne, wyciosane w kamieniu.

Nie było żadnego półpiętra. Przypomniał sobie, jak Carolin zawsze na to narzekała.

– Pewnego dnia ktoś skręci sobie na nich kark – powtarzała.

Bez chwili namysłu przekręcił klucz i z całej siły pchnął drzwi do środka.

Widział jej przerażoną twarz, jej szeroko otwarte oczy, jej ramiona, trzepoczące rozpaczliwie i trafiające jedynie w pustkę. Słyszał stukot, gdy lewarek wypadł jej z dłoni i spadał ze schodów. Stopień za stopniem.

Widział, jak starała się utrzymać równowagę, i wiedział, że jej się to nie uda, pchnął ją za mocno, zbyt nagle. Lada chwila podąży śladem lewarka na dno piwnicy.

Widział, jak spada, jak koziołkuje, słyszał głuche odgłosy, gdy jej głowa uderzała o kamienne stopnie. Słyszał jej krzyk. Wiedział, że umrze.

Nie wiedział jednego – że zanim straciła przytomność, pomyślała o ogrodzie pełnym brzoskwiń.

Ale i tak wcale go to nie obchodziło.

9

Nadine była zaskoczona, widząc zamkniętą restaurację. Przyjechała za dwadzieścia dziesiąta. Wydawało jej się, że to odpowiednia pora: mniej więcej o tej porze schodzili się miejscowi, pierwsi tubylcy zaglądali do restauracji koło dziewiątej. Między dziewiątą a dziesiątą trzydzieści Henri miał pełne ręce roboty. Krótka, szybka rozmowa w kuchni – chciała przy okazji poprosić go o szybki rozwód za porozumieniem stron – a potem spakuje resztę swoich rzeczy i odejdzie.

Tyle, jeśli chodziło o jej plan. Ale Henri, z tego co widziała, znowu umknął przed tą rozmową. W całym domu było ciemno, na podwórku nie było jego samochodu. Wyjechał, niewykluczone, że na dłużej.

Była wściekła, bo spodziewała się, że w końcu wszystko załatwią, że będą mieli to z głowy. Zastanawiała się, czy celowo grał na zwłokę? Co chciał w ten sposób osiągnąć? I gdzie właściwie był? U kuzynki Catherine? Mimo planów rozstania?

„Koniec końców opuszczają go jednocześnie dwie kobiety jego życia – pomyślała, otwierając drzwi do restauracji i odruchowo sięgając do kontaktu. – Ale najczęściej tak właśnie jest". Otoczył ją znajomy zapach suszonych kwiatów, drewnianych stołów, prowansalskich ziół i przypraw. Mimo wszystko bliskich, choć teraz już nie będą stanowiły części jej życia. Zastanawiała się, czy zaczyna żałować swojej decyzji, ale natychmiast odepchnęła od siebie tę myśl. Gdyby wszystko potoczyło się zgodnie z jej planem, już dawno byłaby daleko stąd, a od Chez Nadine dzieliłby ją cały ocean.

Jej walizka stała w tym samym miejscu, w którym ją zostawiła. Przywiozła z sobą dwie torby podróżne, w które chciała spakować resztki ubrań, butów i osobiste drobiazgi.

Już miała wejść na górę, gdy zobaczyła białą kopertę na drugim stopniu. Nie było na niej adresata, ale założyła, że list był skierowany do niej. Wyjęła ze środka starannie złożony arkusik papieru. Od razu poznała pismo Henriego. W krótkich, zwięzłych słowach pisał, że to już koniec ich związku i że się z tym pogodził. Sytuacja go przerasta i dlatego wybiera się teraz do „jedynej kobiety, która mnie kiedykolwiek kochała i rozumiała". A ona, Nadine, powinna to zaakceptować.

W pierwszej chwili była zbita z tropu, zaraz jednak domyśliła się, że chodziło mu o matkę. Mężczyzna pokroju Henriego nie miewa kochanek. Wraca do matki, a to oznaczało, że był w drodze do Neapolu albo nawet już tam dotarł. Wyjechał i nieprędko wróci.

Wsunęła list do koperty, położyła na schodach, usiadła obok. Zastanawiała się, co czuje. O dziwo, doskwierała jej samotność. Peter nie żyje, Henri odszedł. Ogarnęła ją paraliżująca bezradność. Siedziała na schodach, tępo wpatrzona w ścianę.

10

Laura położyła się już o dziewiątej, poczytała jeszcze pół godziny, a potem, znużona, zgasiła światło. Planowała wstać o wpół do szóstej, wyrzucić wszystkie psujące się produkty spożywcze, zamknąć dom, a o wpół do siódmej wsiąść do samochodu i wyruszyć w drogę powrotną. Wtedy koło czwartej będzie w domu. Zdąży jeszcze odebrać Sophie od matki, pobawić się z nią, a wieczorem odsłuchać wszystkie wiadomości na automatycznej sekretarce i przejrzeć korespondencję. Czekało ją wiele pracy, ale była pełna energii. Lepsze to niż bez sensu siedzieć na południu Francji.

Choć była bardzo zmęczona, nie mogła zasnąć, gdy tak leżała w ciemności. Miała gonitwę myśli. Z jednej strony cieszyła się na spotkanie z Sophie, z drugiej – wracały wspomnienia lat z Peterem. Myślała o wszystkich kłamstwach i półprawdach, które w minionych latach towarzyszyły im na każdym kroku, o których wcale nie wiedziała, czy to już wszystko. Czego jeszcze się dowie? Co jeszcze ją czeka?

I jak teraz będzie wyglądało jej życie? Czy Sophie i ona odnajdą się w mieszkaniu Anne? Ani ona, ani przyjaciółka nie miały już przecież dwudziestu lat. Każda latami prowadziła własne, niezależne życie. Co innego świetnie się dogadywać przez telefon, a co innego mieszkać pod jednym dachem.

Ale dobrze byłoby zarabiać własne pieniądze, to na pewno, stwierdziła, byłaby wtedy niezależna i wkrótce mogłaby wynająć sobie i Sophie oddzielne mieszkanko.

Rozmowa z monsieur Alphonse'em podbudowała ją. Jego zdaniem mogła dostać za dom i działkę jakieś dziewięćset tysięcy marek, w przeliczeniu. Mnóstwo pieniędzy, pytanie tylko, jak bardzo Peter zadłużył posiadłość. I do jakiego stopnia ona, jako żona, odpowiada za jego długi? Kiedy brali ślub, nie było mowy o rozdzielności majątkowej. „Po pierwsze, muszę sobie znaleźć dobrego adwokata" – zdecydowała.

Powoli zapadała w sen. Myśl o adwokacie uspokoiła ją. Dość spekulacji. Ktoś wreszcie powie jej otwarcie, jak wygląda sytuacja. Może teraz zasnąć. Nastawiła już budzik. Może spokojnie zasnąć.

Odgłos – dziwny trzask niepasujący do codziennych odgłosów domu – niemal stał się częścią nadciągającego snu, ale zaraz się powtórzył, tym razem nieco głośniejszy, i usiadła gwałtownie. Wpatrywała się w ciemność i zastanawiała się, czy może przypadkiem się pomyliła. Wokół panowała cisza.

„To nic takiego" – powiedziała sobie, ale senność zniknęła, a serce biło jej coraz szybciej. Okryła się gęsią skórką. Była cała spięta. „Oby chodziło tylko o histerię, a nie o instynkt samozachowawczy" – pomyślała.

Wstała, ale nie zapaliła światła. Boso wyszła na korytarz, podeszła do schodów, z których widziała salon na dole. Cisza. Nie zamknęła wieczorem okiennic i co jakiś czas do pokoju zaglądało blade światło księżyca, gdy wiatr na moment rozwiewał chmury. Ciągle lało.

Czujnik ruchu w ogrodzie milczał.

Coś drgnęło w jej pamięci... niewyraźnie... coś, co miało związek z czujnikiem ruchu, ale nie mogła sobie przypomnieć, o co chodziło.

– Bzdura – powiedziała na głos. – Coś mi się przyśniło i już. Ale wiedziała, że to nie był sen.

Ponieważ wiedziała już na pewno, że nie zaśnie, zwlekała z powrotem do sypialni. Może gorące kakao dobrze jej zrobi.

Zapaliła więc małą lampę przy schodach i już miała zejść do kuchni, gdy znowu coś usłyszała. Jakby grzechot, ale nie taki, z jakim okiennice uderzają o szyby na wietrze. Dobrze znała wszystkie odgłosy tego domu i wiedziała zawsze, co się dzieje, a to było coś nowego.

Jakby ktoś był w piwnicy.

– Bzdura – powtórzyła, ale teraz niemal szeptem, bo jej gardło ścisnęło się boleśnie i z trudem przełknęła ślinę.

Nigdy nie ufała drzwiom w piwnicy z boku domu. Cienkie, drewniane, z kiepskim zamkiem. Kilka razy wspominała o tym Peterowi, prosiła, żeby wymyślił inne zabezpieczenie, ale on zawsze o tym zapominał, a ponieważ przy nim tak naprawdę nigdy się nie bała, nie naciskała. Teraz pomyślała, że właściwie każdy mógłby je sforsować i wedrzeć się do domu. Od tamtej strony nawet nie uruchamia się automatyczna latarnia, która włączała się pod wpływem ruchu blisko drzwi. I dlatego całkiem możliwe, że wcale się nie przesłyszała.

Ktoś był w piwnicy.

Kolejną myślą było, że powinna jak najszybciej opuścić dom, ale nie odważyła się zbiec ze schodów, przez cały pokój do drzwi, bo intruz w każdej chwili mógł zastąpić jej drogę. Gdyby zabarykadowała się w sypialni, zyskałaby trochę czasu, choć nie za wiele, bo skoro włamał się do piwnicy, poradzi też sobie z drzwiami do sypialni. A nie miała tam telefonu, żeby wezwać pomoc.

I znowu usłyszała tajemniczy odgłos. Teraz już była pewna, że to drewniane stopnie prowadzące na górę.

Na chwilę sparaliżował ją strach. Nie była w stanie się ruszyć, kiwnąć głową, nie mogła przełykać ani oddychać. Stała tylko i czekała, i wydawało jej się, że nagle znalazła się w sennym koszmarze.

A potem nagle wróciło w nią życie. Dwoma krokami znalazła się przy telefonie. Uniosła słuchawkę.

„Policja – pomyślała. Musi zadzwonić na policję. – Ale jaki jest we Francji numer alarmowy, do jasnej cholery?"

Miała pustkę w głowie, choć niewykluczone, że nigdy nie znała tego numeru. Bo niby kiedy musieli wzywać policję? Kiedy coś takiego w ogóle ich obchodziło? Gdzieś zapisała telefon komisarza Bertina, ale pewnie miała tę karteczkę na dole, przy aparacie w saloniku, albo w torebce, którą zostawiła nie wiadomo gdzie. „Pomóż mi, dobry Boże. Podaj mi jakiś numer".

Znała tylko jeden numer na pamięć, bo w dawnych dobrych czasach często go wybierała.

Numer do Chez Nadine.

Nie miała innego wyjścia. Drżącymi palcami wybierała kolejne cyfry.

Jeśli nikogo nie będzie w restauracji, już po niej.

11

Nadine nie wiedziała, jak długo siedziała na schodach, może kilka minut, może znacznie dłużej. Gapiła się przed siebie, a przed jej oczami przesuwały się obrazy: wspomnienia Henriego, wspólnego życia w tym domu, morza łez, które właśnie tu wylała. Z nietypową dla niej obojętnością obserwowała obrazy zawierające bilans jej dotychczasowego życia. Spokój, który odczuwała, to pierwszy krok do przodu od wiecznych wyrzutów sumienia, którymi się zagryzała. Być może pierwszy krok ku temu, by bez upiększeń, ale i bez samobiczowania spojrzeć na wszystko, co się wydarzyło.

Kiedy nagle zadzwonił telefon, mało brakowało, a zerwałaby się na równe nogi. Zawsze dzwonił tak głośno? A może tylko tak jej się wydawało, bo w Chez Nadine panowała cisza jak nigdy o tej porze?

Nie miała zamiaru odbierać, bo uważała, że to już nie jest jej dom, ale potem pomyślała, że może to Marie, która się o nią zamartwia, bo córka jeszcze nie wróciła, i zdenerwuje się jeszcze bardziej, gdy nikt nie odbierze, więc niechętnie podeszła do aparatu i uniosła słuchawkę.

– Halo? – rzuciła.

Usłyszała szept. Nic nie zrozumiała, nie wiedziała, kto to. W pierwszej chwili pomyślała, że to Henri, pijany i ckliwy, i chciało jej się kląć na głos ze złości, że odebrała. Ale wtedy wychwyciła pełne zdanie:

– To ja, Laura.

– Laura? – Ostatnia osoba, z którą chciała rozmawiać, jeszcze gorzej niż zapłakany Henri. – Lauro, bardzo źle cię słyszę.

Już miała odłożyć, zwyczajnie odłożyć i więcej nie odbierać, gdyby znowu zadzwoniła, ale coś jej na to nie pozwoliło. Później myślała, że wyczuła przerażenie i desperację tamtej.

– Pomóż mi – szepnęła Laura. – Ktoś jest w domu.

– W twoim domu? Kto? Lauro, nie możesz mówić głośniej? Piłaś coś?

– Musisz... – Dziwaczna rozmowa urwała się w pół zdania.

Nadine nasłuchiwała jeszcze przez chwilę, a potem się rozłączyła. Czy to naprawdę była Laura? Co prawda z powodu szeptu nie mogła rozpoznać jej po głosie, ale wyraźnie słyszała niemiecki akcent. Zerknęła na zegarek: dziesięć po dziesiątej. Dlaczego Laura dzwoniła o tej porze? I dlaczego zachowywała się tak dziwnie? I dlaczego tak niewyraźnie mówiła?

„Pijana – stwierdziła Nadine. – Po prostu była pijana".

Czy coś wie?

Pewnie wszystko. Komisarz, który ją przesłuchiwał, był zapewne także u Laury. Być może właśnie dzisiaj dowiedziała się, że jej mąż miał romans, że był o krok od tego, żeby u boku innej kobiety zacząć za granicą nowe życie. Że ta inna to dobra znajoma, prawie przyjaciółka.

Coś takiego musi bardzo boleć.

A może wiedziała już wcześniej?

Nadine po raz pierwszy zadała sobie to pytanie. Peter zawsze twierdził, że Laura nie ma o niczym pojęcia, ale chyba rzadko się zdarza, żeby żona przez cztery lata nie nabrała żadnych podejrzeń. Z drugiej strony dzieląca ich odległość uniemożliwiała częste spotkania. Peter całymi miesiącami wracał po pracy prosto do domu. Nigdy nie był typowym niewiernym mężem, w ciągłych delegacjach, przesiadującym po godzinach w pracy. „Cóż, nawet jeśli nie wiedziała przedtem, teraz na pewno już wie – pomyślała Nadine. – Dlatego zalała się w trupa i ostatkiem sił zadzwoniła do mnie. Nic dziwnego, że cały czas o mnie myśli".

Zapaliła papierosa i wróciła na schody.

12

Pauline wyszła z hotelu dopiero kwadrans po dziesiątej. Doszło do nie lada awantury: w bieliźniarce nie zgadzała się liczba prześcieradeł i szefowa osobiście zajęła się tą sprawą. Pokojówki upomniano, żeby zwracały uwagę, czy z pokoi zabierają tyle samo ręczników, ile do nich wnosiły. Pauline siedziała jak na rozżarzonych węglach. Stephane czekał na dworze w strugach deszczu i był pewnie zły jak osa; z każdą chwilą mókł bardziej, a koniec końców okaże się, że to wszystko to jej wybujała wyobraźnia. Już niemal słyszała, jak bez końca jej dokucza. Tak bywało już wcześniej, gdy nie smakowała mu kolacja albo gdy wieczorem podała niewystarczająco schłodzone wino, ale nie przejmowała się tym zbytnio. Wyłączała się po prostu i prędzej czy później znowu zapadała cisza. Ostatnio jednak chciało jej się płakać, gdy tylko na nią spojrzał. Zadziwiające, co się z człowiekiem może stać w tak krótkim czasie.

Ledwie udało jej się w końcu wyjść z hotelu Berard, od razu dopadły ją wątpliwości, czy Stephane na pewno jej towarzyszy. Cały czas wyobrażała go sobie, jak moknie na deszczu, nienawidząc jej coraz bardziej z każdą chwilą, ale teraz nabrała pewności, że wcale go tu nie było. Znała go dobrze, był skandalicznie wygodnicki, a wolny wieczór z butelką wina to dla niego świętość. Niby dlaczego miałby w zimną październikową noc sterczeć na deszczu i wypatrywać omamów żony? Na ulicy nie było żywego ducha, deszcz padał monotonnie i beznamiętnie. Nadciągał wiatr; w nocy pewnie zerwie się burza. Czarny asfalt lśnił od wilgoci. Pauline otworzyła parasol. Droga do domu zajmowała dziesięć minut. Prowadziła wąskimi uliczkami, obok otwartych bram i załomów muru. Czuła, jak jej ciało okrywa się gęsią skórką, jak żołądek ściska się boleśnie. Niewykluczone, że to ostatnie minuty jej życia.

Najchętniej zawołałaby Stephane'a na głos, błagała go, żeby się pokazał, żeby szedł koło niej, żeby udowodnił, że naprawdę tu jest.

Ale nie odważyła się tego zrobić. Bo jeśli jednak gdzieś tu był, jeśli stał gdzieś w mroku i marzł na deszczu, dostanie szału, gdy ona wszystko popsuje. Gdy pokrzyżuje mu szyki. I po raz drugi nie zechce jej pomóc.

Ruszyła w drogę. Jej obcasy stukały głośno o bruk. Nie słyszała nic więcej, tylko szum deszczu, pluski i szmery wody. Doskonała okazja, żeby podkraść się do niej niepostrzeżenie. Niczego nie zauważy, póki nie poczuje dłoni na szyi...

Przyspieszyła kroku. Stephane będzie wściekły, ale jej nerwy były napięte jak postronki. Najchętniej puściłaby się biegiem. W domu – o ile do niego dotrze – zacznie wymiotować, czuła to. Jej żołądek zachowywał się jak na diabelskim młynie.

Ostatni odcinek naprawdę przebiegła. Pchnęła furtkę, wpadła do ogrodu, gorączkowo szukała klucza w torebce. Widziała, jak drzwi wejściowe stają otworem, jak postać oświetlona od wewnątrz (więc widziała tylko ciemny cień) znika za domem, w ogrodzie. Nie pojmowała, co się dzieje, wiedziała tylko, że nie zdąży do toalety.

Torebka wysunęła jej się z dłoni na mokrą dróżkę. Zgięła się wpół i zaczęła wymiotować w krzewy oleandrów. Raz za razem.

Wymiotowała strachem, frustracją i beznadzieją swojego życia. Osunęła się na kolana i wymiotowała dalej, aż poczuła dziwną ulgę.

– Nie mieści mi się to w głowie! – sapał Stephane. – Nie wiem, kogo się spodziewałem, ale na pewno nie ciebie!

Pauline, która na uginających się nogach człapała ogrodową alejką, ukazał się dziwaczny widok: zza domu wynurzył się Stephane, ciągnąc za sobą potężną, ociekającą wodą postać. Dopiero kiedy znaleźli się w zasięgu światła płynącego z otwartych drzwi do domu, zobaczyła, że to potężna, gruba kobieta w ciemnej kurtce przeciwdeszczowej. Kaptur, wcześniej naciągnięty głęboko na czoło, zsunął się z głowy, odsłaniając potargane włosy i twarz poznaczoną brzydkimi bliznami. Wydawała się śmiertelnie przerażona.

– Stephane – zaczęła Pauline. – Co się stało?

– Też chciałbym to wiedzieć – wycedził. Miał na sobie szary sweter, który wkładał w chłodne wieczory, i ulubione filcowe bambosze. Pauline usiłowała sobie jakoś to wszystko poukładać. Przecież szedł za nią? Jak to? W bamboszach?

– I to od ciebie! – Szturchnął potężną kobietę. – Co ty, do cholery, wyprawiałaś w naszym ogrodzie?

Nie odpowiadała. Podniosła rękę i na darmo usiłowała uładzić niesforne włosy.

– Zdaje się, że to jest ten twój morderca. – Spojrzał na Pauline. – Poznaj Catherine Michaud. A może nazywasz się inaczej? Podobno wyszłaś za mąż?

Kobieta po raz pierwszy się odezwała.

– Nie. Nie wyszłam za mąż.

– Ale przecież mówiłaś...

Pokręciła głową.

– Kto to? – zapytała Pauline.

– Stara znajoma – wyjaśnił Stephane. – Dawno temu wbiła sobie do głowy, że się z nią ożenię. A teraz najwyraźniej jej odbiło. Chyba że masz jakieś logiczne wytłumaczenie, dlaczego tu jesteś? – zwrócił się ponownie do Catherine.

– Czekałeś przed hotelem, Stephane? – zapytała Pauline. Bolała ją głowa, w ustach miała nieprzyjemny posmak.

– Skądże – odparł oburzony. – Nie myślałaś chyba, że w taką pogodę będę sterczał na ulicy i ryzykował zapalenie płuc?

– A gdyby tam naprawdę czyhał na mnie morderca? – Nagle poczuła się bardzo samotna, bardzo przemarznięta, bardzo pusta.

– Masz tutaj tego mordercę! Zobaczyłem cień przy oknie, wybiegłem z domu i zdążyłem ją złapać. Chciała uciec przez parkan w ogrodzie. Co przy jej rozmiarach nie jest takie łatwe. Teraz przynajmniej wiemy, że nie masz urojeń, Pauline. Ktoś naprawdę kręcił się koło domu, bo dzisiaj to nie był pierwszy raz, prawda, Catherine?

Pauline spojrzała na nią.

– Śledziła mnie pani od hotelu?

– Nie. Czekałam tutaj, na tarasie.

– Najchętniej zaciągnąłbym cię na policję, Catherine – sapnął Stephane. – Czemu to robiłaś, na miłość boską?

Catherine powoli spojrzała w jego stronę. Zdaniem Pauline była załamana, pokonana.

– Bo chciałam wiedzieć, jak żyjecie.

– Jak żyjemy?

– Mogłam być nią. – Catherine skinęła w stronę Pauline. – I chciałam choć trochę żyć waszym życiem. Przychodziłam tu codziennie. – Schyliła głowę. – Nie chciałam nikogo skrzywdzić.

– Zupełnie jej odbiło! – orzekł Stephane. – Nie chciałaś nikogo skrzywdzić? Wiesz, jak to wpłynęło na Pauline? Myślała, że śledzi ją ten wariat, ten dusiciel. Nocami nie mogła zmrużyć oka, była kłębkiem nerwów, w kółko się kłóciliśmy... i to wszystko przez wariatkę, która nie może sobie znaleźć swojego faceta i dlatego zadowala się szpiegowaniem innych i wyobrażaniem sobie, że to jej życie! Boże drogi, Catherine, do dzisiaj dziękuję Bogu, że wtedy tak szybko się wycofałem!

– Bardzo mi przykro. – Catherine spojrzała na Pauline. – Nie chciałam pani przerazić. Tylko że... ja nikogo nie mam.

– I nic dziwnego – żachnął się Stephane. – Popatrz tylko na siebie. – Wzdrygnął się z obrzydzeniem. Pauline oceniła, że powinien bardziej liczyć się ze słowami, akurat on, z wielkim brzuchem i oburzeniem na twarzy. – Już wtedy byłaś brzydka jak noc, ale teraz udało ci się to jeszcze pogorszyć. Jesteś potworem i najwyższy czas, żebyś się z tym pogodziła, tyle ci powiem. I jeszcze wmawiałaś mi, że wyszłaś za mąż! A ja, jak idiota, ci uwierzyłem! Nie, żaden facet nie byłby tak zdesperowany, żeby się z tobą związać!

Pauline widziała, jak tamtej pulsują mięśnie na skroni. Do tej pory nigdy nie zastanawiała się nad odczuciami innych, ale teraz wyobraziła sobie, co czuje Catherine, słysząc takie słowa, i nie mogła jej nie współczuć. Zwłaszcza że to zapewne nie pierwszy raz; być może jeszcze nikt nie potraktował jej tak brutalnie i bezwzględnie, ale zapewne od dawna musiała znosić lekceważenie i pogardę. Co to musi być za życie?

Jak wielka musi być desperacja, żeby robić to, co ona: tygodniami czaić się w cudzym ogrodzie, zerkać w okno, być niewidzialnym towarzyszem cudzego życia tylko po to, żeby czymś wypełnić pustkę we własnym? Ale kim jest kobieta, z którą chciała się zidentyfikować? Kobieta, której torebka leżała na ogrodowej alejce, bo rzuciła ją, żeby wymiotować w oleandry, żeby wyrzucić z siebie strach minionych tygodni. Kobieta, którą własny mąż zostawił w opałach, nawet dzisiaj, mimo złożonej obietnicy.

– Mogę już iść? – zapytała Catherine cicho, złamana, upokorzona, pozbawiona nadziei.

– Idź – warknął Stephane. – Idź do diabła i nigdy więcej się tu nie pokazuj, rozumiesz? Bo następnym razem wezwę policję. No, won! – wrzasnął nagle.

Po raz ostatni spojrzała na Pauline i odeszła mokrą alejką. Słyszeli, jak szczęknęła furtka.

– Żebyś się tu więcej nie pokazała! – pomstował Stephane.

– Zawsze powtarzam: za życiowe błędy każdy kiedyś musi zapłacić. Byłem wtedy za dobry. Już po pierwszej randce powinienem był ją spławić. – Wzruszył ramionami. – No cóż. Właściwie możemy jej tylko żałować.

Zimno i pustka narastały, dławiły Pauline.

Dlaczego nie czekał pod hotelem? Dlaczego go tam nie było? Spojrzała w noc, w mrok, w którym zniknęła Catherine.

– Dlaczego jej? – zapytała. – Dlaczego mamy jej żałować? W końcu *ona* zdołała ci uciec.

Minęła go i wbiegła do domu.

13

Dokładnie o wpół do jedenastej Nadine wyszła z restauracji, starannie zamknęła za sobą drzwi. Nie pojmowała, czemu siedziała tam tak długo. Może naprawdę chciała się pożegnać; teraz mogła powiedzieć, że zrobiła to z wielką pompą. Ale to już koniec. Przeszłość. Nie wróci tu więcej. Zostawiła nawet list Henriego. Nie chciała zabierać żadnej jego cząstki do swego nowego życia.

Nowe życie. Szkoda, że nie miała zielonego pojęcia, jak ma wyglądać.

Kiedy jechała ciemną szosą, przypomniał jej się telefon od Laury. Coś nie dawało jej spokoju. Co miała na myśli, mówiąc: „ktoś jest w domu"? Upiła się tak bardzo, że słyszała głosy, szmery, kroki? Niektórzy widują białe myszki. Laura może słyszała bandę włamywaczy.

Nie bandę. „Ktoś jest w domu". Nie sprawiała wrażenia, że przesadza.

Nadine oczywiście nie miała najmniejszej ochoty zawracać sobie głowy Laurą. Laura zawsze spędzała jej sen z powiek. Nienawidziła jej, bo stała między nią a Peterem, a jednocześnie musiała znosić jej przyjaźń, żeby nie wzbudzać podejrzeń. To było męczące i stresujące. Najchętniej nie oglądałaby jej nigdy więcej.

Przejechała największe rondo w St. Cyr i skręciła w kierunku La Cadiere. Cały czas lało, więc wycieraczki pracowały nieustannie. Jeśli zignoruje telefon Laury, przez całą noc będzie się tym gryzła, ale jeśli do niej pojedzie, zobaczy prawdopodobnie zalaną, zapłakaną kobietę, która zacznie wypytywać, dlaczego od czterech lat sypiała z jej mężem i dlaczego chciała z nim uciec za granicę. Bo oczywiście winna będzie ona, Nadine. W takich sytuacjach zdradzane żony zawsze widzą niewiernego męża jako niewinną ofiarę wyrafinowanej uwodzicielki.

– Cholera! – powiedziała na głos i uderzyła pięścią w kierownicę. – Jeszcze będzie zawracała mi głowę. Nigdy nie da mi spokoju!

Była już blisko La Cadiere. Miała teraz do wyboru – jechać prosto, minąć miasteczko i zjazd na autostradę, by znaleźć się na drodze do Le Beausset. Jeździła tą trasą od lat, bo druga opcja – skręcić w lewo, już tutaj minąć autostradę i jechać dalej – oznaczała zbytnią bliskość dzielnicy Collette, a zatem i domu Petera. Odkąd byli razem, unikała tej trasy, a teraz, po jego śmierci, tym bardziej.

A więc prosto.

W ostatniej chwili szarpnęła kierownicą, a ponieważ moment wcześniej nacisnęła pedał gazu, za ostro weszła w zakręt i mało brakowało, by na śliskiej nawierzchni straciła panowanie nad pojazdem. Samochód jadący od strony La Cadiere z trudem zahamował z piskiem opon, gdy nagle zmieniła zdanie i skręciła w lewo, zamiast jechać prosto.

Nadine odzyskała panowanie nad samochodem i pokonała mostek.

Lepsze to, niż przez całą noc nie zmrużyć oka.

Zobaczy, co z Laurą, a potem szybko wróci do matki.

W żadnym wypadku nie wda się z nią w rozmowę.

14

Jako mała, może dwunastoletnia dziewczynka, napisała kiedyś w pamiętniku:

„Tak bardzo się cieszę, że mam Henriego. To mój jedyny przyjaciel. On mnie rozumie. Chyba nie ma takiej rzeczy, której nie mogłabym mu powiedzieć. I bez względu na to, jak kiepsko się czuję, zawsze potrafi powiedzieć coś takiego, co poprawia mi humor".

„To już absolutnie dno – myślała. – Dno dna mojego życia". Wszelkie upokorzenia i rozczarowania minionych lat były tylko wstępem, przedsmakiem tego, co się teraz wydarzyło. To było dno. Drżały jej ręce. Widziała wszystko jak z oddali: kierownicę, skrzynię biegów, lusterko, z którego zwisała mała pluszowa małpka, wycieraczki, z cichym piskiem usuwające z szyby potoki deszczu. W takim stanie nie powinna prowadzić, ale było jej wszystko jedno. Jak się rozbije, to się rozbije, i już. I tak była złamana. I tak była martwa. Ilekroć umysł podsuwał koszmarną scenę z ciemnego ogrodu, usiłowała odepchnąć ją od siebie. „Nie chcę o tym myśleć. Nie mogę o tym myśleć. Już się stało, już po wszystkim".

Najgorsze, że nie mogła zagłuszyć głosu Stephane'a. Cały czas miała go w uszach.

Jesteś potworem i najwyższy czas, żebyś się z tym pogodziła, tyle ci powiem.

– Nie chcę tego słuchać! – powiedziała głośno.

Denerwowało ją, że ręce dygocą jej coraz bardziej i że wszystko wydawało się tak dalekie. Wewnętrzny głos podpowiadał, że zaraz się załamie i w takiej chwili nie powinna być sama. Już nieraz myślała o samobójstwie, gdy trądzik szczególnie dawał się jej we znaki, kiedy nie mogła już znieść ludzkiej wrogości, kiedy dławiła ją samotność w brzydkim mieszkaniu.

Kiedyś poczuła, że jest do tego zdolna, czekała tylko na coś, co sprawi, że przeleje się czara goryczy.

Może właśnie dziś.

Usiłowała to zbagatelizować, gdy tak gnała samochodem przez deszcz. Zapomnieć wrzask Stephane'a: „Won stąd!".

Raz poślizgnęła się i prawie upadła, potem nie trafiła kluczykiem do zamka. Powtarzała sobie, że postąpiła rzeczywiście bardzo głupio i dlatego Stephane zareagował tak gwałtownie. Jego żona najwyraźniej najadła się strachu.

– Myślała, że jestem mordercą – powiedziała na głos i roześmiała się głośno, ale ten śmiech był podejrzanie bliski płaczu. Umilkła zaraz. W końcu udało jej się otworzyć samochód i wsiąść do środka – wielka tłusta larwa wpełza do skorupy, pomyślała przy tym – a potem jeszcze przez dłuższą chwilę mocowała się ze stacyjką.

„Jak pijana" – pomyślała.

Ciekawe, co po dzisiejszym wybryku powiedziałby o niej psychiatra. Przed laty Stephane odepchnął ją pogardliwie, a ona wraca jak wyrzucony pies i utożsamia się z kobietą, z którą w końcu się ożenił, do tego stopnia, że uzależniła się od codziennego szpiegowania. To stało się częścią jej życia, z której nie chciała zrezygnować, elementem dnia, który nadawał mu sens i porządek, zwłaszcza kiedy nie mogła iść do Chez Nadine. Po prostu zobaczyć, co robi Pauline... W domu i w pracy... Tak czy owak sporo wiedziała o jej nawykach, wiedziała, jak wygląda dzień jej i Stephane'a, wiedziała, co i kiedy nastąpi. Kilka razy nawet śledziła ją samochodem, wypożyczała różne modele, żeby nie rzucać się w oczy.

Towarzyszyła Pauline jak cień i jako cień czuła, że jest jej częścią. Niczym więcej, ale i niczym mniej. Żyła odrobiną tego życia, które mogłaby prowadzić u boku Stephane'a. Choć to nie był mężczyzna, którego mogłaby pokochać, ale przez krótki czas jawił jej się jako jedyny ratunek.

Pamiętała, że tamtego dnia wcale nie chciała iść, ale w końcu nie wytrzymała, nie oparła się pokusie.

Chyba jest chora. Chora na umyśle. Może najlepiej będzie z tym wszystkim skończyć.

Wewnętrzny głos przypomniał motto dzieciństwa. Henri wszystko naprawi. Henri oznaczał pocieszenie i ulgę. W jego ramionach mogła się wypłakać i poczuć, jak roztapia się otaczający ją lód. Henri był jej domem. Jej schronieniem. Zrozumie ją. Zawsze ją rozumiał.

Powiedziała, że wyjeżdża i nigdy więcej nie wróci, i nie mogła nie dostrzec ulgi na jego twarzy. Bolało, ale wiedziała, że nie chodziło tu o nią, tylko o tę diablicę, z którą się ożenił. Ulżyło mu, bo to oznaczało poprawę jego stosunków z Nadine. Mylił się, była tego pewna, ale musiał się o tym sam przekonać, doświadczyć tego na własnej skórze.

Usłyszała szloch. Chwilę trwało, zanim zdała sobie sprawę, że to ona płacze. Jakby oddaliła się sama od siebie.

„Jak mogłam zrobić coś takiego? Tak bardzo się poniżyć?"

Zahamowała w ostatniej chwili. Później nieraz się zastanawiała, skąd miała tyle przytomności umysłu. Była na skrzyżowaniu poniżej wzgórza La Cadiere i nie miała pojęcia, skąd wiedziała, że jadący z naprzeciwka samochód pojedzie prosto. Może kierowca nie włączył kierunkowskazu, choć nie była tego pewna. Ale nagle, nieoczekiwanie, kierowca szarpnął kierownicą i tuż przed maską Catherine skręcił w lewo. Jej samochód zatańczył na mokrej nawierzchni, ale stanął.

Dłonie drżały jej coraz bardziej.

To był samochód Nadine, to ona siedziała za kierownicą, Catherine poznała numer rejestracyjny. Jednak styl jazdy wskazywał na Henriego; takie manewry to była jego specjalność, przez co nieraz się kłócili.

Ale co Henri robi tu o tej porze? Albo Nadine? Pojechała w kierunku dzielnicy Collette, a przecież tam miał dom ten mężczyzna, z którym zdradzała Henriego. Ale po co miałaby tam teraz jechać? Po tym wszystkim, co się wydarzyło?

Miała mokrą twarz. Zorientowała się, że płacze.

15

Nadine wjeżdżała krętą drogą do domu Petera i powtarzała sobie, że to, co robi, jest po prostu idiotyczne. Nie chciała nigdy więcej wracać w okolice tego domu. Szybko się zorientowała, że nie powinna tu wracać. Powinna zrobić wszystko, żeby zapomnieć ten rozdział swego życia, patrzeć do przodu. Teraz zaś rozdrapywała stare rany, wkraczając na jego terytorium. Na miejsce nierozerwalnie związane z jego małżeństwem. A przecież przez te wszystkie lata tak bardzo cierpiała z powodu jego związku i dlatego, że nie chciał odejść od żony.

Właściwie dlaczego miała cokolwiek robić dla Laury, tej głupiej krowy? Była gotowa zawrócić i zrobiłaby to, pojechałaby prosto do Le Beausset, gdyby droga nie była tu tak cholernie wąska. Nie mogła zawrócić, musiała dojechać aż pod dom Petera i tam zmienić kierunek.

Zaklęła pod nosem. Padało coraz mocniej. Było bardzo ciemno. Ta cała wyprawa była idiotycznym pomysłem.

Powinna była po prostu oddzwonić do Laury, dopytać, o co chodziło. Nie zrobiła tego, bo powstrzymywały ją wstyd i wyrzuty sumienia wobec kobiety, której rozbiła małżeństwo. Nie miała przy sobie komórki. Teraz mogła już tylko załatwić to szybko albo uciekać stąd czym prędzej.

Brama była tylko przymknięta, wystarczyło trącić ją zderzakiem. Zawróci na sporym żwirowanym podwórzu i tyle ją tu będą widzieli.

Zerknęła na dom. Był ciemny, ale gdzieś w głębi płonęło światło. Chyba na piętrze. Przypomniała sobie ten wieczór, gdy tu siedziała i czekała na Petera. To była ta sama pora roku. Od tego wszystko się zaczęło.

Peter nie żyje. I nie umarł na zawał, nie zginął w wypadku samochodowym. Nie, padł ofiarą szaleńca. Ktoś wywiózł go w góry, tam brutalnie zamordował i cisnął w krzaki jak niepotrzebny śmieć. Nikt nie wiedział, czemu do tego doszło, ale ktoś go sobie upatrzył i musiał mieć jakiś powód.

Nagle ogarnęło ją złe przeczucie. Gdy tak siedziała w samochodzie, wpatrzona w ciemny dom przez strugi deszczu. A dzisiaj jego żona zadzwoniła do niej i wyszeptała: „Ktoś jest w domu"...

Podjęła decyzję, wysiadła, skuliła się, czując porywisty wiatr. Może chociaż zajrzeć do środka przez okno. Może zobaczy Laurę pijaną w sztok na kanapie – wtedy wycofa się niepostrzeżenie. Nie wiedziała, co zrobi, jeśli zobaczy coś innego. Właściwie nie spodziewała się niczego innego. Tylko ten niepokój... musiała mieć pewność.

Przemokła błyskawicznie, idąc ku domowi. Nie zabrała kurtki i dygotała z zimna. Kiedy włączył się czujnik ruchu i zalał ją strumień światła, znieruchomiała przerażona. Zapomniała, że mają tu coś takiego, i teraz musiała odczekać, aż reflektory się wyłączą, bo inaczej będzie jak na talerzu, gdy zechce zajrzeć do saloniku. Była na siebie wściekła, że wstąpiła akurat dzisiaj do Chez Nadine. Nie miałaby pojęcia o tym wszystkim i nie byłaby za nic odpowiedzialna.

Odetchnęła lekko, gdy ponownie zapanował mrok. W końcu znalazła się na zadaszonym tarasie, z dala od deszczu. Poruszała się najciszej, jak umiała, choć przemknęło jej przez głowę, że bardziej obawia się nie tajemniczych włamywaczy, tylko Laury, która lada chwila zasypie ją wyrzutami i pretensjami. Odsunęła od siebie resztki strachu.

Była już prawie przy oknie, gdy usłyszała szelest za sobą. Tak jej się przynajmniej wydawało, choć później, gdy o tym myślała, doszła do wniosku, że deszcz tak głośno uderzał o dach, że nie mogła niczego usłyszeć. Być może dostrzegła ruch kątem oka.

Za późno, żeby zareagować.

Ktoś od tyłu zakrył jej usta rękami, unieruchomił ręce i usiłował zaciągnąć ją do domu.

16

Laurze wydawało się, że słyszała warkot silnika, ale nie była tego pewna; monotonny plusk deszczu i wycie wiatru, który wyraźnie przybierał na sile, zagłuszały inne odgłosy. Wychyliła się przez okno i krzyczała, ale sama słyszała, jak noc pochłania jej wołania. Jeśli przyjechała Nadine, szła prosto w pułapkę.

Laura stała na antresoli, przeprowadziła krótką, niewyraźną rozmowę telefoniczną i nerwowo rzuciła słuchawkę na widełki, gdy zobaczyła, że drzwi do piwnicy otwierają się bezgłośnie. Na widok Christophera sapnęła zaskoczona, w tej samej chwili, gdy on dostrzegł bladą łunę światła i spojrzał w górę. Przez kilka sekund przyglądali się sobie w milczeniu.

W pierwszej chwili się nie bała, myślała, że to kolejna próba z jego strony, że chce z nią porozmawiać i namówić na wspólną przyszłość. I że tym razem posunął się zdecydowanie za daleko. Nie może przecież włamywać się do niej przez piwnicę, żeby zmusić do rozmowy, na którą ona nie miała najmniejszej ochoty.

– Idź stąd – powiedziała. – I nigdy więcej nie rób czegoś takiego. Nie ma dla nas przyszłości. Powiedziałam ci to już dzisiaj w południe i od tego czasu nic się nie zmieniło.

Powoli wszedł na schody. Mocno utykał.

– Nie ma przyszłości dla ciebie, Lauro – powiedział. – Niestety. Naprawdę bardzo mi przykro.

I wtedy po raz pierwszy dostrzegła w nim szaleństwo. Nie tylko w słowach, także w głosie.

Cofnęła się o krok.

– Nie wchodź na górę – powiedziała.

Stał u stóp schodów.

– Ależ owszem, zaraz tam wejdę – odparł. – Na górę.

Uciekła do sypialni, zamknęła drzwi na klucz, ale wiedziała, że tym sposobem zyskała niewiele czasu. Bez trudu sforsuje te drzwi. A w pokoju nie było telefonu. Okno było za wysoko. Gdyby skoczyła, złamałaby sobie nogę.

– Otwórz – zażądał spod drzwi. Pokonanie schodów zajęło mu zaskakująco dużo czasu. Wywnioskowała, że skaleczona noga bardzo daje mu się we znaki. Jeśli będzie miała okazję, będzie szybsza od niego. Zyska przewagę, ale w tej chwili ta świadomość niewiele jej pomagała.

– Lauro, zabiję cię i dobrze o tym wiesz – odezwał się. – Jeśli nie teraz, to za dziesięć minut albo za pół godziny, kiedy zechcę. Ale tak będzie. Daruj nam zbędny wysiłek.

Oparła się o ścianę i rozpaczliwie wyobrażała sobie, że to koszmarny sen, z którego zaraz się obudzi, który nie ma nic wspólnego z rzeczywistością.

„Dobry Boże – myślała gorączkowo – co teraz? Co robić?"

W panice podbiegła do okna, mimo wszystko otworzyła je, wołała o pomoc, choć wiedziała, że nikt jej nie usłyszy. Domy dzieliła zbyt duża odległość, ogrody przypominające parki, a wiatr porywał jej słowa. Spojrzała w dół. Wiatr zalewał jej twarz. Ogród był cichy i ciemny i leżał o wiele, wiele niżej. W tym miejscu zbocze było bardzo strome.

Słyszał, że otworzyła okno.

– Nie rób tego – poprosił jakby znudzony. – Pewnie złamiesz nogę. Ułatwisz mi sprawę na dworze, ale tobie będzie jeszcze ciężej.

Spojrzała w górę. Pytanie, czy uda jej się z parapetu wejść na dach. Christopher nie dałby rady tego zrobić, nie ze skaleczoną nogą. A ona z góry nie pozwoliłaby mu nawet przytrzymać się dachówki.

„Ale czy sama dam radę?" – zastanawiała się nerwowo.

Dach był teraz mokry i śliski, podobnie jak parapet. A to oznaczało karkołomny manewr, podczas którego musiałaby zaryzykować wyskok, podciągnąć się na rękach aż do bioder, żeby wyjść na dach. Nie miała szans, wiedziała, że to się jej nie uda.

Miała jedną jedyną szansę – Nadine. Oby ta coś zrobiła. Jeśli w ogóle ją zrozumiała. „Źle cię słyszę" – powiedziała, i jeszcze: „Nie możesz mówić głośniej?". I pytała, czy piła. Jeśli doszła do wniosku, że była pijana, nic nie zrobi. A nawet jeśli: czy wskutek tak krótkiej rozmowy wzywa się policję? Może przyśle tu Henriego. Albo zadzwoni do komisarza Bertina. Czy Bertin jest osiągalny?

– No, otwieraj drzwi – zażądał Christopher z korytarza.

„Wytrzymać – pomyślała – muszę wytrzymać. Może jednak ktoś przyjedzie. Nie mam innego wyjścia".

Zdziwiła się, że jeszcze panuje nad głosem.

– To ty zabiłeś Petera? – zapytała.

– Tak. Musiałem. Szkoda, że nie zrobiłem tego wcześniej.

– Czemu? – Najgorsza była swoboda, z jaką to powiedział. Jakby to było oczywiste. We własnym mniemaniu nie zrobił nic złego. Tylko coś, co musiało zostać zrobione.

– Zniszczył waszą rodzinę. Miał romans. Lecz przez te wszystkie lata przynajmniej do was wracał, do ciebie i do Sophie. Ale teraz...

– Wiedziałeś, że chciał wyjechać? – Przypomniała sobie, jak bardzo wydawał się zdziwiony, gdy mu o tym powiedziała. Świetny z niego aktor. Jego chory umysł znajdował usprawiedliwienia dla tego, co robił, ale jednocześnie miał świadomość, że musi trzymać to w tajemnicy i odsuwać od siebie wszelkie podejrzenia.

– Dowiedziałem się tamtego wieczoru. Tamtego wieczoru, gdy go zabiłem, wiesz.

– W jaki sposób się dowiedziałeś?

„Skłoń go do mówienia. Zagaduj, póki możesz".

– Zadzwonił do mnie. Był pod Chez Nadine, miał tam wejść. Zapytałem, czy naprawdę od razu musi biec do niej? A on odparł, że jej być może już tam nie ma. Umówili się gdzie indziej. Mruknąłem wtedy: Aha, ale najpierw jeszcze chcesz, żeby jej mąż cię nakarmił, tak? Uważasz, że to takie eleganckie? Wtedy zaczął krzyczeć, że sam już się w tym wszystkim pogubił, że musi jechać tam, gdzie wszystko się zaczęło, że musi wiedzieć, że postępuje właściwie. Chociaż może właśnie to będzie błąd, bo zawsze popełniał błędy, schrzanił sobie życie i już mu wszystko jedno. A potem nagle wziął się w garść i powiedział, że chciał się ze mną pożegnać, bo razem z Nadine wyjeżdża za granicę i już nigdy nie wróci.

– Chciałeś temu zapobiec? – Nerwowo rozglądała się po sypialni. Może jest tu coś, po czym mogłaby się zsunąć jak po linie? W filmach i książkach kręciło się sznury z podartych prześcieradeł, ale niestety Christopher usłyszy, gdy zacznie je drzeć. Nie da jej czasu, by to skończyła.

– Co cię to obchodzi? – zdziwił się. – Teraz już ci chyba wszystko jedno?

– To był mój mąż. Przez wiele lat. Interesuje mnie, jak zginął.

To go przekonało.

– Powiedziałem, że powinien to sobie przemyśleć, ale odparł, że nie ma wyboru. I się rozłączył. Nie mieściło mi się to w głowie. Jak można porzucić rodzinę? Chodziłem w kółko po domu. Myślałem o tobie i Sophie, o waszej cudownej małej rodzinie... – Słyszała desperację w jego głosie. – I wiedziałem, że nie mogę do tego dopuścić. Więc pojechałem pod Chez Nadine.

– Chciałeś to zrobić dla mnie? – W całym cholernym pokoju nie było nic, co mogłoby posłużyć jako lina. A taka była dumna ze swoich zdolności wnętrzarskich. Błąd. Na przyszłość musi pamiętać: w każdym pokoju telefon i lina. I pistolet.

Na jaką przyszłość?

– Co masz na myśli? – zapytał. – Mówiąc, że chciałem to zrobić dla ciebie?

– No, czy chciałeś go zabić ze względu na mnie?

– Chciałem z nim porozmawiać. Chciałem ratować tę rodzinę. Co dziś mamy za świat? Co nam z tego przyszło? Wszędzie rozwody. Co trzecie małżeństwo się rozpada. Nikt już się nie stara. Proszę bardzo. Dawniej ludzie byli inni. Dawniej zdrada miała konsekwencje. Dawniej także zdarzały się kryzysy, ale nikt nie biegł od razu do prawnika. Ludzie radzili sobie z problemami, zaczynali od nowa – ale razem. A dzisiaj?

– Masz rację, też tak to widzę.

– Świat jest taki, jak jego najmniejsza cząstka, a rodzina to najmniejsza komórka społeczna. Kiedy psuje się rodzina, psuje się cały świat.

– Tak, teraz to widzę. – Zastanawiała się gorączkowo, czy zdoła mu wmówić, że go rozumie. Musi zachować zimną krew. Zobaczyła, że rozcięła sobie wnętrze dłoni, tak mocno wbijała w nią paznokcie.

– Niczego nie widzisz – prychnął. – Gdybyś widziała, nie chciałabyś wychowywać dziecka sama. Nie pieprzyłabyś o samorealizacji, o tym, że musisz odnaleźć siebie. Dowiedzieć się, kim tak naprawdę jesteś. Boże, jak dobrze znam te słowa! Jak bardzo ich nienawidzę! Jesteś taka sama jak moja matka!

– Nieprawda. Po prostu dla mnie to wszystko działo się za szybko. Ledwie pogodziłam się z faktem, że zostałam wdową, a tu nagle prosisz mnie o rękę. Christopher, nikt nie uporałby się z tym tak szybko.

– Przecież cię pytałem. Pamiętasz? Dzisiaj przy obiedzie, w restauracji. Pytałem, czy w przyszłości coś się może zmienić. A ty odparłaś, że nie.

Westchnęła cicho. Co powiedzieć, żeby nie wyjść na osobę niegodną zaufania?

– Christopher, jeśli mnie teraz zabijesz, moja córka zostanie sierotą. Już odebrałeś jej ojca, a...

Popełniła błąd. Nagle zaczął wrzeszczeć.

– Nieprawda! Nic nie zrozumiałaś! Nic a nic! Jej ojciec chciał ją porzucić! I ciebie. Byłyście mu obojętne, nie pojmujesz tego? Miał was w nosie! Nie zabiłem niewinnego! – Głos mu się łamał. – Nie zabiłem niewinnego! Kiedy podjechałem, właśnie wychodził z Chez Nadine. Szedł do samochodu. Zaproponowałem, żeby wsiadł do mnie, musimy pogadać. Zgodził się od razu. Widać było, że koniecznie chciał się przed kimś wygadać, chciał to z siebie wyrzucić, uzyskać rozgrzeszenie... Chciał, żebym powiedział: stary, rozumiem cię, zrób to, wyjedź z nią. Zapytałem go, czy się z nią spotkał w pizzerii, ale odparł, że nie, że ona czeka w ustalonym miejscu. Pojechaliśmy dalej. Gadał i gadał, o swoim zmarnowanym życiu, o fatalnym związku, o tym, że każdy ma prawo raz w życiu zacząć wszystko od nowa. Nawet nie zauważył, że jedziemy w góry, że nagle jesteśmy z dala od cywilizacji. Zaproponowałem, żebyśmy się przeszli, że to mu dobrze zrobi, i ruszył za mną, ściskając tę swoją aktówkę z resztką pieniędzy, przerażony, że ktoś go okradnie, i cały czas gadał, a ja pomyślałem, że z każdym słowem podpisuje na siebie wyrok. Byliśmy coraz dalej, aż w końcu zapragnął zawrócić, martwił się o ukochaną, która gdzieś tam odmrażała sobie tyłek, czekając na niego, a poza tym zaczęło padać. Zawróciliśmy i teraz szedł przede mną. Miałem sznurek w kieszeni kurtki. Wiedziałem, co muszę zrobić, chyba wiedziałem to od początku, bo inaczej dlaczego zabrałbym go z sobą? Nie było łatwo. Bronił się rozpaczliwie. Był bardzo silny. Może by mi uciekł, ale na szczęście miałem też nóż, nóż, którym ciąłem ubrania na tych dziwkach, żeby wszyscy wiedzieli, kim były, rozumiesz?

Mówił coraz bardziej obojętnym tonem. Laura dygotała na całym ciele. Było jej niedobrze. Christopher był chory, szalony. Niczego nie osiągnie ani prośbami, ani logicznymi argumentami.

– Rozumiem – powiedziała. Mówiła jak przez kłąb waty.

– Wbiłem mu nóż w podbrzusze. A potem w brzuch. Raz za razem. Aż w końcu przestał się bronić. Nie żył.

Czy w jego głosie było coś na kształt żalu? Nie była tego pewna. Ale już po chwili głos znowu mu się zmienił. Był zimny i ostry.

– A teraz otwórz drzwi. Bo inaczej wejdę tam w ciągu dziesięciu minut.

Nadal starała się z nim rozmawiać, przy czym najtrudniej było zachować spokój i nie zalać się łzami. Zdawała sobie sprawę, że nie ma dla niej ratunku. Wiedziała, że uwielbia wygłaszać swoje teorie o rodzinie jako najwyższym dobru. Udało jej się go skłonić, by kolejny raz opowiedział jej o matce, która go porzuciła, i o dzieciach, i o znieczulicy sędziów, którzy podczas spraw rozwodowych nie baczą na uczucia ojców. Wyczuła, że właśnie tu tkwią korzenie jego szaleństwa, że od dziecka czuł się ofiarą wielkiej ogólnoświatowej niesprawiedliwości. Opowiedział jej o Camille Raymond, dla której małej córeczki chciał być ojcem i która go odepchnęła, która wzgardziła jego uczuciami. Zrozumiała, że ona i Sophie mogły przywrócić mu spokój ducha, tak samo jak Camille Raymond i jej mała córeczka, i że nie wybaczy jej tego, że go odrzuciła, ta samo jak nie wybaczył Camille. Pomyślała o Anne, która zwróciła uwagę na podobieństwa między nią a Camille, i dopiero teraz zrozumiała, jak ważne były dla niego kobiety z dziećmi, a dokładnie – wdowy z dziećmi, bo zgodnie z jego chorym kodeksem honorowym nie mógłby odebrać dzieci innemu mężczyźnie.

– Czyli Peter nie miał romansu z Camille Raymond? – stwierdziła i pomyślała, że w tej chwili i tak nie ma znaczenia, czy Peter odzyska część szacunku w jej oczach.

– Nie, w ogóle nie znał Camille.

– Bałam się, że mnie z nią zdradzał. – „Mów, mów, mów! Kiedy przestaniesz mówić, zginiesz!" – Chciałam nawet porozmawiać z jej sprzątaczką. Ale nie oddzwoniła.

– Wiem – odparł beztrosko. – Leży u mnie w piwnicy ze skręconym karkiem. Niedawno wyrzuciłem karteczkę, którą położyłaś przy telefonie. Za bardzo wsadzała nos w nie swoje sprawy.

Szczękała zębami. Skoro nikt nie wychodził żywo ze starcia z tym psychopatą, dlaczego się łudziła, że akurat jej się to uda?

– A teraz otwieraj drzwi! – polecił.

W tym momencie oboje zdali sobie sprawę, że ktoś się zbliża do domu.

17

Po pierwszej koszmarnej chwili Nadine zaczęła się bronić, walczyła ze wszystkich sił. Myślała, że to Laura zaatakowała ją od tyłu w pijackiej furii, Laura, która w końcu poznała całą prawdę o romansie Petera. Zaraz się jednak zorientowała, że ma do czynienia z mężczyzną; był zbyt potężny jak na kobietę. A potem usłyszała zdyszany głos przy uchu:

– Uspokój się, ty szmato! Uspokój się, inaczej cię zabiję!

Zawlókł ją do drzwi. Kopała, gryzła, pluła, usiłowała się wyzwolić. Pewnie włamywacz. Cholerny włamywacz. A ona wlazła mu prosto w ręce. Pewnie zobaczył światło czujnika ruchu. Bez trudu się na nią zaczaił. Była idiotką. Kompletną idiotką.

Wściekłość na siebie dodała jej energii. Z całej siły nadepnęła mu na nogę i usłyszała, jak z bólu głośno wciąga powietrze. Udało jej się uwolnić jedną rękę. Wiła się jak wąż w jego ramionach. Cały czas miała w dłoni kluczyki od samochodu. Usiłowała wbić mu je w oko.

Chybiła, ale i tak zraniła mu skroń, aż zalał się krwią. Puścił jej drugą rękę, złapał się za twarz. Na moment był bezbronny. Wyrwała mu się i pobiegła do ogrodu.

Znowu zapaliły się reflektory, zalewając ogród niesamowitym światłem.

Zaryzykowała i spojrzała za siebie. Biegł za nią, ale wszystko działo się tak szybko, aż oślepiło ją światło i nie zorientowała się, kim jest. Zauważyła tylko, że to potężny, silny mężczyzna, na pewno szybszy i silniejszy do niej, ale chyba nie mógł swobodnie chodzić. Powłóczył jedną nogą, jakby nie był w stanie oprzeć ciężaru ciała na stopie. Ona to zrobiła?

Biegła dalej. Poślizgnęła się na żwirze i mało nie upadła, ale odzyskała równowagę. Na ziemi byłoby już po niej. Doganiał ją mimo problemów z chodzeniem. Odległość między nimi zmniejszała się z każdą chwilą. Dopadła do samochodu, otworzyła drzwi od strony kierowcy, wsiadła, słyszała, jak deszcz bębni o dach, ale jeszcze lepiej słyszała swój głośny oddech. Nerwowo gmerała w stacyjce.

Zdała sobie sprawę, że nie ma już kluczyka.

Wypadł jej z ręki, kiedy zaatakowała nieznajomego.

Był już przy samochodzie. W panice zablokowała drzwi od swojej strony, pochyliła się nad tymi od strony pasażera. Zabrakło jej dodatkowej ręki albo kilku sekund, bo on już otwierał tylne drzwi, sięgał do środka, ciągnął ją za włosy. Był tak brutalny, bała się, że skręci jej kark. Odblokował zamek, otworzył drzwi, wyciągnął Nadine na zewnątrz. Uderzył ją pięścią w twarz. Osunęła się na ziemię, czuła przenikliwy ból w czole i w nosie, na wargach miała smak krwi. Pochylił się nad nią, złapał za sweter, uniósł i uderzył po raz drugi. Miała gwiazdy przed oczami, osunęła się na ziemię, by po chwili znowu poczuć, jak ją unosi.

Zabije ją, zrozumiała. Zatłucze na śmierć. Ogarnęło ją zdumienie, że tak miało się skończyć jej życie.

Zanim wymierzył trzeci cios, straciła przytomność.

18

Minęło sporo czasu, zanim Laura odważyła się wyjść z pokoju. Niczego nie słyszała i była przekonana, że Christopher wyszedł i jeszcze nie wrócił. Po głowie chodziło jej upiorne podejrzenie, że Nadine przyjechała zobaczyć, co się z nią dzieje, i wolała nie myśleć, co Christopher robi z nią w ogrodzie. Musi za wszelką cenę wezwać policję. A zatem musi dostać się na dół, do książki telefonicznej.

Najciszej, jak umiała, uchyliła drzwi. Szalejący wiatr i deszcz doprowadzały ją na granicę obłędu, bo przez to nie słyszała właściwie żadnych odgłosów z wnętrza domu. Zadrżała na myśl, co by było, gdyby Christopher włamał się godzinę później. Podczas burzy nie usłyszałaby niczego i pewnie spałaby do końca. Zaskoczyłby ją w łóżku i nie miałaby żadnej szansy. Korytarz był pusty. W ogrodzie zapaliło się światło. Christophera chyba nie było w domu, ale wiedziała, że lada moment może wrócić. Przez chwilę zastanawiała się, czy nie uciec przez piwnicę, ale ponieważ nie wiedziała, gdzie w ogrodzie był Christopher, odrzuciła tę wersję. Zbyt duże ryzyko, że wpadnie prosto na niego. Musi zadzwonić na policję, a potem zabarykadować się w sypialni i modlić się, żeby funkcjonariusze przybyli, zanim Christopher wyłamie drzwi.

Zeszła na parter, cały czas zerkając czujnie na drzwi. Były zamknięte, ale jedno spojrzenie na haczyk przy framudze wystarczyło, by się upewnić, że zabrał zapasowy klucz. Wolał nie ryzykować, że się zamkną. Drugi klucz miał Peter, pewnie był wśród jego rzeczy osobistych na policji.

Drżącymi palcami otworzyła książkę telefoniczną. Za pierwszym razem upuściła ją, tak bardzo dygotała. Pierwsza strona... policja powinna być na pierwszej stronie...

Światło w ogrodzie zgasło. Przeraziła się tak bardzo, że mało brakowało, a rzuciłaby książkę telefoniczną na podłogę i uciekła na górę, zmusiła się jednak do działania. Kiedy będzie wracał, o ile wybierze drzwi wejściowe, znowu minie czujnik ruchu. Wtedy będzie miała dość czasu, by się wycofać.

Wypatrzyła cudowne słowa *Samu, Police, Pompiers* – Pogotowie, Policja, Straż Pożarna, tyle że nie było przy nich numerów, tylko krzyżyki w różnych odcieniach szarości, które zdaje się sugerowały, że gdzieś na tej stronie znajdzie te dane przy krzyżyku w odpowiednim kolorze.

Zaklęła pod nosem i pomyślała, że ktoś, kto wymyślił ten system, chyba nie do końca zdawał sobie sprawę z tego, co oznacza numer alarmowy – że ludzie często znajdują się w sytuacji alarmowej i nie mają wtedy głowy do łamigłówek. W panice przebiegła stronę wzrokiem. W końcu znalazła kółko z różnymi odcieniami szarości i znalazła tę ze słowem: policja i numer 17. Znalazła go.

Podniosła słuchawkę i nie słyszała nic.

W tej samej chwili zobaczyła kabel wyrwany ze ściany i światło w ogrodzie, efekt czujnika ruchu.

Nagle powróciło wspomnienie, które do tej pory ciągle jej umykało. Czujnik ruchu w tamten wieczór, gdy nagle stanął pod jej oknami. Irytacja, której źródeł nie znała.

Teraz już wiedziała. Powinno było zapalić się światło. Musiał się zakraść od tyłu, od ogrodu, żeby obserwować ją ukradkiem. Dlaczego przedtem się nad tym nie zastanowiła? Wtedy już wcześniej zorientowałaby się, że coś z nim jest nie tak.

Nie czas na takie rozważania! Komórka! Gdzie, do licha, jest jej komórka? Pewnie w torebce. A gdzie torebka?

W panice rozglądała się po pokoju. Jak zwykle gdzieś ją rzuciła – najwyraźniej nie w saloniku. Słyszała go przy drzwiach i pomyślała, że przez te wszystkie lata była tak cholernie lekkomyślna. Dlaczego nigdy nie przyszło jej do głowy zainstalować łańcuch? Dlaczego zawsze jej się wydawało, że nic złego jej nie spotka?

Pobiegła na górę. Widziała go, jak wchodził. Był cały mokry, dyszał głośno. Jego twarz wykrzywiał ból, każdy ruch dawał mu się we znaki. Mocno utykał, nie tyle biegł, ile człapał. Spojrzał na nią.

– Ty cholerna szmato – powiedział. – Poddaj się wreszcie.

Domyślała się, że zabił Nadine, a więc nie było już dla niej żadnej nadziei. Pobiegła do pokoju, zamknęła drzwi na klucz i usiłowała przesunąć do nich ciężką komodę. Przesuwała się milimetr po milimetrze, co chwila musiała odpoczywać. Nasłuchiwała cały czas. Dwukrotnie słyszała skrzypienie schodów, a więc szedł po nią, ale bardzo powoli. Co on mówił o tej ranie na nodze, wtedy, na parkingu w La Madrague? Że wszedł na rozbite szkło. Domyślała się, że wdało się zakażenie. Na pewno bardzo cierpiał, wkrótce zacznie gorączkować, a może już zaczął? Nie miał już siły, walka z Nadine zapewne kosztowała go resztki energii. Sporo czasu zajmie mu wdarcie się do sypialni, ale koniec końców tu wejdzie.

Zatrzymał się przy drzwiach. Mimo hulającego wiatru słyszała jego oddech. Choć był w bardzo kiepskim stanie, nie porzucił swoich szaleńczych zamiarów.

Podczas gdy ona w pocie czoła męczyła się z komodą, on majstrował czymś – pewnie nożem – przy zamku. Przerywał co chwila i dyszał chrapliwie. Laura dyszała równie głośno jak on. Z wysiłkiem wysunęła ciężkie szuflady i przepchnęła pustą komodę. Ustawiła ją pod klamką, ale była za niska, by ją zablokować. Jedyne, na co mogła liczyć, to że osłabiony Christopher nie zdoła jej odepchnąć. Cała ociekała potem.

Jeszcze nie skończyła, a już słyszała, jak zamek ustępuje z cichym zgrzytem. Komoda się zachwiała. Christopher napierał na drzwi.

Nawet w fatalnej formie był zdeterminowany i ta determinacja dawała mu siłę. Ale i Laura, walcząc o życie, nie dawała za wygraną. Wsunęła na miejsce drugą szufladę i tym samym znacznie zwiększyła ciężar komody. Jeszcze trzecia. Choćby miała zemdleć. Musi mu to maksymalnie utrudnić.

Nie zwracała uwagi na czas, odkąd wrócił z ogrodu, ale miała wrażenie, że minęło co najmniej czterdzieści minut. Prawie cała wieczność. A jeszcze zostało tyle nocy. Nie wiedziała, na co liczyła o świcie, ale czekała na brzask, jakby wraz z nim miała nadejść nadzieja.

Trzecia szuflada była na swoim miejscu, a mimo to Laura czuła, że to nie wystarczy. Napierała na komodę całym ciałem, ale z każdą chwilą traciła siły. Komoda poruszała się wyraźnie. W pewnym momencie szpara między drzwiami i framugą była tak szeroka, że widziała w niej wykrzywioną twarz Christophera.

– Już po tobie – wycedził z trudem. – Ty szmato, zaraz po ciebie przyjdę!

Z jej oczu trysnęły łzy. Była wyczerpana. To już koniec. Umrze.

Już nigdy nie zobaczy Sophie.

Kiedy przez wycie wiatru i deszczu usłyszała warkot silnika, straciła już wszelką nadzieję. Siedziała na łóżku i czekała na śmierć. Zobaczyła pulsujące niebieskie światło na ścianie pokoju. Policja. Wreszcie. Policja. Zdążyli w ostatnim momencie. Jak się później okazało, Christopher nie zamknął drzwi na klucz, więc weszli do domu bez problemu. Kiedy wpadli do środka, był już niemal w jej sypialni. Walczył jeszcze, kiedy wbiegali po schodach.

Funkcjonariusz zajrzał do pokoju.

– W porządku, madame?

Płakała i nic nie mogła na to poradzić. Leżała na łóżku i szlochała. Kiedy w końcu była w stanie coś powiedzieć, zapytała:

– Gdzie Nadine?

– Ma pani na myśli kobietę, którą znaleźliśmy w ogrodzie? Jest nieprzytomna, ale żyje. Zabrali ją karetką do szpitala.

Myślała bardzo powoli. To wszystko było takie skomplikowane. Kiedy po jakimś czasie znowu zdołała otworzyć usta, zapytała:

– Kto was wezwał?

– Niejaka madame... zaraz, jak ona się nazywała? Och, już wiem, Michaud. Tak, madame Michaud. Catherine Michaud. Zna ją pani?

Usiłowała sobie przypomnieć, kim jest Catherine Michaud, ale umysł odmawiał jej posłuszeństwa. Nie potrafiła nawet podać własnego nazwiska. Słyszała głosy w oddali, słyszała jeszcze, jak ktoś, chyba ten miły policjant, woła:

– Jest jeszcze lekarz? Chyba mdleje!

A potem otoczyła ją ciemność.

Czwartek, 18 października

1

– Może pani wejść do madame Joly, ale tylko na chwilę – zastrzegła pielęgniarka. – Jeszcze nie jest w najlepszej formie, a przedtem byli u niej policjanci. Powinna teraz odpoczywać.

– Nie zostanę długo – zapewniła Laura. – Po prostu muszę z nią porozmawiać.

Pielęgniarka skinęła głową i uchyliła drzwi.

Nadine leżała sama w szpitalnym pokoju w Tulonie. Laura nie poznałaby jej, gdyby nie wiedziała, że to ona. Prawe oko otaczał ogromny fioletowy siniak. Pod nosem widniał wielki strup. Górna warga była spuchnięta. A oprócz tego, jak dowiedziała się Laura od pielęgniarki, doznała wstrząśnienia mózgu.

Nadine ostrożnie uniosła głowę, krzywiąc się przy tym z bólu.

– Nie ruszaj się – powiedziała Laura i podeszła do posłania.

– To ty – szepnęła Nadine.

– Wracam z posterunku. Jeszcze w nocy rozmawiałam z Bertinem, ale miał kilka pytań. Teraz mogę w końcu wracać do domu. Oczywiście przyjadę na proces Christophera, ale na razie mogę wracać do siebie.

– Była u mnie policja – odparła Nadine. Mówiła z trudem, niewyraźnie. Wyjęła rękę spod kołdry, dotknęła zapuchniętej wargi, wzdrygnęła się. – Pewnie mnie nie rozumiesz, ale nie mogę...

– Rozumiem. Nie musisz nic mówić. Pewnie wszystko cię boli.

– Tak. – Nagle Nadine wydawała się bardzo zmęczona. – Głowa. – Ale i tak chciała mówić. – Policjant... powiedział mi...

że Christopher... Nie mieści mi się to w głowie. Był najlepszym przyjacielem...

Nie dokończyła, ale niewypowiedziane imię zawisło między nimi, wypełniło cały pokój napięciem, emocjami nie do zniesienia.

– Najlepszym przyjacielem Petera – powiedziała Laura.

Nadine milczała. Laura spojrzała w okno, za którym ciągle monotonnie padał deszcz. Tulon i jego brzydkie bloki, kasyna, bardziej ponure niż zazwyczaj.

Nadine odezwała się dopiero po dłuższej chwili.

– Policjant mówił, że to Catherine wezwała policję, ale nie bardzo wiem, jak się o tym wszystkim dowiedziała.

– Była rano na posterunku. O ile zrozumiałam, przypadkiem widziała twój samochód, kiedy jechałaś do mnie. Myślała, że to Henri – prawdopodobnie ze względu na to, jak prowadziłaś. Chciała z nim koniecznie porozmawiać, wcale nie podała policji dlaczego.

Nadine próbowała uśmiechnąć się cynicznie, ale przy tym grymasie jej twarz wyglądała jeszcze bardziej obco.

– Może bez powodu. Zawsze pragnęła Henriego. Od dziecka.

– W każdym razie zaparkowała pod naszą bramą, nie wiedząc, co dalej. Sądziła, że zaraz zobaczy Henriego, i wtedy zjawiłaś się ty, a dzięki czujnikowi ruchu widziała, że ktoś cię pobił. Zawróciła i przez komórkę wezwała policję.

Nadine znowu wykrzywiła usta w ironicznym uśmiechu.

– Założysz się, że z tym zwlekała? Na pewno nie zrobiła tego od razu. Pewnie rozkoszowała się myślą, że leżę tam i zdycham. Zawsze stałam jej na drodze.

– Ja tobie też – zauważyła Laura. – A jednak chciałaś mi pomóc.

Nadine usiłowała podnieść głowę, ale z jękiem opadła z powrotem na poduszkę.

– Nie ruszaj się – poradziła Laura. – Nie powinnaś się ruszać. – Widziała, jak Nadine porusza ustami, więc podeszła bliżej. – Lepiej nic już nie mów. Wiem wszystko o tobie i Peterze. I nie chcę o tym rozmawiać, nie z tobą. „W każdym razie nie tak" – dodała w myślach. Nie czuła gniewu wobec tej rannej kobiety. Obie cudem uszły z życiem. Czuła w sobie pustkę i zmęczenie, nie była zdolna do nienawiści, do jakiejkolwiek emocji. Fakt, że otarła się o śmierć, stawiał wszystko w nowym świetle. Kiedyś powróci gniew do Nadine, a wraz z nim gorycz zdrady i upokorzenia. Ale już nigdy więcej jej nie zobaczy, więc nie muszą sobie niczego tłumaczyć. Usprawiedliwiać się, przepraszać. Nie musi niczego rozumieć. Po prostu chciała zostawić wszystko tak, jak jest.

– Dziękuję, że wczoraj przyjechałaś – powiedziała. – Tylko po to tu przyszłam. Żeby ci podziękować.

Nadine milczała.

Laurze ulżyło, gdy w drzwiach stanęła pielęgniarka i dała jej znać, że powinna już iść.

Nie miały sobie nic więcej do powiedzenia.

2

Catherine nie posiadała się ze zdumienia, widząc pod domem agenta, któremu powierzyła sprzedaż mieszkania, w towarzystwie młodej pary.

– Państwo pewnie do mnie – zagaiła.

Agent spojrzał na nią z oburzeniem.

– Wczoraj przez całe popołudnie usiłowałem się do pani dodzwonić, a pani nie odbierała! Teraz zaryzykowałem i przyszedłem z klientami zainteresowanymi pani mieszkaniem.

Otworzyła drzwi.

– Zapraszam.

W taki deszczowy dzień jej mieszkanie wydawało się jeszcze bardziej ponure niż zwykle, ale młodym ludziom to chyba nie przeszkadzało. Jak na jej oko mieli niewiele ponad dwadzieścia lat. Wydawali się bardzo w sobie zakochani i podekscytowani myślą o wspólnym mieszkaniu.

– Po raz pierwszy zamieszkamy razem – szepnęła dziewczyna do Catherine.

Catherine nie brała udziału w prezentacji mieszkania, zdała się na agenta, to w końcu jego praca jakoś sprzedać tę ohydę. Zdjęła buty, powiesiła mokrą kurtkę nad wanną. Była zmęczona. Przez całą noc nie zmrużyła oka, a z samego rana przyjechali po nią dwaj policjanci i zabrali na posterunek w Tulonie, żeby złożyła oficjalne zeznania. Tam spotkała Laurę, jeszcze ciągle trupio bladą po ostatnich wydarzeniach.

– Dziękuję – powiedziała do niej Laura. – Uratowała mi pani życie.

Catherine nie wierzyła własnym uszom. Jeszcze nikt nigdy jej tak nie dziękował. Ciekawe, co na to wszystko powie Henri, kiedy się dowie. Bo także Nadine nie żyłaby, gdyby nie ona.

Później sama właściwie nie wiedziała, dlaczego wtedy pojechała za autem Nadine. Chyba przez to, jak ta prowadziła, jak ostro wzięła zakręt. Powróciły wspomnienia z dawnych czasów, jeszcze sprzed Nadine. Henri często zabierał ją na przejażdżki. Henri, którego przyjaciele uważali za najbardziej szalonego kierowcę na całym wybrzeżu. Ustalali cel, na przykład Cassis albo Bandol, a ona prawie zawsze dawała się nabrać na jego stary numer. Udawał, że zapomniał skręcić.

– Stop! Tu w prawo! – krzyczała, a on mówił:

– A, rzeczywiście. – I na pełnym gazie szarpał kierownicą i ostro wchodzili w zakręt. Śmiał się, a ona krzyczała, choć czasami wtórowała mu radośnie. Czasami się o to kłócili. Zapowiadała, że nigdy więcej nie wsiądzie z nim do samochodu, co oczywiście wkrótce znowu robiła, a on powtarzał swój stary numer.

Nie wiadomo dlaczego miała pewność, że w samochodzie Nadine siedział on, może dlatego, że pogrążona w rozpaczy tak bardzo chciała go zobaczyć, że wmówiła sobie, że to on. Pojechała do dzielnicy Collette, wysoko, aż do domu tych Niemców, i już z daleka zobaczyła samochód na skraju posesji. Sama została nieco z tyłu, nie wiedząc, co dalej. Nie wiedząc, po co Henri tu przyjechał. O tej porze. Z byłym rywalem nie mógł się teraz rozprawić, bo ten już nie żył. Czyżby chciał się zwierzyć jego żonie?

I kiedy tak siedziała i się nad tym zastanawiała, zobaczyła nagle Nadine, która biegła od strony domu, a za nią mężczyzna, najwyraźniej ranny w nogę. Choć nie wiedziała, co się dzieje, od razu się zorientowała, że Nadine grozi śmiertelne niebezpieczeństwo. Reflektory w ogrodzie oświetlały wszystko jak scenę teatralną; widziała wydarzenia jak na dłoni. Nadine dopadła samochodu, wsiadła, ale nie ruszała z miejsca. Mężczyzna otworzył tylne drzwi, zajrzał do środka, wysunął się z powrotem, otworzył drzwi od strony kierownicy i wyciągnął Nadine.

A potem zaczął ją bić, równomiernie, systematycznie, brutalnie. Kiedy osuwała się na ziemię, podnosił ją i brutalnie walił pięścią w twarz. Raz, drugi, trzeci, czwarty. Nadine się nie broniła, nie reagowała. Catherine sądziła, że straciła przytomność.

Zawsze właśnie Nadine nienawidziła najbardziej na świecie. Z całego serca życzyła jej wszystkiego najgorszego. I teraz, gdy już było po wszystkim i siedziała w swoim mieszkaniu wsłuchana w paplaninę młodych, zastanawiała się, czy w nocy kusiło ją, by zostawić sprawy własnemu biegowi. Odjechać stamtąd, nie zawracać sobie niczym głowy. Niech ją zatłucze. Niech Nadine umiera tam w tę zimną, deszczową noc. Co ją to obchodzi?

Nie znała odpowiedzi na to pytanie. Minęło trochę czasu, zanim zawróciła samochód i dotarła do szosy. A tam zjechała na pobocze i gapiła się w noc. Marnowała, jak teraz wiedziała, cenne minuty, podczas których Niemka mogła zginąć. Do tej pory nie wiedziała, co się z nią wtedy działo. Czy paraliżował ją szok, który przeżyła tego wieczoru, fakt, że Stephane ją przyłapał, upokorzenie, gdy obrzucił ją obelgami? A może potrzebowała czasu, żeby w pełni zrozumieć, co się stało?

A może po prostu nie chciała pomóc Nadine?

Na policji pytali, czy od razu wezwała pomoc.

– Nie wiem dokładnie – odparła. – Byłam w szoku. Mogło minąć parę minut... Nie wierzyłam własnym oczom. Nikt się nad tym nie zastanawiał, ich zdaniem to była normalna reakcja. A na razie nie było wiadomo, o której Nadine została pobita; nie wiedziała tego ani sama Nadine, ani przerażona Niemka. A już na pewno nie sprawca.

Ale Catherine wiedziała, że od pobicia Nadine do przyjazdu policji minęło ponad czterdzieści pięć minut. Z posterunku w St. Cyr jedzie się tutaj niecały kwadrans. A zatem gdzieś po drodze zagubiło się pół godziny, w mroku nocy.

W mroku wspomnień.

Bo Catherine naprawdę tego nie pamiętała.

Policjanta, który odwoził ją z Tulonu do La Ciotat, poprosiła, żeby wysadził ją na skraju miasta, na nabrzeżu. Nie przejmując się deszczem, chciała się przejść, żeby sobie to wszystko przemyśleć. Ale nie doszła do żadnych wniosków.

Oczywiście nikomu nie powiedziała, co tak naprawdę wydarzyło się w La Cadiere. Tłumaczyła, że wkrótce się wyprowadza i tego popołudnia chciała się pożegnać ze starymi kątami. Jeździła bez celu po okolicy.

– W La Cadiere siedziałam w samochodzie. Siedziałam i żegnałam się z okolicą, którą bardzo dobrze znam.

– Było ciemno choć oko wykol – zauważył zdumiony komisarz. – Padało i było bardzo zimno. A pani po prostu siedziała w aucie?

– Tak.

Nie wierzył, czuła to, ale ponieważ to, gdzie była i co robiła, nie miało związku ze sprawą, nie wnikał dalej.

Sama Catherine doszła teraz do wniosku, że być może był to szok po przeżyciach w La Cadiere. Choć właściwie w La Cadiere nie wydarzyło się nic wyjątkowego, to był po prostu szczyt, punkt kulminacyjny całego ciągu upokorzeń, które znosiła od dziecka. Koniec końców odczuła coś na kształt ulgi, widząc kobietę, którą za wszelką cenę chciała być, osuwającą się pod ciosami napastnika. Piękną, rozpuszczoną, godną pożądania Nadine leżącą na deszczu jak śmieć.

W końcu dostała to, na co zasłużyła.

Agent zajrzał do pokoju.

– Są zachwyceni – syknął. – Jeśli odrobinę zejdziemy z ceny...

– Dobrze – odparła. Im szybciej to załatwi, tym lepiej.

Do agenta dołączyli młodzi. Nawet w tym ciasnym pomieszczeniu trzymali się za ręce.

– Myślę, że można to pięknie urządzić – powiedziała dziewczyna. Co chwila szukała wzroku chłopaka. – Bo wie pani, odziedziczyliśmy pewną sumkę i chcemy sobie uwić gniazdko.

Ich miłość i oddanie rozjaśniały małe mieszkanko.

„Może wcale nie jest takie brzydkie, jak mi się zdawało – pomyślała Catherine. – Może po prostu za dużo w nim samotności i rozpaczy".

– Jeśli chodzi o cenę... – odezwał się młody mężczyzna.

– Na pewno się dogadamy – wpadła mu w słowo.

Jedno wiedziała na pewno: teraz, dzień później, cieszyła się, że Nadine przeżyje. Cieszyła się, że jednak wezwała policję. Po raz pierwszy, odkąd ją znała, myślała o Nadine nie z nienawiścią, ale ze spokojem. I poczuła, jak po raz pierwszy od wielu lat odzyskuje kawałek wolności.

– Dokąd pani wyjeżdża? – zapytała dziewczyna.

Catherine się uśmiechnęła.

– Do Normandii. Do uroczej małej wioski. Mój przyjaciel jest tam proboszczem.

Jeszcze kiedy to mówiła, pomyślała: „Jak to głupio brzmi! Zwłaszcza w uszach młodej, zakochanej kobiety. Że cieszę się na znajomość z proboszczem w dziurze na końcu świata!".

Ale dziewczyna była naprawdę miła.

– Jak to miło – odparła.

– Też tak sądzę – mruknęła Catherine.

3

Otwarcie drzwi i wejście do domu, w którym przed zaledwie dwunastoma godzinami przeżyła taki koszmar, kosztowało Laurę sporo wysiłku. Policjant, który ją odwoził, zauważył jej reakcję i zaproponował, że będzie jej towarzyszył, ale podziękowała uprzejmie. Nagle odniosła wrażenie, że jego obecność jeszcze wszystko pogorszy.

Technicy uwijali się po domu do świtu, ale prawie nie zostawili po sobie śladów. W sypialni komoda nadal stała przy drzwiach i Laura postanowiła tak ją zostawić. Kiedy już zdecyduje, co zrobić z domem, i tak będzie musiała tu przyjechać po swoje rzeczy, dopiero wtedy monsieur Alphonse będzie mógł się zająć sprzedażą. Poprosi sprzątaczkę, żeby sprowadziła ślusarza do wyłamanego zamka w piwnicy.

– Włamał się błyskawicznie – orzekł policjant. – To był tak kiepski zamek, że równie dobrze mogła pani zostawić drzwi otwarte na oścież.

Intrygowało ją, czy Christopher sprawdził to już wtedy, gdy ją odwiedzał. Co najmniej raz poszedł do piwnicy po wino. Ale równie dobrze mogło się okazać, że rozmawiał o tym z Peterem podczas jednej z wizyt. Przypomniało jej się niedowierzanie Nadine, gdy wykrztusiła z trudem: „To był najlepszy przyjaciel Petera!".

I jako najlepszy przyjaciel brał udział w życiu rodziny. Wiedział o wielu rzeczach.

Policjanci znaleźli Monique Lafond w jego domu, o czym Laura dowiedziała się rano. Christopher nie kłamał: rzeczywiście skręciła sobie kark, gdy spadła ze stromych schodów.

– Wygląda na to, że więził ją w piwnicy – mówił Bertin. – Na razie nie wiemy, jak długo i dlaczego. Pracowała u Camille Raymond. Zapewne wiedziała coś, co zdaniem monsieur Heymanna było dla niego niebezpieczne i dlatego musiał usunąć ją z drogi. Sam Christopher jeszcze nie zeznawał, według Bertina milczał uparcie. W nogę wdało się zapalenie, doszło do zakażenia, miał wysoką gorączkę. Podobnie jak Nadine, leżał w szpitalu w Tulonie, ale na innym oddziale i pod strażą.

– Znaleźliśmy w piwnicy zakrwawione odłamki szkła – mówił Bertin. – To był prawdopodobnie wypadek, być może podczas szamotaniny z mademoiselle Lafond. – Spojrzał uważnie na Laurę. – Miała pani wielkie szczęście. Gdyby nie był ranny, skończyłoby się inaczej. Był obolały, miał gorączkę i tylko dlatego madame Joly zdołała mu się wyrwać i uciec do ogrodu, i tylko dlatego Catherine Michaud zobaczyła, że dzieje się coś złego. Gdyby nie to, o wiele szybciej sforsowałbym drzwi do pani pokoju. Gdyby nie jego rana, nie zdążylibyśmy na czas.

Przypomniała sobie te słowa, taszcząc na dół walizki. Obeszła dom, zamykała okiennice, podlewała kwiaty, upewniała się, że wszystko jest w porządku. Mimo wszystko, co się ostatnio wydarzyło, miała jednak aniołów stróżów. Być może w postaci biednej Monique, bez której Christopher zapewne w ogóle nie byłby ranny. A także w postaci Nadine i Catherine.

Z obrzydzeniem spojrzała na kuchenny blat, przypomniała sobie, jak się tu kochali.

Morderca. Spała z mordercą swego męża.

Dysząc ciężko, pochyliła się nad zlewem, odkręciła wodę, obmyła twarz. Nagle zakręciło jej się w głowie, ale już po chwili poczuła się lepiej. Zaraz dojdzie do siebie. Przez okno widziała morze, zlewające się w jedno z szarym niebem. Cały czas padało.

Pytała Bertina, co będzie z Christopherem. Zdaniem policjanta nie trafi do więzienia, tylko do szpitala psychiatrycznego.

– A kiedy wyjdzie? – zapytała.

Wzruszył ramionami.

– Tego, niestety, nikt nie wie. Najgorsze, że co rusz znajduje się liberalny lekarz, który uważa takiego człowieka za wyleczonego, a moim zdaniem to bardzo ryzykowne. Czyli nie mogę pani obiecać, że do końca życia zostanie za kratkami.

Przypomniała sobie te słowa, patrząc z kuchennego okna na zalaną deszczem dolinę, na winnice i malownicze domki. Tak bardzo kochała tę okolicę i tak szybko stała się ona w jej oczach synonimem koszmaru. Koszmaru, który jeszcze się nie skończył. Na to potrzeba wielu lat. Ale kiedyś znowu będzie musiała się bać. „Lepiej o tym teraz nie myśleć" – upomniała siebie samą. Musiała oszczędzać siły na przyszłość. Musiała się zmierzyć z ruinami dawnego życia i na nich budować nowe. Musi zapomnieć o koszmarze. Może dzięki temu pewnego dnia będzie mogła powiedzieć córce coś dobrego o ojcu. Coś o tym, jak lubili tu przyjeżdżać, urządzać to, tu mieszkać.

Nagle zorientowała się, że płacze. Przywarła rozpaloną twarzą do zimnej szyby i pozwoliła łzom płynąć. Dała upust rozczarowaniu i rozpaczy, smutkowi i żalowi. Nie tak dawno też tak szlochała, w samochodzie Petera pod Chez Nadine, ale teraz myślała, że już nigdy nie przestanie.

Kiedy rozległ się dzwonek, nie miała pojęcia, skąd dochodzi ten dźwięk. Dopiero po chwili zdała sobie sprawę, że to jej komórka. Torebka. Tak gorączkowo szukała jej w nocy. A była tu w kuchni, na krześle.

Łzy wyschły tak szybko, jak się pojawiły. Wyjęła telefon z torebki.

– Halo?

– Ależ to długo trwało – mruknęła Anne. – Gdzie ty jesteś? Mam nadzieję, że na autostradzie. Rozmawiałam z twoją mamą. Mówiła, że miałaś dzisiaj wracać.

– Ale nadal tu jestem.

– No nie! Zaspałaś?

– Miałam dosyć burzliwą noc.

– No to ruszaj się! – krzyknęła Anne. Po chwili jednak dodała nieufnie: – Przeziębiłaś się? Masz taki dziwny głos.

Laura otarła łzy rękawem swetra.

– Nie, to pewnie kwestia połączenia.

– Masz zaraz ruszać, słyszysz? Chciałabym jeszcze dzisiaj się z tobą spotkać. Już nie mogę się doczekać!

– Ja też. – Laura po raz ostatni otarła oczy. – Już prawie jestem w domu – zapewniła.